未走远

散文卷

王犁 著

北方联合出版传媒（集团）股份有限公司
春风文艺出版社
·沈阳·

图书在版编目（CIP）数据

尚未走远 . 上册，散文卷 / 王犁著 . —沈阳：春风文艺出版社，2020.4（2021.1重印）

ISBN 978-7-5313-5790-2

Ⅰ . ①尚… Ⅱ . ①王… Ⅲ . ①中国文学—当代文学—作品综合集②散文集—中国—当代 Ⅳ . ①I217.2

中国版本图书馆CIP数据核字（2020）第058714号

北方联合出版传媒（集团）股份有限公司

春风文艺出版社出版发行

http://www. chunfengwenyi. com

沈阳市和平区十一纬路25号 邮编：110003

永清县晔盛亚胶印有限公司印刷

责任编辑：姚宏越	责任校对：曾 璐
封面设计：东 科	幅面尺寸：152mm×230mm
字 数：370千字	印 张：26
版 次：2020年4月第1版	印 次：2021年1月第2次
定 价：68.00元（全2册）	书 号：ISBN 978-7-5313-5790-2

老胡同老院子

◎ 胡　炜

　　其实我早该认识王犁。因为我们是在县城的同一条胡同里长大的。

　　让时间的画面回放到20世纪50年代，在县城古老的方城接近北门之处有条逼仄的胡同，人称戏园子胡同——理由是胡同口临街地儿有一座戏园子。我和王犁都住在那条胡同里。只不过他住胡同东，我住胡同西。

　　那座戏园子是当年海城重要的人文景观，一律由拆下来的城墙砖砌就，青灰色的身姿像是从历史书中走出的三维图片。城里的人们看戏要去那里，开会听报告要去那里。法院小规模的宣判会则会安排在它门前的小广场上。平时在那个小广场上还有摆地摊出租小人书的，有卖山楂、酸子、冰果等杂食的以及扭大秧歌的。提起戏园子胡同，生活在老县城里的人就像谈及自家老院子一样熟悉。

　　因为这座戏园子，很多县城人耳熟能详的戏曲名角儿就住在这条胡同里。在那些夏日的清晨或傍晚，只要人们走进这条胡同，就能听见"咿咿咿，呀呀呀——"的吊嗓子声音，还有人在空地上练功，压腿、踢腿以及毽子小翻一类。当然更多的是拉胡琴的声音，吱吱呀呀的，名角儿一般不唱，他们要留着嗓子去舞台上唱，更多的是一些票友跟着胡琴敞开嗓子露上一手，旁边还有一群起哄叫好的。我有很多小学同学与这些名角儿为邻，我也经常能在和同学玩耍时与这些在舞台上光彩照人且耀武扬威的名角儿擦肩而过。看到他们还原成普通百姓形象时，感觉和我们的长辈并无二致。

我的书法启蒙者刘和广先生也住在这条街上。刘先生长着一张白净的长方脸，器宇轩昂，他写着一手好隶书字，学的是张迁碑笔法，是本县书法家协会第一任主席。当改革开放滥觞期形成全民书法热之时，他的家中常会有一群书法发烧友向他讨教。我因与之近邻，则成了他家的常客。

王犁家则住在戏园子胡同西头的一个小四合院里。说是四合院，其实早沦为大杂院。几户人家合住，破东烂西的摆满一院子。院子临街有个小门楼，他家住在东下屋。

我第一次去他家已经是20世纪80年代的事了。而我认识他弟弟，却是我在上小学的时候，我和他弟弟是同学。当然和王犁也算是校友，我们是同一所小学毕业的，那所小学叫作前进小学。所以我说，我该早就认识王犁的，只不过他大我几岁，高我几届，我们就形同陌路了。

知道王犁时，王犁已经是个小有名气的业余作家了。

那个年头的作家很稀奇，不像现在，作家比做买卖的都多。那个时代的人更关心的是温饱问题，所以作家就显得很奢侈，或很另类，很难现身于普通民众之中。那一年我已经从大学毕业，被分配到县档案馆工作。有一天，档案馆来了一个高高瘦瘦的人，自我介绍是县纪检委的，说是要查找海城地震的资料。我把资料找出来给他看了，他默默地看了一阵，没说什么就走了。

他走后，馆里的一位女同志就告诉我，这个人叫王犁，喜欢写小说。

我这才知道，作家和普通人并没有天然的鸿沟，作家就在我的身边，且能与我如此近距离地接触。

真正和王犁交往已经是几年后的事了。那时我已经转到报社当记者，而王犁也从辽宁文学院毕业回到了县城。乐于沾点儿文化人光的我利用职务之便，很快和县城一干文艺青年打成一片，比如王犁，比如杨新宇，比如丛中、张毓书夫妇。我们经常聚在丛中兄家里喝酒聊天。由于那时年轻好胜，人人都急于表现自己的豪爽或酒量，致使喝得烂醉如泥的事时有发生，于是年纪最大的丛中就成了苦力，连背带拽不辞辛苦把我们一个个分别送回家里。

　　在一众人中，王犁是最不爱说的（也可能和他偶发口吃有关），大多时候他默默地坐在一边很安静地听，只有在大家争执不下的时候，他才会慷慨陈词亮出自己的观点，唬得大家瞬间噤声，再静静地反刍，回味王犁的话语，觉得果真是字字珠玑。当然王犁的酒德也最好，他从来也不强迫别人喝酒，只是一个人低头自斟自酌。喝多了也不闹腾，歪在一边迷瞪。

　　后来王犁的短篇小说获奖了，那小说的名字叫作《秦嫂买书》，而且是辽宁省政府的文艺年奖。那一年，长篇小说获奖的是陈屿的《夜幕下的哈尔滨》。辽宁省政府的文艺年奖究竟评了几届我不知道，反正我只听说过那一届。

　　为一座县城赢得如此荣誉的王犁并未因为获奖而提升任何关注度，好像只是我们圈子里的几个人庆祝了一下，兴奋了好一阵子，县城的其他人对此事并不知晓，该干啥还是干啥。在那个年代，文艺这只珍稀鸟类还困在沙龙里，并未能有机会飞入寻常百姓家。王犁家仍住在县城铁路以西的一幢简陋的筒子楼里，因为楼内没有暖气，每天都要和地炉子与水煤较劲，为此，他还险些因煤气中毒而变成残疾。

　　那时，他已经成为海城市第一届文联主持工作的副主席（主席由市委宣传部副部长兼任），所以他的小家也顺理成章地成了全市文艺工作者之家。我等一干酒囊饭袋常以沟通信息为由去他家小酌，酒足饭饱之后扬长而去。后来王犁的家搬县城的东南角（自从搬出戏园子胡同后，他的住处再没有回归到老城的方城之内，总是在城乡接合部变换位置）后，一群小兄弟仍习惯性地去他家蹭吃蹭喝，或者醉后跑到他家里胡闹，有时甚至能折腾到半夜。对此，王犁每每都能以文艺界尊长的姿态，热情接纳每一位文青，没有表现出一丝的不快。德艺双馨，这该是很多人乐于与王犁相处的根本原因。

那些年，王犁的文学创作也渐入佳境，体裁也由小说转向报告文学和散文。更多的海城人也是从王犁的报告文学和散文中认识了王犁，了解了王犁。比如，人们津津乐道的反映海城国际民间艺术节的《八月辉煌》，反映海城专业市场发展历史的《市场狂澜》。从这些文字中，人们看到了一个有良知有使命感的王犁，一个热血贲张敢于仗义执言的王犁，一个个性鲜明真诚而可爱的王犁。当然，更有受众面的是他的散文。当年，我在市委办公室做文字工作之时，囿于逻辑思维的枯燥与辛劳，闲暇时经常会和一干兄弟拿出《王犁作品集》开心解闷，比如朗读他的《看眼儿戏》《大马哈鱼》《最后一头野猪》。每当读到精妙处，大家都禁不住开怀大笑。此时的王犁，则是一个充满稚气与艺术灵性的王犁，一个从骨子里散发幽默与智慧的王犁。

前几年，王犁在网上开通自己的博客，谓之"相濡居"。这是王犁又一个艺术创作的爆发期，通过这一时期的文字，可见王犁对社会、人生有了更深层次的思考与表达。比如他的父母系列，读起来令人不忍释卷，那是关于我们的上一代人闯关东的故事，是我们的父辈所经历过悲欢离合的真实再现。那些妙趣横生的细节和鲜活生动的形象，常常会令我们情不自禁地走入父辈曾经生活过的场景，那些场景曾经令我们无比依恋，也令我们无比感慨。在品读那些文字时，我的思绪一次次穿越到戏园子胡同，穿越到那些大杂院和红房子。瞬间，便有熟悉的煤烟味儿扑面而来，南腔北调的叫卖声隐隐约约。当然，最激动人心的是那些大戏开演前的锣鼓，它曾伴随我们那一代人走过一段美妙的纯真岁月。

王犁的散文之所以出彩，不仅在于构思巧妙，文字生动，更在于思想的深刻。对待同一件事物，他有着比别人更敏感的嗅觉和更深层次的思考。比如他的《看眼儿戏》，说到"文革"动乱无戏可看的时候，是这样表达的："从此，那园子里不再有戏演，我和爹也没法看眼儿戏、听眼儿戏。那两半世界仿佛忽然颠倒了位置：里面的透着阴森和恐怖，外面的则溢着辉煌和疯狂。我心中的那些神也瞬间无了踪影。有人说：他们都被管起来了，他们原就是一群很猖狂的耗子，没只猫管着他们就成精了。我害怕成精的耗子，我庆幸耗子没有成精。但我仍留恋那些耗子曾经为我为人们精心装饰出的每一个欢乐充实的夜晚。每逢黄昏将至时，我都要围着那园子转上一转、站上一站，下意识地将脸贴上那道门缝和那个眼儿，幻想着能从那缝和那眼儿再挤出一个过去的神圣与辉煌。直到那年地震，那园子整个地坍塌，化成一堆瓦砾。"寥寥数语，把一场文化浩劫对人精神世界的摧毁与戕害表达得淋漓尽致。

他在《永不消逝的渡口》一文中，对于海城西部古镇牛庄被迫列入通商口岸，后又更改为营口一事是这样表述的："看来，牛庄在英国人的记忆中已经早早地消逝了，因为他们真的可以把这个早已让他们瞧不上眼的小镇，从他们的记忆中赶走。但我们不能，我们的民族不能。牛庄不能消逝。牛庄那个渡口不能消逝，因为那个名字早已如一颗钉子，牢牢地扎在我们软软的肋骨上，让我们时时去体味一种疼痛的滋味儿。那滋味儿真的很不好受……"

王犁的文字也正如一枚枚钉子，时不时地扎在我的软肋上，不时地提醒我那经常被酒精麻醉的神经，告诉我人活着需要良知，需要警醒，需要精进。我相信，有很多和我一样熟悉王犁的人也会有和我一样的感觉。好的文字该是一服醒世良药。

我们曾经生活的城还是那座城，但早已今非昔比。那些老胡同和老院子随着大面积的城市改造，早已销声匿迹，它们也该退出历史舞台，因为人们需要享受更安逸的生活。可是我们不该忘记它们曾经的模样和曾经的日子，因为它们给了我们生命最初的滋养，没有它们殷勤的哺育，就没有我们后来的一切。历史是不能割裂的，就像一棵树不能离开根一样。我们在寻找这座城市文明脉络的时候，不该忘记那些活色生香的老胡同和老院子。

王犁的散文则是这座城市井生活的真实写照。在他那散发着乡土气息的文字中，你会找到炉火般温暖的记忆。

目　录

解读母亲的脚

母亲的还阳与母亲的缠足

一过了大年除夕的夜，母亲便说，我又长了一岁，九十一了。九十一了还不死，你说怪不怪？她说这话时满脸现出的自满与自得，让我也顿时生了满心的自满与自得。

谁也没有想到母亲还能和我们在一起过这个春节，我们原以为母亲连那个元旦都过不去的。

母亲是在元旦前的三星期因感冒而引发了肺内感染，并导致了突发的呼吸衰竭而被叫来的救护车连夜送进了医院。经过处置，病情稍有缓解后，便被我的朋友接到了他的工会门诊部医院。那一刻，我很郑重地问我的朋友：母亲康复的希望究竟有多大？朋友很坦诚地说：我也说不好，你的妈就是我的妈，我只能说我会全力以赴。于是从那一刻起，我们便一边全身心地守护母亲，一边悄悄地为母亲准备后事：收拾好了母亲的寿衣，制好了母亲的遗像，还备好了红布、白布、冥纸、金元宝、银元宝之类，当然也没有忘记为她约好了送她上路的先生……

在我们准备的时候，母亲自己也在准备：为生而准备，更为死而准备。她一面很积极地配合医生的治疗，一面很认真地交代她身后的事：她的钱和存折都放在什么地方，她走时要穿的衣服都放在什么地方，我们该怎样安葬她和我的父亲……交代这些的时候她显得十分平静，看不出她有一点儿对人生的遗憾，只是当看见两个孙子的时候，她的眼里才流露出掩饰不住的渴望。大孙子还没有结婚，每见一次大孙子的面，她总要问：什么时候把我的大孙子媳妇领回来让我看看？二孙子还没有生孩儿，能看一眼自己的重孙子抱一抱自己的重孙子，自然是她最后的愿望。面对九十年漫漫人生，回想起来，怕也只有这一点儿遗憾了，但母亲还是说：该走了，都活了九十岁了，再不走，阎王爷都要生气了。

我们和母亲都在生与死的准备中抗争着，母亲的病情时急时缓，我们的心情也时紧时松。到了 29 日夜里，母亲的病情突然加重，她仿佛感到了自己的大限将至，便断然拒绝再给她输液输氧，挣扎着自己去拔输氧管和针头，坚持着让我们抬她回家。她说，你爹是死在家里的，我也要死在家里。

无奈，我们把母亲抬回了家。母亲刚到家便抽搐不止。我们一边服侍她，一边观察她的变化。姐姐说：母亲的脚变凉了。先生说：母亲的抬头纹要开了。朋友说：母亲的瞳孔有点儿散了……总之，我们只在等待那个时刻的到来……

然而，母亲在经过了一阵剧烈的抽搐之后，竟慢慢地安静下来，然后便打起了沉沉的鼾。然后，姐姐说：母亲的脚又热了。先生说：母亲的抬头纹一时半会儿开不了了。朋友说：母亲的瞳孔又收缩回来了。然后是母亲的血压又回到了正常，母亲的心跳又回到了正常，在新一天的曙光投进屋内的那一刻，母亲又睁开了眼睛，平和而温顺地接受了我的朋友为她重新安排的治疗。母亲说：她刚刚去了一个很远的地方，看到了一排排很高很高的树和一片片很绿很绿的庄稼，她走不出那排树，也走不出那片庄稼，走着走着便又走回自己家来了。

母亲回来了，从另一个世界又走回来了。那一刻我才突然感觉到母亲是那样可亲可爱，守在她的身边一步都不愿离开……

正是这一段守护，让我有幸知道了母亲的更多故事。

母亲的身上有很多谜。她超常的记忆力便是我们永远猜不透的一个谜。

那天，我弟弟的大舅哥去医院看我母亲，问候了几句之后，母亲突然问：丹丹的孩子快过生日了吧？那孩子的生日是不是×月×日？我弟弟的大舅哥连说：是，是，是×月×日。这老太太神了，连丹丹孩子的生日都能记住。

我当时真是又好气又好笑，说：妈，你是不是要成精了，你怎么还能记住我弟弟的大舅哥的女儿的女儿的生日！你究竟是怎么记住的呢？母亲很得意地说：我喝过那孩子的满月酒，我怎么能记不住那孩子的生日？结果惹得满座的人无不捧腹大笑。

母亲能记住很多与她很亲近的人的生日，我们姐弟四人的生日自不必说，那是记得牢而又牢的；同时记得牢的还有我们的孩子们的生日和孩子们的孩子们的生日。我们这些孩子，只要过生日的时候能在母亲身边，便都能吃上母亲为我们煮的鸡蛋。记得前年我过生日那天，中午去看母亲，母亲一见我，便从被子下面取出一个手巾包，从手巾包里拿出两个仍然很热很热的鸡蛋递给了我，并眼巴巴地看着我把鸡蛋都吃下去。那一刻，我曾为自己常常记不住母亲的生日而懊悔了一阵子。

母亲的脚也是一个谜。

母亲小时候缠过足，人们称母亲这样的脚为"民装脚"。但母亲的脚缠得很不正规很不地道，也就没有缠出"三寸金莲"式的女人的绰绰风姿。走路便不似缠足女人那样的细细款款地婀娜，而总是一副风风火火趔趔趄趄随时都像在追赶着什么又随时像被什么绊住了一样，让你时刻悬着一份对她的担心。

我曾问过姐姐，问过父亲，也问过母亲自己，母亲的脚为什么会是这种样子。从他们支离破碎的言谈中，我有了一个大致的了解。

　　母亲生在民国元年，正是袁世凯将溥仪小皇帝赶下了台，自己却盘算着要上台当皇帝的时候。这也是社会一边呼唤妇女解放，一边还在让女人缠足的时候。于是一到了该缠足的年龄，母亲便被父母逼着缠了足。缠足本是一个很痛苦很残忍的过程，是一个在时间的外力作用下将十个脚趾慢慢折断并让折断的脚趾与脚掌最终磨合在一起的过程。所以我始终认为缠足一定源于一个对女人的虐待过程而绝非源于一个对女人的审美过程。母亲一定和我一样，在脚趾被缠断的一瞬间，只尝尽了残忍和痛苦，却没有产生丝毫对美的感悟与憧憬。于是，在那一瞬间，母亲毅然扯下了裹脚布，让自己的脚好好地放松了一回。但是这种放松并不意味着真正的解放，母亲自己刚刚放松的脚随即又被家人用长长的布条缠了起来。之后又是母亲的私自放脚和家人的再次强行裹脚，如是者三，母亲便过了缠足的年龄，母亲的两个大脚趾再也缠不断了。母亲就这样结束了缠足经历，并使自己的脚变成了现在这种不伦不类的样子。

　　母亲恰恰是用这样的脚走出了她很有些色彩的人生。

母亲的出嫁与父亲的出走

　　世上恐怕没有多少人能真实了解和把握自己父母的感情生活，他们爱也好恨也好、亲也好疏也好、笑也好闹也好、合也好散也好，其间的奥秘只有他们自己知道，只有天知道。

　　五十多年，我就不知道母亲是怎样认识父亲的，又是怎样让自己嫁给了父亲的；当然，我也更不知道父亲当年是怎样看中了我的缠足的母亲和母亲的那双不规范的缠足的。直到这次守护在母亲身边，我才从母亲缥缥缈缈的目光中，捕捉到了一点儿明明灭灭的影子。

　　确切一点儿说，母亲是被我的姥爷卖给我的爷爷家当媳妇的。这话从母亲的嘴里飘进我耳朵的时候，我当时的震惊可想而知。

母亲说，我姥爷的家境其实并不贫寒，不是不贫寒，其实原来很殷实，有十数间房子，有上百亩地，当然还有马还有车。因为姥爷的父亲、母亲的爷爷原是方圆百里闻名的郎中，一生治病救人，积了一生德，积了一身医术，自然也积了一份偌大的家产。然而，最终他传给俩儿子的只有他积下的家产，却没有传下他积下的医术，两个儿子在送走他之后，便搬出他房里的所有书，放在院子里一册册地焚烧，整整地烧了三天，烧了个片纸无存。因为他的两个儿子都厌恶跟他学医，且又都早早地学会了抽大烟，所以他们的眼里看重的只是父亲留给他们的房子和地，而并不看重父亲留给他们的那些书。因为房子和地可以为他们换来大洋和大烟，而那些书除了让他们看着心烦，却不能为他们换来一块大洋或者一钱大烟。他们算计着仅靠那些房子和地，就足以让他们把大烟美美地抽上一辈子，还留着那些书来碍什么眼呢？

母亲说：三天哪，整整烧了三天……

黑暗中，我的眼前烈焰飞腾。

黑暗中，母亲的眼前也一定烈焰飞腾。

于是，将母亲卖给爷爷家当媳妇就应该是顺理成章的事了。

母亲说，姥爷家的地终于让姥爷一口口地抽没了，一担担黄澄澄的麦子都化成了一缕缕淡青的烟。正是这个时候，姥爷遇上了正在放羊的父亲。姥爷看上了放羊的父亲，并看上了父亲家的地，于是自己找上门去，让我的爷爷给了他二十亩地，然后就让父亲把母亲娶了回来。母亲和父亲就这样成了亲，成了一家人。

母亲说：你姥爷用我换了二十亩地……

黑暗中，母亲的声音里流动着飘飘忽忽的幽怨。

母亲说：那天，是你爹坐着一顶蓝色的大轿，用一顶红色的大轿，把我风风光光地娶进了家门。

黑暗中，母亲的声音里闪烁着朦朦胧胧的醉意。

我问母亲，当初父亲是怎么出走的？这可是多年来一直存在于我心里的谜。

母亲没有说当初她和父亲的感情如何，他们婚后的生活如何，而只是讲了父亲出走的经过。

母亲说，父亲一直不安于在家里种地放羊，一门心思想往外跑，跑了三次才跑成。

母亲说，在她生了大姐之后，父亲的一个叔伯哥哥回家探亲，跟父亲讲了他在关外的海城开了一家买卖，生意做得红红火火的事。从此，父亲的心里便长了草，几次跟爷爷奶奶说要上关外找我的大爷学做买卖，都让爷爷奶奶回绝了。因为爷爷奶奶都是本分的庄稼人，认准了种地放羊才是庄稼人的本分，无论如何是不准自己的儿子扔了庄稼人的本分去行那生意人的不本分的。只是父亲如同中了邪，偏要扔了庄稼人的本分去行那生意人的不本分。于是在好说歹说不见成效的情况下，父亲决心不辞而别了。

父亲第一次出走前是准备了一个包裹的，虽然很隐秘，但还是让母亲发现了。但母亲并没有揭穿他，而是在她发现了那个包裹不见了的时候，才去告诉了爷爷和奶奶，于是父亲还没有走出多远，就被爷爷奶奶追了回来。

有了这个教训，父亲第二次出走前便没有再准备包裹，而是平平静静地去放了一天的羊，回来后平平静静地把羊赶进了圈，又平平静静地吃了晚饭，平平静静地说要去邻居家说会儿话，然后便平平静静地走了。等到母亲从这平平静静中醒过神来之后，父亲已经不见踪影了。

母亲说，那晚上，家里人找了半夜也没找到父亲，都急坏了，最后找来了一个算命的先生。算命先生告诉家里人，父亲还没有走远，让菩萨给领到一个庙上去了，并告诉家里人该往哪个方向去找。于是家里人便按照算命先生的指点找了下去，终于在天亮前找到了父亲。找到父亲时，父亲正躺在一个庙门前睡觉。父亲说，他一直以为他这次跑得很顺利，却没想到在一片树林里迷了路，左跑右跑就是跑不出那片树林。后来他看到了一盏灯笼，他便朝着那盏灯笼走去。说也奇怪，他走，那盏灯笼也走；他走得快，那灯笼也走得快；他走得慢，那灯笼也走得慢。那盏灯笼就那样领着他走，走出了那片树林，走到了那座庙门前。一到庙门前，他便再也走不动了，一坐下去便睡着了。

　　母亲说：大伙都说你爹遇上了观音菩萨，是观音菩萨把你爹领了回来。

　　母亲说，父亲找回来后，爷爷奶奶便去那庙里烧香许愿，把留住父亲的全部希望都寄托给了菩萨。然而父亲却仿佛有意要和菩萨过不去，时间不长，父亲终于第三次出走，走出了生他养他的那个村子，走到了他做梦都想去的关外的海城。父亲终于扔下了铲地的锄头和放羊的鞭子，扔下了庄稼人的本分，也扔下了爷爷奶奶和母亲对他的苦苦思念，成功地出走了。那年，大姐还不满五岁。

　　母亲说：你爹一走就是七年……

　　黑暗中，母亲的声音里飘浮着*丝丝缕缕*的怅然。

母亲的寻夫之路

　　我一直想问母亲，当年她为什么要到关外来找父亲，千里迢迢她是怎么走过来的。

黑暗中，我已不止一次在心里发问：凭着母亲那样的一双脚，她怎么就能走出那个家，走出那个村子，走出那个世界，走出那个关，走过迢迢的千里征程，走过茫茫的人海，并在茫茫人海中找到了父亲，找到了真正属于自己的家，找到了真正属于自己的生活？

母亲说，父亲在出走四年后回了趟家，那时父亲已在大爷的店里当了二掌柜。

母亲抱怨说：你爹那次回来，连双袜子也没给我带。

我笑着说：大爷开的是五金店，只卖刀和剪子，不卖袜子。

母亲说，在父亲走后的第二年，母亲又生了个儿子，应该是我的哥哥。母亲便立刻给父亲捎了信，父亲很快便回了信，说他会很快回来看儿子。母亲心里自然欢喜，便丢了一切烦恼，只盼着父亲早日归来。然而母亲却不为自己做主，我那哥也更不为母亲做主。母亲生下他便没有奶，我那哥生来就只喝面糊糊，结果生下来不久便拉肚子，拉了没几天便把母亲心尖上的那块肉拉没了。母亲自然不敢把这消息告诉父亲，然而奶奶却急急地将这信捎给了父亲，结果父亲便没有再回来，又是整整三年没有再回来。

母亲说，那三年的日子她过得很难，不是难在吃饭穿衣，而是难在无法面对婆家人和娘家人的脸色。奶奶是从未给过母亲好脸色的，又因为母亲常带着姐姐住在娘家，姥姥的脸色也渐渐变得难看起来。母亲说，她真不知道那几年她是怎么挺过来的。从母亲若隐若现的感情流露中，我感觉到母亲在当时确曾想到过死，但母亲最终还是做了另外的选择：带着姐姐到关外来寻找父亲。

母亲说，她和姐姐只背了一条被子就出门了。她们先走了近三百里的路到了沧州，又坐火车到了天津，再坐火车到了山海关，在山海关费尽周折从小日本那里办来了通行证，才又坐火车到了沈阳，最后终于到了海城，找到了我的大爷和我的父亲。

母亲说，他们见到她俩时，都惊得半天说不出话来。然后便一个劲儿地问：你们是怎么走来的？你们是怎么走来的！你们是怎么走来的？！然后大爷便对父亲说：你老婆孩子都来了，这一家人就齐了，从今天起你就收收心，去外面租一间房子，领着老婆孩子好好过日子吧。于是父亲便去外面租了一间房子，领着母亲和姐姐回了家。

母亲说，你爹真的从此收了心，正儿八经地过起了日子。

我无法读到母亲话里所隐藏的全部故事，但黑暗中我却摸索到了隐藏在母亲心底的那几分得意。我被这得意深深地感染着，突然想：假如母亲的两个大脚趾当初就那样服服帖帖地被缠断了，母亲还能风风火火趔趔趄趄地走出千里迢迢之外的那个家，走进千里迢迢之外的这个家吗？须知两个家便是两重天地，两重世界，两种命运，两种人生……而对于我，假如没有母亲的那双脚，我便根本没有机会睁开眼睛来看这个世界。我是该喜该怨呢……

母亲告诉我，她和父亲都没想到他们还会得到我和弟弟。这是母亲从未透露过的秘密。

母亲说，她在找到父亲后的第二年有了二姐，是在"光复"那年，就是日本鬼子投降那年生下二姐的。父亲对大姐不甚亲近，对二姐却视若掌上明珠，我想这大概是因了大姐一直不在父亲身边，而二姐又恰恰生逢其时的缘故。母亲说，还有一个缘由，是因为大夫说：母亲已不能再生了。

母亲说，有了二姐后，父亲仍想要个儿子，第二年母亲便又怀了孕。那次怀孕险些要了母亲的性命，因为在怀孕三个月的时候，母亲得了伤寒。大夫说，孩子是一定保不住了，大人也只能死马当作活马医。于是母亲开始和死神抗争，以她那样的一双脚去和死神赛跑，并终于把死神甩在了后边。母亲活了下来，但也付出了沉重的代价：孩子没了，据说是个男孩；大夫说，母亲已不能再生了。于是二姐成了父亲的掌上明珠。

似乎谁也没有估计到母亲的生命力和创造力，就在大夫做出"母亲已不能再生"的宣判两年之后，母亲竟又奇迹般地怀上了我，竟奇迹般地在新中国成立的礼炮刚刚响过之后，让我欢欢喜喜地来到了这个世界。

我的到来让我的父亲母亲如获至宝，尤其是父亲。母亲说，我的满月酒摆的是"八盅碗席"，是当时最讲排场的酒席。这个话从我懂事时母亲便讲，一直讲到今天，以至让我从懂事时起到今天，一直对那"八盅碗席"耿耿于怀，一直在心里猜想：那酒席一定看上去很美，吃起来很美。

我的到来让父亲感到无比的欣慰和自豪。母亲说，八岁时我还骑在父亲的脖子上，十岁时我还赖在父亲的后背上。邻居都笑话父亲：稀罕孩子都稀罕得没谱了。

在我三岁的时候，母亲又生下了弟弟。或许因为弟弟出生时，父亲的生意已开始走下坡路，家里的生活已开始走下坡路；或许因为父亲对儿子的情感已在我的身上付出太多，弟弟的出生没有引起父亲更大的欢喜，因为我从未听母亲或父亲讲过为弟弟做满月酒的事。

无论如何，我和弟弟都是幸运的，我和弟弟的到来是不是上天给予母亲的恩赐？

黑暗中，我能感受到母亲心底流淌着的欣慰。

母亲的脚哇有力量

母亲有了弟弟那年，父亲送二姐上了学，没过两年，开始搞公私合营，父亲的小本生意入了公私合营商店的股份，父亲也成了商店的正式职工，家里从此走上了一条仅靠父亲的工资维持生活的道路。父亲那时的工资每月有四十元，生活滑入了拮据。从此，我们姐弟终于有机会感受到了母亲那双脚的力量：强壮，坚忍，不畏困难，不屈不挠。

三年经济困难时期留给我们的烙印是刻骨铭心的，每每想起那曾经历的每一幕，便每每想到母亲的那双脚，真不敢相信母亲能凭着那样的一双脚，领我们避开了饥饿，避开了疾病，避开了死亡。可以说我们这一家人是靠了野菜和干菜才得以度过那个时期的。这全依赖了母亲。

母亲似乎比别人更早地感到了那个时期的艰难，初期便像田鼠一样领着我们做起了屯食备荒的准备。

记得那年的秋天，开始收萝卜、白菜的时候，几乎每天放了学，母亲都要领着我们到郊外的某一块菜地去守望，满含期望满怀焦躁地看着地里的萝卜被一个个拔起，地里的白菜被一棵棵砍倒；然后看着那萝卜、白菜被一车车拉走；然后便两眼紧盯着被遗弃在地里的那些萝卜缨、白菜叶，焦急地等待那一声"开圈"的哨音，等待去拾抢那些被遗弃在地里的宝物。

我们每天都能拾抢到很多萝卜缨、白菜叶那样的弃宝，拾抢多的时候，常常要往返两三次才能把那些弃宝弄回家，常常弄完以后天已很黑很黑，我们也已很累很累。很累很累的我们吃了饭便可以睡了，但母亲还不能睡，她还要去把当天拾抢来的弃宝，弄到院子里去摊开晾晒，然后再把头一天已经晒蔫的菜叶，整理出来编成辫子，然后再把编好的菜叶一辫一辫地挂在屋檐下或墙头上继续晾晒，直到彻底晾干晒干，不会发霉变烂时，再把它们储存进家里的小木棚里，以待一个冬天，一个春天，乃至一个夏天的食用。

那些日子里，母亲就迈着那双趔趔趄趄的脚，领我们走遍了城北的三里、城南的张家、城西的安村、城东的响堂。开始是在一块一块的地里拾抢菜叶，然后是提着铁锹在一块一块的地里翻找那些侥幸没被挖走的地瓜和土豆。直到地已封冻，直到一片白茫茫大地真干净。

正是这些东西，使我们在那个很多人已窘迫到以糠为食以玉米皮粉为食以草根树皮为食乃至以土为食的境况下，还能吃上用玉米面裹成的菜团子，还能喝上用玉米面熬成的粥，偶尔还能吃上一回肉，吃上一顿饺子。肉和饺子都是用那些晾晒干的菜叶换来的。就是这些菜叶，让我们度过了饥饿，逃离了死亡。这一切都该归功于母亲的那双脚。

我们姐弟三人都能上学读书，也是靠了母亲的那双脚。

至今还记得，我在小学五年级刚开学的时候，母亲很无奈地对我说：你姐考上了高中，不容易，家里不能不供；你弟弟还小，还不能帮我做什么，就得让他上学；家里实在供不起你们三个念书，你就先别念了；过个一年半载，家里条件好了，再让你去念。说着说着，母亲流了泪，我也流了泪。但我并没说什么，就留在家里没有去上学。

几天后，我的班主任找到家里，对母亲说：不能不让孩子念书，这孩子的学费我给拿。母亲没说一句话，只是不住地流泪。第二天，母亲便早早地叫醒了我，递给我书包，轻轻地对我说：上学去吧。我欢欢乐乐地走了，因为我又能上学了；我酸酸楚楚地走了，因为我知道母亲又去捡煤核了。

母亲一直没有工作，我们的学费全部是母亲从父亲微薄的薪水里为我们一点点地省下的。母亲捡过煤核，靠着母亲捡来的那些煤核，家里竟三年没用买煤。母亲拾过破烂儿，靠卖破烂儿换来的钱已足够换回生活上所需的油盐酱醋了……

母亲还打过土坯。

为了给生活困难的家庭找一条出路，街道办起了一个坯厂，问母亲能去不能去。母亲毫不犹豫便答应了。

打土坯是个力气活，本是男人干的活，本是强壮的男人干的活，但母亲也打起了土坯。

记得那时，每天一早，我们都上学之后，母亲便要赶去坯厂打土坯。一个坯模盛四块坯，一块坯有四五斤重，一个盛满的坯模端起来有二十多斤。母亲一上午要打上千块坯，端着二十多斤的坯模来回要走二三百趟。我真难以理解，母亲的那双脚是怎样承载下如此重负的。

为了能让母亲多少轻松一些，那时每逢放了学，我们便去坯厂帮母亲晾坯、搬坯、码坯。我的两只细瘦的胳膊一次也能够拿起五块土坯，两条细瘦的小腿一天也要跑上一二百趟。每次帮母亲码完坯，我的胳膊和腿都麻木得如同已不在我的身上。于是我便会想到母亲的胳膊母亲的腿和母亲的脚。但我的心里那时只有快乐，不觉得自己有多累，也不觉得母亲有多累，而只想着我们已没有失学的担忧了。

坯厂的活主要是夏天里的活，天一冷，坯厂的活就停了。但母亲的那双脚却不愿停下来，便找到街道又谋到了一个卖糖葫芦的许可。从此，每天天还不亮，母亲便会早早地跑到街里的一个冰果店去，排队等着将刚刚做好的糖葫芦批发出来，然后将那一串串晶莹剔透的糖葫芦，精心地摆到一个木制方盘里，再托到街上去卖。于是每天放学后，我们便跑上街头帮母亲去卖糖葫芦，一串又一串地直卖到天黑，一天又一天地直卖到大年三十，直卖到整条街上早已断了行人，别人家的团圆饭早已摆上了饭桌，我们才随了母亲欢欢喜喜地回家去。大年初一，我们又早早地提上方盘，满身喜气地随了母亲走上街头。

母亲就这样让我们姐弟三人都读完了小学，读完了中学，并送姐姐上了大学。我知道，如果没有"文革"，母亲也会凭着那双脚如此春夏秋冬不停地奔波，同样会把我和弟弟也送进高中，送进大学……

夜已很深，母亲那里已传来轻轻的鼾声，我清晰地感觉到母亲的鼾声很甜很甜。

沉在母亲的鼾声里，我一直在沉沉地想着母亲的那双脚。

我和姐姐、弟弟常开玩笑说：如果母亲的脚不是这样一双缠足的脚，如果母亲也能像我们一样有机会去读书，凭着母亲的头脑和性格，母亲一定会成为一个好教师、好医生、好军人或者好干部。

玩笑就是玩笑，母亲就是母亲。母亲只能用她的脚走出这样的人生：对生活永远充满希望、充满热情、充满力量、充满感激；而对家对我们永远充满爱……

我真想马上爬起来，烧好一盆热水，为母亲好好泡一泡她那双脚……

我该如何爱父亲

在一个阳光很好的秋日的中午，父亲走了。

父亲走时，我正和我的朋友张世刚与中国书协签完了承办全国第六届中青年书法作品展的协议，兴冲冲地走在回宾馆的路上。结果刚刚走进宾馆大厅，服务员便急急地迎了上来，告诉我家里有急事，已经打来了三次电话，说电话马上还会打过来，让我们就在那里等。正说着，家里的电话便又打来了，于是我听到了电话那边传来的急切声音：爹病了！很重！快回来！坐飞机回来！

放下电话，我便急切地跑向就近的一个民航售票处，但被告知当天已没有飞往沈阳的班机。于是我赶紧返回宾馆，三下两下地收拾好东西，拉起刚啃了一口面包的世刚就往北京站赶。一到北京站，便从票贩子的手上抓到两张去丹东的车票，玩儿命似的跑进站台，飞身跳上了正要启动的列车。

待我们找到了自己的座位，坐下来稍稍平静了一下后，我对世刚说：我可能……见不着……我爹了……

世刚赶紧安慰我：不会的，老爷子的身体那么好，哪能说没就没呢。八十的人了，有点儿啥病都是正常的。

我对他摆摆手，摇摇头说：不对，我有感觉，老头儿很可能……没了……

此时，我多么希望是自己的感觉出了错，多么希望世刚的话就是事情的真相，而不仅仅是一句安慰。因为我知道父亲的身体确实一直很好，因为就在两天前我临来北京时，我还和父亲一起吃过饭，还陪父亲一起喝过酒，还同父亲一起嘻嘻哈哈地闲扯了好一阵子，所以我也很难相信父亲会这么突然地说没就没。但我的那个感觉就是挥之不去，因为我还知道父亲的心里一直还有一个结，我至今还没有为父亲彻底解开那个结。

为了强迫自己不再去想，我翻开了那本当天刚买来的《白鹿原》……

凌晨 1 点多到了沈阳，没出站台便又跳上一列南下的火车，早晨 4 点便到了海城。我们急忙跑出站台，跳上一辆最近的"三轮"，急急忙忙赶到父亲家的楼前，远远地我便看到了楼门前的那顶黑色的灵棚……

父亲真的走了……

弟弟说：那天早晨他上班时，父亲还好好的。吃了早饭后，母亲说中午想包饺子，便和父亲一起去了楼下的菜市场，买了肉和芹菜。回来后，母亲便去厨房剁肉，父亲坐在屋里择芹菜。大约 11 点来钟，父亲择完了芹菜后去了趟厕所，回来后便说自己心里发闷身上发冷。母亲以为他是累了，便把他扶到床上躺下，给他盖上被子让他歇了。母亲以为父亲歇一会儿就会好的。谁知父亲竟一直不断地喊冷，而且脸色也越来越不好看，母亲这才有点儿着急了。刚好这时弟弟下班回来，便赶紧喊来邻居家的一个医生。那医生过来看了说，许是感冒发烧，先吃两片药看看再说。于是弟弟给父亲服了药，然后便坐在父亲的身边守着。他们都以为服过药的父亲一会儿就会好的，但谁也没想到，服过了药的父亲全身竟越发抖得厉害，很快便陷入昏迷。这时人们才感到事情的严重，赶紧张罗着去叫救护车。然而已经晚了，一时醒来的父亲只来得及对坐在他身边的二孙子说了一句"以后你奶奶……就全靠你了"，便抛下已和他相伴相随了六十多年的母亲，一个人匆匆地走了……

父亲是因为突发心肌梗死匆匆而走的，也是因为心里突生的郁闷匆匆而走的。这都怪我们粗心。我们都一直以为父亲的身体很好，却忽略了他已是七八十岁的老人，忽略了早该为他去做个体检。当然我们也忽略了对父亲心中所生郁闷的理解，而没有对那个突发事件做出积极而妥善的处理。那个事件或许正是导致父亲突发心肌梗死的直接原因。

那个事件就是：父亲用来修锁配钥匙的小推车丢了。

父亲是在那个"语录本事件"发生之后，被商店的革委会革去更夫的重任，而被发配去修锁配钥匙的。于是那个曾经被疑为监守自盗的更夫，摇身一变而成为一个可以打开任何一家的保险柜的锁工，当然包括公安局的保险柜和商店自己的保险柜。

父亲对这一安排很是欣欣然，这是因为父亲早已把"党叫干啥就干啥"奉为自己生活的唯一信条，还因为父亲在公私合营前便是做小五金生意的，修锁配钥匙本就是他的老本行，所以他把那活一接下来，便干得很好，而且一直干到退休。退休那年，父亲又跟店里商量，买下了他平时修锁配钥匙用的工具和材料，自己装起一辆小车，在退休离开商店的第二天，便在商店的楼外摆上了自己的修锁配钥匙小摊儿。

父亲仍把经营自己的小摊儿视为自己的工作，仍工作得十分认真，每天仍必是按点上班按点下班，无论春夏秋冬风雨不误。母亲便常为此好笑，说都退休了，早点儿晚点儿的有什么要紧。于是便时不时地故意把饭做晚了，想以此提示父亲去注意自己的已退休的身份。每逢此时，父亲总会急得在屋里打转，转到上班的时间到了，便索性饭也不吃就走了，结果弄得母亲还不得不颠颠儿地把饭送到父亲的小摊儿上。时间长了，母亲便也不再以此去逗惹父亲了。母亲说，这样也挺好，若让你爹就那么在家闷着，早把你爹的身板儿闷坏了。

那时的我们真的都很庆幸父亲的这一退休而不退岗。有时竟还会莫名其妙地对当初曾经制造了那个"语录本事件"的人，心生丝丝的感激，感激他们当初竟会那么有远见地发配给父亲那么一个活路，以至让父亲退休后还可以继续从事他喜欢的工作，并从这工作中继续获取快乐，而不至于让这一份快乐因退休而萎缩。

过了几年后，我们的心态便发生了一些微妙的变化，因为我们时常会听到一些好心的朋友和同事说，老爷子那么大岁数了，别再让他出去干活了。话里话外就含了些指责。这便让我们的脸上很过不去。于是我们便试着去和父亲商量，那个小摊儿是不是别摆了，回到家来和妈好好享几年清福。可父亲一听这话，那脸便立刻沉得像块铁似的连连摆手说，不行不行，谁不让我工作都不行。几次劝说无果后，我们也只得听之任之了。

我开始也对父亲的执着很不解，于是便时常抽时间去父亲的小摊儿上坐坐，力图解开父亲对小摊儿的依恋之谜。我终于发现了这个谜底：正是这个小摊儿可以让父亲感觉到自己还有用，感觉到自己还不老。能给父亲这些感觉的不是我们，而是父亲的那些顾客。因为我看到每逢有顾客向父亲竖起拇指，夸赞父亲的好手艺时，父亲的脸上便会笑得如同开了一朵花；而每逢有顾客问起父亲的年龄，然后"啧啧"连声地向父亲竖起拇指，"啧啧"连声地夸赞父亲的好身板时，父亲的脸上更会笑得如同开了一朵花。那小摊儿带给父亲的原本就是一种别人无法窥见的享受。

从此，我成了父亲最坚定的支持者。当然，母亲更是。到后来，母亲也开始跟着父亲一起出摊儿了。那些年里，每天早晨吃过饭后，父亲和母亲便相互搀扶着去那个小摊儿上班，然后母亲便坐在父亲的旁边，和父亲一起享受着来自一位位顾客的夸赞和祝福，待到收摊儿以后，母亲和父亲便又相互搀扶着回家来。长此下来，这两个相互搀扶的老人便成了这小镇和小街上的一道风景。

我真希望这风景能长久地驻留在这小镇的小街上，因为只要有这道风景在，就有父亲和母亲的健康与快乐在。然而，我们谁也没有想到，那道风景会在一夜间被摧杀在那个突发的事件里。父亲的小车丢了！父亲的小摊儿没了！

父亲几乎是带着哭腔对我说，昨晚下班时，我和平常一样把车送进商店的院子，我是看着商店的守卫锁好了大门才走的，可今天一上班，车就不见了，怎么找也找不着了，怎么找也找不着了……

母亲说，我问了，昨半夜店里进货了，大伙都忙着去卸货，忘了关大门了，该着呗……

母亲说，全是让那个丧门星闹的……

我问母亲是咋回事，母亲气哼哼地说，昨晚和你爹下班回来，走半道累了，就坐道边歇会儿，这时就过来个人，问：你二老都多大岁数了？我看这人说话也挺好，就告诉他我们多大多大。他又问：你们有闺女儿子吗？我说有，有两个闺女两个儿子呢。你猜接下来他说啥，他那话差点儿没把我气死。他问：你二老这么大岁数了还出来做事，是不是你们闺女儿子都不养活你们？我一听就来气了，把棍子在地上狠捣了几下说：滚！你闺女儿子才不养活你呢！他瞪瞪眼还想跟我说啥，让我拿棍子轰跑了。你爹耳朵聋，没听清他说啥，要听清他说啥，非得拿棍子揍他。怎么就遇见这么个丧门星。那车准是让他给"方"丢的。

听了这些，我心里虽仍为那小车的丢失而上火，却又暗自为那小车的丢失而庆幸。父母毕竟都已年近八十，确也不宜再出去奔波劳作了，也该留在家里颐养天年了。过去只是因为有小车存在，我们的话才丝毫不起作用。如今小车丢了，他们再想出去也不可能了，倒也算得上人不助天助了。

于是我忙堆起笑容去劝父亲说，丢了就丢了吧，干了一辈子也该歇歇了。你们要再出去，弄不好就有人到法院告你儿子去了。

后面这句话父亲听清了，立刻瞪起眼来问：谁要告你？告你啥？

我赶忙俯在父亲的耳边，大声说：告你儿子不养活你！只要你好好在家歇着，别再想着出去干活，就没人告了！

父亲听了连着点了两下头，终于嘿嘿地笑着说：不出去了，不出去了。车都丢了，还出去干啥……

我以为事情就这样过去了，但没过几天，父亲竟怯怯地和我商量，能不能帮他再装备起一辆小车，他说他实在没法在家里就这么干待着。

我不忍去看父亲眼里的失望，于是便点头答应父亲，等我忙过了这一阵儿，一定帮他再弄一辆小车，上街不行，咱就把顾客让到家里来，总之我一定协助你将革命进行到底。听了我的话，父亲终于很开心地乐了。

我虽然答应了父亲，却一直拖着没去办，因为我想把那辆小车拖垮，我以为只要把那辆小车拖垮，便会让父亲慢慢地习惯自己的新环境新生活。

然而我错了，我虽然可以拖垮这辆小车，却无法拖垮父亲心中的那辆小车。正是那辆小车才最终将父亲拖到了另一个世界……

父亲走了，带着我留给他的最后一点儿遗憾，匆匆地走了……

父亲的走，让我的心久久不安，以至父亲走后数年的今天，我仍会时时捧着我的心轻声叩问：父亲，我该如何爱你……

父亲的手艺

　　我那一生连自己名字都不会写的父亲，竟无师自通地学会了两门可以用来养家糊口的手艺：磨剪子抢菜刀和修锁头配钥匙。磨剪子抢菜刀是在独闯关东时学下的，修锁头配钥匙则是在公私合营后学成的，都应归入自学成才一类。

　　当年因厌恶了枯燥的日复一日的种地放羊的生活，历经三次奇妙的出走风波，终于千辛万苦地如其所愿地来到关东来到海城，在我一个叔伯大爷开的一处叫"利源号"的小五金铺落下脚之后，父亲的第一个念头就是能学下一门手艺，以为日后的立足之基立家之本。于是他选择了磨剪子抢菜刀。

　　父亲之所以会做如此选择，我猜想大概是基于以下三种原因：其一，我大爷开的小五金铺经营的就是门鼻子、锁头、剪子、菜刀之类，一段学徒生涯下来，自然便对此类商品的结构性能特点等有了深入了解，已有了基本的商品知识基础；其二，行此手艺装备简单，只需要一条板凳，缠上两块磨石和两把抢刀，往肩上一担，便可以游走于乡间挣钱；其三，闯关东来的老乡中凡无其他才艺可用者，多选择以此手艺谋生，相互间自会多有照应。故而，父亲便也学得了这门手艺。及至母亲带着大姐一路风尘仆仆地寻到他时，父亲就是靠着这门手艺和一个卖小五金的地摊儿生意，为她们安下了一个家，并让日后的我们也有了一个家。

　　虽然我们这个家是靠着父亲的这门手艺挣下的，但我从小到大却从未见过父亲走街串巷展示自己手艺的样子，更从未听过父亲走街串巷时的吆喝声，后来每当从那部旷世宝典般的《红灯记》中听到那一句经典的"磨剪子抢菜刀"的吆喝时，我便会不由自主地想起父亲，便去想象父亲的吆喝声一定会比戏里的那个磨刀人更好听更有味儿，因为我是见识过父亲和老乡们如何飙戏的，并且他们飙的那还是河北梆子戏。所以我猜想父亲的那一句吆喝一定是带着十足的梆子味儿的，一定是十分撩人心弦动人心魄的，之所以父亲能以此养家糊口，应该凭的不仅是手艺，还有他那独具韵味儿的吆喝。

父亲的这门手艺，在父亲被公私合营到一家土杂商店当了职工之后，便失去了它谋生的意义，公私合营将父亲经营的那些小五金商品拆成股份后收入了公私合营后的商店，因那条板凳以及缠在板凳上的两块磨石和两把抢刀无法折成资产股份入股，况父亲的那门手艺更无法折成技术股份入股，故而被留在了家里，成为公私合营后家里留下的唯一资产。

从那以后，父亲不用再扛着板凳走街串巷了，但每隔十天半月的，父亲便会把那条板凳摆到院子里，从各家各户收来剪子和菜刀，将自己的手艺尽情展示一番。那时，父亲每磨好一把剪子或一把菜刀，总会把那剪子和菜刀再反复试过锋刃之后，举到眼前，对着太阳细细地打量，如同在欣赏一件足以让他心醉的艺术品。每每看到父亲的那般专注与沉醉，便会让我心生感动。

曾经有那么短暂的几年，父亲将自己的这门手艺当成了一种独有的消遣与娱乐，一份稳定的工作和稳定的工资一时间让父亲也让我们全家都对未来的新生活充满了信心，坚定地以为靠父亲的那门手艺养家糊口的日子已经一去不复返了。

然而让我们都始料不及的是，短短几年之后，父亲便自己又扛起那条板凳出去了。

再次扛起板凳出去的父亲如同做贼。那如同做贼的生涯是从 20 世纪 60 年代初开始的。父亲的那一份稳定的工作和那一份稳定的工资再也无法稳定住全家生存的根基，再不想点儿别的生路，等着我们的便只有挨饿。于是母亲最先想到了父亲的那条闲置了多年的板凳。母亲说，出去挣点儿去吧，再不出去挣点儿这几个孩子就完了。架不住母亲的一再催逼，终于有一天，父亲还是扛起那条板凳走了。

父亲是偷偷摸摸出去的。很长一段时间，连我们都不知道父亲偷摸出去挣钱的事。我们只是奇怪，为什么突然间每逢星期天家里便再见不到父亲的影子，去问母亲，母亲则只有一句话：大人家的事，别问。不问就不问，但我心里便留了个心眼，再到星期天时，睡觉便格外警醒，一听到有父亲母亲穿衣下炕的动静，我便一下子醒来。我发现父亲母亲下炕时并没有开灯，外面也还是黑漆漆的死寂。父亲悄无声息地打开房门，蹑手蹑脚地走进院子，轻轻地打开院子的大门出去了。看着母亲随后蹑手蹑脚地从窗前过去，我赶忙爬出被窝，光着脚跟了过去。我发现母亲绕过东边的山墙走向屋后。我家的屋后有一道很高的院墙，院墙那边连着一条胡同，我们习惯称之为后街。我看见院墙下早已放好了一个方凳，方凳旁边摆放着父亲曾经用来谋生的那条板凳。此时，母亲正费力地扛起板凳，扶着院墙费力地站到方凳上，将父亲的那条板凳担在了高高的院墙上。不一会儿，母亲将那条板凳顺着院墙轻轻地放下去，然后便有人接走了那条板凳。那人当然就是父亲。那一瞬间，我险些哭出声。

整整一天，我都在猜想父亲到底啥时候回来，会以一种怎样的方式走进这个大院走进这个家门。

天已经完全地黑了下来，我们已经早早地吃过了晚饭，钻进了被窝。我发现母亲开始心神不宁地一次次地往后院跑。我终于忍不住，钻出被窝跟了出去。我看见母亲就站在早晨的那只方凳上搓着两手痴痴地向后街张望。终于，父亲的那条板凳爬上了院墙，母亲赶紧费力地接过来，险些摔倒。我赶紧跑过去，扶住母亲。母亲一怔，却什么都没说。我从母亲手里接过那条板凳，将母亲扶了下来。

我钻回被窝，然后眨着两眼看着母亲一阵忙碌：先是在脸盆中放好热水，接着在炕上放好饭桌，然后端上一直在锅里热着的饭菜，最后倒上一壶酒温在盛满热水的茶缸里。此时，父亲恰好风尘仆仆地走进家门。我龇牙冲父亲一乐，父亲则眯着眼冲我一笑。然后我痴痴地看着父亲洗脸、喝酒、吃饭。那一刻，我真是感觉父亲很高大。

父亲的那份手艺就这样帮我们度过了那一段最艰难的时光。但一直有一个谜深藏在我心底：父亲是如何将自己的"罪恶行径"掩藏得如此之好，竟在那段让人人神经紧绷的岁月里得以逃过一劫安然无恙！多年后我问父亲，父亲则显出几分羞赧的神情说：那有啥，早晨人没起来时就走了，去的地方又都是离着一二十里的乡下，晚上收工早了，就在城外边多待一会儿，等天黑透再回来呗！

一瞬间，我的眼前便闪现出父亲扛着板凳，吼着他那带着梆子腔的吆喝，在乡间的土路上行走的身影，闪现出父亲坐在城外的道边上，一边望着远处家里正袅袅升起的炊烟，一边望着远处缓缓坠落的夕阳，我的心禁不住隐隐作痛。

度过那段时光之后，父亲便再没扛起过那条板凳。那条板凳此后只在逢年过节时才会被父亲翻出来用一用，父亲的这门手艺终于演变成一种真正意义上的才艺展示。此后，父亲便将他全部的精力倾注在了他的另一门手艺上——修锁头配钥匙。

其实，父亲的这门手艺好像早在自己做生意时便学下了，因为父亲经营的小货摊儿上就摆着锁头一类货色，父亲理应对这类货色的性能和结构有着很深的了解，只要稍加留意，便会给自己留意成一门手艺。只是因了那时父亲的全部心思都用在了如何能将锁头卖出去上，所以便从未把自己留意的这门手艺提升到手艺的高度来认识。

真正让父亲将修锁配钥匙提升到手艺的层面去认识去醒悟，那已经是1978年之后的事了。

组织上给父亲的工作做了一个重大调整：从由商店保卫部主管的"更夫"的岗位上调整到由商店服务部主管的修理部工作。那是1978年后新成立的一个部门，共由三人组成：公私合营前做文具生意的老丁头儿负责钢笔修理服务，公私合营前做眼镜生意的老张头儿负责修理眼镜服务，而父亲的服务项目便是修锁头配钥匙。组织上语重心长地对父亲说，店里成立这个修理部就是为了充分体现人民商店为人民的宗旨，老丁老张和你都是组织上经过反复研究后精心挑选出来的、政治上可靠业务上拔尖的老同志，希望你们一定把工作做好，千万别辜负组织上对你们的信任。一番话说得父亲热泪盈眶，当即表示一定要干出个样子来给组织争光。

从此，修理部便成了父亲充分展示自己另一门手艺的舞台。在这个舞台上，父亲一直将这门手艺展示到退休。

其实，这中间父亲是有机会被重新调回保卫部门去做更夫的，但就是因为商店的书记、经理去他那里配钥匙也要照样开票收钱，结果组织上便把那个机会给了别人。那时配一把钥匙只需一毛钱。连老丁头儿老张头儿都说父亲太死心眼儿。

然而，恰是这个死心眼儿，倒成就了父亲退休后的生活。

或许是父亲在退休之前便对自己退休之后的生活做好了规划，就在组织上正式宣布父亲光荣退休的当天，父亲便向领导提出，希望将他使用的那些修锁头配钥匙的工具和材料折价卖给他，退休后继续发挥余热，继续为人民服务。当时的领导正愁三个老头儿退休后的那堆破烂儿没法处理，听了这番要求，稍作一番研究之后便应了下来。

父亲回来后便立刻自己动手攒起了一辆小推车，几天之后，父便推着这辆小推车上了大街，在他曾经工作过的商店旁边支起了一个修锁配钥匙的小摊儿。

父亲的小摊儿每天都是商店开门时出摊儿，商店关门时收摊儿，准时准点，风雨不误，全如退休前的上班和下班。唯一与往昔的上班下班不同的是，他的身边多了母亲的陪伴。

对于退休后的父亲是否还应该去大街上摆摊修锁配钥匙，我们姐弟间是有过争议的。以二姐为主的意见认为：父亲已经为我们苦了大半辈子，退休后理应让他陪着母亲待在家里享清福，颐养天年，怎可让父亲上街摆摊儿，除退休金之外，她愿意给父亲每月再开一份工资。二姐说，如果任由父亲上街摆摊儿，那打的可是我们这些做儿女的脸，人家还以为是我们做儿女的不孝顺，逼着老爸去上街挣钱呢！以我为主的意见则认为：无论在家享福还是上街摆摊儿，只能由父亲自己选择自己做主，我们的面子不重要，而父亲自己活得快不快乐才是最重要的。所以，只要父亲自己愿意上街摆摊儿，我绝不反对。我之所以做这样的表态，是因为我心里十分清楚，父亲一生除钟情于他的两门手艺之外，再无别的嗜好，一辈子没碰过象棋、扑克、麻将，连酒也是每日只在家里喝上那么一两二两，从无外出与朋友相聚豪饮的经历，且父亲又耳聋不喜与人交谈，真若让父亲就那么待在家里整日无所事事，无所依托，不把他憋坏了才怪。那才是真的不孝了。争论的结果如何，其实对父亲的上街摆摊儿产生不了任何影响，因为父亲的心里早已坚定地认为，他平生学下的两门手艺已经成为他生命的两个支点，丢掉任何一个支点便如同丢了他的命，所以他必会像守护自己生命似的守护他的那辆小推车。

母亲是深知父亲的，所以对于父亲的决定，母亲虽从未表露自己的立场，但自打父亲推着小车上街摆摊儿那天起，母亲便成了父亲的跟班和助手，终日陪着父亲从上班一直坐到下班。看到父亲渴了便给父亲倒杯水，发现父亲热了便给父亲扇扇扇子擦擦汗。那情景让在旁边摆摊儿修钢笔的老丁头儿每每看了便心生妒意，便会时不时地扔出两句酸不溜秋的小话：都老得快掉渣了，还腻歪个啥？也不注意点儿影响。每听到这话，父亲和母亲便会偷偷地乐上好一阵儿。

就这样，父亲的小摊儿一直摆了整整二十年，直到那辆小车被盗。

其间，父亲曾多次萌生把他的这门手艺传授我们的愿望，尤其是看到修钢笔的老丁头儿的儿子已经子承父业，成为丁家修理钢笔小摊儿的新摊主之后，父亲便也急切地开始为自己物色他这门手艺的传承人了。他竟相中了我。

他这想法是在那年大年三十，全家人聚到家里吃团圆饭的时候说的，因为那年的春节，我带了一部摄像机回家，团圆饭的气氛便显得异常热闹。全家刚刚坐定，二姐便提议让父亲先给咱们来一个春节祝词，父亲听了满脸羞红地连忙摆手说：你们说，你们说，我不说了，我不说了。但架不住我们领着一群孩子在那里起哄，父亲便清了清嗓，一本正经地讲了起来，那语气很像领导在做报告：今年过年哪，我高兴，为啥高兴呢？因为今年过年人回来得最齐整。看见我大孙子二孙子我高兴，看见我大外孙女大外孙子更高兴。咱吃水不忘挖井人，咱今天能过上好日子，要感谢毛主席，感谢共产党，社会主义就是好，完了！父亲话音刚落，满屋的笑声便一下子爆了棚，二姐更是捂着肚子，笑得半天没直起腰。

看着我们如此大笑，父亲便也跟着我们憨憨地笑。就在这笑声中，我们开始轮流给父亲和母亲敬酒。就在我举杯敬酒的时候，父亲竟摆摆手，示意我先放下酒杯，然后很认真地对我说：我老了，顶多再干个三年五年就干不动了，得找个人接我的班了，要不然我这手艺就白瞎了，我寻思来寻思去想把这手艺传给你，我这班你接得了……

听父亲说完，满桌的人都半天没缓过神，都瞪大眼睛一会儿看看父亲，一会儿看看我，好半天，二姐问：爹，你刚才说啥？父亲羞赧地说：我想……叫老大……接我班。二姐又问：你咋相中他了？父亲说：老大……脑瓜灵，还会……修摩托。二姐凑到父亲面前一本正经地说：爹，我推荐个更好的人给你当徒弟行不？父亲便也一本正经地问：谁？二姐说：你二姑爷呗，你忘了，你二姑爷可是远洋船上的轮机长，这一辈子净在船上修机器了，让他给你当徒弟可比老大强多了。父亲听罢连连摆手说：可不行可不行，你净笑话我呢！说完再一看，老老小小的已经笑得扑倒了一炕。

因了父亲的那番精彩表现，那年的春节让全家人都过得格外开心，而那顿团圆饭也成了我们终生难忘的记忆。

那年，父亲已经七十八岁。

两年后，与父亲相伴了二十年的那辆小车莫名其妙地丢了。

丢了小车的父亲如同丢了魂，如同丢了魂的父亲整日盘算该如何给自己再攒起一辆小车。可就在小车刚刚攒成一个雏形的时候，父亲竟因了一个心梗突然离我们而去。那一天离父亲小车丢失不到两个月。

父亲就这样带着他的手艺走了，走得很果决，也走得很平静。

我真的不知道，父亲是否会因为自己的那门手艺最终没有传下来而留有遗憾。

我多想告诉父亲，其实修锁头配钥匙，我和弟弟都会……

为母亲送终

刚刚写完这几个字，我便转身跑进卫生间，洇湿了一条毛巾，紧紧地捂在脸上……很久很久，我才紧攥着那条毛巾，让自己重新坐回电脑桌前……

写下上面几个字，便是已经告诉大家，我的那个有着一双很不规范的缠足的母亲，那个曾经经历了近一个世纪的人世沧桑的母亲，在她九十六岁生日即将来临的时刻，向我们做了最后的告别，匆忙而又安详地离我们而去了……

为母亲送终的恰是相濡居的两位主人，我和我的红。

我们谁也没有料到，母亲会走得如此匆忙。

自从母亲九十岁那年为我们演绎了一次她的生命奇迹之后，母亲的身体一直很好，直到去年秋天天冷之前，母亲还每天都要拄着我送她的那根手杖，自己走到楼下的长椅上，坐在那里纳凉，坐在那里晒太阳，坐在那里和她的那些老邻居聊天。只是今年的开春以来，母亲因上厕所时不慎扭伤了脚，才一直没有再下过楼。扭伤了脚的母亲仍一再对我说，她还要好好锻炼，她还要自己走到楼下的长椅上去。正因为如此，扭伤了脚的母亲，食量仍一直不减，除了每天早晨近乎法定的一杯牛奶两个鸡蛋，多年来一直吃得我们心服口服之外，那时常的一碗牛肉两只螃蟹，也常常会吃得我们目瞪口呆。而且她的血压一直正常，她的心脏一直很好，她的耳朵不聋，能听到一只蚊子从她面前飞过的声音；她的眼睛不花，经常还要帮着儿媳纫针；她的一切生命体征都足以让我们相信，母亲活过一百岁应是一件很容易的事，是一个并不难突破的目标。也正因为如此，不久前，我们在议论如何为母亲过这个九十六岁生日的时候，还那么饶有兴致地为母亲谋划了一个她百岁生日的庆典。

所以，我们谁也没有料到，母亲会走得如此匆忙。

母亲是在十天前突然发烧的。

发烧前的母亲，身体没有表现出丝毫的不适。早晨仍是一杯牛奶两个鸡蛋，中午和晚上各吃了很满的一碗米饭，而且吃得都很香。然而晚饭后不到两小时，母亲便对弟弟说，她觉得浑身有些不舒服。弟弟摸摸她的头感觉有些热，便忙叫来他的儿媳、母亲的孙媳给她量了一下体温，这一量顿时让他们吓了一跳，竟是四十三摄氏度！

突然发烧的母亲立刻很清醒地想到了两件事：一件事是让弟弟把她放在被角里的两千元钱拿走。另一件事就是念叨着她又有几天没有见到红了。

事后回想，这应该是母亲对自己后事安排的开始，但我们谁都没往那上去想，因为我们不相信母亲会走。

接到侄儿来的电话，已是晚上9时，我和红赶紧穿好衣服，急急地赶了过去。

我们发现烧到了四十三摄氏度的母亲，神志竟依然清晰。远远听到我们上楼的脚步声，便喃喃自语着：大儿子……来了，红……来了……

看到母亲烧成这样，我们立刻商量要送母亲去医院。母亲听后，立刻又是摇头又是摆手，嘴里说：不去医院，还去医院干啥？有媛媛就行了。

母亲说的媛媛，就是我的侄媳。母亲常说，她六年前的那次死而复生，全靠了媛媛。因为那次对母亲的救治过程，媛媛几乎充当了一个主治医的角色。在此后的六年间，媛媛更是成了她的家庭保健医生，无论她有点儿什么感冒发烧、咳嗽哮喘的病，只要按媛媛说的去打针吃药，她的病很快就会好。媛媛也熟知了母亲的身体状况，总是常备不懈地为母亲配置好一个急救的药箱，只要发现母亲稍有异常，便会立刻对症施治，从未有过一次延误和失误。所以，这些年来，母亲每逢生病，便只信媛媛，不信医院。这次亦然。

我们到时，媛媛已经给母亲打过了一支退热的针。我们商量，如果母亲的烧能很快退下来，我们就不送母亲去医院。

于是我们坐在母亲身边，一边观察母亲的反应，一边用酒精为母亲擦手擦脚。每隔半小时为母亲量一次体温。

我们发现，母亲的体温已渐渐降了下来，从四十三摄氏度降到了四十一摄氏度，又从四十一摄氏度降到了三十九摄氏度……

母亲的脸色又一点点好了起来，母亲的精神也一点点好了起来……

我们悬着的心也开始一点点地放了下来。

到了夜里 12 时，母亲的体温便降到了三十七摄氏度。

精神已经明显好转的母亲又向我们念叨起了近来她常爱念叨的一句话：都九十六了，该死了……

红笑着问她：你怕不怕死？

母亲不假思索地说：死有什么可怕的？那年我都死过一回了。

我笑着对她说：死不死的可不是你说了算。那事归人家阎王爷管着。那得是人家叫你去你才能去，人家不叫你，你自己也是白张罗！你可别寻思活了九十六岁就不得了，那电视里活一百岁的老太太多了去了，要比得跟那些老太太比，不活过一百岁，谁叫你也不去！

说完这话，我看到母亲的脸上露出了一抹孩子般的笑。

那一刻，我的脑海中突然闪过一个念头：小时候，我们都是母亲手中的宝；而此时，母亲真的已成了我们手中的宝。

我在心中暗自祈祷：母亲，你本是一个擅于创造生命奇迹的人，那就再为我们创造一个新的生命奇迹吧！

奇迹似乎真的发生了。第二天早晨，烧已全退的母亲居然又像往日一样，喝下了一杯牛奶，吃下了两个鸡蛋！

我以为母亲的生命奇迹真的会就此演绎下去，但接下来的情况，却总让我们的心时紧时松。因为母亲的体温自那天开始，总是起起伏伏的，一直没有稳定下来。只是因为母亲的食欲并没有大减，母亲的精神并没有大衰，才使得我们并没有把母亲的状况同母亲的离去做更多的联系。

因为我们不相信母亲会走得如此匆忙。

在母亲走的头一天，吃过晚饭，我和红便立刻去看母亲。

母亲表现得比白天还要安详。弟媳正坐在炕上给母亲洗脚。红见了，忙脱下鞋跳到炕上去帮忙。弟媳说，刚刚给母亲喂了一碗鸡蛋羹，母亲说很香。

洗完了脚，母亲便又喃喃自语起来：多好哇！两个闺女，两个儿子……

这是近一年多来，母亲常常挂在嘴边上的话，已是一句让我们平时听起来都感到有些絮叨的话。但不知为什么，那时听来竟让我的心中隐隐生出一些酸酸的感觉。我突然想到，母亲的一生竟活得如此简单，简单到她九十六年的人生，原来只是为了自己的两个闺女，两个儿子……

第二天，就是 8 月 7 日那天。

早晨起来，我便去给弟弟打了个电话，问了一下母亲后半夜的情况。弟弟说，情况挺好，没有发烧。刚喝完一杯牛奶。

吃过早饭，红去上班，我便立刻赶去守护母亲。

躺在炕上似睡非睡的母亲并没有表现出怎样的异常，听到我的脚步声，仍像往日一样喃喃了一句：大儿子来了……

我坐到母亲身边问：今天感觉怎么样？

母亲点点头，意思是挺好的。

我伸手摸一摸母亲的额头和手心，也凉丝丝的没有一点儿热烫的感觉，便很放心地站起来，想帮弟弟去洗母亲刚换下的那些衣服。

可就在我刚刚起身的一瞬间，母亲便吐了起来。我急忙拿来纸巾和毛巾为母亲擦拭。我看到母亲吐出的都是黄黄的东西，竟是昨晚吃下的鸡蛋羹和早晨喝下的牛奶。

此后，母亲又吐了几次，直到把吃下的东西吐光。

吐光之后的母亲又平静下来，喃喃着说：该走了，该走了……

我笑着说：你可别说这样的话，阎王不急你急个啥？这点儿小病比上回轻多了。上回都挺过来了，这回更能挺过去……

母亲笑笑，仍喃喃着说：该走了，该走了……

快到 11 点时，红从单位赶过来。

看到母亲已经很平静，弟弟便催我们回去吃饭，并对我们说，下午就不要来了，这里有他，没事的。等吃过晚饭再过来。

我和红便赶回家里吃饭，吃饭时我对红说：我们下午还是过去吧。母亲上午吐了好大一阵儿，我担心一旦有什么情况，弟弟一个人忙不过来！

于是我们吃过饭，便又急急地赶了回去。

我不知道，冥冥中是否真的有一股力量在主宰着我们。总之，那个下午竟是我们与母亲相守的唯一的一个下午、最后的一个下午。在此前的十天里，我每天只在上午和晚上去陪护母亲，因为弟弟知道我有午睡的习惯，所以除非特殊情况，下午都是弟弟陪在母亲身边，或歪在母亲身边看报，或躺在母亲身边睡觉。但那个下午，我却急于回到母亲身边。

见我们又赶了回来，弟弟说母亲好像又有点儿热，他刚给媛媛打了电话，媛媛一会儿就回来。

弟弟说：母亲中午没有吃饭。母亲说，她不吃饭了。

对母亲的这句话，我们谁都没往心里去，因为我们谁都不相信母亲会走得那样匆忙。

弟弟又好笑地说，刚才他一转身的工夫，竟发现母亲已将自己枕的枕头扔在了一边，而将头枕在了一卷卫生纸上。

对母亲的这一举动，我们谁都没往心里去，因为我们不相信母亲会走得那样匆忙。

正说着，媛媛急匆匆地赶了回来，急急地为母亲量完了体温，发现稍有一点儿热，便赶紧给母亲打了一支退热的针。

我让弟弟回自己的房间去休息，我和红与媛媛坐在炕上守护着母亲。

我看到母亲在不停地扭动身体，便问母亲哪里不舒服。母亲用手指着后背，轻声说：给我捶捶腰。

红和媛媛便都争着去为母亲捶腰。刚捶了两下，母亲便摆手不让她们再捶，而是对我说：你给我捶。

我突然便想起小时候为母亲捶腰的情景。那时的母亲常爱犯心口疼的病。一疼起来，便让我在她的后背上使劲儿捶，以为她缓解疼痛。开始大家只以为母亲得的是胃病，直到母亲六十六岁那年，她才在二姐所在的医院里被确诊为胆囊炎，住了一个月院，得到了彻底的根治。从那以后，母亲便再没犯过心口疼的病，也再没用我们为她捶过腰。

我为母亲轻轻地捶着腰，恍如轻拍着一个即将入睡的婴儿。我的心里涌起一种甜甜的感觉。我看到母亲的嘴角正荡漾出一丝甜甜的感觉。

那时，我并没有对母亲的这一举动去做更多的猜想，因为我不相信母亲会走得那样匆忙。

隔了一会儿，母亲突然用力撑起一只胳膊，想要坐起来，我忙伸手扶起母亲，红也急忙坐到母亲的身后，让母亲靠在自己的身上。但坐起来的母亲，只向窗外望了两眼，便又一下子躺了下去。

红急忙坐过来，附在我的耳边说：是不是望路哇？我冲她笑笑说：瞎扯！她就是想坐起来活动活动。

我说的是心里话，因为我根本不相信母亲会走得那样匆忙。

又隔了一会儿，母亲说要小解，红忙取来便盆，我抱起母亲，让母亲坐到便盆上。坐了一会儿，母亲说没有了，便让我们撤去便盆，又扶她躺了下来。

这时，刚刚睡了一觉的弟弟走了过来。

母亲突然问：几点了？

我回头看一眼墙上的挂钟，对母亲说：两点了。你问几点干啥？

弟弟笑着说：就是。你又不上班，问点干啥？

母亲的口中竟清晰地吐出了两个字：走呗！

我只觉得母亲的这两个字说得很好笑，便打趣似的问：走?! 你能知道自己几点走?!

母亲的口中竟又清晰地吐出了三个字：5点呗！

听了母亲口中吐出的这三个字，我们竟都忍不住笑了起来。我们都以为，这时的母亲一定是犯了糊涂，因为我们无论如何也不会相信，母亲真的会按她自己的意愿说走就走。

然而，我们并不知道，那一刻，真正糊涂的竟是我们，而真正清醒的竟是母亲。

而母亲则全然不顾我们的反应，向我们告知了她要走的时间后，便很安静地又进入了一种似睡非睡的状态。

大约3点，弟弟看到母亲的状况很稳定，便对我说，他要去幼儿园接他的孙女，随之便去了幼儿园。平日，弟弟都是4点才去幼儿园接孩子，而这天只是因为有我们在，他才提前一小时去了幼儿园。

弟弟前脚刚走，母亲便又撑起一只胳膊，坚持着要坐起来。我们忙又扶着母亲坐直了身子。

母亲向着窗外望了好一阵，竟突然问了一句：我这是在哪儿啊？

我连忙说：瞧你，真是睡糊涂了。在家呗！还能在哪儿！

听我说完，母亲便又躺了下去。

红又附在我耳边，轻声说：不会真的是望路吧？我说：不会。

我真的不相信那是母亲在望路，在望来时之路，在望归去之路，在向这个世界做最后的告别，在向那个世界做初始的飞升，因为我不相信母亲真的会说走就走。

这时，母亲突然伸出一只手，叫了一声：还有一百块钱呢！还有一百块钱……

我忙抓住母亲的手说：没事，没事，等一会儿我给你找，那一百块钱丢不了的，丢不了的……

我以为那是母亲在说梦话，便没有太在意。

随后，母亲又进入似睡非睡的状态。这时媛媛看到了母亲嘴里的假牙，说：这些天还不能让我奶吃硬东西，还不如把我奶的假牙取下来，让我奶舒服舒服。就在媛媛的话刚刚说完时，母亲竟把嘴一张，将下边的那只假牙一下子弹了出来。然后又张开嘴，让我为她拿出了上边的那只假牙。我把那副假牙拿去涮净后，装在一只塑料袋中收好。

这时，媛媛接到单位同事打来的电话。媛媛看到母亲的状况仍算平稳，放下电话，便急忙赶了过去。那时大约已是3点半。

于是，母亲的身边只剩下了我和红。

这时，红看到了媛媛刚刚为扶母亲坐起来，特意摘下来并扔在炕上的手串。红便立刻生出一种念头，拿起那只手串，权充起佛珠，一边捻动着，一边为母亲诵起了佛号。

念了一会儿，我们便听到母亲清晰而大声地说了一句：你说我有几个儿子?!

我刚想去接母亲的话头,红一把拉住我:别说话。她不是在跟你说话。

事后想来,我才意识到,那时的母亲真的不是在跟我说话,而跟母亲对话的,一定是那个世界赶来接引母亲的使者。

我还是忍不住要与母亲说话的欲望,仍跟着问了一句:你说你有几个儿子?

母亲这时竟睁开了眼睛,望着我说:两个儿子呗。

红这时说:你说我妈现在能不能认得你?

还没等我说话,母亲竟接口便说:咋不认得?我大儿子呗!

红连忙又问:那我是谁?

母亲竟笑着说:你是红呗!

一听这话,我和红都笑了。

红说:我正在给你念佛呢!

母亲笑着点了点头,然后又闭起了眼睛,又喃喃自语起来:五月初六……四月初五……

红问:妈念叨啥呢?

我说:是大姐和二姐的生日。

这时,我看到母亲伸出一只手在炕上摸索着什么,便问:妈,你摸啥呢?

母亲说:我摸你的脚丫子呢!

我忙把一只脚伸过去,拿起母亲的手放在我的脚上。

母亲说:咋就一只脚丫子?

我笑了,说:那个脚丫子让我坐到屁股底下了。得了,这回全拿出来给你摸吧。于是,我又把另一只脚抽出来,把母亲的两只手分别放在了我的两只脚上。

我看到母亲的脸上顷刻间便浮上了一丝孩子般天真的笑,说了一句:是两个脚丫子,是两个脚丫子……然后便抽回了自已的手。

看到母亲已经安静下来，我急忙抽空去趟厕所。刚从厕所出来，便听到红惊叫一声：你快来，妈又吐了！

我一步蹿到炕前，看到母亲正一口接一口地往外吐水。

我忙拿起早已准备好的纸巾和毛巾，为母亲不停地擦着。

我眼看着母亲吐出的水越来越少，越来越少……

当我把从母亲嘴角流出的最后一点儿口水擦净的时候，我看到母亲的嘴已经不动了，母亲的身体已经不动了……

我紧攥母亲的手，看了母亲好一会儿，才抬头对呆立在身边的红说：母亲……大概……已经……走了……

我看到红已泪流满面，两手发抖……

我回头看一眼墙上的挂钟，刚好是下午 4 点！

我紧攥着母亲的手，定定地望着母亲宁静而安详的脸，心里一遍遍地问着：母亲！你就这样走了吗？你真的就这样匆忙地走了吗？不是说好 5 点才走的吗？为什么要提前一小时上路呢……

我就那样紧紧地攥着母亲的手，定定地望着母亲的脸……

我的眼里一直没有泪……

因为我真的不相信母亲会说走就走，会走得那样匆忙……

时间就那样静止在 2007 年 8 月 7 日下午 4 时……

母亲与相濡居

母亲是不知道相濡居的。她只知道相濡居的两个主人是她现在的儿子与儿媳。

此前，我也一直以为，我与红的故事只属于我们两个人，只属于我们两个人之间的那一个缘。然而，那天晚上，当我一个人守在母亲的灵前，耳边轻迥着碧空中荡漾着的清悠的佛乐，眼里凝视着冥被下安睡着的宁静的母亲，我竟突然间醒悟到：我与红的故事原本就不只属于我们两个人，它还属于母亲。或者真的可以说，那个故事本身恰恰是母亲为了自己的身后之事，而做出的精心设计与安排。

这个设计与安排就始于父亲突然离开的那一刻。

那与我的前妻有关。

连我自己都一直弄不明白，当初我是怎么接受了那桩带着浓重的父母包办色彩的婚姻的。我只知道我们婚后的生活并不幸福。我们无法交谈，无法交流。

母亲知道我们过得很苦，而且母亲也知道，我们一直是在为她而苦苦地往前撑着。若不是前妻在父亲后事的处理上表现得太过分，既伤透了我的心，也伤透了母亲的心，我相信我还会撑下去，母亲也相信我还能撑下去。但那一刻，她让我和母亲都不得不去做另外一种打算：我不得不去考虑自己的后半生，母亲不得不去考虑自己的后事。

或许是上天也在冥冥中帮着我和母亲，就在父亲走后不到半年，红走进了我的视野，走进了我的生活，走进了我的心中。我知道,上天已帮我找回了曾经从我生命中走失的那一半。

母亲似乎还不敢将我的后半生以及自己的后事就托付给那个叫红的姑娘。于是,母亲那年生了一场大病。

其实,那天母亲只是感冒了。只是得了感冒的母亲,那天突然对我的弟媳说,去把那个叫红的姑娘叫来,她想见见那姑娘,跟那姑娘说说话。

于是,那天上午,母亲见到了红。母亲毫不掩饰地向红提出了她最关心的那个问题:你比我儿子小了二十岁,你真的能陪他一直走到底吗?

想必红的谈话让她很满意,那天中午她竟留红在家里吃了午饭。

当红告诉我这个消息时,我一颗悬着的心终于放了下来。

就在那天晚上,母亲的病情突然加重,我和红听到消息便立刻赶了过去,并立刻叫来救护车将母亲送进了医院。

在母亲住院的那几天,我和红一直守护在母亲身边。红像母亲的亲生女儿一样为母亲喂水喂饭,端屎端尿,伺候得母亲刚刚有了一点儿精神头时,竟半开玩笑地对红说:婆婆初次见儿媳是应该给见面礼的,可惜我现在身上什么都没有,只有一角钱在身上,你要不嫌弃就拿走吧!

几天后,母亲的病情再次加重,母亲说她不想死在医院,坚持着让我们在她病情最重的时候,把她抬回了家。

于是,母亲便有了那次还阳的经历。

接下来的那些天,我和红一直陪在母亲身边。直到母亲完全康复。

正是那一段与母亲的相处,让母亲在心里完全接纳了红。

就在那年春天,经过近八年的努力,我终于结束了那段原本很荒唐的婚姻,与红开始了我们的新生活。

那天,母亲满脸愧疚地对我说:你妈这辈子就办了那么一件糊涂事，你不怪妈吧？

我笑着说：干吗要怪你呢！你还不是为我好！

从那时起，我不知道我的心里为什么总是特别感激母亲的那次生病。一直让我感到惊异而又神秘的是：母亲的那只原本已经踏进了天堂的脚，为什么说抽回来便抽了回来？为什么母亲的病，在那生死的瞬间，说好便就好了呢？

直到这次母亲的匆忙而去，直到那天晚上当我有机会独自一人守在母亲的灵前时，我才突然意识到：母亲的那次生死经历，竟极似上天与母亲共同导演出的一场戏，而所以要导演出那样一场戏，目的只为了考察一下红，目的只为了给母亲自己选好为她送终的人。

看来，那些目的都让母亲如愿地实现了。

对红的考察是令她满意的。在她走的时候，守在她身边的也正是我和红。

那天的一切，都恍如母亲的刻意安排：

我和红坚持着在那天下午，又回到母亲的身边。须知，在母亲生病的十天里，我们只在那个下午守在了母亲的身边；

弟弟原本应该在每天下午 4 点才去幼儿园接孙女的，而那天下午，不知为什么，他竟提前一小时去了幼儿园；

媛媛本是请好了假回来照顾母亲的，而她的一个同事竟为了一件她原本是可去可不去的小事，而在母亲走前的半小时，将媛媛叫了回去；

还有弟媳，平日里，她在单位吃过午饭便会早早回到家来照顾母亲，而独独那天，竟让几个同事硬留在那里聊天，直到快 4 点时，才张罗着要回家来……

总之，在那一刻，守在母亲身边的只有我和红。

母亲则将她与我们约定好的上路时间提前了一小时。

只因为她的提前上路，那一刻能守在她身边的才只有我和红。

其实，只要母亲再坚持半小时，弟弟、弟媳、侄儿、侄媳以及她心爱的小重孙，便都会回到她的身边。那一刻，他们都已走在回家的路上……

母亲，你为什么要做如此刻意的安排呢？是为了刻意聆听红给你轻诵的佛音？还是为了你想刻意营造的那一刻宁静……

母亲，不管那一刻来接你的是谁，我们都深信，你的灵魂都已被安置在一个极好的去处……

代课老师

  弟弟的宝贝孙女上初中了，这让弟弟兴奋了一阵子，让那宝贝孙女兴奋了一阵子，也让我们大家都兴奋了一阵子。但那很短的一阵子过去之后，弟弟和我们便再也兴奋不起来了，因为那宝贝孙女给弟弟和我们带回了一个必须去认真对待的难题——补课。孩子说：他们的班主任老师说了，初中这个阶段很重要，将来能不能考上一个好高中和一个好大学，全看这个阶段的基础打得牢不牢了。所以，除了课堂学习之外，补课也是有必要的。老师将在家里为你们办个补习班，希望你们都能报名参加，补课费是每人每月二百元。孩子又说：老师说了，现在上边对补课查得很严，你们一定要注意保密，上老师家来的时候，一定先看看后边有没有人跟着你们，要确定没人跟着你们后，才能上楼。然后，孩子怯怯地问：爷，我能去吗？

  弟弟和我们都顿时愕然。弟先是猛然起身，愤愤大吼：还敢这么明目张胆地补课捞钱！还弄得像搞地下工作似的！继而便像泄了气的皮球似的喃喃地说：去吧！能不去？哥，你说咱能不去吗？

  我哑然，半天无语。我突然便又想起了我的老师。

  我想起的老师姓李，是在我刚上小学五年级时从外地调来做我们的班主任的。

  对于我来说，初次见到李老师不是在学校，而是在我的家里。因为那年开学时，母亲已逼我退学了，我便没有再去学校报到。退学的原因很简单，因为那一年，国家已进入三年经济困难时期，我家早已到了只能靠捡拾的干菜叶度日的地步。那时，姐姐已上了初中，正一门心思地还要去考高中，而弟弟也已上学，刚刚读完一年，母亲已实在想不出什么办法能一下子交出三个孩子的学费了，无奈之下，只好把心一横，逼我退了学。

对此，我并未做出任何反抗之举，安静地接受了母亲的决定，在学校开学那天，独自躲到院中的一个角落，痴痴地看着姐姐和弟弟背上书包远去。然后便自己一个人出了门，到城外的水渠旁捉蛤蟆去了。

下午，当我光着两只脚提了一串蛤蟆回到家里的时候，我看见一个陌生人正坐在屋里与母亲唠嗑。我刚想转身出来，那陌生人竟叫住了我。母亲于是便低着头喃喃地对我说：这是……你们的……李老师。

这时我才知道，这李老师竟是我新来的班主任。于是，我听到了李老师对我说了如下的话：今天开学，点名时发现你没来上学，我也不知道什么原因，放学后便让同学领我到家里来看一看。我跟你妈说过了，她已经同意你回去上学，好了，明天来上学吧！

我把眼望向母亲，母亲只向我稍稍点一点头，随即便将头沉沉地低了下去，撩起衣襟擦起了自己的眼睛。

我眨着眼，困惑地望望母亲又望望李老师，李老师便站起来，走到我面前，拍拍我的头，很认真地又嘱咐我一句：准备准备，明天一定要按时来上学。

李老师走时，母亲没有起身去送，我也呆立在那里没有动，只管痴痴地望着一直低头擦眼的母亲。好长时间，母亲才说出一句话：听你老师的，明天……去上学吧……

第二天我便又去上学了。我一直不知道我的学费问题是怎么解决的，直到第二年开学，母亲在递给我学费时，才一边撩起衣襟擦着眼睛一边对我说：去年的学费是你老师替你交的，老师的恩到什么时候都不能忘，你可得记好了。学费的事是老师不让我告诉你的。今年无论如何不能再让老师拿钱供你上学了。

霎时间，我感觉我两眼已潮。

李老师是教语文的，他的语文课是讲得很生动活泼的，他的每堂课我们都听得很投入。这可能得益于他的年轻，得益于他的多才多艺，因为除了课讲得好之外，他还拉得一手好手风琴，唱得一手好歌，跳得一手好舞。我们都庆幸在我们小学时期的最后两年能有这样一个朝气蓬勃、才华横溢的班主任与我们相伴，尤其是我，竟还多了一分再造之恩。

然而，正是这个已被我们全班同学视为心中偶像的老师，却在与我们即将分手之际，郑重地问我们：我给你们当了两年班主任，除了老师的这个身份之外，你们还知道我的另一个身份吗？我们齐声答：知道！

他惊愕地瞪起两眼问：什么？你们知道?! 你们知道?! 你们知道什么?! 我们齐声大喊：右派！

他的身子猛地抖动一下，惊愕地望着下面一张张诡谲的笑脸，好半天才喃喃着说：原来……你们……早就知道……我是个……右派……说着，竟弯下腰向我们深深地鞠了一躬，然后抬起他满是泪水的脸，向我们高喊一声：谢谢！顿时，掌声便如炸雷般在我们的教室里响起。

其实，早在一年前，我们便都已经知道我们的班主任是个刚刚被摘了帽子的右派。我们还知道，他是在读大学时便被打成了右派，并因此被安排到青海一个偏僻的小县城里去当了一名小学老师，后来因为他的书教得好，便被摘掉了右派的帽子，又因为这边的父母都已年迈多病，不得已便辞去了在青海的工作毅然回到了海城老家。回来后他一直靠代课为生。那年正值我们的班主任要生孩子了，学校一时找不到合适的老师来做我们的班主任，于是便有人将他介绍给了学校。他就这样成了我们的临时班主任。所以整整两年，他一直是我们的代课老师。正是这个刚刚摘了右派帽子的代课老师，竟在短短的两年里走访完了我们全班每一个同学的家庭，他不仅成了我们心中最好的老师，而且成了我们心中最好的朋友。恰是从他的身上，我真切地感悟到了老师的伟大与神圣。

我想念我的李老师了，想那个曾经为我支付过学费让我重新回到学校的李老师了，想那个曾经戴过右派帽子却一直让自己朝气蓬勃的李老师了，想那个一直被我们视为朋友的李老师了。

弟弟的宝贝孙女一定也渴望自己会遇上一个这样的老师，哪怕他仅仅是来代课的……

无极之乐

有一对朋友，让我十分羡慕。他们自从相识，便在一起谈文学，谈艺术，谈社会，谈人生，谈天谈地，谈古谈今，谈悲谈喜，谈恨谈爱，谈得昏天黑地，谈得骨酥筋麻，终于谈成了一对身影相随、身心相通的文友和酒友，也谈成了一对笑对生死的癌友。

或许因为太了解这一对朋友的脾气和性格，以至听到文宝兄患了食道癌的消息后，我竟没有产生丝毫的惊恐与担心。我知道，那时洪伦兄一定会守在他身边，而只要有他守在那里，文宝兄便会像谈诗一样去谈自己身上的癌，像谈小说一样去谈自己吉凶未卜的命运，他一定会像洪伦兄一样，微笑着走进手术室，微笑着走出手术室，微笑着走进新的生活，微笑着走出新的人生。

洪伦兄九年前得了膀胱癌。那时文宝兄常坐在他的病床边，肆无忌惮地和他谈癌，谈命运，谈生死，谈出洪伦兄一身视死如归的凛然，谈得洪伦兄竟带着满身术后的插管，忍着术后刀口的痛，拍床而起，大吼道：去他的生！去他的死！拿酒来！活一天咱哥俩就得喝一天，乐一天！文宝便也大吼道：好样的！够哥们儿！是我兄弟！吼后便随手倒来一杯酒，先让洪伦用吸管吸上一大口，然后自己将杯中的酒一饮而尽。然后两人相视哈哈大笑，笑得死神胆战心惊。

洪伦兄就是在这笑声中把酒谈癌，把酒退癌，眼看着当年的病友一个个撒手而去，自己却越活越开朗，越活越结实，越活越精神，越活越年轻，竟把这一个鬼门关前的九年活了个有板有眼有滋有味儿。

记得洪伦兄病愈后第一次来海城，几位朋友宴请他。初时，大家都小心地不谈他的病，也不劝他的酒。他则全无顾忌，你不给酒他自己要，你不问病他自己谈，如同那病那癌全长在别人身上，顷刻间便驱散了席间的沉重，一切又如从前一样的轻松豪放。真不知这几年里，洪伦兄给了我们这些朋友多少生命的感悟，生命的活力，更给了文宝兄多少快乐和安慰。

谁也没想到，文宝兄会把一个"朋友"做到如此境界，不仅要做文友和酒友，还一定要做成癌友。直弄得我听了他得癌的消息后，竟无法哭只想笑。

洪伦说，文宝是在春节后不久，突然觉得肚子痛，便去医院做了一个胃镜，结果一下子便确诊为食道癌。医生只能将这诊断先告诉给家人，而文宝则是从家人——他的老婆和女儿的隐忍不住的啼哭中才察觉自己病的严重的。于是半夜三更打电话给他，说他得的可能不是什么好病，因为他的老婆孩子都在偷偷地哭。洪伦竟也不避讳，听后便说：不就癌嘛，拉掉不就得了。之后，洪伦便坐在了文宝身边，像九年前文宝坐在他身边那样，肆无忌惮地和文宝谈癌，谈命运，谈人生，更谈自己九年的感悟，也谈出文宝兄一身视死如归的凛然，把文宝兄坦坦然然地谈进了手术室。由此我敢断言，文宝兄必会与洪伦兄一样，用一阵冲天大笑，笑得死神落荒而逃。

就在日前，洪伦兄告诉我：文宝的手术做得很好，不仅把那一块癌肿切得很干净，还顺手把他那挂烟熏火燎的肺清理了一番，说不定，那老东西兴许比以前活得还要滋润。他说：等他一出院，我就去找他喝酒。

我知道，他们的酒是一定要喝的，他们的酒是一定要喝下去的。

因为，他们实在还有太多太多的话要谈。

因为，他们实在还有太多太多的话要对朋友谈，要对世人谈。

因为，他们已拥有把酒一直喝下去的资格，这资格是他们用豁达的性情和豁达的人生换来的。

还因为，他们是朋友，是文友和酒友，而如今他们又成了癌友，成了都可微笑着面对死亡的癌友……

一生一世能做成这样一对朋友真好。

一生一世能拥有这样一对朋友真好。

真诚祝福他们能把酒一直喝下去，再喝出一个九年，再喝出两个、三个乃至更多个轰轰烈烈的九年……

别了，我的小人书

每每看到现在孩子们手里拿着的那些五颜六色的动漫书，便总要想起我小时曾看过曾拥有过的小人书。

记得小时我看过的第一本小人书，是在街边的一个小书摊儿上，花了一分钱租来看的。那时，这座小县城里有许多专门出租小人书的书摊儿，规模大些的书摊儿设在屋里，有几百本乃至上千本小人书，如同现在的书屋和书吧；规模小些的书摊儿就摆在来往人多的街道旁，有的能有几十本，有的只有十几本小人书，全如现在的地摊儿。去屋里看书要贵些，看一本书要两到五分钱；而在地摊儿上看书要便宜些，看一本书只要一到三分钱。那些书摊儿对我们这些孩子的诱惑力无疑是显而易见的，对我自然也不例外。但很长时间以来，由于我身上没有一分可供我自己支配的零花钱，我只能对着书摊儿远远地在那里望，望得两眼酸酸，望得两腿酸酸。我心里在想：什么时候我也能坐在那里或站在那里看上一本小人书呢？

我终于有机会实现这个梦想了，我的手里终于有了一分钱，我终于可以用这一分钱，为自己租来一本小人书，坐在书摊儿旁的一块碎砖头上，贪婪地看起小人书了。那一刻我的心里充满了自豪，为能最终实现自己的梦想而自豪，更为能依靠自己的努力而最终实现自己的梦想而自豪。那一分钱是我自己捡来一些碎玻璃卖了后得来的。

这一梦想的实现给了我极大的鼓舞，刹那我的眼前便有了一条属于自己的无比光明的路。从此，我的眼里便开始留意起一切可以拿来换成钱的东西，不仅是碎玻璃，还有什么废铁、废纸、废铜等，只要一入了我的眼，我便都要把它们捡回来，然后再把它们拿去换回钱，然后便拿着刚换回的钱去街边的小书摊儿上租来小人书看。

突然有一天，我发现那些书摊儿上的小人书已经让我一本一本地全看过了。于是我突然想到我应该自己去买一本能永远属于我自己的新小人书来看了。

我终于平生第一次走进了新华书店。终于平生第一次为自己买回一本小人书。那一夜我一直搂着自己的那本小人书睡得极香极甜。

有了第一次便会有第二次，能买回属于自己的第一本小人书便会再去买回属于自己的第二本小人书。于是，时间不长，我便惊奇地发现，不经意间我竟已拥有了十多本属于自己的小人书。于是，一个念头骤然间在我的脑海里诞生：为什么不让这十多本小人书为我变出更多的小人书呢？于是，在一个放学之后的阳光明媚的午后，我从家里找出一块很干净的包袱皮，小心翼翼地包起我积攒下的那十几本小人书，兴冲冲又小心翼翼地走上街头。

我在街边的一个小书摊儿前站下来，两手紧紧地抱着怀里的小包袱，两眼怯怯地望着那个和我年龄相仿的小摊主。那个小摊主发现了我之后，特别是在发现了我两手紧抱着的小包袱和两眼闪出的怯怯的目光后，突然友善地冲我笑笑，对我指点着说：也是来租小人书的吧！就摆我旁边得了。我赶紧冲他点一下头，一边"哎哎"地答应着，一边赶紧放下怀里的小包袱，然后将那小包袱皮平平整整地铺好，将我那十几本小人书一本本地小心翼翼地摆好，居然也摆成了一个小小的书摊儿。

我终于也有了自己的一个小书摊儿，我终于也让自己成了街头书摊儿的一个小摊主，我也终于让我的小书摊儿接待了我的第一个小顾客，当然，我也终于从这个小顾客手里第一次以这种方式赚到了属于我的一分钱。我的快乐我的满足可想而知。

从此，上学和摆书摊儿便成了我生活中最快乐的两件事。每天早晨我会蹦蹦跳跳地去上学，一放了学，我便会立刻抱上那个越来越大的小包袱，蹦蹦跳跳地到街头去摆我的小书摊儿。

我早已和那个小摊主成了好朋友。每天放学后，我们几乎都会抱着自己的小包袱同时出现在街头，同时摆开我们的小书摊儿，而后也会同时收摊儿，同时清点那一天的收益，然后同时相视一笑，再然后便是同时抱起我们的小包袱，一起兴冲冲地往新华书店赶。

收摊儿以后去逛一逛书店已开始成为我们的习惯。书店里的那位营业员阿姨也早已与我们混得很熟，早已把我们当成她的老顾客，只要我们一走进书店，她便会立刻远远地笑着向我们招手，我们便也会立刻远远地笑着鸟一样地向她面前飞去。这时候，如果有新书到货，她会很神秘地冲我们摆摆手，示意我们不要声张，然后从货柜下面取出一本或者两本新出版的小人书给我们看；如果我们要买，她便会立刻很得意地给我们开票、付书，然后很得意地直望着我们鸟一样地飞去；而如果没有新书到货，她便会很无奈地向我们摆摆手，然后很歉疚很不安地望着我们很失落很失望地离去。那一刻，我们的心中便会油然而生一种很幸福很甜蜜的感觉。

这样的日复一日，我们书摊儿上的书已越来越多，我们的生意也越来越红火。到我该上中学的时候，我已拥有了几百本小人书。我已买齐了全套共六十本的《三国演义》和全套共十五本的《杨家将》。我不仅为自己解决了上学所需的全部学杂费用，而且还能时不时地拿点儿钱出来补贴家用。

我就这样结束了我童年的快乐时光。尽管那时正处在三年经济困难时期，而我却依然过得快乐和惬意，肚子里竟丝毫没有过饿的感觉。我知道，这一切都因了我的小人书。

然而，我的那些小人书竟在一夜间化为灰烬。

"文革"中的一天，有同学检举我有旧小人书，也是不折不扣的"四旧"，必须交出来破了、烧了。于是，在几个同学的监督下，我从家里取出我积攒下的所有小人书，将它们抱到学校，眼睁睁地看着它们被点燃在学校的操场上，和一大堆刚从图书馆搬出来的书一起，顷刻间化为一片灰烬……

刹那，我的心被烧得很疼很疼，继而便是满身的释然。

从此，我告别了我的小人书，也从此真正告别了我的童年。

数十年后的一天，儿时一起出书摊儿的好朋友见到我，不无惋惜地对我说：你的那些小人书如果不烧，现在可是值老钱了，足可以让你成为一个富翁。

我笑了，说：其实我已经是个富翁了，我的那些小人书不仅给了我一个值得永久回味的快乐的童年，而且还给了我文学启蒙，从而才让我有了今天的富足。它该给我的都已经给我了，我已经很满足……

看眼儿戏

时下的孩子已多不知何谓看"眼儿戏"了。

记得我孩提时，头脑尚在一片混沌中，便被父母抱到离戏园子很近的一个大院里。于是，及至混沌初开时，"戏园子"便和爹、妈一起走进了我最初的记忆。

最初记忆中的"戏园子"只是用城墙拆下的青砖砌成的一堵很高很厚实的墙。样子很狰狞，却很坚固地把一个世界切成两半。

那时，只有外面这一半世界属于我和我的家，而外面这一半世界是热闹的。黄昏时分，一辆辆大车隆隆驶来，人欢马叫鼎沸了这死寂了一天的胡同。这气氛也顿时感染了我那大院。于是那些叔叔和大爷便都急急地张罗起吃饭来，尤以爹张罗得欢。

"好了吧?! 好了吧?!"

爹一次次凑到妈妈的跟前，眼睛只盯着锅里蒸腾出的热气。

妈总是很愤慨地答对爹："没好呢，没好呢，好也没好，什么正经事哩。"

人喊马嘶声更嚣张地闯进来。爹终于耐不住，抓起一个板凳，牵上我便走。妈这时便闯过来，劈手夺下板凳，冲爹嚷道："还不放桌子、捡碗?"妈一边说一边呼的一下揭了锅盖。爹并不动，其实那桌子和碗早躺在那儿歇了好一会儿。

两个饼子一碗汤，吸吸溜溜地进了肚子，爹便牵了我急急地出去，去凑这一半世界的热闹。

其时我尚不知凑热闹，只是任爹牵了去，又任爹抱回来，如此而已。渐渐地，我开始懂得了黄昏的意义，我开始期待黄昏的到来，开始为黄昏的到来而激动。我不再等爹来牵我的手。听到外面的人喊马嘶汹涌地响起来时，我竟比爹更急不可耐，常常是一手抓上块饼子，一手捏上块咸菜，眨眼便将自己卷入那人潮中。

我是不拿板凳的，我学会了看眼儿戏。那堵墙上嵌着两个门，从那一条门缝里，我看到了那边的世界，那么神秘，那么神圣，那么辉煌灿烂，那么深不可测。虽然那挤出来的世界只有线似的一条，却足以让我激动，让我满足了。我深深地爱上了那扇门，爱上了那条门缝，爱上了门上的一个眼儿，那眼儿是我挖出来的，不是用刀，是用手指。

然而，那门缝那眼儿并不是总能给我挤出那边的神圣和辉煌。

那边的人们似乎下了决心一定要去阻止这半世界去和那半世界亲吻、拥抱、融合。

大戏开场前，那边辉煌的灯光和辉煌的嘈杂一齐从那门缝和那眼儿里涌过来，撩出你满眼的贪婪。可一俟那边贼贼的白光暗灭，幽幽的黄光正将那一半世界转换成神秘的时候，立时便有一道很厚重的门帘和一扇很肥厚的屁股将那缝和眼儿泥了个严实，使那边的世界霎时变为一片黑暗。很脆的锣鼓声和很悠扬的唱又恰在这霎时的黑暗中从那门缝和那眼儿里挤出来，顿时撩出你更大的贪婪也撩出你咬牙切齿的恨。

我将一张脸更紧地贴到那门上，一只瞪圆的眼对着门上那眼儿一眨不眨地盯着那一片黑暗。我知道，那门帘和屁股总有乏累的时候，那边的神圣和辉煌也总有挤出门缝和眼儿的时候，我等着。

爹并不管我，只远远地在板凳上坐了，眯了眼，泥塑一般。爹不看眼儿戏，爹只听戏，其实听的也是眼儿戏。

　　我总想让爹带我到墙的那边，到墙里面的园子里去实实地看一看那边的世界。可爹总是说那里边闷得慌，不如这外边的清爽。开始我深信，后来我知道这是欺骗。爹的口袋里从没有富余的三毛钱，妈的口袋里也没有。那边的世界需要花了钱去买。

　　越来越强的诱惑使我不能舍弃走入那片世界的欲望。我试探着去走我的路。

　　戏园的守门人挨着我家的院子住，算是很近的邻居。方方的脸，高高的个子，站在园子的大门旁，眼里没有人只有人们手上捏着的纸条，样子颇伟岸。我很怕他，却又极想亲近他。因为他就是一堵耸在这两个世界之间的墙。

　　有一天，当门帘和屁股又将那边的世界泥成黑暗之后，我的眼终于离开那条门缝和那个眼儿，搬起两条很沉的腿走上戏园门前的台阶，走到那颇伟岸的守门人身边，对着他怯怯地望。我希望他也望我，我又很害怕他真瞪起眼来望我。我能听得见我的很沉很急的喘息。

　　他并不望我，倚着门和另一个守门的人聊天。我很庆幸，我又有些失望，但心终于平静了许多，刚刚很颤的腿渐渐直了，立在那里俨然一副第三守门人的样。

　　"那小孩，你别站在那儿，到别地方玩去。"我突然听到他这样说，心很抖了一下，如同做了贼。但我并没有就远远地离去，只向着旁边挪了挪，仍第三守门人般站在那儿。

　　他没有再说话，任我在那里一直站到散场。

　　那晚躺在炕上，竟骨骨碌碌好长时间不能入睡。我记不清那天夜里是否尿了炕。

　　自此，每当黄昏撂了碗筷，我便去戏园门前那地方站着。开始并不言语，后来竟渐渐壮了胆冲着进戏园的人说："票！票！"并且渐渐地将我站的位置移近那守门人，有时竟倚上了守门人倚着的那个门框。

有一天，趁着守门人脸上正挤出少有的笑，我壮了胆从他面前过去，跨出了走向那半边世界的最伟大的一步。一个曾经被黑色的门帘和黑色屁股涂成一片漆黑的神圣而辉煌的世界，终于第一次向我展示了她全部的神圣和辉煌。

我直想哭。我忍着没哭。无所谓似的在那片世界面前站了站，便又回到守门人的身边，同他一起继续倚着那门框，一直到散场。

那晚我睡得极香，像是尿了炕。

从此，我几乎每晚都去那里守门，都去那片世界待上一会儿。开始只一会儿，后来便是戏开场后进去，散场前出来，直到上学，直到读完小学。

我认识了为那片世界制造了神圣和辉煌的每一个人，著名的，普通的，学徒的，打杂的，他们都神一般耸在我心的深处。

爹仍不认识他们。爹仍没有富余的三毛钱又不能像我那样厚了脸去充第三守门人。所以，爹仍只有听眼儿戏的份儿。但爹仍是听，直到我上学，直到我读完小学。

上了中学，我便每隔十天半月去那里守回门，望一望那世界，我已离不开那神圣和辉煌的照耀。"文化大革命"将那园子的门封了。从此，那园子里不再有戏演，我和爹也没法再去看眼儿戏、听眼儿戏。那两半世界仿佛忽然颠倒了位置：里面的透着阴森和恐怖，外面的则溢着辉煌和疯狂。我心中的那些神也瞬间无了踪影。有人说：他们都被管起来了，他们原就是一群很猖狂的耗子，没只猫管着他们就成精了。我害怕成精的耗子，我庆幸耗子没有成精。但我仍留恋那些耗子曾经为我为人们精心装饰出的每一个欢乐充实的夜晚。每逢黄昏将至时，我都要围了那园子转上一转、站上一站，下意识地将脸贴上那道门缝和那个眼儿，幻想着能从那缝和那眼儿里再挤出一个过去的神圣与辉煌。直到那年地震，那园子整个地坍塌，化成一堆瓦砾。

后来，一个真正的剧场在那堆瓦砾上隆起，恢宏的气势使她从里到外都闪耀着神圣和辉煌。我却没有再去那里看眼儿戏、听眼儿戏，因为那门已换成了铁的，因为我已不再被一张门票搞得愁苦不堪，虽然门票如今已不是三毛而是三块三十块乃至三百块……

我突然那么深深地怀恋起儿时的看眼儿戏，虽然现在看戏已无须那样费尽心机。

大院人家

清晨的扫帚声

我是在一个大院里长大的。我一直很怀念在大院里的那段生活。

那个大院坐落在小镇的中心，与小镇的那个剧院仅隔了两个院落。

大院里共住了五户人家，正房的五间住着潘家、贾家和我们王家，东面厢房的五间住着冯家和刘家。刘家是这里的房东，那四家的房子都是从刘家那里典来或租来的。我家住的那两间半房便有一间半是典来的一间是租来的。

大院的西边没有住房，而是一块很大的菜地。据说大院的西边原本也是要盖房的，只是因了土改的缘故，房东刘家怕自己盖的房会被政府分了去，才狠心咬了牙没去盖，而将那块本该用来盖房的地拿来开了一块菜地，阴错阳差地给那个大院留下了一片绿色的空间。

那个大院没有门房，只有一个用薄铁板搭成的门楼。据说那里原本也是要盖门房的，也只是因了土改的缘故，房东刘家才将那门房连同西边的厢房一起，从他的建设规划里抹去了，而只搭起了那么一个门楼。门楼里安着两扇很厚实的黑漆木门，两扇木门上都吊了一只很大的铜铃，每当大门开合时或大风吹起时，那两只铜铃都会叮叮咚咚地响起，甚为悦耳。

大院里的五户人家都相处得很好，用老人们的话说，咱这院子呀，开了门是五家，关上门便是一家。

想起大院的往事，首先激活我记忆的是每逢清晨便会在大院响起的那一阵阵能让人浑身发痒的扫帚声。

那扫帚声多半是由父亲营造出来的。父亲虽然不识字，没读过"清晨即起，洒扫庭除"之类的书，但他却极爱清洁，只要待在家里闲着无事，便总爱拿上一把扫帚炕上地下屋里屋外地扫，扫得炕上炕下屋里屋外纤尘不染，扫得母亲常常气得让他抱着扫帚去睡。所以每天早晨起来，抱上一把扫帚去扫院子，便仿佛成了父亲每天必修的功课。于是每当那仍是灰蒙蒙的院子里响起一阵阵有节律的"唰唰，唰唰"的扫帚声，我的那一个个原本很甜蜜的梦便会立刻被撞得支离破碎，忙不迭地钻出暖烘烘的被窝，跑到院子里去看父亲扫院子。一直看着父亲的扫帚从我家檐下的石阶扫到门楼下的两扇木门，再一直看着父亲打开那两扇木门，并将手上的扫帚继续挥向门外的胡同。

那时的我看父亲挥动扫帚的身姿，就如同看一段很优美的舞蹈，并让我一下子就喜欢上了那样的舞蹈。于是当我也能抱起一把小扫帚的时候，我便毫不犹豫欢天喜地地加入父亲的舞蹈，并将以往由父亲自己表演的那一段独舞，最终改编成了我与父亲共同表演的双人舞。

我的加入自然让父亲格外开心，也让大院里的那些叔叔大爷婶婶大娘格外开心，当然最开心的还是我自己。我已从父亲时时投来的怜爱的目光中和那些叔叔大爷婶婶大娘时时传来的赞许声中，看到了一个正在一天天长大的我。

终于有一天，已真正长大的我将我与父亲的那段双人舞最后改编成了我自己的独舞……

时至今日，我仍时不时地喜欢去表演我自己的那一段独舞，在仍是灰蒙蒙的清晨，拿上一把扫帚，悄悄走出房门，轻轻地从六楼一直扫到一楼。

每逢此时，我的眼前总会幻化出那个大院，幻化出我与父亲的那段舞蹈，幻化出那一阵阵有节律的"唰唰，唰唰"的扫帚声……

那声音不应该只留存在那早已远逝的大院里……

冯家的鱼篓

大院里的冯家是大院里的一个大户，连租带典的两间半房整整住了祖孙三代九口人，而这九口人的生活全靠冯家的大哥在一个手推车合作社里拉手推车来维持。

冯家大哥也有一个很文化的名字：登甲。大概是冯家的大爷原本是想将自己的儿子培养成一个读书人，进而为冯家读出一个秀才、举人、进士，让冯家也能有个改换门庭、光宗耀祖的机会，故而才踌躇满志地为冯家大哥起了那么一个极理想化的名字。然而只恨时运不济，待到冯家大哥懂事时，不仅冯家大爷根本无力去供冯家大哥读书，况且即使让冯家大哥读了书，冯家大哥也没有了登科三甲的机会，没有了为冯家改换门庭的机会。但冯家大哥还是为冯家争来了一个也算是光宗耀祖的机会：冯家大哥当上了志愿军，雄赳赳、气昂昂地跨过了鸭绿江，抗美援朝去了。于是冯家成了大院里唯一的一户光荣的军属，冯家大哥也成了大院人心中的英雄。虽然三年后冯家大哥复员回来去手推车合作社里拉起了手推车，但在我们的眼里，冯家大哥始终是一个曾经参加过抗美援朝的英雄。

冯家虽有一个那样的英雄，但只靠冯家大哥拉手推车来维持生活的冯家，日子过起来自然是紧紧巴巴。

日子虽然过得紧紧巴巴，却让冯家过得很有些情趣，很有些滋味儿。那些情趣和滋味儿则多是由喜欢打鱼的冯家大爷鼓捣出来的。

自打我记事起，冯大爷和冯大哥便是我最敬重最喜欢的两个男人。敬重喜欢冯大哥是因为冯大哥参加过抗美援朝，仅冯家墙上挂着的镜框里镶嵌着的一张冯大哥身着军装的照片便足以让我肃然起敬。而喜欢和敬重冯大爷当然是因为冯大爷会打鱼，仅冯家屋檐下挂着的一只只鱼篓和一张张渔网便足以让我心生羡意让我垂涎欲滴。

会打鱼的冯大爷那时已有六十多岁，但看上去还非常硬朗。几乎每天早晨，就在父亲刚刚扫完院子之后，已经穿上一身皮衣皮裤的冯大爷便拉开房门走了出来，将挂在屋檐下的鱼篓、渔网摘下来，放在自行车的后架上捆绑好，便推上自行车走出了大门。从那一刻起，我的心里便生出一种渴盼：放学回来时，最好第一眼能看见的是摆放在冯家门前的鱼篓以及晾晒在院里的渔网。只要看见了这两道风景，接下来我便会闻到从大院各家各户飘散出来的各种各样的鱼香。于是我就知道，冯大爷今天又打着鱼了，冯大爷今天又给各家分鱼了，我们今天又有鱼吃了。

这样的情景不是天天都有，有时会隔上十天半月，有时则会隔上个把月，因为冯大爷虽然每天都会出去打鱼，但带回的鱼篓里却不是每天都会有鱼。因为冯大爷并不是每天都能打到那么多鱼，而且冯大爷打的鱼更多的是要拿到市场上换了钱后回来好应付自己的紧紧巴巴日子的，所以，虽然每每望着冯大爷出行的背影心中会顿生一种渴望，但渴望之后便会立刻觉察出它的非分之处而很快将其扼杀于萌芽。

能否有鱼吃是一回事，而能否欣赏与体味冯大爷为大院营造的另一番风景和滋味儿则是另一回事。

冯大爷打鱼多是早上出去，午饭前即回。下午的时光里，冯大爷多是坐在院子里或织网，或补网，或晒网。

冯大爷几乎每天都在织渔网补渔网。织的渔网是新网，织好的网是拿出去卖的。补的网除了自己用的网，还有帮朋友补的。

冯大爷常常会弄来一盆盆猪血，将一张张织好补好的网放进血盆浸泡，然后将被血浸过的渔网搭在院子里在很毒的太阳下暴晒。于是，满院的鲜红便被瞬间暴晒成一地黑紫，而刚刚还弥漫在小院上空的一缕缕血腥之气则在瞬间被暴晒出一股股刺鼻的恶臭，尽管家家户户都关紧了门窗，也还是抵挡不住那恶臭的袭击，逼得人们一个个捏住鼻子，隔着门窗向外大吼：老冯头儿，你个老不死的，哪儿弄来的这些坏血，咋这么臭！把你那些臭玩意儿赶紧团巴团巴扔了！

听着这些吼骂，冯大爷并不气恼，竟还时不时地发出几声很惬意很诡谲的笑。

就这样，冯大爷用自己鼓捣出的恶臭在与那一阵阵的吼骂对峙了大半天之后，太阳终于落了，天终于凉了，臭气终于渐渐散去了，吼骂声也终于渐渐止息了，大院里便又恢复了往日的宁静与安详。

大院的日子便也伴着这样一道别样的风景和滋味儿走过了一日又一日，一年又一年。

我知道，随着冯大爷的离去，随着大院的消失，以往大院里的那道别样的风景和滋味儿便也消逝了……

我一直很怀恋大院的那道风景和滋味儿，而且让我奇怪的是，每当想起那道风景和滋味儿时，最让我心动的竟不是那只鱼篓和满院弥漫的鱼香，而是暴晒在大院里浸过猪血的渔网和暴晒出的那满院的腥臭……

贾大爷的手艺

　　大院里的人家是没有秘密的，或者更确切一点儿说，大院里的人家相互间是藏不住秘密的，那些秘密不仅包括了谁家的两口子又因为什么在吵架，而且也包括谁家的那天晚上做的是什么饭菜。连谁放了一个很响的屁都会立刻引出满院的一片笑声，这大院里还有什么秘密能藏得住呢！

　　于是，大院里的人家便有了一个相互默契的习惯：谁家有了什么新鲜东西，谁家做了什么特别的吃食，都会在自家享用之前，给另外几家先送过去，然后自家的人才会心安理得地坐下来享用。相互送得最多的便是饺子。无论谁家包饺子，第一锅蒸出来煮出来的饺子，都会首先被分装四个碗里，热气腾腾地赶快端到各家的屋里。那些饺子，无论有肉无肉，无论面白面黑，无论面细面粗，都是送者也开心受者也开心，全无半点儿的或施舍或巴结或自傲或自轻的味道，有的只是满碗升腾的真诚与温暖。那时，只要回到家里，一眼看见饭桌上或柜盖上摆放了两只扣在一起的碗，我便立刻知道那里边一定是装了谁家送来的饺子，一溜长长的口水便会立刻顺着嘴角流下来。尽管每次我只能从那碗里分到一个饺子，只那一个饺子便足以成就我整整一夜的好梦。

　　我更多的好梦是由贾家的大爷为我创造的。

　　贾家一家只有三口人，老两口带着一个与我同龄的独生女儿，那是老两口快五十岁时才有的一个女儿。

　　贾家是在我八岁那年搬来大院，与我家住了对面屋的。

　　贾家的大爷新中国成立前开了一间包子铺，立的字号就叫"贾家包子铺"。就是因为这个包子铺，贾家被定了个"小资产"，所以初到大院时，贾家的大爷不仅少言少语，进出大院时也有些蹑手蹑脚。这让原本就很矮小的贾家大爷便在我们的眼里显得越发矮小。

如冯家的大爷会打鱼一样，贾家大爷的手上也有一套绝活：精于制作各种各样的面食。不仅会包包子，还会烙洋子饼，会炸油条。

大院里的那几户人家似乎并不在意贾家的"小资产"成分，冯家大爷分鱼时竟要先给新来的贾家送去一份，而谁家包饺子也都要先给新来的贾家送去一碗，一来二去地，各家很快便尝到了贾家端来的饺子。那饺子不仅让人们尝出了一股"小资产"的味儿，而且简直尝出了一丝"资本家"的味儿！记得父亲第一次提起一个贾家送来的饺子，刚把饺子咬破一点儿皮，便立刻极神秘地对着我们说，慢点儿嚼，这馅里放了虾仁儿！

我就是从那一刻起，才知道这世间还有一种叫虾仁儿的美味的。但直到一个饺子吃完，我还是没有搞清其中的哪种味道属于虾仁儿。

这是我记忆中贾家大爷带给我的第一次味觉的惊喜。

接下来的惊喜很快便到了。

那是一个星期天，贾家大爷没有去公私合营后的包子铺上班，而是先到我家，让母亲找来一个面盆和一条装着白面的面袋，从面袋里舀出两碗白面放在面盆里端走了。然后，又去了大院里的另外几家，从每家端回了一个面盆。于是我发现对面贾家的灶台上一溜摆上了五个大小不等的面盆。

贾家大爷开始动手了。一股极强的神秘感突然间便捆住了我的双脚，一时间竟没了一点儿去外面疯玩的欲望，只顾扒在面向灶台的小窗户上盯着贾家大爷忙碌的背影一直痴痴地看了下去。

我看见了五个面盆里的面粉在贾大爷的手里很快变成了五个面团；每个面团很快被扯成几个均匀的长方形的饼坯整齐地

摆放在案板上；贾大爷随后抄起一根油光发亮的枣红色擀面杖将一块饼坯擀成很薄的饼片；贾大爷用手在盛放了用炒过的面粉和豆油调和成的饼油碗里抠出一些油涂抹在擀过的饼片上，然后像按摩师给人捏背似的将饼片捏成一缕如扇子似的饼条；就在饼条捏好的瞬间只见贾大爷的右手拎住饼条的一头翻腕一甩，啪的一声，粗粗的饼条便在案板上翻了个身；然后，贾大爷两手拎起饼条的两头，一边抻拉饼条，一边啪啪地摔打着饼条，转眼间便将粗粗的饼条抻拉成一个长条，如一张弓似的蜷卧在了案板上；之后，贾大爷便用右手从右边的饼弓头上揪下一小块面来按在左边的饼弓尾上，随后将饼弓从右向左盘成一圈饼坯坐到在弓尾拍好的饼座上；然后再将盘好的饼坯用右手托起来，又啪的一声拍到案板上；一张洋子饼——我们现在又叫筋饼的饼坯就这样成型了。成型后的饼坯很像一坨新鲜的牛粪，这种联想差点儿让我笑出声来。

就在盘好每一个饼坯后，贾大爷将烙饼用的平底锅支到了炉台上，一边等着锅热，一边继续去盘剩下的饼坯，等到剩下的几个饼坯盘好后，锅也刚好热了上来。贾大爷便将第一个盘好的饼坯拿过来，用两只手使劲地将牛粪形的饼坯一下下地按扁，然后用擀面杖在正反两面各擀几下，便擀成了一张很大很薄的面饼，贾大爷随后用擀面杖挂起那张面饼，将它摊铺在锅里。锅里随之便有了很好听的吱吱的油响，便有了很好看的缕缕的热气，便传出来了丝丝的诱人的饼香。饼在锅里只翻了两个身，便见贾大爷将饼在锅沿上拍打了那么几下，随后，那张刚被拍打松散的饼只在贾大爷手上打了一个旋，便旋转着飞进了一个已经洗净的面盆里。

我痴痴地看着这一切，如同在欣赏一首最美的乐曲和一支最美的舞蹈。整整一个上午我都沉醉其中不能自拔。

那天中午，大院的五户人家的午饭都是洋子饼和豆腐脑儿。当然，豆腐脑儿也是贾大爷为各家点制的。

那一天，整个大院如同过节。以后，这样的节日便也渐渐成了常态，如同冯大爷为各家各户分鱼。以后，贾大爷说话时的嗓门一下子变得粗壮了许多，进出大门时脚下也有了咚咚的响声，而我们眼里的贾大爷也就此变得高大起来。

或许就是因了贾大爷的缘故，我十多岁时便学会了包包子、包饺子、擀面条、扯面片、蒸馒头、捏花卷、烙糖饼、烙洋子饼，而且每当做这些的时候，我都仿佛自己在演奏一首最美的乐曲，在跳一支最美的舞蹈。时至今日，每当走进厨房，我仍能找到这样的感觉。

贾家的老两口都很长寿，贾大爷活到了九十二岁，而贾大娘则活到了九十九岁，皆是无疾而终。

挑水的乐趣

二十世纪五六十年代，这座城市的大多数人家是没有自来水的，人们的日常用水全靠自己到设在附近的井房去挑。

离大院最近的井房开在这条胡同的东头，约有一百米远，是一个只有不足五平方米的小房子。房子虽小，人们却都很亲昵地将其称呼为"井楼子"。

初时的井楼子是有人值守的，早、午、晚三个时间段里都是定点开门定点关门。初时去井楼子挑水是需要付钱的，一担水两分钱，只有交了钱后，看井楼子的人才会给你放水。因为总有一些人家是无力或不屑自己去井楼子挑水的，于是便有人专门干起了为人送水的活，而送到家里的水一担则需要五分钱。

在大院里，我家与冯家都是自己挑水，而刘家、潘家和贾家则更多的是请人送水，因为刘、潘两家都膝下无子，而贾家老两口老来所得也只是一个女儿，挑不得水。虽然父亲和冯家大哥挑水时，常常会为他们捎上一挑，但他们更多的时候还是趁了父亲和冯家大哥上班的时候，让人来给他们送水。

我从十岁开始帮着父亲挑水。开始时父亲不许，怕伤着我，怕我被扁担压得长不了个儿，所以只准我跟在他的身边做些看桶、排队、付钱的活。但我还是趁着父亲不在家的时候，将两只水桶挑在了肩上。

我是从学挑半挑水开始的，只半挑水便压红了我的肩膀。父亲下班回来后，一眼看见满缸的水便立刻冲上来扒看我的肩膀。我发现父亲的眼圈一下子红了，红得如我的肩膀。父亲并没有说我。第二天，我发现父亲给我带回来一根小扁担和两只小水桶。是那种两桶水只需付一分钱的小水桶。

我开始跟着父亲一起去挑水，既给自家挑，也给刘家、潘家、贾家挑。他们都是要给钱的，父亲的一挑水两分钱，我的一挑水一分钱。

很快，我就接过了父亲的扁担，几乎全部承担起了为大院除冯家之外的其余三家挑水的责任和义务。

我发现，我在做这件事的时候，心里总有一种难以言说的自傲、自得、自足与自乐，似在享受一种难以言说的快感。这一切都源于刘家、潘家、贾家的大爷大娘们每次为我送上的感激的笑脸，源自父亲母亲不断送过来的赞许的目光。

我的水一直挑了近十年，直到大院里接上了自来水。

夜半鸡叫

或许是因为那时的县城里还没有真正地完成从农村向城市脱胎换骨的改造过程的缘故，那时的城里人还保留着许多农村人的生活方式和习俗，因而许多城市里的院落中更多地保留着农村庭院的色彩。有人会在院里空闲的地里种菜，甚至种玉米；有人则会在院子里养鸡、养鸭甚至养羊、养猪。紧邻我家大院西边的周家大院，便是除养了鸡、鸭外，还养了羊和猪的，全然一个六畜兴旺的农家院落。

我家大院的五户人家虽然没有养羊养猪的，却全都养了鸡。

各家的鸡都养在自己的屋檐下，养在各家在自家房前的空地上用秫秸、竹竿或者木条围成的鸡栏子里。除了刘家的鸡经常会被放到自家的菜园里去觅食、嬉戏、生蛋之外，其余几家的鸡都只在自家的鸡栏子里觅食、嬉戏、生蛋。虽然活动空间有限，却也是地地道道的溜达鸡。

母亲对养鸡是极上心的，常常是在外面跑了半天后，回到家里的第一件事不是忙着给我们做饭，而是忙着剁菜喂鸡、捡鸡蛋。为了让每只鸡都能产出硬壳蛋而不是软壳蛋，母亲还常常捡拾一些骨头、贝壳之类的东西，拿回来用榔头砸碎后拌到鸡食里给鸡吃。这应该是母亲自己悟到的补钙的方法。

母亲对鸡的态度直接影响了我们，以至于我和姐姐、弟弟每次放学回来的第一件事，便是帮着母亲剁菜、喂鸡、捡鸡蛋，以便能让母亲腾出手来为我们做饭。渐渐地，剁菜、喂鸡、捡鸡蛋便也成了我们的一大乐趣。

剁菜归剁菜，喂鸡归喂鸡，捡回来的鸡蛋却很少能吃到我们自己的嘴里，因为咱家攒下的鸡蛋十有八九都要被母亲拿到外面去卖掉的。母亲说，只有卖了这些鸡蛋，家里才有钱供你们上学。

我们就这样与母亲达成了一种默契：鸡是咱家的功臣，宁肯亏了我们自己，也不能亏了咱家的鸡，即使是在最困难的时期。

记得那时，我们能充饥的就是用剁碎的干白菜叶裹上一层薄薄的玉米面做成的菜团子，偶尔喝上一回不掺糠菜的纯粹的玉米面糊糊，便如同过年一般，一定会把盛糊糊的碗和锅用舌头来来回回地舔得比刷过的还净。但即使这样，我们仍会心甘情愿地宁肯少吃上一顿玉米面糊糊，也要坚持每次喂鸡时，都给它们的菜里拌上一捏玉米面。

记得那时，我因贪玩，曾经自己用 8 号线磨出了一根用来扎蛤蟆的钎子，到离家八九里远的一处兵营外的壕沟边上扎了十几只青蛙提了回来。母亲见到后，眼里立刻放出一道光，忙不迭地喊着：快！快剁碎了给鸡吃！

于是，那十几只青蛙眨眼的工夫便成了我家鸡的美食。那时，我和母亲丝毫都没有意识到，那十几只青蛙原来也可以成为贡献给我们自己的一顿大餐。那时，我们的嗅觉与味觉已经远离肉味儿久矣！

正因为如此，咱家的鸡那时都长得比我们壮实，个顶个毛色鲜亮，而不似我们那样的一个个面色饥黄。

或许正是因了与鸡的这种特殊的情感，我们最放心不下的一件事便是每到夜里时鸡的安全。那时的城里还有黄鼠狼，黄鼠狼经常会跑到大院里来偷鸡。

黄鼠狼偷鸡时，关在鸡窝里的鸡会发出那种令人毛骨悚然的尖叫，每逢听到这种叫声，母亲便会激灵一下从炕上跃起，扑到窗前，一边使劲拍打窗户，一边“嗷嗷”地撕破了喉咙似的大叫，引得我们也都激灵灵从被子里跃出，扑到窗前，瞪起惊恐的眼睛，随着母亲一边拼命地拍打窗户，一边扯着嗓门“嗷嗷”地大叫，直叫到满院子的人都跟着一起拍窗户大叫，直叫到窗前的鸡窝里渐渐没了动静儿。随后，母亲便会催着父亲赶紧出去察看，看看鸡窝里的鸡到底少了没少，看看被叼走的鸡还能不能追得到！

总之，那一夜，我们便再也无法入睡。

当然，黄鼠狼光顾那几家鸡窝时的情景也大致如此。

因为那时的黄鼠狼也正在挨饿，所以到大院里来偷鸡便成了家常便饭。渐渐地，我们最初的那种惊恐便淡去了；渐渐地，我们便开始将此视为一种乐趣了，每当半夜三更地再听到那种鸡叫声时，虽然母亲还似往昔那样会一个"激灵"从炕上跃起，扑到窗前，拍打窗户，放声嘶喊，而我和姐姐、弟弟则会仍躺在暖和的被窝里，伸手拿起在地上准备好的脸盆，嘭嘭嘭地随意敲上一阵，待敲到外面的鸡窝里没了动静，便扔下脸盆，缩进被窝里，继续做自己的梦去了。

大院的鸡趣一直持续到那场大地震到来。

之后，大院没了。

再之后，一幢幢大楼拔地而起。

城里人无法再养鸡了。城里也没有黄鼠狼的窝了。连偏僻的农村现在也很难觅到黄鼠狼的踪迹了。记忆中的那份乐趣再也无法在现实中重演了。

留门之约

大院有两扇黑漆木门，早上，谁家的人起来得早便把它打开；晚上，谁家的人回来得晚便要承担关上大门插好门闩的责任。因为两扇大门关乎一个大院的安宁，故而大院里的人家对此都十分关注，从没有丝毫的马虎。至于究竟该由谁来承担这个责任，大院里的人家自然有着自己约定俗成的规矩。

刘家是这个大院的房东，刘家的大爷便极其自然而自觉地将自己划定为第一责任人。因为那时还没有电视，除了偶尔有人出去看场电影或看场戏什么的，便没有其他的夜生活，所以人们都会睡得很早，天刚擦黑，各家便相跟着关了灯，早早地睡下了。于是，那时每逢天刚擦黑，刘家的大爷便会走去大门口，冲着院里的人家喊上一声：还有人没？关门了啊！喊过一声之后，如果听不到有人回话，或者各家随即便关了灯，刘家大爷才会关上大门，插好门闩，放心地回到自己家里睡下。

当然，如果此时谁家还有人在外面没有回来，听到刘大爷的一声喊之后，便会立刻应声回答：咱家的那谁干啥去了，还没有回来呢！这时，刘大爷则会将两扇大门关上，挂上里面的门环，将门闩在门旁放好后，便径直回屋睡去了。刘大爷知道，此时这大院里已经产生了第二责任人。

之后，当第二责任人回来后，如果发现大院里只有自家还亮着灯，便会不声不响地关好大门插好门闩，轻手轻脚地走回自己的家里去睡下。但如果发现还有别人家也亮着灯的话，他便会往那家的窗前紧走几步，轻声问一句：还有人吗？我要关门了啊！每逢此时，一定会有人轻声而急促地回应：你去睡吧，咱家那谁谁还没回来呢！于是，这第二责任人便如刘大爷一样，将两扇大门重新关上，挂上门环，径直回去睡了。他知道，此时他已经将自己的责任传递给了第三责任人。

这便是大院人家日经一日，年经一年而形成的留门之约。

记得曾经有四五年，我几乎每天都成了为这个大院关好大门的最后责任人。因为在那段时间里，我几乎每天晚上都会跑出去看戏。先是扒在剧院的门口看眼儿戏，后来和戏院把门的人混熟了，便溜到剧院里去蹭戏。所以在那段时间里，几乎每次看完戏回到大院门前，推动虚掩的大门，从门缝中伸手摘下里面的门环，再轻轻地推门进到院中的一刹那，我第一眼看到的便是从我家窗户射出来的大院里那最后的一束灯光。于是，我赶紧轻轻地关起大门，轻轻地插好门闩，然后一溜小跑猫似的溜进家门。就在我两脚刚刚溜进家门的瞬间，母亲便一伸手将灯拉灭。我则一边心里偷偷地乐着，一边摸黑三下两下脱光衣服，哧溜一下钻进早已焐得暖暖和和的被窝。

那段时间里，每到晚上我的心里都会涌动着一种很特别的渴望：渴望着能早点儿混进戏园子里去看戏，无论那戏是文戏还是武戏，无论那戏自己看得懂还是看不懂，只要有戏演我便要想办法溜进去看；然后便是渴望戏散场，渴望着感受自己一个人走在黑漆漆的胡同里的那种刺激，渴望着去体味在推开那两扇只为我一个人留着的大门时的美妙感觉；更渴望着在推开大门的一瞬间便能一眼看见从家里的窗户上射过来的那一束灯光时所带给我的一种难以言说的温暖……

　　正是这一个留门之约，让我对大院的生活又有了一种别样的情怀，每每想起来，都会让人心动不已。

　　或许正是这个心动不已，会让我常常在梦中走回那个大院，去寻找大院里的那些人家，那些味道，那些景致，那些情趣，以及那一缕明明灭灭的大院之魂……

一头长不大的猪

那年开春，青年点养了一头猪，刚抱来时已有七十多斤，养了八个多月后还是七十多斤。

那头猪是给我们青年点做饭的老贫农赵大爷劝我们养的，他是眼见着我们用了不到半年的时间便吃光了一年的伙食费，还没到开春便过起了高粱米饭咸盐水的寡淡日子，实在是又可气又心疼，便一而再再而三地跟我们唠叨，劝我们要把青年点当成自己的家，劝我们把青年点的日子当作自家的日子过，还劝我们养一头猪。他说只有养了猪，这青年点看着才有个家样，才有个过日子的样。咱乡下人看谁家是正经过日子人家，谁家不是正经过日子人家，就看谁家养猪没养猪，不看这还看啥！你们不是要在这儿安家吗？不是要在这儿扎根吗？那就赶紧去抱头猪回来养，只有养上猪，让人看着才有个安家的样，才有个扎根的样。我们想想也是，便从伙食费里好歹挤出一点儿钱，拿给赵大爷去帮我们买猪。赵大爷怕猪太小我们养不好，便特意挑了一头七十多斤的半大猪抱回来给我们养。

刚看见抱回来的猪，我们一个个都乐得直蹦，感觉那青年点真的一下子就有了个家样，一下子就有了一点儿过日子的样，那高粱米饭咸盐水的寡淡日子也仿佛一下子就有了一个盼头。于是喂猪一下子成了我们生活中的一大乐事。于是我们宁肯亏着自己的肚子也绝不会亏猪的肚子，尽着青年点里好吃的先给猪吃，好喝的先给猪喝，结果还不到一个月，就把那猪喂到了一百多斤。

然而，好景不长，我们只把那猪好吃好喝地招待了一个月，便再也没有能力那么招待下去了，因为青年点里不仅闹起了菜荒，也闹起了粮荒，闹得我们连高粱米饭咸盐水也常常是吃了上顿没下顿了。整天肚子饿得咕咕叫的我们，再也无心去顾及猪的肚子了，那猪的伙食标准便也一下子由玉米面粥降到了残羹剩饭刷锅水。我们很想那猪能体谅我们的处境，能与我们一起勒紧裤带，共渡难关，可偏偏那猪的脑子就是不开窍，一看自己的槽子里换成了残羹剩饭刷锅水，竟索性把头一扭，远远地跑开，和我们闹起了绝食。刚刚闹了两天，便将它一个好好的座上宾闹成了我们的一个仇敌。从此每到给它喂食时，我们都会拿根棍子，冲它边打边吼：吃！快吃！再不吃连这残羹剩饭刷锅水都没了！于是那猪便被我们连打带吼地赶到槽子前，将嘴在那槽子里乱拱儿下，抽净了槽底的一点儿实惠后，便立刻把头一甩，远远地跑开。

于是，那猪开始慢慢地往回长，从一百多斤长回到九十多斤，又从九十多斤长回到八十多斤……赵大爷过来看了后连连摇着头说：这猪早让你们喂滚槽了，再不好喂了……

看着这头已被我们从小惯坏的猪，看着这头只能过富日子而不能过穷日子的猪，看着这头越养越瘦的猪，我们的心里也是又怜又气，曾动过几次想杀它的念头，但这念头最后又都被一个更大的诱惑所淹没。这诱惑就是过年。我们无论如何也得把它拉扯到过年，到那时我们总可以从它那里分得几斤肉，然后风风光光地回家过年。于是那头猪便有幸跟我们饥一顿饱一顿地一直熬了下来，而没有过早地成为我们案板上的一道菜。

我们就这样陪着那猪走过了夏天，又走过了秋天，转眼便走到了冬天。

那年的冬季征兵开始了，我去报了名，参加了体检，并在几天之后接到了《入伍通知书》。

《入伍通知书》一送到青年点，青年点便热闹起来，七嘴八舌地商量起该如何送我。于是，他们便又想到了那头猪。他们说，点长当兵是咱们的大喜事，杀了那头猪咱们好好热闹热闹，就算提前过个团圆年了。

听了大家这番动议，我心里虽觉暖烘烘的，但还是立刻连连摆手说不行不行，这头猪养得不容易，一定要留到过年再杀。

无论我怎样地摆手，他们还是坚持着要杀那头猪。只是念在我的一再坚持，他们最后答应可以将那猪缓期三天后执行。

正在我绞尽脑汁地盘算如何才能把那头猪彻底解救下来的时候，天上开始飘起雪花，天也一下子变得冷起来。

我回到屋里，两眼痴痴地望着外面纷纷飘落的雪花。透过纷纷飘落的雪花，我突然看见了青年点外面不远处的那个水塘，看见了水塘里那几只仍在雪花里嬉戏的鸭子。我顿时眼前一亮，冲着大伙高喊了一声：那猪不用杀了！那猪不用杀了！！

大伙以为我在发什么神经，便都凑过来问是怎么回事。我便很神秘地指着外面的水塘说：那里边有鸭子，一定是没有主的野鸭子。那个水塘肯定正在结冰，肯定会把那几只鸭子冻在水塘里。今天晚上我们就守在这里，守到那几只鸭子被冻住之后，咱们就把它们捡回来，好好地美餐一顿。有了它们，咱的猪就不用杀了。

大伙一听立刻高呼好主意，说还是点长点子多，既解决了眼前的实际问题，又保住了咱们的猪，没说的，就这么干。

于是我又和大伙一起商量起了捡鸭子的方法，最后决定去找两根长竹竿，再把两根竹竿接起来，然后再在竹竿的头上绑上一把镰刀，这样就可以把那几只鸭子从水塘里一只一只地钩上来。随后，我们便排好了班，轮流出去察看水塘结冰的情况和鸭子的动向。剩下的人便在屋里打起了扑克。

外面越来越黑，越来越冷，雪也下得越来越大，那水塘上的冰也在我们的监视下结得越来越快，转眼间只剩了水塘中间的一小块圆圆的水面，而那几只鸭子则仍挤在那一小块圆圆的水面上嬉戏。

我们开始变得越来越兴奋，在经过周密的计算之后，我们决定在夜里 11 点动手，去最终收取那些被冻住的鸭子。

我们终于等到了动手的时间。

我们欢呼着一起跑向水塘。

水塘早已冻严，但早已冻严的水塘里早已不见了那几只刚刚还在那里嬉戏的鸭子，雪中的水塘早已是一片白茫茫大地。

望着那一片白茫茫的水塘，我们个个呆若木鸡，一片茫然。

突然，有同学拍头大叫道：那哪儿是什么野鸭子，那就是对面老张家和老李家的那几只鸭子。我早知道那鸭子是他们的，今儿个怎么全给忘了呢！

大家傻傻地望了他一会儿，突然扔下那根绑着镰刀的竹竿，一起大笑大叫着向他扑去，在那白茫茫的大地上笑闹着滚成了一团……

三天后，我在公社征兵站换好了军装，出来时便看到青年点的同学一个不少整齐地站在外面。他们见了我，二话不说，将我抬起来便扔到了马车上，随后赶起马车飞回了青年点。

远远地便闻到了从青年点里飘出的肉香。眼泪立刻在我的眼里涌起。我问：那猪多重？他们说：七十多斤，跟抱来时一边大。

我看见了被他们请来掌厨的赵大爷。我发现赵大爷一边冲我深情地笑，一边冲我莫名其妙地摇头，眼里露出一丝丝掩饰不住的无奈。

吃饭时，我让同学先给赵大爷盛出一大碗肉，让他带回家去吃。随后我们便一无所顾地大吃起来，大喝起来，直吃了个昏天黑地，喝了个昏天黑地……

第二天早晨起来后，我们发现给赵大爷盛的那碗肉，仍好好地摆在锅台上……

那天，我离开了青年点，肚里揣着那头养不大的猪给我留下的最后一点儿温暖，离开了那个曾让我饱尝生活的苦涩与快乐的青年点……

无法扼杀的歌

这是一个关于一场晚会和一首歌的故事。这故事已埋藏我心里多年，早已如陈年的酒。

故事发生在一个军营里，发生在 1970 年春节前夕。

那年春节前夕，武汉很罕见地落了一场雪，雪并不大，却把军营里的树都压弯了腰，歪歪扭扭地如一群可怜的伤兵。这让我们这些从东北来的新兵娃看了后心里直乐，直笑这些树竟是那样的弱不禁风，这么一点儿雪就把它们整得如此狼狈，这要是把它们弄到我们老家，它们如何还能活得了！

就在我们幸灾乐祸地拿这些树取乐的时候，一个让我们更觉快乐的消息也传到了军营：湖北省的春节慰问团就要抵达军营，不仅会给我们带来足以能让我们感到惊喜的慰问品，还会给我们带来一场惊喜的晚会。这消息让整个军营立刻陷入一片欣喜之中、忙碌之中。尤其是我们这些刚入伍的新兵，更是在一瞬间便抛掉了思家思亲的苦闷，一个个竟如孩子盼过年似的两眼巴巴地盼着那个春节慰问团的到来，盼着能早一点儿拿到那些慰问品，盼着能早一点儿看到那场晚会。

我们在没有拿到慰问品之前看到了那场晚会。晚会是由湖北省歌舞剧院带来的一台专场歌舞晚会，每个节目在来部队之前都经过了严格的挑选和审查，内容和质量都无可挑剔，艺术水平更堪称一流。能坐在自己部队的礼堂里，尽情欣赏一台全省乃至全国一流文艺团体的演出，我们这些刚从农村入伍的新兵娃，心里生出许多自得与自豪。

晚会一直在一种异常热烈的气氛中进行，礼堂里一直歌声不断掌声不断。晚会正在按照预先的设计，一步步走向高潮，走进高潮。

报幕员再次出现在我们面前，向我们做了报告：下一个节目是女生独唱，演唱者王玉珍。

这是一个让人们既备感熟悉又备感陌生的名字，也是一个让人们既备感亲切又备感迷惑的名字。于是，报幕员的话音刚落，台下便发出了一片低低的"嗡嗡"声。

随着大幕徐徐开启，一个仍很年轻的女演员走上舞台，出现在我们面前。随即一曲美妙的歌声便飞入我们的耳朵。那歌声时如白鹤引吭，时如黄鹂漫啼，时如高山飞瀑，时如平沙流溪。一首当时极流行的革命民歌，被她演唱得有如天籁。

歌声在走入一个高音区后戛然而止，礼堂里顿然一片寂静。

片刻的寂静之后，有人突然喊了一声："韩英！她是韩英！"

这一声喊如同引爆了一颗炸弹，刹那礼堂里便响起一片"韩英！韩英！"的叫喊声。那叫喊声很快变成了一阵又一阵有节奏的呼喊：韩英！韩英！韩……

伴着这一阵阵呼喊，有人突然又喊了一声："洪湖水，浪打浪！洪湖水，浪打浪！"

这一声喊如同又引爆了一颗炸弹，礼堂里那一阵阵有节奏的呼喊刹那便转换了内容，变成了一阵又一阵"洪湖水，浪打浪！洪湖水，浪打浪！"的有节奏的呼喊。

这一阵阵有节奏的呼喊，一下子打乱了晚会的节奏。报幕员一次次无奈地从幕后走出，又一次次无奈地走回幕后。那个叫王玉珍也叫韩英的演员也一次次地从幕后走出，一次次无奈地向着台下鞠躬致谢后，又一次次无奈地走回幕后。

伴着那一阵阵有节奏的呼喊，人们看到先是部队的值班干部一次次站起来，一次次拼命地做着向下打压的手势，然后便是一次次无奈又颓丧地坐下去。随着他一次次地站起和坐下，那有节奏的呼喊便也一浪高似一浪。

此时，人们看到部队的主要首长已经一个个地离开了座位，一个个紧绷着脸，走马灯似的在幕前幕后走动起来。

从那一张张紧绷着的脸上，人们终于读出了那事情的严重，也终于想起了与这呼喊相关联的一切。

曾几何时，那部歌剧和那部电影一夜间便红遍了大江南北，那首歌曲也一夜间便飞入千家万户，成为人们争相传唱的名歌名曲，而那个韩英更是一夜间便成为人们心目中顶天立地的英雄，在人们的心里深深地扎下了根。

然而，又曾几何时，那部歌剧和那部电影却一夜间被扣上了一顶"为反动军阀贺龙歌功颂德"的帽子，连同那首歌一起遭到彻底封杀。与此相关联的人，无论是歌功颂德者还是被歌功颂德者，无论是编导还是演员，也在一夜间被戴上了一顶顶颜色不同的帽子，或挨批挨斗，或被赶进牛棚……

那部歌剧，那部电影，还有那首歌曲就这样从人们的眼前消失了，从人们的生活中消失了，似乎也从人们的记忆里消失了……

然而，此时此刻，随着那个让人感到既熟悉又陌生的名字的出现，随着那个让人们感到既熟悉又陌生的面孔的出现，那部歌剧，那部电影，还有那首歌曲竟在一瞬间奇迹般地又走到人们的眼前，又走进人们的生活，在人们那早已消失的记忆里又奇迹般地逃生出来……

直到此时，人们才从陆续而来的传言中得知，那个叫王玉珍也叫韩英的女演员是头几天刚从牛棚里放出来的，今天是她第一次重新走上舞台……

一群位卑言轻的战士，就这样与历史开了一个不大不小的玩笑……

部队的首长们仍在幕前幕后走马灯似的进进出出。

台下战士们有节奏的呼喊仍在一浪高似一浪地进行。

终于，报幕员再次走到幕前，异常凝重地向台下报告：应广大指战员的请求，下面请王玉珍同志为大家演唱《洪湖水，浪打浪》!

话音未落，台下顿时掌声如雷。继而，整个礼堂一片寂静。

伴着骤起的音乐，王玉珍再次走上舞台，向着台下深深地鞠下躬去，在她挺起腰身抬起头来的一瞬间，人们发现她早已泪流满面。

我们并没有听到她为我们唱完那首歌，因为那首歌她只唱了"洪湖……"两个字后，便把头埋了下去，背过身，哽咽着再也唱不下去了。

此时，不知谁在台下起了一个头儿，然后高喊了一声"预备——唱!"那歌声随之便在礼堂里腾空而起。

随着台下歌声的骤起，王玉珍猛然转回身，昂起头，与战士们一起放声高歌起来，一任满脸的泪水尽情流淌……

此时，我们也早已泪流满面……

走出礼堂后，我们发现外面的雪已经化尽，那些刚刚被雪压弯的树，正在慢慢地挺直它们的腰，挺起它们的头。

冬天来了，春天还会远吗……

汉水惊魂

不经意间突然想起，我在已走过的并不算长的人生旅途中，竟奇迹般地给自己积攒起了三次与死神擦肩的经历，而每一次经历都是那样的惊心动魄，让我至今忆起，仍会顿生许多感动。

我的第一次与死神的亲近，缘于在汉江的一次游泳，那时我正在武汉当兵。

刚入伍时的我是个地地道道的旱鸭子。记得连里第一次搞游泳训练时，一条只有齐腰深的河，别人都是躺在上面趴在上面游过去的，而我则是蹬着坚硬的河底一蹿一跳地爬过去的。等爬到岸上一看，竟爬得两脚是血，满嘴是泥。

我发誓要学会游泳。于是在那年7月的一天，我找到了司令部的小张和后勤部的小王，请他俩来当我的教练。我知道他俩都是从襄樊来的兵，都是从小在长江里泡大的，都泡出了一身的好水性，当我的教练自然绰绰有余。他俩都很高兴地答应了我的请求。他俩说：包你"十一"渡过汉江。

我就这样开始了游泳训练。从那时起，我们几乎每天晚饭后都要悄悄溜出军营，跑到离军营不远的汉江边去游泳。待到"十一"将至的时候，我已能用很标准的蛙泳，从江边到漂浮在江中心的航标之间，很轻松地游上一个来回了。我终于听到小张、小王对我说：你可以渡江了。

我们商定就在"十一"那天渡江。我们很快便为那天的渡江做好了一切准备。

然而，天公不作美，就在"十一"那天，天竟下起了雨，而且断断续续下到了 3 日才停。

我们就在那天的晚饭后，悄悄地溜出军营，来到了汉江边。我们一下子都愣在了江边。此时的雨后夕阳下的汉江，早已隐去了它往日的温馨与温驯，江面已比原来涨出许多阔出许多，江水更比原来浑了许多急了许多，还有那一个跟着一个的裹挟着一堆堆泡沫奔涌而来的大大小小的旋涡，更让眼前的汉江平添出几分肃杀狰狞之气。环望江堤，也早已不见了往日的热闹，目光所及，竟寻不到半个泳者的身影。

愣了许久许久，小张小王悄声问我：还渡吗？

我一下子缓过神来，竟不假思索地回答：渡！

他俩听后竟又追问一句：还渡吗？！

我竟又不假思索地回答：渡！

随后我便看到他俩转身对着汉江高喊了一声：渡！

于是我们立刻换好了衣服，顺着江堤向上游跑出二百多米后，飞身跃入了汉江。

一入水中，才发现江水已比原来的凉了许多。但此时的我已没有了退路，我只有尽平日所学，一下一下地拼力往前划。每划一下，便在心里默默地对自己说一声：你离目标又近了一步。

我就那样一下一下地往前划着。小张和小王则带着一只充好了气的汽车轮胎紧随在我的左右，像两条附上了灵性的鱼，欢快而又尽职尽责地游走在我的身边。

不知不觉间，我们已经游过了浮在江中心的那只航标，我发现身后的江堤已变得越来越模糊，前面的江堤已变得越来越清晰。突然间，我仿佛感觉到自己的脚触到了什么，试着蹬一蹬，竟然是很坚硬的泥沙！抬头向上一看，竟发现小张和小王早已爬上了前面的岸堤，正大笑着向我摇手。我猛地一挺，我的两脚便站在了坚硬的泥沙上。我的心里顿然涌起一种温暖，竟是那么深切地体味到了一种两脚踏在坚实土地上的快乐与幸福。我拼命地摇动起双臂，不顾一切地向岸堤上奔去。

待我跑上岸堤，回头遥望脚下那浩浩渺渺的汉江，我的心中油然生起一缕征服的快感。

我们在岸上稍事休息了一下，便急忙向上游跑去，待跑出三百多米之后，再次跃入汉江，踏上了返航的征程。

有了刚刚积攒起的征服了汉江后的那一股豪情，我对前面的征程充满了信心。不就是再征服它一次吗？既然已经有了一次征服，再征服它一次又有何难！更何况此时的我已全没有了来时的紧张和畏惧。

然而，那样的一条大江，真的就是那样容易征服的吗？

我像来时一样，尽着平日所学，一下一下地拼力向前划，眼看着身后的岸已越来越远，浮在江中心的那只航标已越来越近。我暗自对自己说：只要游过那只航标，就等于把胜利握在了手里。可就在我这一念刚刚闪过之后，我的右腿竟嘭的一下紧紧地蜷到了一起，整个身体也随之一下子沉了下去。我意识到这应该就是他们平日里时常对我提到的抽筋了。但让我想不到的是，平日里从未抽过筋的腿，居然在这个时候抽起了筋。

在身体下沉的瞬间，我一边告诫着自己要沉着，一边屏住呼吸，用两手使劲去揉搓小腿肚上那块已经抽得像块石头似的肌肉。待到那石头稍一变软，蜷紧的腿一松开的瞬间，我立刻紧蹬两下，让自己的身体浮出了水面。我看到了刚刚游到我身边的小张和小王。我立刻喊了一句：我抽筋了。把轮胎给我。话音刚落，那只早已充好了气的轮胎便飞到了我的面前。将那只轮胎套在身上，我的心里便一下子踏实了很多，竟有了一点儿先前的那种脚触到江岸泥沙上的感觉，虽然那轮胎远没有江岸上的泥沙那般坚硬。

　　小张和小王问清了我的情况，二话没说，立刻每人腾出一只手，拉起那只轮胎向前游去。趁这工夫，我抓紧把抽筋的腿肚子又揉搓了一阵，揉搓到可以蹬水的时候，我立刻推开他俩的手，又自己游了起来。可刚游了一会儿，我的左腿竟又抽了筋。我不得不又腾出手去揉搓我的左腿。

　　就这样，我的两条腿交替地抽着筋，而我只能抓住它们交替过程中的那段间隙，使尽了力气拼命地游。更多的时间，我只能任由那湍急的江流推着我往下漂。我只能眼睁睁地看着原已经近在咫尺的那只熟悉的航标，眨眼间便溜过了我的身边。我知道无论怎样努力，我的脚都无法触到预想中的江岸的那片坚硬的泥沙了。

　　小张和小王再次抓起了我的轮胎，我用力推开了他们的手。我看到了前面不远处因汉江折弯而折出的那一片宽阔的江面。我急忙对他俩说：你们赶紧往岸上抢，再不抢就上不去了。

　　小张问：你怎么办？

　　我说：我就这么往下漂。你们上了岸，就抓紧到下边找我。如果还活着，就想法把我拉上来；如果死了，就想法把我捞起来。

　　小张稍一沉吟说：我上岸拿衣服，让小王陪你一起漂。说完便转身向岸上扑去。

　　我望一眼身边的小王，下意识地抹了一把脸，嘴里就有了一种咸咸的感觉。

　　我和小王又开始了边漂边游的征程。此时，天已渐渐暗了下来，朦胧之中似已能看见远处汉江大桥上那明明灭灭的灯光。我知道，那明灭的灯光下正洞开着两扇门，一扇通着地狱，而另一扇连着天堂。我不得不很认真地问自己：现在就去叩开这两扇门，是不是太早了些呢？我才糊里糊涂地刚刚攒够了二十岁呀！

猛抬头，我竟发现了停泊在江边的几只木船，并一眼看见了从船头伸到江中的几根船缆。我的心中顿然一喜，竟下意识地直奔那几根船缆游了过去。

　　与此同时，我的身后传来了小王拼命的呼喊：别过去！危险！船会把人吸进去！

　　此时的我什么话都已经听不进去了，只管两眼死盯住那几根船缆，拼着最后的一点儿力气拼命往前游。我已清晰地意识到，这应该是上天赐予我的最后一个机会，我绝不能错过，必须紧紧抓住。那一刻，我是那么深切地感受到了一棵稻草的分量。

　　我感觉到我的手已死死地抓牢了一根船缆，确切地说，是用两只胳膊死死地抱住了一根船缆。抬头看，小王正抱着我上游的一根船缆，一边冲我伸着拇指，一边冲我频频点头。随后，小王便向我做出一个手势，示意让我和他一起顺着船缆爬到船上去。我点了点头。

　　我稍稍做了一下调整，便开始顺着船缆向上攀爬，我以为爬上那个船头应该没有问题，但我万万没有想到，就在我的两条腿离开水面的瞬间，那两条腿竟突然嘭的一下同时抽到了一起，我的整个身体也随之又嗵的一声滑到水里。再向船头望去，我的心中顿时充满了沮丧和无奈。

　　到了这时，除了去求救船上的船工，已别无他路。我使出全身的力气冲着船上喊了起来：船上的老乡，过来帮帮忙吧！船上的老乡，过来帮帮忙吧……

　　喊了好一阵，终于看到有人来到船头，用地道的武汉话冲我们嚷了起来：叫什么叫哟！是谁家的娃，这个时候还出来洗澡！不管不管！淹死你个鬼噢！嚷完了转身就想走。我立刻急了，冲着他大喊：我们不是娃，我们是解放军，解——放——军！他听了这话，赶紧俯身到船头，冲我急急地说了句：莫急，解放军同志，我们马上过来帮你。说完便转身向船舱里跑去，边跑边喊：是解放军！是解放军……

于是，我听到船上一阵忙碌，只一会儿便见到有七八个人用两根绳子将一块很宽很厚很长的木板，从船舷上吊下来，沿着水面顺到了我的面前。待我爬了上去，他们便将那木板又顺回船舷下，七手八脚把我拉了上去。刚一上船，我便立刻指挥他们把小王拉上了船。此时，我才顿觉自己如被冻透一般，全身抖到一起有如筛糠。船工见状，急忙去船舱里拎过两件烂棉袄递给我们，我一把抓过来，看也没看便紧紧地裹到身上，一股暖流刹那涌遍全身。

这时我们听到了岸堤上有人在忽远忽近地呼喊着我们的名字，听得出那声音里已充满了恐惧与绝望，那正是小张的呼喊。我们赶紧呼喊起小张的名字，直到把他一路呼喊到我们的船上。我们终于紧紧地相拥在船上。我们很快换好了衣服，向着那些早已站成一排憨憨地冲着我们笑的船工齐齐地敬了一个标准的军礼。

回去的路上，我顺便买了一大堆啤酒，一进宿舍，我们便关起门痛饮起来。酒至半酣时，小张探过头很神秘地问我：你为什么非要今天渡江呢？我说：我不能对不起你俩给我预备好的那只轮胎。他又问：腿抽筋时吓坏了吧？我说：没有。我知道只要你俩腿不抽筋，我就没事。就是你俩抽筋了，我也没事，因为我有轮胎。你俩能把轮胎给我，我可不能把轮胎给你们。他俩听完，一起大笑大叫着将我扑倒在地板上。随后，他俩给我倒满一杯酒，认真地对我说：大难不死，必有后福！

这是我有生以来第一次听到这样的祝福。那时我只有二十岁。

第二天晚饭后，我带着一套节省下来的崭新的军装，一个人悄悄溜出军营，来到了汉江边。但我没有看到那几只木船，我的眼前已只剩下那滔滔而去的江水。

大马哈鱼

到黑龙江吃不到大马哈鱼，实为一大憾事。这次去黑龙江参加东北三省作家创作交流会，盘桓十来日，还未见大马哈鱼踪影，人人心里就有些慌慌的。

在佳木斯宾馆，午餐有一盘烧鱼块，鱼块都很大，有人便惊呼：烧马哈！于是，人人振奋，都争到那盘里夹来一块马哈，一边说着马哈，一边嚼着马哈，尽以为是久盼的幸福终于降到头上。

我向来珍视机会，这次亦然。邻座惊呼声未落，我早夹了一块在自己碟里，故做出文雅状，咬下小小一角来嚼，唯恐露出贪相。

许是咬下得少，嚼了，咽进肚里，竟觉不出怎么味美，只是牙齿间夹住一些腥。便狠一下心，趁了邻座的不睬，忙夹了那一块塞进嘴来，满满地嚼。终于嚼得葱味儿蒜味儿酱油味儿都滑下肚中，留下来满嘴的腥。而且那一块也终于没有嚼烂，只变作软软的一团，裹住腥气满嘴里滚动。就想吐出来，可还是忍了，拼着腮和喉的合力，吞了；腹中一阵咕噜噜响。

这究竟是不是马哈呀？我怀疑了。

第二天早餐那一碟鱼子确是大马哈鱼的子。一颗颗有豆粒大，晶晶莹莹透着橘红的光，像一颗颗玛瑙。我不忍吃，也怕再像昨日的午餐。但终禁不住同桌人引诱。他们说，这鱼子的营养相当高，三颗鱼子就抵得上一个鸡蛋，六十元钱一斤哩。我便终于捏了筷子，挑了一颗放在馒头上。一点儿咸夹着一点点腥，味儿不甚好，也不甚难咽。心里便不住地挂念着"三颗鱼子，一个鸡蛋"，一股脑地吞下了十几个鸡蛋。我很得意，以为总算给了昨日的马哈鱼一点儿报复，假如那真是马哈鱼的话。

我极想断定那不是马哈鱼。大家都说马哈鱼好吃。

几天以后，我们到抚远。抚远是马哈鱼之乡，但街上除见鲤鱼、鲫鱼、鲇鱼、鳌花鱼……独不见马哈鱼。

我们一行五人，都是文学院的。无论师生，都年纪轻轻，爱跑；又正放暑假，有时间。虽跟着会议游了太阳岛，游了镜泊湖，见了吊水楼瀑布的壮阔，也初窥了地下森林的雄奇，但总还觉心上空空。所以，会议结束，便又顺江走下来。我们还想看到黑龙江，乌苏里江，辽阔的三江平原，神奇的北大荒；看到我们的边防哨所，守卫着哨所的战士，收进战士瞭望镜里的苏联的城市、乡村、高楼、木屋、士兵、庄园、土豆、牛……还想看到马哈鱼，吃到马哈鱼，再带回一条给家里。

抚远没有马哈鱼。我们都有些懊丧。杨凯老师更甚些。他和他爱人，老家都在佳木斯，是吃马哈鱼长大的。他这次来时，岳父岳母着意关照：带一条马哈鱼回来。

两天后，我们去乌苏镇。那该是中国最"大"的镇了，只有一户居民和一排战士，在不到一平方公里的镇上，面水背水而居。

镇在乌苏里江最下游，是马哈鱼繁育后代的地方，马哈鱼的真正故乡；也是捕捞马哈鱼的最大最繁忙的滩地。抚远县唯一的鱼子加工厂就建在乌苏镇。

工人们已经来了，做着鱼汛来前的一切准备。场地已清理干净，场房都已粉刷一新，地面重新浇上了水泥，墙壁贴上了瓷砖，包装鱼子用的木盒也钉好了，山一样整齐地码放在仓库里。那氛围，像在准备打一场胜券稳操的围歼战，也像在准备迎接远路来的新嫁娘。

马哈鱼就要来了，马哈鱼已经游在回来的路上。

无论是战士还是工人，都那么饶有兴致地对我们说：最多只要半个月，就要捕马哈了。那时，白天满是船，是网，是蹦蹦跳跃的鱼；夜晚满江都是灯火烛光，闪闪烁烁，如跌落下满江繁星。这江便是最美最热闹的江，这镇也将是最美最热闹的镇了。最多半个月，或者……只消十天……

可我们只能在那儿待一天，只能待一天……

我们遗憾；战士们、工人们连同镇上的那一户居民，也为我们深深地遗憾着。

我们还是没有吃到马哈，也没有见到马哈，那次午餐吃的不是马哈。

我终于见到了马哈鱼，是一条已被盐浸过，吊在高高的木杆上，让太阳的火烘了整整一年的干马哈鱼，是杨老师从一位食堂老师傅手里好说歹说买下的，三斤多重。据说它被晒干前足有七八斤。

我就想撺掇他，立刻煮来吃。

"就把尾上的一段割舍了吧，也不枉我们来一趟抚远和乌苏，也给你减些一路的负担。"

他只管把那鱼细细地包了，藏在兜的深处。

"半个月后，你来沈阳吃，一定给你留。"

他竟要把我的胃口吊起半个月！

我们还是吃到了马哈鱼。

从抚远去街津口的船上，我们遇到了一个女孩。

连日来，我们只是走哇看哪听啊记呀，任风吹雨淋日头晒，任蚊子咬，极想趁了这一日的宁静，疯狂地甩上一天扑克。可一到船上，五个人却被分割两处。

我们找到那女孩，想和她调换一下铺位。

"也是下铺，就在隔壁。"我们对她反复说。

她只是摇头说："我不换。"样子还有些怕。

我们也只好作罢，心上都笑乡下孩子的多虑和固执。可又不能就忍了不玩，便挤挤地在一张床沿坐了，艰艰苦苦地狠玩起来，一时间竟也把连日的劳顿同那女孩一齐忘了。

她却不知什么时候坐了起来，牵起我们的衣袖，让我们坐到她的床沿上去，宽宽绰绰地玩。我们便一时不能再忘她，一边玩着，一边就捡些随时预备在嘴边上的话同她说。知道了她的家在同江，今年十二岁，是一个人趁了暑假的空，到抚远的姑家玩的，现在是回同江上学，开了学便念六年级了。

"你姑姑在哪儿工作？"杨老师问。

"文化馆。"

"你姑姑是馆长，对不？"

"是副馆长，你怎么知道的？"

"你姑姑一直把你送到船上的，对不？"

"对对，你怎么知道？你认识我姑？"

"我和你姑姑跳过舞。"

"真的？是前天吧？我怎么没见到你？我姑怎么没说？你认识我姑，一定也认识韩老师。你认识韩老师不？"

杨老师摇摇头。

"你不认识韩老师？他和我姑在一个文化馆哪。很高很胖，小眼睛大鼻子，你不认识？"

"是男的吗？"

"男的，当然是男的。大鼻子，小眼睛，你不认识？"

杨老师还是摇摇头。

女孩失望了："你怎么……不认识……韩老师？你再上文化馆，就能认识他了，对不？"

见杨老师终于点了点头，她立刻乐了，欢笑地抱过兜子，抓出梨，狠劲地往我们手里塞。

一个挺有趣的小姑娘。

船上卖午饭了。我们对她说："你留在这儿看东西，回来咱们一起吃。"

她点点头，说："给我捎一碗饭就行，我自己带了菜。姑给我带了咸菜。"

咸菜?! 她姑居然给她带了咸菜! 这个姑哟。

我们买了不少菜，还开了两听罐头。

"别吃那咸菜，我们给你买了菜。"

可她还是提了她的咸菜。我们就夺那盛咸菜的口袋，轮着把各样的菜夹到她碗里。

"咸菜给我们吧，我们都爱吃咸菜。"

"你们真爱吃?"

"真的。"

是真的。一路上，尽是鱼呀肉的，腻了，真的都伸了筷子去夹咸菜。

我们都呆了：哪是咸菜? 是咸鱼，而且是⋯⋯

"大马哈鱼!"杨老师惊叫。

"真是马哈鱼?"我望着小姑娘。

"我也不知道，是我姑做的。"

她见我们都愣着，就拿过那口袋，给我们每人碗里夹了块，连说着："你们吃呀。"便大口地吃起我们给她夹的菜。

我小心地咬下几条肉丝在嘴里嚼：有点咸，极香。我相信只有马哈鱼才有这样的香味。一块鱼，那么小，竟伴我吃进半碗饭。

她就想笑，想再夹了鱼往我们碗里放。我止住她。"这么多菜，不吃要浪费的。"她才停住手。吃过饭，睡了会儿觉，我们又玩。她独自倚了床，在一个小本子上画什么。我们玩着，她画着，船就到了街津，我们忙收拾着下船。她一把拉住杨老师，撕下画的那张纸给她。

"你看，这就是韩老师，你不认识？"

杨老师点点头。

"我就知道你认识。你说他是干啥的？"

"画画的，他教你画画，对不？"

"对对，你认识他的，还说不认识。"

她笑着。她送我们出来，直望着我们上了岸，远远地向我们摇着手。

我突然想到，这是一个马哈鱼的故事嘛，一个很美的故事哩。

在回来的车上，我真的听到了关于大马哈鱼的故事，一个水产学院的学生讲给我们听的。

大马哈鱼，是唯一生于大江、长于大海的鱼。

每年9月，江水涨尽，大地泛金的时节，大马哈鱼便结起浩浩荡荡的队伍，从鄂霍次克海向黑龙江洄游，到乌苏里江去繁育后代。洄游的鱼都是成鱼，都是做父亲或母亲的鱼。它们一起与大海博击了三四年，就要一起回到故乡，到故乡去降生它们爱的结晶。

是思乡心切还是思子心切？一踏上来故乡的路，它们便不吃也不喝，只管迎上奔涌的江水奋力疾游。丈夫挨着妻子，妻子偎紧丈夫，顽强地默默地忍着饥饿和焦渴，游着，游着……向着遥遥的故乡的江……

终于望见了故乡的江，终于游进了故乡的江，终于让腹内无数的儿女降生在故乡的江了。

是被欢悦和幸福所陶醉，还是让孩子们闹得没有一丝空闲？做了父亲和母亲的它们，仍是不饮一滴水，不进一口食，只管围着孩子们守望着，忍着饥饿，忍着焦渴，一天，两天，三天……

终于有一天，丈夫最后望一眼妻子，妻子最后望一眼丈夫，父亲和母亲最后望一眼已经一天天长大的孩子，垂下了它们再也无力摆动的尾……

是不懂事呢，还是天性残忍？失去了保护和哺育的孩子，竟渴不饮江中水，饥不觅江中食，只围了父亲和母亲的躯体，吮尽了它们的血，舔尽它们的肉，只留它们的骨骸在故乡的江……

是忍受不住饥渴的折磨，还是发现了良心的愧疚？终于有一天，一群群食尽了父母的身体的孩子，为父母的尸骸掬上一捧泪，重新结起浩浩荡荡的队伍，从漫漫的大江游向茫茫的大海……

三年，或者四年以后，它们也是那样又从滔滔的海游进长长的江，忍着饥渴来耗尽自己的生命，用躯体来养育自己的子女，而把自己的尸骸也留给了故乡的江……

啊，大马哈鱼，我明白了：

你们那样残酷地折磨自己，竟用饥渴来耗尽自己的生命，用躯体来养育后代的生命，原来只为后代能重新回到大海。只有让孩子食尽自己的血肉，才能使孩子不贪恋故乡生活的安适，寻着父母的踪迹，重新投向海的怀抱，依靠自己的力量，去搏击，去奋争，去创立自己的功业，去求得自己的新生。因为父体母体的每一滴血和每一根纤维，都浸着海的辽阔，海的奇伟，海的咸涩，海的甘甜，海的期待和呼唤……

你们那样残忍地食尽父母的血肉，原来也只是为了能回到大海……

啊，大马哈鱼，你用你的身躯铸就了怎样一个伟大的精神，写就了怎样一个悲壮的故事……

几天以后，我去沈阳，杨老师就请我去喝酒，但没有马哈鱼。我们谁也没有再提那条被太阳烤干的大马哈鱼……

福兮祸兮

1976 年 3 月，我从部队复员到地方，被分配到县里的第一工业局。那年 11 月，又被工业局派到下属的陶瓷五厂去当党办副主任。

到厂后的第二天，工会赵主席很神秘地把我叫了去，问我：刚从部队回来，有房子住吗？我立刻很认真地答：有。是我妈家的简易房。他摇摇头笑了，说：那不算数。我是问你有没有自己的房？我看了他好一阵，仍很认真地摇摇头答：没有。于是他便眯起眼来笑着问我：你想不想要个房？我一听这话急忙点头：想！做梦都想！这时的他便把头抵到我面前，很认真地说：地震以后，咱厂盖了一栋楼房，但很多职工都不愿意要，害怕再闹地震，都等着要厂里新盖的平房。所以那楼盖好了半年多，我手里还有几套房子没分配出去。如果你愿意要楼房，我现在就可以分你一套。如果你也想要平房，那就得等上一年半载以后再说。我一听这话顿时便乐得跳了起来，急忙说：我不等！我现在的问题是没有房。管它平房楼房，有房就行！听我说完，他当即便掏出一串钥匙扔给了我：一套三楼两居室，分给你了！

就这样，如同做梦似的我便有了一套自己的房子，而且还是我梦寐中的楼房。于是，第二天我便迫不及待地搬了过去。搬过去才发现，那房子竟还不能住，因为太冷。冷的原因极其简单：没有暖气。

那年月这里盖的楼都没有暖气，有的楼甚至还没有水。那是因为地震前这里根本就没有楼。只是那突来的地震，才突然将那一个梦中的童话，在人们毫无准备的情况下，变为了活生生的现实。才不得不让人们在一种猝不及防的状态下，去接受一个有关盖楼和住楼的新理念。那时，大约所有的设计者和建造者都只把楼的坚固性奉为了第一要素，无暇或者无力去顾及作为楼的其他要素，于是匆匆盖起的那些楼便成了那些旧式平房的简单堆砌，成了一栋栋的寒楼和旱楼。

自然，众多百姓也和我一样，面对无处安身的窘迫，只把有房无房视为生活第一要件，至于作为房的其他要素早已被我们忽略不计。盖楼者与住楼者就这样达成了一种默契。盖楼者照样盖着他们的寒楼与旱楼，根本不管住进楼里的人怎样取暖怎样吃水；而住楼者更是不管他们住的是寒楼还是旱楼，只要有楼住就算一脚踏进了共产主义，就是进了天堂，没有水可以到楼下去挑，没有暖气可以生炉子搭火炕，总之，楼是死的，人是活的。于是，水缸进楼，火炕进楼，成了那时这小城的一道独特风景。

分给我的楼既是旱楼也是寒楼，我也需要在楼里盘上一铺火炕才能搬过来住。于是在做了一些必要的准备后，趁着一个星期天，我叫来一个战友，和我一起盘起了炕。我们整整忙了一天，直到天快黑才把那铺炕盘好。

为答谢我的战友，我特意为他准备了一盘花生米、一盘糖醋白菜丝和二两散白酒。看着他把这些风卷残云般地扫荡一空后，便急忙把他撵回了家。然后我便一个人烧起了炕。

这时便进来一个十来岁的小姑娘，开口便叫了我一声"叔"，随之便对我说，她家是二楼的，今天刚搬来，正请那些帮他们搬家的人吃饭，正吃一半时没酒了，她爸让她上来问问我有没有酒借给他们一点儿。我笑了，问他爸姓啥叫啥。小姑娘爽快地告诉了我。我一边哼哼哈哈地应着，一边拎过那桶刚刚还盛满着五斤酒的酒桶，递给了小姑娘，对她说：让你爸陪他们好好喝，这些酒送给你爸了。小姑娘忙给我行了个礼，拎起那桶酒转身蹦蹦跳跳地跑了。

我继续烧我的炕，眼看着快烧干的时候，一阵猛然袭来的疲累和困顿让我再也抵御不了热炕的诱惑，赶紧给炉子又添了一些煤，把添满了水的水壶坐到炉子上，便裹上一件大衣顺着炕沿躺到了热炕上。

我很快就睡着了。虽是睡着了，但因心里还惦记着坐在炉子上的水壶，便也不敢睡得太死。于是在不知睡了多长时间之后，就突然记起了那仍在炉子上坐着的水壶，便打了一个激灵，一下子坐了起来。

坐起来的我竟发现黑洞洞的屋子里已满是黑洞洞的烟。我忙下地想去厨房看那仍坐在炉子上的水壶，可刚一起身，就觉一阵天旋地转，险些一下子栽倒。我忙倚住炕沿站稳，然后扶着炕沿慢慢往厨房挪。刚挪了没两下，便突觉胸闷气短，两腿也仿佛一下子失去了根基，挪动起来竟如腾云驾雾一般。我的脑海里顿时闪过一个念头：我煤气中毒了吧！

接下来的我便在这一念头的支配下，做出了一系列可笑而荒唐的举动。

意识到已经煤气中毒的我，瞬间便做出了明确的判断，我之所以会中毒，全因屋子里存了这么多的煤烟，只要我把这些煤烟从这屋子里赶跑，我中的毒自然也就解除了。于是我用力抡动起两只手臂，驱赶起屋里的烟尘。

这样驱赶了几下，发现效果不佳，便想到应该借助点儿什么力量，便发现了厨房里的一只铝锅，于是立刻抓到手里，挥动起铝锅，驱赶起烟尘。

这样又驱赶了几下，待转回屋里的时候，竟发现那只铝锅并没有被我挥动在手里，而是被我背在了背上。我不知道自己为什么会变得如此滑稽，笑了一声，把那只铝锅扔到了地上。

这时我想起了那件大衣，用它驱烟真是再好不过了，刚才怎么就单单忘了它呢！这念头一闪，我便顺手拽过那件大衣，下意识地挥舞起来。然而舞了几下，竟发现那件大衣原本就没在我的手里舞动，而只有大衣的一只袖子套在了我的一只胳膊上。望着套在胳膊上的那件大衣，我无奈地苦笑了两声。

那一刻，我的呼吸已变得十分困难，每一次呼吸都是一次艰难的挣扎。我知道我已无力再将屋里的煤烟驱赶出去。我再次倚住炕沿，强迫自己冷静一下，以便去做自己的最后一次思想。

我想到了死。我知道只要我走不出这间屋子，等待我的只有死。面对已近在咫尺的死，那时的我没有恐惧，只有遗憾。我真的很不甘心就这样死掉，因为这样的死实在是太不悲壮太无色彩，而我也实在还太年轻太不该这么早就去死……

这时我看到了黑暗中的那扇门，那扇与另一个房间相连的门。我也突然记起，只要推开那扇门，我就可以进到另一个房间，而在另一个房间里还有一扇门，那扇门则通向阳台……

我已记不得我是怎样推开的那扇门，怎样闯进了那个房间，又是怎样弄开了那扇通向阳台的门；我只记得当我醒来时，我已趴在了冰冷的阳台上。

我意识到死神已再次与我擦肩而过。然而我的呼吸仍十分困难，我不得不大口地喘气，直到把憋在胸里的那口气彻底地缓上来。这时我感到了冷，一种浸入骨髓的冷。我发现了那件大衣竟还挂在我的胳膊上，我忙费力地将大衣穿起，又费力地爬上阳台的栏杆。我知道我必须赶紧喊人，让他们把我送到医院，否则我将还会被冻死。

我向着漆黑冰冷的夜空发出狼一样的凄厉的呼喊。我喊的不是"救命"而是"来人"。

于是便来了一个人。那人一定是被我的狼一样的凄厉的呼喊吓到了，面对着楼上的我，他只是远远地站在对面，告诉我他是在前面的建筑工地上打更的，怯怯地问我到底怎么了。我告诉他我煤气中毒了，求他赶紧去帮我喊几个人来。他问我喊谁。我愣怔了一下，便突然想起了来借酒的那个小姑娘，想起了她曾经告诉过我的那个名字。于是我便让他赶紧到我的楼下那家去喊那小姑娘的爸爸。他答应一声立刻就去了。

一会儿，我看到楼下的窗户亮起了一点微弱的灯光。又过了一会儿，我便听到了一阵迫切的砸门声和一阵杂乱的脚步声。随之便有一群人闯到阳台，将我七手八脚抬到了楼下。然后只一会儿便有一辆厂里的解放牌卡车开到楼下，风风火火地将我送到医院。在医生刚刚给我挂上吊瓶之后，那辆卡车便把我的姐姐接到了医院。

姐姐来时，我的情况已基本恢复正常，呼吸已平稳，头也不再痛，而且浑身也已没有什么不适，天亮时，我便让那些工友把我送到了母亲家。那时我以为只要在母亲家歇上一天，我就可以像往常一样去上班了。我丝毫也没有想到此后出现的情况竟会那般严重，几乎就要改变我整个人生。

暖暖地躺在热炕上的我，渐渐地发现我的那只右脚有些不对头，总是冰冰凉凉的暖不过来，总是毫无知觉的根本不听我的使唤。初时我并未在意，只以为那是在外面冻得时间长了，暖一暖就会好的。但让我没想到的是，那脚竟然热烘烘地暖了一天也没有暖过来。直到第二天第三天，那脚仍是冰冰凉凉的毫无知觉。直到这时，我和姐姐才感到了问题的严重。

姐姐立刻把我带到医院去检查，医生说可能是那条腿的神经末梢出现了问题，他让我们最好去沈阳做进一步检查。

我们从医生的眼里读出了问题的严重，于是我们不敢怠慢，第二天，姐姐便带我去了沈阳。在沈阳一家权威医院，一位权威的医生很严肃很真诚当然也很权威地告诉我们，我的右腿的神经末梢已经坏死，他们对此也无能为力，只能回去自己调养，当然，结果也只能听天由命。

听完这番话，我的脑子里顿时一片空白。我知道我的那只脚已经被权威判了死刑，如果没有奇迹发生，从此以后，我就将成为一个再也离不开拐棍的残疾人。这实在是一个无论如何都无法让人接受的残酷的现实。然而我又不能不面对这样的现实。

我不知道自己是怎样走出医院的，又是怎样走到了仍旧充满阳光的大街上。但我知道走到大街上的我，心情很快便又恢复平静。因为那一刻，我给自己算了一笔账，原本是应该要了我的命的一场灾难，如今只是坏了我的一只脚，这已经是上天对我的格外眷顾了，我还有什么不知足呢！况且一条腿一只脚也并非不能走路，何苦要把自己搞得那般绝望呢！

至此，我的心已一片释然，吊着一只脚画着圈艰难前行的我，望着一个个迎面而来的频频投来各种异样目光的行人，我竟能送还一抹抹带着一股股阳光味儿的笑，直笑得那一个个行人远远地便躲了开去，以为自己遇到了一个精神病病人。

然而，频频递笑的我偶一回头，却看见远远地跟着我的姐姐正在偷偷地抹眼泪……

从那一刻起，我开始了与附着在我脚上的那个死神的抗争。我的抗争手段极其简单：它死它的，我活我的。

这时，我有一位在正骨医院当医生叫怀明的同学来到了我的身边，他说他想拿我的脚做一个试验，看能否将这个不治之症变成个可治之症。他说反正你那脚已成了聋子的耳朵——配搭，倒不如借我一用；用好了，你得一只好脚，我得一个成果；用不好，你不过白搭一份盼头，我白搭一番功夫。这笔账你只有赚头没有赔头。我给他一拳头说：就这么着！从现在开始，这脚归你了！

我们的试验就这样开始了。从那天起，他每天上班前，必先到我家，给我的脚做一阵按摩以后，再赶过去上班。他走之后，我便拄上我的那根木棍，迎着各种怪异的目光，吊着那只坏脚去满大街画圈。中午，他必提着一瓶酒和一两样下酒菜来到我家，给我做完按摩后，与我二一添作五将那一瓶酒整光。然后和我一起躺到暖烘烘的炕上眯上一觉。待一觉醒来，他便继续赶去医院上班，而我则继续提着那只坏脚去满大街画圈。到了晚上，他仍如中午那般，提着一瓶酒和一两样小菜到我家，待给我做完按摩，又与我一起整光那瓶酒之后，他才带着一身的疲累回家去。整整半年，他几乎天天如此。

我不知道本来平时应酬极多的他，在那整整半年里，是如何应对那些应酬，而把那些时间和精力都给了我的。我一直没问。直到半年后的一天，他才无意中为我解开了这个谜。他说自从我们的试验开始，每遇宴请，他必对宴请人说，因特殊原因，宴请坚决不去，如一定要表达心意，但留一两瓶酒和一两样酒菜足矣。于是这酒和酒菜便让我们俩足足享用了整整半年。

半年已经足矣。因为半年以后，我的那只冰冰凉凉的脚，终于一点一点地热了起来。它终于又有了知觉。它终于又积聚起了足以将我的身体支撑在大地之上的力量。半年后的一天，我终于扔掉那根木棍，独自步行七八里路，走进了已经阔别半年的那家工厂。

我与那个死神的抗争宣告结束。

我与怀明的那个试验宣告结束。

事后，有人让怀明把我们的那个试验整理成一篇论文，拿到医学界去轰动一把。我听了极力赞同。怀明听了却极力摇头。他说我的脚之所以能死而复活，关键还不在他的按摩，而在我的心态。关键在于我压根就没把那坏脚当回事。他说他这半年的唯一收获就是为酒厂培养了一个出色的酒徒！

劫后之思

我以为，一个人若有遗嘱，最好早遗之，切莫存"俟死之将至，再遗不迟"的念头。

那年9月26日，为了给省妇联做一部关于妇女双学双比的电视片，要去彰武。

车由省妇联出，是联合国赠送给他们的名曰"日本巡洋舰"的丰田吉普车，样子极潇洒，且跑得快，让你一搭眼，便不能不爱它。

同车而行的有五人。

葛曼，省妇联城乡工作部副部长。头天她来接我。上午没见到我，下午她又去了三次，直到把我拖到沈阳。早晨一上车，她便将我需要的一大堆素材交给我。文件，典型材料，经验汇编，领导讲话，有关报道……应有尽有。足显出一位妇女干部的细心与干练。

负责摄像的老唐、小潘都是记者出身，也算是同行，俗话说，同行是冤家。我们还不能说是冤家，但在车上我们都拘谨得没多少话说。

另一个便是司机，也姓葛，是刚刚回到地方的复员兵，还没有结婚。

路很长，如果没有话说，路会变得更长，于是，我们都不得不找些话说。

我和葛曼说，说双学双比，说三八绿色工程，说这部即将开拍的片子。

小潘也和葛曼说，也说这些。

除此之外，我还和她说"文革"，说知青。小潘则和她说大学生活。

我们也一起说当代婚姻，家庭观念的变化，去探索似乎永远探索不明白的那个永恒的主题。

老唐坐在前面，很少介入我们的谈话。我们谈什么，他都表现出一种过来人的冷漠与不屑。

我心里想：我该怎样和两位同行沟通呢？我们将在一起待很长时间，不能沟通是很别扭的事情。

车跑得很快很稳，如果能送它两只翅膀，它一定能飞。看看表，不到一小时，已跑出一百公里。我很惬意。

不知不觉间，外面下起雨来。雨点很大，将车子敲得叮叮咚咚。

雨水将那条很黑的路洗得很净。很净的路上很空，很长时间会不上一辆车。

我们还在说，几乎就要以观念联系到各自婚姻家庭的实际了。就听前面的老唐突然喊道："撞树！撞树！！"

这喊声使我觉得好没趣，车正跑得好好的，干吗要让它撞树呢？

我转头望向前面，前面两百米远，一台大客车正迎面开来。我们的车已突然摇摆了一下滑向路边，真的正向路边的大树撞去，就在要撞上树的刹那，车子猛向回打了个方向，我以为这一个方向已使我们逃离了厄运，谁知，就在车子打回方向的刹那，一边的车轮已经离地，而我的眼前也霎时一片黑暗。

车翻了！完了！黑暗中我只有这一个念头闪过。黑暗中我只想这一个念头。这个念头过去，便是灵魂的出壳。

终于听到了一声很沉的闷响，终于感到了一下很沉的撞击。眼前也终于不再黑暗，刚刚飞逝的灵魂终于又悄悄跑回来，羞涩地躲进我的躯壳。一个念头那么清晰而顽强地生长出来：我没死，我们都活着！

一下子拥来很多人，四下都有人在冲我们喊："快看看能不能动！快出来！快出来！"随着喊声，是伸过来的一只只手。

司机小葛出去了。老唐出去了。按照顺序该轮到的是葛曼。车子倒在我和小潘这面，我和小潘正仰在地上。葛曼坐我对面，翻车时她很不情愿地砸在了我的身上。此时，她已直起身，拉住了外面伸来的手。她该挪动陷在里面的脚了。我发现那脚有些抖，便下意识地捧起那脚，把它从我的肚子上面送过去。我怕那脚下的鞋跟儿。如果让那鞋跟儿去捣我的肚子，我相信一定会捣得很出色。

葛曼也出去了，我望一眼脸色很白的小潘，问："没事吧？""没事，你先出去吧。"

我开始挪动我的两腿，两腿都埋在提包下面，抽出来时掉了一只鞋。外面的手伸进来，在向我喊："快出来！快出来！"我想我还是应该穿了鞋再出去，否则一定很狼狈。于是我坚持去包底下，翻出那只鞋，穿好，直起身，刚想迈步，想起上车时葛曼给我的那袋材料，便扭头寻找。找到了夹起来，被人拉出车外。

外面的雨仍在下，而我却觉得那天很亮很鲜。

这时，从黄海大客上下来的那些人，认定我们都已安全撤出，并认定那车没有爆炸的危险之后，一齐拥到车前，喊了一声口号，将我们侧翻的那辆车捅了过去，然后纷纷冲我们笑笑，回到了黄海客车上。那辆黄海客车随后缓缓地从我们面前滑过，很有些依依不舍的样子。

路上终于只剩下我们那辆车和我们五个人。

我突然想起我们该和这辆车合个影。人生难得有这样的机会。只有司机小葛不甚情愿，但为了不扫我们的兴，也只好和我们站到一起。站好时，我发现我的领带歪了，想正一正，但还是忍住了。

相机的快门按下去的瞬间，我一下子感受到我们这五个陌生人的心一下子贴近了，我们一下子成了患难之交，生死之交，刚刚还横在我们之间的一道沟在这一瞬间填得平平整整。

五个人重又坐进那辆样子已经变得十分狰狞的车，继续向彰武去。车子虽已摔得变了形，但机关尚好，仍能开。路上的人望见它都如望见一个怪物。

大家谈兴很浓，主题亦集中：翻车时的感受。有的说翻车时他什么都知道，有的说翻车时他什么也不知道。及至谈到我们是从哪个门出去时，竟一下子都叫不准，有的说从左面的门，有的说从右面的门。唯老唐说：不对，是从前面的风挡玻璃。他这一说，人们再一想，对极。右面的门压在底下，左面的门开在天上，只有风挡玻璃甩出去，剩下一条长长的框立在那里当门了。悟通了，便是一阵很开心的笑。

我们这一行人的到来，给彰武县带去一阵不小的骚动。县委书记打电话把卫生局局长叫来，带我们去医院体检。中午，又为我们置席压惊。酒席间"大难不死必有后福"的祝词不绝于耳。

酒后回到宾馆，便立刻往浴盆里放了一盆水。我肆无忌惮地躺进去，从头到脚将自己又仔细探查一番，发现身上确确实实没有一点儿伤损，不但没有一点儿破皮，连一处青肿也没有。我又一次感到深深的庆幸。于是我轻轻地合起眼，任那温馨的水轻轻抚着我的全身，那是我刚刚从上帝那里捡回的生命。我轻轻呼唤着它：大难不死，大难不死……

午 夜 雨

下雨了。

雨是在午夜之后下的。是 1997 年 7 月 1 日的钟声响过之后下的。

小城下雨了。在这个白天，香港和北京都已经下过了雨。

一百五十五年前的那天，就是英国的士兵又蹦又跳地把他们的旗子插上那片土地的那天，天下雨了吗？

我不知道。

一百年前的那大，就是英国的士兵从那片土地上掘起一锹土装进一只纸口袋，然后将这只纸口袋甩给一个清政府的地方官，再让这个地方官将这只装了土的纸口袋作为领土和主权的象征恭恭敬敬地再捧给他们的那天，天下雨了吗？

我不知道。

我猜想，那两天，天都没有下雨。而那两天，一定都刮风了。

因为那两天，天不会有雨，只会有风。

因为那两天，天不会落泪，只会发怒。

天是有情的。

今天，天下雨了。

整个白天，小城的天都一直阴着、阴着……似在积蓄一种情感，一种力量，似在等待一个时刻到来，似在孕育突然一刻的爆发。

终于，当午夜的钟声敲响之后，当英国的士兵将他们一百五十多年前蛮横地插进这岛上的两面旗在全世界的注目之下无奈地从那两根旗杆上降下之后，当另外两面旗——一面五星红旗，一面紫荆花旗——同样在全世界的注目之下从容地升上旗杆顶端之后，小城的天下雨了。

下雨了！下雨了！

雨越下越大，还夹着隆隆的雷声。

雨声和雷声之中，几辆车静静地驶进那个蓝幽幽、清幽幽的码头。

王储，首相，还有那位一直面色沉沉的总督，在同样蓝幽幽、清幽幽的人丛中一闪一现，一闪一现。

蓝幽幽、清幽幽的码头上，静静地停靠着的是那艘很有名望的"不列颠尼亚号"邮船。

五年前，那位总督就是乘着它来的。那天是个白天。那船是沐着一片炫目的阳光停靠在这码头上的。它靠停在码头上的时候，码头上便响起了一声接着一声的礼炮。

一百五十多年前，他们也是坐着船来的，但不是邮船，是炮船。那天也一定是个白天。那船也一定是顶着刺眼的阳光停泊在这个地方的。但那时候这里还是一片沙滩。那船停下后，也响起了一声接一声的礼炮，但那炮声是从那船上响起来的。

今天，这艘船将在夜里离开这蓝幽幽、清幽幽的码头。

没有专为他们而升起的太阳，也没有专为他们而鸣响的礼炮。但有并不是为他们而燃亮的满城灯火和并不是为他们而绽放的漫天礼花。

我仿佛听到小城的雨声和雷声此时正与邮船上拉响的低沉似呜咽的汽笛声遥遥呼应。

那船一定是很沉重很迟缓地离开那个码头的。然后便任凭那满城的灯火和漫天的礼花离自己越来越远。然后便很沉重很迟缓地淹没在黑沉沉的大海深处。

雨越下越大，还夹着隆隆的雷声。

天哪！我知道你是有情的。而此时，你想诉说的是怎样的心情呢？

你一定想到了当初他们是怎样用他们制造的鸦片对中国人施与的整整一个世纪的毒害；那么你一定也想到了如今那东西正在深深地毒害着他们自己；于是你一定感到了深深的悲愤与悲凉。

你一定又看到了那几页浸满了一个民族的血与泪的纸，那几页曾被他们挑在枪刺上用来向全世界炫耀的纸；那么你一定又听到了那位老人对那位女人发出的"主权问题不能谈判"斩钉截铁的呐喊；于是你一定感到了极大的震颤与振奋。

你也一定看到了悬挂着米字旗的军舰在那美丽的港湾里停了一个半世纪；那么你也终于目睹了中国军人的车轮庄严地碾过那钢锯一般的界线的瞬间；于是你一定感到了深深的痛楚与痛快。

你一直目睹那历史、目睹那历史怎样化为今天的瞬间。你一直注视着那瞬间，注视这瞬间怎样化为永恒。

历史是懂报应的。

历史是很会捉弄人的。

历史还是无情的。在这个舞台上，你配扮演什么角色，你就得去扮演什么角色。

于是，你的心情一时间变得怎样的难以诉说。

于是，你下雨了。你打雷了。

你是要用你的泪水去做痛痛快快的洗涮，去做淋漓尽致的宣泄；你是要用你的雷声去做历史的告慰，去做历史的警示……

雨越下越大，夹着隆隆的雷声……

漫说“放松”

生活中我们会常常想到、用到“放松”这个词，于是，我们似乎应该懂得，这个词原本就该与我们相伴终生的，原来就该是我们生活中须臾不可以离开的，原本就该是我们需要审慎面对的。然而，细察我们的生活，我们的所想所思所作所为，却又无时不刻不在与“放松”这个词较着劲，还常常较得我们很苦很累很烦很痛。

“放松”于我们早已不仅仅是一个轻松的说辞了。

其实，我稍稍懂得些放松，还是从习练太极拳开始。

初学太极拳，老师反复强调的便是一个放松。仅仅一个起势，便融合了许多的放松。首先是心的放松，势起之时，便须放松心境，应心无杂念，心无挂碍，心清心和，直至心净如水。其次是呼吸要放松，不要生憋气强运气，将气沉入丹田，自然而吸自然而呼，直到呼吸有致，平和自如。然后便是身体的放松，由上至下，放松肩，放松肘，放松腕，放松指，放松腰，放松胯，放松膝，放松踝，及至放松脚面及脚趾。如此放松之后，才有接下来的一招一式。

然而，无论老师怎样强调，我们这些初学者仍听归听，做归做，无论是心，是气，是身，就是放松不下来，就是铁下心憋足气攥紧拳和“放松”较着劲。直较得一个个腰酸腿疼，龇牙咧嘴。老师看在眼里又好笑又心疼。

我们就这样与“放松”较着劲地学拳，练拳，直到能把一套拳打下来时，打出的拳竟如夯土锻铁一般全无一点儿柔中见刚、刚中见柔的味儿。

时间长了，才慢慢体味到一点儿关于放松的要义。当我们将自己的心、气、身试着一点点地放松下来之后，我们竟在不经意间突然发现我们的拳开始打出一些神韵来了，打出一些境界来了，在一种若静若动的状态中不知不觉地打出了一身的汗水。我们的身体开始变得很轻盈，我们的心境开始变得很轻盈。

其实，何止是习练太极拳需要放松，生活中实在是无处不需要放松。

遇到烦恼、困境时，真的很需要放松，以一种放松的心态去化解烦恼，以一种放松的心境去面对困境。只有如此，我们才能尽快从烦恼中解脱，从困境中走出。否则，任由烦恼和困境无情而又无休止地折磨下去，早晚有一天，我们会被折磨病、折磨死。须知我们有多少病是被成堆的烦恼压成的。

当然，有了病更需要放松，只有以放松的心情去面对疾病，病才能养得好治得好。否则，一味地为身上的疾病而愁苦，而紧张，病只会越养越多，越治越重，直至不可救药。须知，连打针都需要放松，如果不放松，肌肉绷得像块石头，连针都扎不进去，如何还谈得上养病、治病？

遇到喜事、顺境时也需要放松，同样应以一种放松的心态去看待喜事，以一种放松的心境去面对顺境。只有如此，我们才不至于头脑发昏，才不至于利令智昏，仅仅因为官升了半级便美得找不着北了。须知，乐极而生悲，古而有之。

只要我们再细去想一想，其实无论人们做什么事，都该放松去面对的。

比如工人做工、农民种地，如果离开了那些用于放松的号子和小曲，离开了劳作之后用来放松的一阵小憩和一顿小酒，人们纵然不被累死，也会被闷死。故而，鲁迅先生曾考证，诗歌应该是从人们最初用来放松的"哼唷！嗨哟"的号子声中演变发展而来的。

比如战士打仗，只有放松了，枪才会打得准。杨利伟只有在放松的前提下，才能操控好飞船，成为航天英雄。李中华只有在放松的状态下，才能化险为夷，成为试飞英雄。

比如运动员打比赛，凡优异的成绩，大概都是在放松的状态下创造出来的。刘翔如果不放松，如何跑得出 12 秒 91、12 秒 88。而雅典奥运会上那位倒霉的美国枪手，不就是因为太紧张了，才错把自己的子弹打到了别人的靶子上。

比如当干部，也只有放松了去当，那才能当得好。如果连芝麻大的职务也要正儿八经地拿了来当官当，整天绞尽脑汁想着如何敛财，如何媚上欺下，那便会很苦很累。君不闻曾有歌曰："生前只恨聚无多，及到多时人没了。""古今将相今何在，荒冢一堆草没了。"

谈笑间，我又突然想起两个人。一个是我曾经的领导，是由部队团职干部转业到县工业局来的局长。自从我离开工业局，有十年多没再见到他。有一天因家里装修，我去市场买水泥，买好水泥，便去路边想雇一辆"倒骑驴"往回拉。这时便有一位老人推着一辆"倒骑驴"向我迎面走来，我正想开口问价，一看那老人突然把我吓了一跳，原来竟是我的那位局长。四目相对，一时间竟都有些窘迫。我的窘迫是害怕如此处境的老局长因见到熟人而窘迫，而我发现老局长的窘迫则是因害怕我不雇他的车而窘迫。于是窘迫瞬间消逝，我将水泥搬上了他的车。他便很自然地跟我说了如下的话：离休了，在家没事干，就出来找点儿事干。我文化低，别的事干不来，只能干点儿这事。我能放下面子，放下架子，只要有事干就行。不像有的人离了，退了，就没魂了，整天在家憋着闷着。我在这路边已送走不少老伙计了。有憋死的，有闷死的，还有委屈死的，气死的。就是放不下呀……

　　我抬头一看，才发现眼前那条路正是通火葬场的路。

　　另一个是我的兄长和老师。十年前他得了癌，其间住了两次院，做过两次手术。开始时，每逢相聚，我们总忌讳谈他的病。他竟常常主动和我们大谈特谈他的癌，谈得若无其事，谈得有滋有味，谈得我们竟时时会生出一些错觉，仿佛那癌本就不是潜伏在他体内的恶魔，而是与他相熟相知的挚友。他就这样领着他的这位挚友一直活蹦乱跳地活了十多年，而且至今仍在活蹦乱跳地活着。他说他曾经的病友，无论是比他年长的还是比他年幼的，病情无论是比他重的还是比他轻的，几乎都已经先他而去了。他说：他们多半是被吓死的……

　　于是我又想到了放松这个词。此时，它已不再是一个孤零零的词，它已经化为一种境界，是习拳的一种境界，也是生活与人生的一种境界。

　　我们为什么不可以放松地去面对生活和人生呢？只要我们能在那些苦累烦痛面前，稍稍让自己放松一下，我们便会发现，那些苦累烦痛正离我们远去……

文件丢了也别烦恼

为了杀掉那个叫人心烦的病毒，一键下去，我们的文件便丢了。

那时，我正在隔壁的房间看电视，便突然间听她叫了一嗓子：完了！文件没了！你刚写的那篇东西和我刚写的那篇东西都没了！叫声刚落，我便一步蹿了出来，发现她的脸已涨得通红，眼圈里也已有泪珠在滚动。

我一边安慰她别急，一边问她究竟是怎么回事。她说：那个显示本机有病毒的窗口隔一会儿就出来隔一会儿就出来，太烦人了，不管那个小狮子怎么撅着屁股玩了命地干活，那病毒就是杀不掉，闹心死了。我就打电话给电脑公司，问一键杀毒的办法，然后我就按着他给的指令去做，结果一键下去，那个病毒竟真的给杀没了，我这儿正乐呢，回头一查我的文档，里面的东西全没了！你刚写的那东西没了，我刚写的那东西也没了……都怪我，都怪我，怎么事先就没问问那一键下去的后果呢？怎么就忘了事先把文件存到 D 盘里去呢？都怪我，真的都怪我……

看着她那难受的样儿，我便赶紧去安慰她：不怪你，不怪你，都怪那个倒霉的电脑公司，他本来应该事先提醒提醒的，要怪得怪他们太不负责任。嘴里这么说，心里仍是很不舒服，因为刚刚写好的那篇东西，倾注了我太多的感情，写的时候竟还落了不少的泪，结果现在让她这么手指轻轻一点，一切就全没了，东西白写了，泪白流了，那么多的感情也白白地付出了，这心里又怎么会舒服呢。于是我说：头两天我就说让你去买个U盘，把咱俩的东西都随时随地存到U盘里去，以防万一。但你说不用，文件存在D盘里是最保险的了。结果呢……明天还是去买个U盘吧……

她抬眼望望我，满脸痛苦地说：你还是怪我了，你还是怪我了……眼泪便又在眼圈里滚动起来。

我赶紧说：不怪你，不怪你，我真的没怪你。我只是说我们该去买个U盘。

她一下子释然了许多，说：怪就怪吧，反正丢的东西也找不回来了，怪也没用。其实，把我的东西弄丢了，心里还不怎么难受，只是把你的东西弄丢了，心里特难受……你还能把那东西重写出来吗？

我说试试吧。嘴上这么说，心里却并没有把握，因为我不知道我还能不能调动起心里的那份激情。但此时我已真的不怪她了，因为我一下子想起了这电脑刚刚给我们带来的快乐。

说起来不怕让人笑话，我们俩上宽带上博客其实还不到一个月。此前我们竟一直害怕上网，怕网上的乌七八糟的东西污了我们的眼睛，怕沉醉于网上的游戏而迷了我们的心智，怕让网上没完没了的聊天耗去我们宝贵的时光，当然更怕让我们宝贝的电脑染上病毒，所以，尽管我们的电脑已经更新了一年多，我们却始终没有去办理宽带。这便引来了许多朋友的笑话。于是，一个月前，一个朋友找上门来，向我们大谈网上的精彩，大谈博客的妙趣，给我们实实在在地上了一堂扫盲课。那堂课直上到大半夜，直到我们答应明天就去办理宽带为止。他临走时还说他回到家就为我们做一个博客，并一再叮嘱我们明天一定要去办理宽带。

第二天，我们真的就去办理了宽带。又过了一天，他真的把做好的博客给我们送了过来。于是，我们俩便又有了一个新家：相濡居。

刚刚搬进新家，我们都有些忐忑不安，因为我们不知道这个新家将会给我们带来什么，又将会给别人带去什么。然而没有几天，我们的担心便化为乌有，我们开始享受起这个新家给我们带来的诸多快乐。

我们把自己的东西放到博客上，然后便坐在那里静静地等待博友的点评。看着那些点评，我们的心常会被字里行间涌动着的一股股暖流弄得热乎乎的。

我们阅读着博友的一篇篇美文，或言情，或说理，或明志，或搞笑，或诗歌小说，或散文随笔，或书法绘画，或动漫摄影，海阔天空，五花八门，直入我们的眼，直入我们的耳，直入我们的心，让我们不得不把那一份份祝福与期待放进那一块块留言板，以期能与博友共享我们的那一份感动。

我们眼前的天地一下子变大了，我们跟前的朋友一下子变多了，我们曾经很枯燥的生活一下子变得丰富起来了，而我们也仿佛一夜之间就变得勤快多了，快乐多了……

我们所要的不就是快乐吗？我们还有什么可怪的呢？

我笑了。看到我笑，她也笑了。我知道我的一笑已经完全冰释了她心中的烦恼和痛苦。

我走进厨房去准备我们的晚饭，我说今天的晚饭要再加一个菜。她说行。随后我便听到她那边又叫了起来：我又给它弄了个一键杀毒！现在我已经全弄明白了！哈哈，原来这么简单！我已经从网上下载了一个新的杀毒软件！哈哈，我已经学会怎么从网上下载软件了！

我笑着大声说，好，好，咱们的文件没白丢。

直到此时我才真的相信，我们真的已从丢失文件的烦恼和痛苦中解脱了出来。快乐和幸福又回到了我们中间。

烦恼和痛苦本来就是与快乐和幸福相伴而生相伴而行的，

我们有什么理由去拒绝它们的光临呢？我们该做的只是如何与它们和睦相处，并随时随地将它们转化为快乐和幸福……

第二天，我将我们的这个故事变成了上面的文字。

她看了后问：你想把它捅出去吗？

我说：当然。

她看着我直乐：不知有多少人看完了得笑话我们笨，笑话我们傻，笑话我们太弱智呢。

我说：不会的，那些博友都是咱们的老师，哪有老师笑话学生的。再说，电脑前坐着的一定也有不少像咱俩这样的文盲、半文盲，看了咱俩的笑话，他们就不会再出这样的笑话了，就不会一键下去把文件全弄丢了。

她瞪我一眼：我就知道你还在耿耿于怀呢。我给你放上去……

三十年后话"买书"

　　恍惚一夜之间，三十年的时光便已悄然流逝。细细搜检那逝去的时光，竟发现留存于记忆中的让人无法忘怀的往事并不多，以至当霍林宽先生坚持要将我推上《鞍山作家》的"名家讲堂"时，竟一时弄得我茫然无措，惶惶之间，便无可奈何地又想起了《秦嫂买书》，想起了那件在记忆中尘封了三十年的故事。

　　故事发生在1983年夏天。

　　那年夏天有两件事让我无法忘怀，其一是因我十二指肠溃疡穿孔做了一次手术；其二是写了一个短篇小说《秦嫂买书》。而将这两件事穿连起来的便是那个故事。

　　记得那年8月，鞍山文联决定在海城驻军116师招待所搞一个笔会，发来通知要我参加。其时，我刚刚做完那手术出院不久，正在家中休养。一是因为刚做完手术，二是因为手头上也没有现成的东西，便不想去笔会上凑什么热闹，但禁不住洪伦老师和一帮哥们儿的勾引，还是捂着刀口尚未痊愈的肚子去了笔会。其间，因有肚子上的刀口做托词，我便少了手头无货的尴尬和压力，每日里只去和那帮哥们儿闲侃神聊，权当养病，倒也自在。

　　记得那天中午，吃了饭回到房间，刚想睡个午觉养养精神，便接到书店打来的一个电话，告诉我预订的那套《辞源》到了，让我过去取。于是放下电话，我便赶去了书店。

　　正是中午，书店里只有三五个人，很静。给我打电话的那位营业员大姐，一见我进来，便远远地向我招手。我走过去，没有急着让她去拿那套《辞源》，而是让她拿来几本店里刚进的新书翻了起来。

正翻着，便听见身后的店门很重地响了一声，我下意识地回头去看，见一个四十多岁的中年妇女，急急火火，满头是汗地走了进来，直奔旁边柜台的一位营业员，劈头便问："你们这儿有《武林》吗？我儿子让我给他买本《武林》，我都跑了大半天了也没买着，别人告诉我说你们这儿有，有吗？有《武林》吗？"那营业员眨着眼，费了很大的劲听清了她说的话后，对她说："没有，我们书店没有《武林》。"听了这话，那个中年妇女竟顿时失望得差点儿没哭出来。继而便急急火火地跑到我这边的柜台前，冲着柜台里的营业员大姐又急急火火地将刚才的话问了一遍。当看到营业员大姐很明确地向她摇了摇头之后，她眼中流泻出的那种茫然与失望，让我看了都心里直发疼。

我忍不住问她："是你儿子要买《武林》吗？"她仿佛见到救星似的忙说："是！是！你知道哪儿有卖的吗？"我说："《武林》是一本杂志。这里没有，邮局可能有。你儿子多大了？他喜欢练武？喜欢武术？"她茫然地看着我。我说："《武林》应该是一本关于武术方面的杂志，主要是给练武的大人看的。"她木然地望着我，嘴里喃喃着："这小兔崽子，这小兔崽子……"然后，缓缓转过身，步履蹒跚地走去。刚走到门口，我见她突然转身又走了回来，凑到正在柜台前买书的一个姑娘身边，悄悄地问那姑娘买的是什么书，然后便对营业员说："给我也买一本。"

之后我便看她不停地走到正在买书的顾客身边，只看人家买什么书，她便照样买什么书。看得我和营业员大姐直想笑。

这时我对营业员大姐说，去把那套《辞源》给我拿来吧。于是营业员大姐走到书架后面的库房中给我取来了那套《辞源》。就在大姐准备给我开票付款的时候，那中年妇女竟一下子冲了过来，指着营业员大姐说："不带走后门的，这书我也要一套。"

这突如其来一榔头，顿时将我和营业员大姐砸了个目瞪口呆。我们赶紧向她解释，可无论我们怎样解释，她就是不听，而且紧紧地按住那套《辞源》就是不放手。因为她已经认定了从后边拿出来的东西一定是好东西，好东西是绝不能让人的。尽管我对她说，她的儿子还小，这套书对他暂时还没用，买回去也是浪费，太不划算，等等，她就是不听，甚至还要跪下来求我把那套书让给她。

无奈之下，我对营业员大姐说，这套书就让给她吧。然后我对那大嫂说：回去后，你儿子要不喜欢，你就退回来。

我订的那套《辞源》就这样被她抱走了。我发现，当我目送她的背影在书店门口消逝的一瞬间，我的眼里已经蓄满了泪水。

蹒跚地走在回招待所的路上，满脑子都是那大嫂的影子。我不知道她从哪里来，要到哪里去，我也想象不出抱着那样一堆书回到家里的她，该对她那宝贝儿子去做一番怎样的交代。当然，我更想象不出，当她那个宝贝儿子看到她带回的这些书时，脸上露出的又会是一种怎样的神情。我真猜不出这些书带给她和她儿子的究竟是喜还是忧。只有一个答案是肯定的：她是一个没有读过书的农民，她是一个刚刚富裕起来的农民，她也是一个将自己的未来和希望都寄托在了那个宝贝儿子身上的农民，而且她还应是一个已经开始有了新的精神追求的农民……一个鲜活的人物形象就这样鲜活地跳到了我的眼前。

回到招待所，我发现对面床上的王洪伦老师已经睡着，便悄然也在床上躺了下来，却无论如何不能入睡。最后终于忍不住，将正在熟睡的洪伦老师喊醒，给他讲了刚刚发生的故事。

洪伦老师立刻便被这个故事打动了。之后，我们坐在各自的床上，围绕这个故事，整整说了一个下午。

两天之后，我将《秦嫂买书》的初稿交给了洪伦。

笔会结束后大约十天，洪伦带着那个初稿回到海城，向我转告了殷晋培老师对那篇东西的几点修改意见，然后我们一起连夜做了修改。

同年，《鞍山文艺》第 6 期刊出了《秦嫂买书》和殷晋培老师的评论《来自农村生活的新鲜信息——读王犁〈秦嫂买书〉》。

第二年春节过后，我被告知，《秦嫂买书》获得辽宁省政府优秀文艺作品奖三等奖。

三十年前的那个故事就这样成就了《秦嫂买书》，成就了我文学生涯的那一抹一闪即逝的辉煌。

其实，三十年后的今天，想到《秦嫂买书》，想到那个故事，我想说的只有一句话：我们应该感谢生活，我们应该善待生活。因为只有生活，才是我们创作的唯一源泉。这应该是一个一直会被我们证明下去的真理。

甲午之殇

2015 年，中日甲午战争一百二十周年。转眼间已是两个花甲。

这一年，海城市政府正式决定，于牛庄修建中日甲午战争牛庄保卫战纪念馆。

其实，一百二十年前的那场战争，对于国人来讲，刻骨铭心的只有耻辱、伤痛、悲愤与仇恨，然而对于海城人来说，除此之外，则更多了几分悲壮。

因为这场战争最终虽以清军丧师失地而告终，但近乎惨烈的"五复海城之战""牛庄保卫战"，仍给这段历史留下了不致让后人为之羞愧的一笔。

此刻，我们不能不让自己的足迹走回一百二十年前的海城、牛庄，走进那个硝烟弥漫的战场。

一百二十年前的那场战争，是日本蓄谋已久的一场战争。

就在两次鸦片战争，将中国一步步拖入半封建半殖民地社会的深渊，腐朽的清王朝正加速走向衰亡之际，日本则自 1868 年开始了它的"明治维新"，逐渐走上资本主义道路，并逐渐显露出帝国主义的野心。

1894 年，朝鲜爆发农民战争，日本发动侵略朝鲜和中国战争的借口和机会来了。日本遂一面派遣特务打入起义队伍，转移斗争锋芒，一面怂恿清政府出兵朝鲜。李鸿章对日本促其出兵"重在商民，别无他意"的保证深信不疑，于 6 月 4 日派其亲信直隶提督叶志超率领北洋的淮、练军两千余人出发前往朝鲜，驻忠清道牙山。同时，根据《中日天津条约》，"知照日本外部"。日本见阴谋得逞，遂于6月5日设立适应大规模作战的"大本营"，并以"保护公使馆"为名，将万余名陆军和几乎全部海军开到朝鲜，占据仁川、汉城（今首尔）等战略要地，并密令驻日公使大岛："务必想尽办法，制造开战借口。"

日本出兵朝鲜，朝鲜和清政府惊慌失措，李鸿章立刻请求沙俄、英国给予援助或出面调停，没有成功；转而又向德国、法国、美国乞求，也均遭失败。他们的态度是只要不损害他们的利益，他们并不反对日本发动侵华战争。

7月25日，日本海军采取"不宣而战"的手段，在牙山口外半岛附近袭击了中国的海军，击沉高升号。同时日本陆军发动了对驻牙山清军的攻击。中日战争从此爆发。7月29日，日军向牙山东北成欢的中国驻军进犯，聂士成率部英勇抵抗，"颇有杀伤"；但主将叶志超不为后援，聂士成势孤战败。叶志超率军北逃，退到平壤。

1894年8月1日，中国与日本同时宣战。

1894年9月15日（光绪二十年八月十六日），日军大本营由东京迁至广岛，明治天皇亲征，随营抵达广岛，指挥作战。并于同日发起对平壤的攻击。9月16日晨，日军占据平壤城。

与此同时，9月16日，北洋水师提督丁汝昌奉命领北洋舰队主力护送总兵刘盛林所部铭军六千人由大连湾出发至朝鲜增援。完成任务后，于9月17日返回途中，一队悬挂美国旗的舰队出现于远处。及至近前，该舰队突然改挂日本旗，并率先展开攻击队形。中日海军就此展开激战。

此役，中国海军"超勇""致远""经远""广甲""扬威"五艘战舰被击沉，另有六艘战舰被击伤，已丧失战斗力。官兵伤亡千余人，占参战总兵力半数。日本海军，旗舰"松岛"号被击伤，丧失战斗力；"吉野"号只剩一躯壳；"赤城""比睿"

等舰亦受重伤；"西京丸"号被击毁，几近沉没，官兵死伤几百人。

是役，日本联合舰队虽然未能全歼北洋水师，但遭受重创后，北洋水师一蹶不振，李鸿章采取"避战保船"政策，遂令北洋舰队余部撤至威海卫，不准出海迎敌，将制海权拱手让给了日军。

此后，日本基本控制了中国临近海面的制海权。

日军在平壤、黄海两次大战的轻易获胜，使其侵略气焰大盛，扩张野心急剧膨胀。日军大本营遂决定迅速推行入侵中国本土的作战计划。此时，清廷内部的帝、后两党正为"和与战"争吵得不可开交。

1894年10月5日，日本侵略军兵分两路，左路由陆军大将山县有朋司令官指挥的第一军，从朝鲜新义州渡鸭绿江攻陷清军虎山前哨，先后占领安东（今丹东）、大孤山、岫岩、黄花甸、九连城、长甸、宽甸、赛马集、凤凰城、草河口、连山关、摩天岭等辽东城镇；右路以陆军大将大山岩为司令官的第二军，从大连花园口登陆，先后侵占金州、大连湾、旅顺口、普兰店、熊岳城、盖平等地。

1894年12月9日，日军第一军第三师由岫岩分左右两路向析木城进犯。12月11日10时，南路清军在二道河子、龙凤峪与进犯之敌展开激战，将日军少佐参谋击成重伤。下午3时，日军大队继至，清军寡不敌众，退出析木城。与此同时，清军北路在潘家堡子也被击败。当晚清军乘夜退至海城县城。12日10时，日军侵占析木城。13日9时，日军大队向海城发起攻击，清军无力抵抗弃城向牛庄、辽阳退去。当日中午，日军占领县城。

12月18日，四川提督宋庆接军务处电报，"海城陷落对我军事上极为不利，尔与依克唐阿协商，组织现有兵力反击或实施防御策"。遂不敢怠慢，立刻自率本队毅军及铭军二十余营，九千多人，星夜北上，扎营马圈子、感王寨一带。侵入海城的日军，身陷"以孤军入重地，兵械粮糒不继"之境，加之冬季严寒，士兵冻伤极多，战斗力减弱。清军理应乘敌立足未稳，全力反攻，收复海城。可惜宋庆屯兵感王寨，坐失战机，予敌以伺机先发之隙。12月19日，日军派第十八联队第一大队两个中队，在十八门大炮掩护下，由盖家屯经上、下夹河向马圈子清军阵地发起进攻，清军顽强抵抗。14时，日军以死伤将卒七十五名的代价，侵占马圈子。16时，日军分三路向感王寨及祥水泡子进攻，清军利用构筑的工事、民房墙壁做掩护，进行抵抗。在战斗中毅军勇敢顽强，危急关头，主将振臂一呼，踣者起，疲者奋，裹创肉搏，赴死不悔。日方也不得不赞叹，毅军"不愧为闻名的白发将军的手下，不轻露屈挠之色"。毅军使敌人闻风丧胆，畏之如虎，宋庆部故得"宋老虎"之称。感王之战，日军死伤四百零八人，清军死亡七十八人。感王寨被日军占领。

1895年1月至3月3日，清军先后五次反攻海城，持续一个半月之久。当时，据守海城的日军，只有第一军第三师团的一个旅团，马步兵六千人，大小炮二十门。日军为了固守海城，在亮甲山、唐王山、欢喜山、双龙山等各要隘构筑炮台，做死守之计，以图沟通辽东战场与辽南战场之间的联络，摆脱其孤立无援的险境。清政府调集黑龙江将军依克唐阿、吉林将军长顺、四川提督宋庆等各军达一百七十余营，对海城守敌形成三面包围之势。

1月16日，依、长两军进至柳河子、平耳房、张胡台、沙河沿、小王屯等地。1月17日，清军左路长顺军从土河铺，右路依克唐阿军从玻璃堡子、二台子，在连绵十五公里的地段上展开弓状阵形，对海城守敌取包围之势。上午8时，长顺率军向双龙山守敌进攻。日军开炮轰击，清军进攻受阻，退往柳河子。10 时 30 分，依军占领二台子，午后 3 时，列炮于玻璃堡子，向徐家园子日军炮兵阵地射击，掩护步兵进攻。日军集中炮火还击，并组织三个步兵大队反击。清军镇边军统荣和奋不顾身，左腿中弹，仍裹伤率队猛攻，杀伤日军多人，但终因依军炮火不济而退守耿庄子。午后 5 时，日军抢占了玻璃堡子。这次战斗，日方死伤将卒四十一人。清军长部阵亡兵勇二十余名，受伤四十余名，依军也有伤亡。清军一复海城告败。

1 月 22 日，依、长两军又向海城守敌发动第二次反攻。依军由城北和西北方向进攻，由沙河沿迂回至欢喜山西侧之玻璃堡子，绕攻城西北角。长军由城东北土河铺前进至二台子，受双龙山日军炮火所阻。从午前 9 时战至午后 2 时，在激战中，依、长两军伤亡较多，二复海城又告失败。

2 月 16 日，清军又发动了第三次反攻。这次反攻除依、长两军外，又增加了徐帮道的拱卫军和李光久的老湘军，共九十余营，达三万多人。兵分三路，自城东北二台子至城西南八里河，长约十公里战线上，形成弧状包围圈。左路长军步马四千余人，炮四门，于上午 9 时，由土河铺前至三里桥，先以四门速射炮轰击日军双龙山、欢喜山阵地，10 时许，马步三千人发起攻击。日军以四个中队兵力由双龙山阵地进行反扑。两军相距二三百米，展开激烈战斗。中路依军一万两千多人，以城北张胡台为中心，攻击欢喜山日军阵地。右路徐帮道拱卫军和李光久老湘军约三千人，在城西柳公屯、二台子扎营，列炮于唐王山西北高地，以牵制亮甲山、唐王山之敌，并阻止其派兵增援。此次反攻海城从上午 9 时至下午 5 时，鏖战终日，虽未收复海城，但战后李光久老湘军占领了二台子，徐帮道拱卫军驻扎柳公屯，依军占据了安村堡子、大富屯一带，距城均数里，继续对守城日军取包围之势。

　　四复海城是清军在辽南战场上一次大规模联合作战。光绪皇帝亲授两江总督、南洋大臣刘坤一为钦差大臣，督办东征军务，节制关内外各军。并命湖南巡抚吴大澂、四川提督宋庆帮办东征军务。反攻从 2 月 21 日至 25 日，持续五天。清军参加作战的有：两将军（长顺、依克唐阿）、一提督（宋庆）、一巡抚（吴大澂）、一藩司（魏光焘），所部一百余营，六万多人，是一次兵力多、规模大、时间长的战斗。作战分别在海城和太平山两个战场进行。

　　海城战场清军兵分三路，于 21 日凌晨开始进攻。东路长顺军首先进攻栗子洼，以牵制双龙山、双山子的日军。中路依克唐阿军由验军堡、玻璃堡子进攻欢喜山。西路吴大澂所部占领安村堡子，进攻亮甲山。徐帮道率队亦攻亮甲山。罗应旒据龙台铺绕攻唐王山。各军奋勇猛攻，日军逃至山顶。罗见亮甲山即将得手，率队从唐王山后抄袭，准备向城内进攻。不料敌援军赶到，罗部有被包抄之险，正在进攻亮甲山的徐帮道立即掉转炮口支援罗部，并越过沙河（今海城河）与罗两面夹击敌军。经过激战遂将日军打退，但因伤亡较多，各部于 25 日午后 2 时分别后退。

　　在依、长诸军反攻海城的同时，为了配合海城的反攻，牵制南路日军，宋庆率部向太平山日军发起进攻。争夺太平山之役，连战四日，双方各有伤亡。日军战死尉官两人、负伤七人，士卒死二十七人，负伤两百七十七人，被冻伤者一千人以上。清军阵亡者两百余人，受伤一百余人。

　　清军四复海城失败后，清廷谕令辽南东征各军："现在关外大军云集，各营枪械亦齐，声威较壮。海城距贼毗连处，经依克唐阿等攻剿，凶锋已挫，亟应联络各营，齐心并力，迅图克服海城，再行合军南剿，次第肃清。"于是，宋庆、吴大澂、依克唐阿、长顺等部，于 2 月 27 日，分三路继续反攻海城。西路由李光久、刘树元率湘军五营自二台子进攻亮甲山。徐帮道拱卫军十营自柳公屯南进攻龙台铺。梁永福率凤字军三营自柳公屯东进，截击亮甲山敌援军。刘树元另遣湘军三营进攻八里河、戴家堡子。各路同时并进，不顾唐王山、亮甲山敌军枪炮还击，攻占了八里河、戴家堡、龙台铺等地，击败了二台子、安村堡日军，生俘敌军官冈本勇太郎。清军乘势抢攻唐王山，日军发炮抵御，各部欲退，徐帮道喝令所部炮兵还击，喝声未绝，敌炮擦身而过，营官中弹阵亡，紧接又一炮落于炮车前，徐急令炮队后撤，随之各军也纷纷后退。北路由依克唐阿率军进驻大、小富屯，派两营南下增援西路。上午8时，日军进犯大富屯，被埋伏在屯内的德英阿率部击退。进犯沙河沿、小王屯的日军也被分统寿山击退，寿山乘势攻占双山子日军阵地。28日拂晓，日军由城内分股进犯欢喜山、双山子和沙河沿、小王屯、大富屯。清军诸将分路迎击，战至天明，日军伤亡多人，退去。旋又添兵回犯，清军力与相持，枪炮互射，天色已晚，各自收兵。这一仗日军伤亡一百二十四人，清军也有伤亡。

在清军集中力量围攻海城的时候，日军开始进犯鞍山、辽阳，以施"调虎离山"之计。清军果中其计，盛京将军裕禄和辽阳知州徐庆璋，连电清政府告急，并向海城前线各军求援。3月1日，清廷特饬长顺就地移扎驻守，长顺以"正在前敌，难以抽身"为由，仍扎甘泉铺，并与北犯鞍山之日军战于驻地，互有伤亡。3月2日，清廷再谕长顺率全军，迅速赴援。长、依两军先后北撤，驰援辽阳。3月2日，魏光焘、晏安澜与诸将再议会攻海城。计划虽定，但诸将多有难色，踟蹰不前，只有徐帮道一军在唐王山与敌交火，由于各军不进，孤立无援，未敢深入而退。3月3日，魏光焘等探闻北窜鞍山、辽阳之敌，以大股骑兵经耿庄子直扑牛庄，抄袭海城各军后路。魏等急撤军回援牛庄，海城之围不攻自解。至此，五复海城未果。

　　日军大本营为了实现其在直隶平原与清军决战的"作战大方针"第二期战略计划，制定了"辽河平原的扫荡作战"方案：第一军占领鞍山后，于3月4日至5日转攻牛庄；第二军第一师团主力进驻大石桥附近，加强对海城守备。3月7日会攻营口。

　　由于清政府不察日军"佯攻辽阳，实取牛庄"之计，在清军五复海城未果之时，急调依、长所部北援。日军第三、五师团轻取鞍山站后，3月3日，分两路进犯牛庄。清军只有魏光焘六营武威军，共三千三百余人，3日刚由海城奔守牛庄，战斗打响后，李光久又率五营老湘军两千三百余人赶回增援，总兵力不过五千六百余人。而日军投入的兵力为步兵十三个大队，骑兵四个中队，炮兵八个中队，工兵三个中队，共约一万一千八百人，并配备大炮五十九门。此役，敌我力量悬殊，加之牛庄无郭可守，无险无据，战斗十分激烈。3月4日上午，双方展开激烈的外围战。日军第三团第六旅团由西北、第五旅团由北于9时向牛庄发起进攻。魏光焘派左、中、右三个营迎战西北之敌，自率大营炮队、卫队抵御北路日军。日军以大炮排击清军阵地之后，派步兵第十八联队冲锋。清军诱敌深入，与之近战，待敌进至二百米时，突起反击。日军处于平坦开阔地面，毫无地形地物隐蔽，死伤不少，联队长佐藤正大佐被击伤。正在激战中，日本援军到来，围清军驻扎之所，光焘挥兵力敌，炮弹横飞，总兵肖有允中炮伤重，左哨、右哨、正副哨弁同时阵亡，卫队亦多带重伤。清军虽顽强抵抗，终因众寡悬殊，战至11时半，被迫退入街内。日军第五师团于上午9时占领了紫方屯（今子方屯），炮击清军阵地后，派步兵第二十一联队第一大队，由牛庄东发起攻击。清军埋伏河沟间，进行还击，战斗异常激烈。战至12时30分，日军终于越过木桥，攻入街区。4日下午转入巷战。日军第三、五师团，从牛庄西北、北、东北、东及东南，分五路向街区进攻。清军被切断后路，分割包围成几十小股，在失掉统一指挥的情况下，各自与敌展开巷战。李光久率五营老湘军赶到后，立即投入战斗。两军逐屋争夺，犬牙交错，战至黄昏，由于敌众我寡，牛庄失守。牛庄激战一昼夜，日军伤亡将卒三百八十九人，清军阵亡官兵一千八百八十余人，负伤七百余人，被俘六百九十八人。

牛庄之战是辽河下游战役的关键一战，7 日、9 日营口、田庄台相继失守。至此，中日甲午战争以清军丧师失地告终。

1895 年 4 月 17 日，清政府与日本订立了可耻的《马关条约》。

甲午战争结束后，清政府于牛庄西城门外修建了湘军阵亡将士纪念坊，以纪念英勇牺牲的湘军将士和这一段难忘的历史。时有联曰：

大义虽败犹荣，大节虽死犹生，春风辽海吊英魂，一掬泪雨，兼及严敦，似我难为情，空回忆天山聚首，湘水寻盟，榆关分袂；
忠心百挠不折，忠骨百磨不灭，磷火沙场悲浩劫，四言刻文，认归先轸，如公亦何恨，只可怜白发倚门，红颜破镜，黄口服衰

今天，置身牛庄城外甲午战争的古战场上，我们眼前仿佛仍在沉浮一百年前的滚滚硝烟，我们的耳畔仿佛仍在滚动一百年前的隆隆炮声。

那远去的硝烟和炮声理应成为历史对国人永远的警醒。

庙 会

　　小时候，大约有两件事是很让人祈盼的：一是过年，二是赶庙会。过年自不必说，自然是一年中最值得期待的快乐时光，可以穿上新衣服，可以吃到各式各样的美食，可以有鞭炮放，还可以讨到足以让你心头发痒的压岁钱，整整一大段时光，快乐都在如影随形追逐着你，躲都躲不开，自然成了一年中最让人祈盼的事。除此便是赶庙会了。

　　其实，我的记忆中，父亲好像只带我赶过那么两次庙会，而且赶的都是火神庙会。

　　记得父亲第一次牵着我的手，随着熙熙攘攘的人流走进那条因火神庙而得名的火神庙街时，我便立刻被街上的热闹景象弄得眼花缭乱：什么煎饼、馃子、馅饼、火烧等数不清的美食，什么木刀、木枪、风车、风筝等爱不够的玩物，什么耍猴的、变戏法的、唱大戏的等看不过来的热闹，实在让我有了一种不是过年胜似过年的欢快与激动。虽然一次庙会赶下来，只有一个驴肉火烧和一把木刀的收获，但足以让我把这份欢快与激动一直珍藏到过年，并将那心中的一份祈盼一直保存到来年的庙会。

　　然而，待赶过下一次庙会后，连着三年的困难时期让人们再也拿不出一点儿办庙会的心气。

　　庙和庙会重新走进我的生活，已是 20 世纪 80 年代后的事了。

　　我最早赶的一次庙会是 1988 年春节去北京的龙潭庙会，是跟着海城牌楼镇的一支高跷队去参加"北京第二届龙潭杯民间花会大赛"时，顺脚赶了一次庙会。庙会上的情境让我瞬间便忆起了儿时曾赶过的火神庙会，因为眼前的一切竟晃若儿时：满眼是数不清的美食，满眼是爱不够的玩物，满眼是看不过来的热闹，只是曾经的火神庙街换成了今天的龙潭湖，曾经的父亲牵着我的手换成了今天的我牵着儿子的手。一个多么有意思的历史镜头的转换。

或许正是这瞬间的历史镜头转换，将我的思绪转换到了更加遥远的海城的庙与庙会。

据 1937 年《海城县志》所列境内坛庙明细统计：是年，海城境内计有坛庙三百四十处，其中县城内（不含三学寺和清真寺）计有坛庙二下七处。这些坛庙所建年代除八处为唐及唐前所建，二十五处为明代所建，六处为清后所建，其余三百余处均为清代所建。清代所建坛庙中，以康熙至道光年间所建坛庙为最多，竟占此间所建坛庙百分之九十以上。县城内的二十七处坛庙中计有十四处建于此间，而这十四处中，竟有五处为知县郑绣于康熙二十一年（1682）所建。

郑绣所建共四坛一庙。四坛是：

社稷坛，原建于旧城西门外，雍正十一年（1733）知县王枝培改建于新城东门外之北。为祭祀土地神、五谷神之所。

风云雷雨山川坛，原在旧城东门外，亦于雍正十一年（1733）由知县王枝培改建于新城东门外之南。乃祭祀风云雷雨神、山川神之所在。

先农坛，建于旧城内东北隅，有正殿三楹，东西庑各三楹，并有田供知县在此耕籍，俗称一亩三分地。每年促春时节，知县则率僚属、耆老前往致祭，祭祀毕，则更衣至籍田行耕籍。由此，农民方始行耕作之事。实为一个开始春耕的仪式。此制至清亡而废后，则由农民自择吉日，于田间行礼，俗称试犁。足见古人对土地的敬畏以及对农业的注重。

厉坛，建于旧城北门外，有正殿三楹，东庑三楹，山门、钟鼓楼各一座，应是一座很有规模的坛庙。每年清明、七月望、十月朔，均迎城隍行像于此而祭之。厉坛之设，专为祭鬼。正所谓"鬼有所归则不为厉"也。故而于此三日，设坛而祭，为那些无家可归、无处安身之鬼魂找个好去处，使其魂有所归、魂有所依，不再于外游荡去干一些吓人害人的勾当。此典废后，改祀真武大帝，此坛庙即改称真武庙。

除此四坛外，郑绣还于城之西门外建了一座关帝庙。有正殿三楹，后殿五楹，东西庑各六楹，山门三楹，钟、鼓楼各一座，并于其路南建有乐楼一座，是当时县城中最具规模的一处庙宇。此后，斯庙经晋商捐资修葺，而作为山西会馆。民国三年（1914），颁布关岳合祀，典礼改为武庙。庙内正殿由此改奉关壮穆侯、岳忠武王神位，即关羽和岳飞。此后，每年春分秋分后的第一个戊日，地方长官均率下属诣庙致祭。足见我们这个民族对忠义仁信之士、忠贞爱国之士所怀有的一份特殊情结。

昔圣王制，祀以报有功。法施于民则祀，勤事定国则祀，御实捍患则祀。郑绣所建四坛一庙亦皆因此而制。由此，城中尚有一庙亦当因此而建。不得不在此一提。

庙曰八蜡庙。"蜡"字于此应读为"蚱"。由此，一座八蜡庙便在不知不觉中被这里的人们叫成了"蚂蚱庙"。小时候的我便常听父亲和母亲"蚂蚱庙""蚂蚱庙"地叫，还以为庙里供奉的真的是一只大蚂蚱。及至后来方知，此庙虽未供着蚂蚱，然此庙所建也确与蚂蚱有关。

八蜡庙位于城之南门外，清康熙初年，由平南亲王尚可喜出资修建。有正殿三楹，禅堂五楹，东西配庑六楹，大门三楹，也是一座很具规模的庙宇。

八蜡者，古时腊月祭祀的名称。《礼记·郊特牲》："八蜡以祀四方"。以祈四方顺，八蜡通。所谓蜡有八者："先啬一也；司啬二也；农三也；邮表畷四也；猫虎五也；坊六也；水庸七也；昆虫八也。""蜡之祭也：主先啬，而祭司啬也。祭百种以报啬也。飨农及邮表畷、禽兽，仁之至，义之尽也。古之君子，使之必报之。迎猫，为其食田鼠也。迎虎，为其食田豕也。迎而祭之也。祭坊与水庸，事也。曰：'土反其宅，水归其壑，昆虫毋作，草木归其泽。'"

八蜡庙除所祭之八蜡外，亦祭奉龙王和马王。祭龙王，乃因其可变化屈伸，行云施雨，实能生百谷，使无水旱之灾；而祭马王者，则为祈此地生畜蕃庶，牝牡骊黄，千百之群，不使罹瘟疫之患。

这便是八蜡庙所建之目的。一切皆为求一方太平，保一方安定，求一个无灾无害、风调雨顺、六畜兴旺、五谷丰登的好年景。

城中清代所建十四处坛庙，除上述六处外，另八处分别为：

天后宫，清乾隆元年，由山东黄县同乡会捐资购地修建，亦为山东会馆；

三义庙，清康熙四十四年建，后为本城直隶会馆；

药王庙，清乾隆二十三年由药行捐资建，为药行会所；

酒仙庙，清嘉庆十年由烧锅行捐资建，为烧行会所；

财神庙，本为五圣祠，俗称财神庙，清康熙年间建；

白衣寺，清乾隆年间建；

王皇庙，清初所建；

九圣祠，清雍正十年建。

庙建得多了，庙会便也随之多了起来。粗略计有：

二月十九日观音大士圣诞庙会，值此日，各家具桃面致祭神前，祈佑平安。

三月二十三日天后宫娘娘庙会，山东会馆亦定此日为年会日，必于戏楼唱戏以庆。

四月初八日为佛诞节，即释迦如来生日，各处佛寺皆于此日办会，农家放工。

四月十八日碧霞元君娘娘庙会，妇人无子者多于是日祷之，农工商一律放假，故香火极盛。

四月二十八日为药王庙会期，农工商亦有放工者，香火亦盛。

五月初十日为城隍庙会，乡村男女争来进香，或焚楮箔或送长生猪，肩摩毂击，途为之塞。时有县宰偕同僚属诣庙拈香。拈香毕，乃用轿夫同抬城隍木像出巡，游行街市，至北门外厉坛祭祀毕，复归木像于神所。

五月十三日为关帝庙会，俗称单刀赴会日。每逢旱年，是日多降雨，故俗谚有云：大旱不过五月十三。此日亦为山西会馆年会日。

六月六日为虫王庙会，乡村致祭，祭毕，父老相聚欢饮。是日又为晒书曝衣之日，谓可防蛀，皮裘铺及以园圃为业者皆于此日犒劳工人。

六月二十三日为火神庙会，是日，本城及附近商民齐至庙内进香，叩拜火神，祈求平安。

八月十八日为酒仙庙会，酒业行帮选是日召开杜康会，以祈酒业兴隆。

八月二十日为财神庙会，为祈生意兴隆，财源茂盛，多为商业行帮年会日……

这些接二连三的庙会，不仅耗去人们很多精力，更耗去社会很多财力，故而一些有识之士对此颇有微词。清康熙四十五年，时任知县王沛恂便在其所撰《重修海城三义庙碑记》中，开篇便言曰："兹地喜事佛老及诸不经之神，结会演戏奔走，士妇而观之。自春徂秋无虚日，浪掷其金钱不顾，相率以为乐。

余莅任年余，每与父老议改革而未果，以民之泥于习俗而难与更始。"

据著名海城高跷秧歌艺人高德振回忆说，那时每逢庙会，各类民间艺术必竞相赶会竞技："艺人吃一顿豆腐脑，就用去了三石二斗大豆。""吃小葱都用锄刀锄。"可见那时的人们于庙会是舍得花钱的。

如此渐行渐盛的奢靡之风，又怎能不让那位一直崇尚节俭的王县令忧虑。他在多次疾呼对此习俗进行改革而未果的情况下，不得已方借为三义庙撰记之机，向世人再度晓以大义，以期有振聋发聩之功效，使此奢靡之风有所节制，其用心良苦可见一斑。

然而，恰是这篇对庙会习俗颇有微词的碑记，让我们如临其境感受到了其时庙会的盛状，以及其时经济繁荣、文化繁荣的盛状。

历史就是这样，它总是在向你展示一种历史真实的同时，会让你不经意间窥视到那些曾被它掩藏起来的历史真实，这便是历史。

庙和庙会文化的兴衰总是和社会状况和经济、文化的发展水平相关联。而当今，庙和庙会文化的再度兴盛与兴起，自然也是当今社会开放与经济、文化的极大繁荣的必然结果。

我很欣慰庙和庙会归来。但愿归来的庙和庙会不再让我们重生如当年王县令那般的忧虑。

浪 跷

海城人喜欢海城的高跷。

海城人玩起高跷，不肯用"扭"，只喜用"浪"，不说"扭高跷"，只说"浪高跷"。久了，连"高"字也省了，只叫"浪跷"，好一个爽快了得。

小时看高跷，只图一个热闹，完全与门道无涉，无论外行与内行，皆不入行；无论扭与浪皆无分别，只要追着一伙高跷队跑上半天，然后茶头汗渍地跑回家寻到一种连糠菜团子都吃得极有滋味儿的快感就够了。

及至后来，重新认识和了解海城高跷已成为我的分内工作，这才让我对那个"浪"字有了一种较为深入的了解，并对海城高跷由感性的喜欢而升华为一种理性的喜欢。

高跷的历史很悠久。《列子·说符》曾有过这样的记述："宋有兰子者，以技干宋元。宋元召而使见。其技以双枝长倍其身，属其胫，并趋并驰，弄七剑，迭而跃之，五剑常在空中。元君大惊，立赐金帛。"当时的那位献技之人所献的便应是一种高跷之技，是一种纯杂技性质的高跷之技。这应视为高跷艺术的源头，距今该有两千四百余年。

海城高跷的历史也算得上很悠久。明末清初，牛庄因港而兴，因商而兴，晋商、鲁商、冀商等皆来寻找商机。相随而来的除了这些地域的商品，还有这些地域的文化。这些文化中便有高跷。至今总有三百余年。

曾经在北京龙潭庙会上见过当地人表演的高跷。比的是谁的高跷更高，比的是谁能踩在更高的跷上玩出更博人眼球的绝活，比如可以攀上一张高桌，可以攀上两张高桌，甚至可以攀上三张高桌。还是以杂技表演为主的技艺，一眼便能看出二千四百年前的高跷艺人的影子。

然而这影子跟到牛庄，跟到海城后，很快便附到了火辣辣的东北大秧歌身上，并很快让自己变成另一番模样。

为了更便于奔跑跳跃，他们锯短了脚下的高跷，他们比试的已不再是跷上的高度，而是踩跷人的灵活。为了赋予高跷更多文化内涵，除了杂技元素之外，他们更将舞蹈、戏剧的元素一应赋予了高跷，纯然的杂技表演便渐次被包容了舞蹈、戏剧、杂技艺术的综合艺术表现形式所取代。

由此，那个曾经主要以技巧展示为主的高跷，也便一步步演化成了后来的以宣泄情感世界、展示精神追求为主要表现形式的海城高跷。

海城高跷从此有了自己的艺术评判标准：扭、浪、逗、相。

扭者，扭动之舞也，功夫见于腰肢，见于眉目，只在腰肢扭摆之间，眉目扭捏之间便传递出万般之美，美不可言，美不胜收。

浪者，宣泄之舞也，功夫见于情，见于性，奔跑跳跃，翻展腾挪，蓄势如暗涌，爆发如狂涛，直浪得一个山呼海啸，地动山摇，此为大浪。而如莲步轻摇，裙裾漫摆，又恰似风吹涟漪，荷动微波，全凭着一个浪不溜秋的情趣，拿捏出一个风姿万种的绰约，此为小浪。无论大浪小浪，皆非忘情者不能为，非率性者不能为。

逗者，嬉笑之舞也，功夫尽藏于眼、耳、鼻、舌、身、意，举手投足间，皆有戏皆有活，展艺于无形，取笑于无声，实是趣不可言，妙不可言。

相者，形之舞也，所究者只为一相，或老蒯，或渔樵，或书生，或闺秀，皆有其形，皆有其舞，相不离形，舞不离相，相舞兼备，神形合一者，方为有相，方可于人前亮相。

扭、浪、逗、相者，犹以浪技之高下而分演艺之高下，故一个浪字便成了一个高跷人之魂，成了一个高跷队之魂。故而，一个踩高跷、扭高跷在海城这里便成了浪跷。好一个"浪"字了得。

如果说浪跷的人追求的是一个浪字，其实看跷的人追寻的也是一个浪字。

有人说演戏的人是疯子，看戏的人是傻子。这话演绎过来也可以说，浪跷的人是疯子，看跷的人也是疯子。

我先是想起了一个浪跷人的疯故事。

这人以前是个农民，是个地地道道靠在地里卖力气艰难度日的农民；现在他仍是个农民，是个挂着个体户的招牌靠杀猪卖肉过上好日子的农民。

这人喜欢浪跷，无论日子难也罢，好也罢，苦也罢，甜也罢，每年春节，他都要浪上一正月的高跷。不仅自己浪，还撺掇着几个弟弟妹妹和他一起浪。先前是跟着别人的高跷会出去浪，后来便自己办了个高跷会，当会头，领着大伙浪。他说，浪跷有瘾，日子难时，不浪怕憋出病来；日子好时，不浪也怕憋出病来。他好胜，看到别的"会"浪得比他火爆，他便要气得跺脚，发誓来年春节一定要翻出个新花样，盖下海城所有的"会"，独占鳌头。

那年正月，看到人家牌楼高跷队去北京龙潭庙会上碰了个好彩头，回来时出尽风头，他心里便霎时憋上了一口气，隔三岔五跑到文化局，磨着局长给他也踅摸一个能让他扬眉吐气的机会。

终于，他从文化局局长那里得到了那年9月昆明将举办"全国广场民间舞蹈会演"的消息，立刻决定，自掏一万五千元率队去昆明。家里人都说他疯了，说那钱是扔水里都听不到响，但他还是疯了似的扔出了那笔钱。他说，咱不"蒸"馒头要争口气！

他领着他的高跷队去了昆明，捧回了"孔雀杯"，碰了一个好彩头。他如愿了。但他还是不知足，两个月后，竟又拿出一万五千元，领着他的高跷队去了广州，在"广东欢乐节"上又大出了一回风头。

这下好了，一年的猪白杀了，肉白卖了，换了个赔钱赚吆喝。真真是浪出了一种境界，疯出了一种境界。

这农民叫程满昌。一年之后，他领着他的耿庄高跷队，打着"中国海城民间艺术团"的大旗，登上了远在异国的奥地利、匈牙利的国际民间艺术节的舞台。

想起这个关于浪跷人的疯故事，便又想起了两个关于看跷人的疯故事。

我听说过这样两个"傻子"的故事。

著名书法家王廷风小时候爱看高跷，长大了仍爱看高跷，当了市委宣传部领导之后，还是爱看高跷。海城每逢赛高跷时，他都是有请必来或不请自来。

他曾给我讲过他小时看浪高跷的事。

小时候，每逢过年他都乐得不得了，每天都竖起耳朵很警惕地听，只要远远地有那声音缥缥缈缈地游来，他便立刻跃起，不顾一切地向那游来的声音跑去。那时候，他只要看到一伙高跷，便要跟上那伙高跷一直看下去，无论那伙高跷走到哪里，他都要跟着走到哪里，无论风天和雪天。那时的他脚上只挂着一双夹鞋，凛冽中如没穿一般。所以他那脚其实仍是露着，冻裂开许多流血的口子。但他并不管这些，只管拖了那鞋，踩着雪和血，呱嗒呱嗒地跟上人家高跷队走，直跟到人家高跷队散了，都各自回了家去吃饺子，他才意犹未尽地踩着雪和血，呱嗒呱嗒地往回走。

我曾问他：海城高跷为什么让你那样着迷？他说：小时候我爱看高跷，因为一看他们浪起来时，我这身上就暖和起来了；现在我爱看高跷，是因为从那里能看出人对美的追求；我喜欢高跷的神韵，这神韵影响到我的书法……

他的故事给我极深的印象，以至以后只要合起眼来，我的面前便会现出一张孩子的脸、一双孩子的脚和一片茫茫的雪野。那一双脚毫不畏惧地碾过脚下的雪，雪野上留下一行欢快的脚窝，每个脚窝都渗出一点儿血红，绣在茫茫的雪野上如一串鲜艳的红玛瑙；白雪和阳光中便是那一张脸，那么生动，那么纯真，正被血和太阳烧得通红，如一只熟透的苹果……

我常被眼前的这幅画感动得流泪。于是我的眼前又现出另一幅画。

我听说一个朋友生了病，便抽了空去看他。去了才知道，他得的是风湿病，不耽误他的吃喝，只是腿疼得厉害，躺在床上难以动作。

我问他："头年见你还好好的，怎么就得了这病？是什么时候得的？"

他望望我，咧开嘴苦苦地笑笑。

"咋说呢？就算是该着吧。你知道，我爱看高跷，每年春节放假那几天，除了去老丈人家拜年，有了空便是去街里看高跷。正月十五那天，听说牌楼高跷队上北京扭高跷得了大奖回来，在灯光球场做汇报演出，我就寻思这空子不能漏了，说啥也得去看。我就领着女儿去了。去了一看就傻了。根本进不去门，有票也进不去，门都让人给挤死了。我在那里急得直打磨磨，寻思这回完了，高跷看不成了。不承想正没招时，遇到了粮食局的一个哥们儿，他把我领上了他们的楼顶平台。其时，那上面也早已挤满了人，是我那哥们儿好说歹说，人家才看在我女儿的面上给我挤出了一条缝。我不敢站着，怕让后边的人把我从那四层楼的平台上挤下去。所以我只能将女儿搂紧在怀里，跪在平台上看。当时感觉还不错：安全，且能俯视整个灯光球场。就这样，我搂着我的女儿在那里跪了俩钟头，一直到高跷浪散了场。之后我很兴奋地想站起来，却无论如何也站不起来了，那两条腿就像叫谁用钉子钉在了楼板上。后来，是那哥们儿找了两个人来，把我背下去，送回了家。"

"俩钟头跪出个风湿病？"

"你知道就行了，说出去叫别人笑话。"

"你咋那么大瘾呢？"

"不知道。反正就是爱看。看那玩意儿浑身有一股说不出来的劲。"

"以后还去看？"

"去，哪能不去！"

我望着他，想象着当时那该是一幅怎样的画：一双孩子的天真烂漫的眼睛和一双父亲的痴迷沉醉的眼睛，如一条条从天而降的飞瀑，跌入那一片欢腾的海……

这便是海城高跷的魅力。在高跷波涛汹涌般浪起的那一瞬间，便将浪跷的人和看跷的人都裹挟进了一种忘我无我的境界，并在那样的境界里沉醉、沉醉……

随着高跷出国去

借光出国门

一直没敢想过，我这一生也能得到一次走出国门的机会。那次出国是借了海城高跷的光。但其实，海城高跷能走出国门也算是借了我的一点儿光。

我对海城高跷一直是情有独钟的。小的时候每逢过年，一件总在心里期盼的乐事便是去街里看高跷。只要听到那熟悉的锣鼓声隐隐约约从远处传来，我便会立刻放下眼前的一切，疯疯地跑出去，追着那边行边舞的高跷队边笑边跑，直笑到两腮发木，直跑到两腿发软。

那时，高跷应该是我们可以享受到的一份最奢华的文化盛宴。

到文联工作后，由于职责所在，我得与众多高跷艺人接触，从而让我对海城高跷艺术有了更多的了解和更深的认识，并让我对海城高跷从一种原始之爱升华到一种艺术之爱。

我觉得我该为海城高跷做点儿什么了。

我决定为海城高跷秧歌拍一部电视艺术片。

1988年春节前夕，我做好了这部电视片所有拍摄前期准备。从鞍山电视台请好摄像师，并和海城最好的一支高跷队——耿庄高跷队打好了招呼。已是万事俱备，只待春节到。

然而，恰在此时，有消息传来，文化馆突然接到北京市崇文区文化馆来函，邀请海城市文化馆组织一支高跷队赴京参加

"北京第二届龙潭杯民间花会大赛"。经协商，牌楼镇政府愿出资一万元组建"牌楼镇秧歌队"赴京参赛。

这消息来得突然，也来得让人振奋。我不知道这是不是上天的一次刻意安排，我只知道在此前的三百年间，最让海城高跷秧歌艺术引以为豪的便是海城高跷队曾于民国十五年（1926）到过奉天大帅府，给张作霖做过祝寿演出。

我不能失去这个机会，我要求带着摄制组随牌楼秧歌队一起进京。但牌楼镇领导对我说：你们跟着去可以，但一切费用你们要自理。

我答应了。于是我带着摄制组一起去了北京。

牌楼秧歌队在花会大赛上的表现异常出色，他们把海城高跷秧歌的火爆热烈气氛和扭、浪、逗、相等艺术特色都演绎得淋漓尽致，用他们自己的话说，那高跷让他们全扭疯了。也恰是这一个疯字让他们征服了所有的观众和评委，牌楼秧歌队表演的海城高跷秧歌一举夺得花会大赛一等奖。

那天晚上，牌楼镇的那位领导突然来到我的房间，吞吞吐吐地对我说，中国舞蹈家协会主席贾作光很想把海城高跷推到国外去，他希望我们能制作一盘录像带给他，他要将这盘录像带呈给联合国教科文组织。你看你的片子做完后，能不能录一盘给他？

我立刻点头答应。他立刻提出愿给我们报销这次来京的全部费用，但被我婉拒了。

两个月后，我将制作好的《海城高跷秧歌》电视片录像带交给文化馆，并当即送往北京。

那年 10 月，海城市政府接到中国文联函，正式邀请海城民间艺术团于 1989 年 8 月赴奥地利、匈牙利参加在奥地利举办的第二届克拉根福、第十一届克雷姆斯和在匈牙利举办的第九届萨尔瓦尔国际民间艺术节。

贾作光说，海城高跷秧歌这次能走出国门，多亏了那盘录像带。

也多亏了那盘录像带，我有幸以随团记者的身份一同前往奥地利和匈牙利，让我平生有了一次走出国门的机会。

穿越蒙古

我们是坐着火车从北京出发经内蒙古走出国门的。因为政府拿给艺术团做路费的钱有限，只够给每人买一张去维也纳的单程机票，所以我们只能选择坐火车，因为这些钱可以让我们拿到一张从北京到布达佩斯的往返车票。我们真觉得坐火车要比坐飞机更开心更划算，因为这不仅可以让我们一路去尽情观赏异国风光，而且也让我们因此多走一个国家，而这个国家又恰是那个让我们曾经爱过又恨过的苏联。

列车是在深夜，在我们的睡意朦胧中驶出二连国门的，及至第二天清晨，当我们揉着惺忪的睡眼，将双脚踏上一个小站的站台时，我们被告知，我们的双脚已经站在蒙古的土地上。这一下子让我们睡意全无倦意全消。我们是那般如饥似渴地想去领略这异域风光，然而放眼望去，除了眼前的这个土黄色的小站，目光所及竟是一片不见人烟的荒漠。我们试着走进了小站候车室，候车室里竟空无一人，两条长椅上落满了沙尘，仅有的一个货柜里没有任何商品，柜里柜外也全落满沙尘。车站似乎很长时间都没有打扫过了。整个车站竟仿佛是一座早已被废弃的城堡。

我们眼前只剩下两个词：荒凉与贫困。

我的心情一时间很好，也很不好。

带着这样的心情一路前行，终于看到了远处散落在荒漠中的几个蒙古包，终于看到了远处若隐若现的公路和公路边偶尔现出的与我们"大跃进"时的那些宣传画相似的宣传画板。心下于是有了些许振奋与亲切的感觉。

列车终于在那个下午驶进了乌兰巴托。

我们被允许进入了候车室。候车室的座椅虽已无沙尘，但候车室的人却极少，售货的柜台前有人值守，但柜台内除了摆放着几瓶劣质的罐头和几粒又硬又黑的糖果外别无他物。站外的广场则很大，有一个雕塑，雕塑的远处是一片有着鲜明蒙古特色的楼房和平房，街上很少车辆与行人。作为蒙古国首都的乌兰巴托，一眼看去竟还没有我们家乡的海城那般热闹繁华。

苏联边境小站即景

离开乌兰巴托，列车的车轮终于咣当咣当地进了苏联。

一进苏联，扑面而来的便是另一种景致和气氛：山峦如画，树木如画，田野如画，房屋如画，流淌的河水如画，奔跑的汽车如画，漫步的牛羊如画，高飞的群鸟如画，总之，放眼窗外，或动或静，或明或暗，目力所及尽皆如画，一路行来美不胜收。

那一刻，心里真的很感谢政府没有给我们再拿更多的钱。

列车终于在苏联的一个小站上停了下来。

我们看到了另一种景观。

就在列车停稳的瞬间，车窗外便不断有人拥上前来，一边高声地喊着"伏特加！伏特加！"一边向我们急切地打着手势。有人告诉我们，他们在问我们有没有酒，他们想买我们的酒。

其实，就在我们离开北京之前，团里很多人都已在商店里买了不少北京二锅头带在身上，以备路上饮用。此时听说一瓶北京二锅头居然可以在这里卖上二十五卢布，相当于五美元，一下子便可赚到二十倍的利润，酒的诱惑终于抵挡不住这巨大的利益诱惑，短短几分钟大家便纷纷卖掉了带来的那些酒。

只有我一直不为所动。尽管有一拨又一拨的人被已经卖光了自己酒的队友指引到我这里，尽管来的人拼命地向我挥动着手上厚厚的漂亮卢布，我始终无动于衷。

我终于保住了我自己的那几瓶二锅头。

我将那几瓶二锅头一直带到了奥地利。

克拉根福的志愿者

1989 年 8 月 11 日，经过长达十一天的火车上的颠簸，我们的脚终于落到了匈牙利布达佩斯火车站的站台上。前来迎接我们的中国驻匈牙利大使馆文化参赞早已等候在站台上。在问过我们的旅途情况后，他将我们送上了由奥地利克拉根福民间艺术节组委会派来专程迎接我们的大巴车。我们随即驱车赶往克拉根福。

在经过一个边检站进入奥地利境内后，望着身边奔驰而过的汽车和路边闪过的如画般的风景，一瞬间便有了一种恍若置身于两个世界的感觉。

经过六个多小时的行程，直到晚上九点多才抵达克拉根福。

克拉根福是奥地利南部的一座大城，坐落于克拉根福谷地的沃尔特湖畔。据介绍，该城创建于古罗马时代，早在 12 世纪初便已具有城市规模，自 1518 年至今一直是凯尔滕州首府。这城曾和我们当年的海城一样，四周都筑有城墙，并立有四座石砌的城门。不幸的是，城墙和城门均在 1809 年与拿破仑的法军交战后被毁。

我们在住地仅仅经过不到一天的休整，8 月 12 日下午便参加了艺术节开幕式的演出。

演出安排在市中心广场上，共有七个国家的民间艺术团参加。一到广场，一座龙的雕像便立刻吸引了我们。组委会安排的陪同人员告诉我们，这座名为怪龙的雕像是 1590 年由一位叫乌尔里希·福格尔桑的艺术家在一块完整的岩石上雕刻出来的。相传，这里早先是一片沼泽地，是人们在降伏了沼泽里的这条怪龙后，才创建了这座城市的。于是，这又让我想起了海城，想起了那个与龙有关的"三江越虎城"的传说，想起了厝石山公园中八宝琉璃井铁链锁妖龙的传说。相隔万里的两个国家的两个城市，竟有着如此相近的两个关于龙的传说，心与心的距离就这样一瞬间便拉得很近很近。

高跷演出是成功的。整个演出是在人们时起时伏的掌声中进行的。我的摄像机捕捉到了这些掌声，同时还捕捉到了一对老夫妇痴迷憨笑的可爱神情，从那可爱的神情中，我读出了他们对中国高跷艺术的惊叹与认可。

随后，克拉根福市市长来到我们队员面前，对队员们讲了如下一番话：奥地利人对艺术都长了一双很挑剔的眼睛，他们的掌声有时只表现为一种礼貌。然而，对中国的高跷，他们的掌声是真诚的，是在艺术面前真实的陶醉。

此后，我们的足迹几乎遍布整个凯尔滕州，遍布整个沃尔特湖畔，凡所到之处，我的摄像机都捕捉到了那样的掌声和那样的痴迷憨笑的可爱神情。

就在市中心广场的那场演出结束后，我们的团里便又多出了一个当地的陪同人员。那是一个正在家中度假的大学生，就在看了那场演出后，她便成了中国高跷迷，她很想知道那些木棍是怎样接到中国人的腿上的；她更想知道那些接上了木棍的中国人用了什么样的诀窍让自己还能奔跑跳跃翻腾自如的。于是她主动申请做了志愿者，来这里当了陪同的助手。从此，她成了我们中一个最热情周到的服务员，也成了一个中国高跷最痴迷忠诚的观众。她不仅一次不落地观看我们队员的演出，还一次不落地观看我们队员的化装绑跷。为了便于和我们沟通，她极认真地学会了三句汉语"中国""北京""绑跷"。在告别克拉根福的联欢会上，她终于在我们队员的帮助下，将她的双脚绑到了高跷上，让两位队员搀扶着和我们一起浪起了高跷。

那一刻，她是那么幸福沉醉。

再见，克拉根福，一个同样有着龙的传说的城市。

萨尔瓦尔小镇的别样记忆

告别了克拉根福，8月17日我们来到了距奥地利边境只有三十公里的位于匈牙利西部的萨尔瓦尔。

萨尔瓦尔，一个田园诗般安静而浪漫的小镇，小镇有人口约一万两千人。

来到小镇的傍晚，我们沐浴着蒙蒙的细雨沿着小镇的街道与各国民间艺术团一起进行了巡游表演。行进中的表演自然是海城高跷的强项和绝活，所过之处自然是叫好声不绝。巡游之后，便来到小镇上的一所剧院进行舞台上的演出。

走进剧院，迎面扑来的一截断墙立刻深深地吸引了我：断墙就凹凸不平地镶嵌在演出大厅外的大墙里，而在演出大厅两侧的大墙里也极不规则地镶嵌着高高低低或凹或凸的残石断墙，整个风格就如同做旧。

因为觉得这风格很别致很新鲜，所以便叫来翻译向当地陪同人员询问，一问才知，这剧院本已有上千年的历史，一百多年前因为地震倒塌。之后，当地人又在原址重建起这个剧院。重建时，为了留住剧院千年的历史记忆，也为了留住对地震的记忆，他们将地震后留存的断壁残石都依地震后的原样镶嵌在了剧院大厅的围墙上。

我的心头顿时一震。我不能不又想起海城。同样经历了地震，同样经历了重建，地震该毁坏的东西自然都毁坏了，然而重建时该留下的东西我们又留下点儿什么呢？

我的心又有点儿疼，疼得我不敢抬头。

那天晚上，虽然我们的高跷又毫无意外地露了脸争了气，但我的脸上始终难以浮出笑容，满脑子都是那些镶嵌在大墙里的断壁残石的影子。那影子一直追着我，直到几天后的那场演出。

那是在匈牙利的最后一场演出，安排在桑博特市的一所大剧院里。

演出开始后，我带着摄像机找到剧院后排的一个空位子等待我们高跷登台。高跷被安排在最后演出。

大鼓终于敲响了，唢呐终于吹响了，火爆热烈的中国高跷终于又以它独有的魅力引来了满场观众的欢呼与喝彩！

在掌声和欢呼声中，高跷队员们一次次地招手鞠躬。

突然，镜头中一个身长如踩着高跷的队员一般高的女孩子举着一束鲜花从舞台侧面走向台中央，将那束鲜花献给了站在台中央的一名女队员。我正诧异间，献花的人已经转过身。就在她转身的一瞬间，我发现她竟不是一个人，她的身下竟还有一个小伙子，她原来是骑在那个小伙子的脖颈儿上跑上来献花的！好一个奇妙的创意！恰是这样的一个创意，再一次让全场爆发出一片欢呼，晚会的气氛就此达到高潮。

一瞬间，我又想到了萨尔瓦尔小镇剧院镶嵌在墙里的那些断壁残石。那何尝不是更为奇妙的创意。曾经的几天里，我还一直与紧追着我的那个影子讨论那个剧院重建的创意问题。真不知当初他们怎会生出那样的奇思妙想。眼前的这又一个奇妙创意终于让我对此有了答案：人们的任何奇思妙想，都植根深厚的文化土壤之中，只有那片土壤肥沃了，开出的奇思妙想之花才会更多更美。文化土壤越来越贫瘠会是一件多么可怕的事。

让人难忘的萨尔瓦尔之行，就以这样一个奇妙的创意，画上了一个圆满的句号。

克雷姆斯存照

惜别萨尔瓦尔，8月26日我们抵达奥地利克雷姆斯，住进了一所学校的宿舍里。同住在这所学校里的还有一支由美国大学生组成的艺术团。

克雷姆斯是奥地利东北部的一座城市，也是奥地利最古老的一座城市，位于多瑙河及其支流克雷姆斯河的交叉口，人口只有两万三千人，有着悠久的葡萄种植和葡萄酒酿造历史。

克雷姆斯国际民间艺术节每两年举办一次，这次是第十一届。

就在到达克雷姆斯的第二天，我们便与各国艺术团参加了一场盛大的由上百辆老爷车参与的花车巡游。

这次巡游，我们的队伍分成了两组：一组舞跷，一组舞龙。无论舞龙舞跷，都是我们行进表演的亮色，一路舞去，引爆了路边观众的热情，掌声、喝彩声不绝于耳。

不知是否是受到了这次巡游表演的感染，就在巡游表演后第二天，艺术节组委会竟为中国艺术团更换了陪同人员，由奥地利国际民间艺术节组织主席沃尔夫冈先生担任中国艺术团的陪同人员。由此，我们在克雷姆斯的行程变得格外丰富多彩。

演出之余，这位沃尔夫冈先生领着我们去游历了一座至今保存完好的中世纪古城堡，还领着我们专门乘坐火车参观了一处葡萄种植园和一座有着数百年历史的葡萄酒窖，品尝了他们酿造的葡萄酒。

想到我们的队员大多是农民，他还与组委会协商，为我们专门组织了一次与当地农民的联欢。记得那天下午，我们被领到一个小村庄，走进一户农民的家。那家的夫妇正领着孩子开着机器在院子里起土豆。院子里就那么短短几条垄的土豆，居然也要动用专门的土豆起收机，可真是让人大开了眼界，尤其是我们的那些农民兄弟，更是看得连连咂舌称奇。

晚上，在这村子的一处地下酒吧里，我们和这个村子里的人搞了一场联欢会，晚会有歌有舞好不热闹。晚会过后，热情的村民竟放走了我们来时乘坐的大巴车，纷纷开来自家的轿车，十几辆轿车一路浩浩荡荡地把我们送回住地。那样一种深情留恋真的让人好感动。

8月30日，第十二届克雷姆斯国际民间艺术节开幕式在克雷姆斯市政厅大礼堂隆重举行。

这开幕式隆重得让我有些出乎意料。开幕式不仅由克雷姆斯市市长维弟奇主持，而且艺术节组委会名誉主席、奥地利总统瓦尔德海姆，联合国教科文组织所属国际民族艺术组织秘书长法格尔，以及中国驻奥地利大使杨成绪和驻奥使馆文化参赞都专程赶来参加开幕式。

中国的龙舞和高跷再次艺惊全场。

更让我出乎意料的是，就在开幕式演出结束之后，瓦尔德海姆高兴地走到中国队员的中间，与队员们亲切地交谈了起来，并和队员合了影。

克雷姆斯就是以这样的形式给了中国艺术团一份特殊的荣耀。

那天晚上回到住处，我打开那瓶已经陪我游走了整整一个月的北京二锅头，仅仅一人一瓶盖，便瞬间醉倒了一大片。

随后，克雷姆斯市市长维弟奇在艺术节闭幕式上宣称：独特的中国高跷艺术是本届艺术节上最受欢迎的节目之一；作风严谨的中国艺术团是本届艺术节上最受欢迎的艺术团之一。联合国教科文组织所属国际民族艺术组织秘书长法格尔在为中国艺术团举行的送别宴会上发表了热情洋溢的讲话。他说："感谢你们为奥地利人民带来了中国最精彩的民间艺术。从奥地利观众的热烈掌声中，你们自己也会感觉到他们对你们的表演是多么的喜爱。你们让奥地利人民和世界各国人民不仅了解了中国的艺术，也了解了中国。你们的演出将会给我们留下永远的记忆。我真诚地希望还能在奥地利或在其他地方见到你们。"他郑重宣布：由于中国海城民间艺术团的杰出表演和表现，国际民族艺术组织已讨论决定，破例吸收中国海城民间艺术团为国际民族艺术组织在中国的第二个会员单位，享有举办国际民间艺术节的资格。中国驻奥地利大使杨成绪充分肯定了海城民间艺术团在访奥演出期间所取得的成绩，认为海城民间艺术团的表演和表现，不但使奥地利人民看到了中国精彩的民间艺术，还使奥地利人民看到了中国人民蓬勃向上的精神面貌，从而增进了中奥两国人民之间的了解和信任，其意义已经远远超出了艺术的范畴。

海城高跷经过三百年的行走，终于在这一刻，走上了它辉煌的顶点。

列车驶进国门

9月4日，我们终于坐上了回家的列车。

短短一个多月，竟有了一种海外游子的感觉，心开始向着家里飞。

9月15日下午，列车在满洲里关外稍稍停留片刻，然后向着那扇镌刻着"中华人民共和国海关"的关门驶去。

就在车窗掠过关门的瞬间，我们看到了肃立在窗外向着驶进关门的列车肃穆敬礼的武警战士。

我的眼泪禁不住奔涌而出。

"祖国"两个字在那一刻竟变得那样的让人心潮澎湃，热血沸腾，只要轻轻地触碰一下，便会让你情不自禁，热泪奔流。

在接受海关检查时，我携带的所有录像带都被拿走接受审查。

那台录像机是在出发前刚买的，我是在车上对照说明书学着使用的，录了十几盒带子，真不知到底让我录成了一个什么样，真不知道这审看的结果到底会带给我一个好消息还是坏消息。

海关的人终于回来了，他来到我面前，出人意料地向我很郑重地敬了个礼，然后将录像带递到我手上，说："审过了，没问题。还给你！"我急忙问："你都看了吗？效果怎么样？"他笑着说："拍得很好，我还没看够，眼看要开车了，只好给你送回来。"

我那颗悬着的心终于一下子落了下来。

我们终于回家了。

我们终于到家了。

石棚的守望

海城析木石棚，静静地兀立于海城市析木镇姑嫂石村南的一座山脊之上，守望着山脊下的那一条小路和小路旁边的那一条小河。

正值立冬之日，几个有心人怀着近乎朝圣般的心情，沿山脊下的小路，走到山脊上的石棚之下，在突然袭来的冬日的寒风中，凝视着那座在眼前突然变得高大起来神圣起来的石棚。

石棚以它特有的神圣而神秘的神情，接待着几个游人造访，并在这几个游人的面前再次垂下它神圣而神秘的面纱。

恰是那再次垂下的面纱撩动起了他们探寻神圣与神秘的兴致，一场关于石棚的讲述就在那寒风中不经意地展开。于是，那在寒风中早已挺立了近四千年的石棚便再次成为一个关于它自己的神奇故事的聆听者。

他们说，这座石棚，当地人称之为姑石。整个石棚系由六块花岗岩石板对榫而成，为一块石板铺地，四块石板围壁，上面覆盖一块大石板。大石板称盖板石，或称顶棚，长六米，宽五点一米，厚约零点五米，重约四十至五十吨，棚高约二点七米。石板均经打磨，壁面光洁。内壁有人工磨凿的石窝数十个。石棚周围曾出土夹砂绳纹红陶片、灰陶片、细泥磨光薄胎红陶片等文物。

根据石棚的建筑形式及出土文物特点，专家初步认定为新石器时代巨石文化遗址，距今约四千至三千五百年。因其用石板支盖而成，状似小屋，故称石棚。《三国志》中则因石棚很像帝王的冠冕，故亦称其为"冠石"。

姑嫂石村山下亦曾有石棚一座，当地人称之为嫂石。此石棚结构与山上石棚相同，只规模略小，且坍塌已久。1952年，因此地修路所需，该石棚被炸掉。

他们说，石棚是中国境内以整块巨石作为顶石的一类墓葬和相关祭祀设施的统称，主要流行于青铜时代，分布于中国的东北地区东南部、山东半岛东端以及浙江南部的沿海地区。与之类似的遗迹在朝鲜半岛、日本九州地区也有发现，被统称为"支石墓"。从功能上看，石棚可以分为两类，一类与祭祀相关，可称之为石棚；另一类为墓群，可称之为石棚墓葬。依据墓室所处位置及结构的不同，石棚墓葬又可分为两种类型：墓室高出地表者可称之为石棚墓，墓室建于地下者可称之为盖石墓。

若以此说分类，析木石棚应属于祭祀一类的石棚。其产生的背景应与古代人类对大自然的崇拜与原始宗教活动有关。或正是石制生产工具的产生，使人类从动物中分离出来，从而使人类产生了对自然石物的崇拜。

一个很有意思的现象是，现已发现的多处与析木石棚相似的祭祀类石棚，大多是两座或三座相临，并且都与民间故事与传说相关联。如石棚山、榆树房、仰山村石棚便相临很近，传说为三位神女登天所建。其中在石棚山上建石棚的神女心地纯洁善良，一夜便将石棚建好，飞升天界。榆树房和仰山村的两位神女，则因心地不够纯洁善良，最终未能建成石棚，而含恨化作了一种小鸟。

姑嫂石村的两座石棚之所以被名为姑石与嫂石，也缘于一个传说。

相传很久以前，此村曾住有兄妹二人，因父母双亡，二人遂以采药治病为生。后兄娶妻，妻懒且贪。适逢村中瘟疫流行，为救村人，姑拉嫂同去山中采药，嫂不得已而随之。至山中，有仙人对姑曰：石缝中有仙药灵芝，可度人，有立地成仙之功；可医患，有起死回生之力。姑告嫂，鼓其合力取之救人。嫂弗信，哂之。姑乃自去以镢掘之；镢损，继而以手代镢；遂有血滴于石上，石开，灵芝见于前。姑欲急奉之于村人，嫂欲独吞之；夺抢之中，嫂将姑推下山涧，嫂亦失足跌入深渊。兄见姑嫂久不归，与村人寻之，经仙人指点，至山涧，得之，乃分置于两石棚之上。兄遂依仙人言，先以灵芝救村人，后以灵芝授姑嫂。姑醒，于石棚之上乘仙鹤而去；嫂醒，于石棚之前化咕咕鸟绕树而鸣。

两座石棚就这样为这里的人们演绎出了一个美丽的传说，美丽的神话。

于是，我们有了这样的猜想：当人类有了善恶贵贱之分后，人类对于人们死后的祭祀态度便也因此发生了区别。当善行之人、高贵之人死去之后，人们便将其送至山上的姑石棚祭祀，以祈祝其灵魂早升天堂；而当不善之人、卑贱之人死去之后，人们便将其送至山下的嫂石棚祭祀，以祈求其灵魂于地狱之中少受磨难，早脱苦海。

传说终究是传说，神话终究是神话，猜想也终究是猜想，一切都是古人留给后人的一个谜。

两座石棚所真正承载的不仅仅是一个传说，一个神话，而且还有一个谜，一个彰显着人类智慧的谜，一个炫耀着历史辉煌的谜，因为时至今日，人们一直在为石棚的建造方法而困惑。在人类的生产力还极为低下的原始时期，我们祖先究竟采用了怎样的方法，将这些巨石开采出来，磨凿出来，又是怎样把这些巨石运到高山上，最后又是怎样将它们完美地组合起来，让它们如一件天然的艺术品一样，傲然屹立于高山之上，几千年不倒！更让人不解的是，在我们的祖先建造了这样的巨石墓葬建筑之后，埃及人也建造了他们的巨石墓葬建筑——金字塔。如果真的要为人类的巨石文化溯源的话，它的源头究竟应该在哪里呢？人类文明的历史中，真的存在心源文化或者神源文化吗？这不能不算一个谜。

石棚在让人们一直守望了它几千年的同时，也让人们一直为它困惑了几千年。

把一个谜永远留给后人，这或许正是我们祖先当时造棚的初衷？

能有一个谜永远悬在我们心中，未必不是一件好事。

聆听着他们的讲述，寒风中的石棚似乎并没有显出怎样的感激。虽然它知道他们是自己已经很难遇到的几个知音，然而，这还是无法掩饰它心中正在日益增长的恐惧，因为近四千年来，它眼里看到的毁灭实在已经太多太多，不仅仅是那一处处建了又毁、毁了又建的房屋和城墙，还有那座山脊下同样已经伫立过四千年之久的如孪生姐妹般的仅仅在五十年前才被炸毁的石棚。当然还有它自己胸前的那块刚刚在十年前才被炸碎的围板。炸毁石棚的目的是用那些石头去修路，而炸碎围板的企图却只是为了盗宝。

人类拥有无穷的创造力，正是这无穷的创造力使人类拥有了如石棚这样的建筑奇迹；而人类也携有无穷的破坏力，正是这无穷的破坏力使眼前的这座石棚最终成为我国现存最早的一座地上建筑，成为我们近四千年历史的最后的守望者。

此时，伫立在初冬寒风中的那几个游人和那座在寒风和热雨中已经伫立近四千年之久的石棚，都在默默地问着同一个问题：这座石棚究竟还能在这里伫立多久？

那几个游人仿佛正听见那座石棚在心里说：我要亲眼看看人类是怎样创造了我，又怎样毁灭了我；更要亲眼看看人类是怎样创造了他们自己，又怎样毁灭了他们自己。

那几个游人顿觉心中一悸，赶忙裹紧身上的棉衣，沿着来时的路向山脊下走去。

在山脊下回首再望，他们仿佛看见那座石棚正对他们露出诡谲而神秘的一笑……

闲话仙人洞

　　十年前的某一日，在孤山镇当镇长的士强老弟找到我，请我为他们修复好的一块古碑写一个碑记，并给我讲了这块古碑的故事。他说，孤山"仙人洞"前原先有座庙，庙前还立有一块碑，为清嘉庆十五年所立，其碑文为《重修四亲宫碑记》。他说，那庙在"文革"时被毁，那块碑也被砸断。据说毁后的那些砖木都被当地村民捡拾到家中，或搭了鸡架，或垒了猪窝，或被径直填进了灶膛，一时间倒也落得个家家受益，人人欢喜。唯有那被砸断的古碑无人问津，凄凄凉凉地被遗弃在废墟之上。那时便有一乡人来到那残碑前，绕着那碑转了几圈，然后便回家赶来一辆牛车，费尽九牛二虎之力，终将那一块残碑弄上牛车，拉回了家中。原来那乡人家里正在盖房，弄回去的残碑很快便被垒进了他家的房基。从此，有关那座庙的一切便从人们的记忆中慢慢消失殆尽了。

　　然而，世事又总是那样的无常。自从那乡人将那块残碑垒进了自家的房基之后，他家的日子竟总是过得不顺当，而且这几年里还糊里糊涂地连着死了两个人。这便让那一家人很惶恐，并终于狠一狠心，将那房子卖了出去，一家人搬到别的地方去住了。

　　买下房子的那家人，原本知道有关那房子的一些不吉利的说法，只是因为看好了那块地方，才犹豫再三之后买下了那座房子的。他们是想在那块地上盖一座新房。于是，在房子买下后不久，他们就把那房子扒了。结果扒到最后就扒出了那块残碑。于是，我的士强老弟便看到了那块残碑。他对我说，在看到残碑的那一刻，他的心中便萌生出了将那残碑重修复立的念头。之所以会生发这样的念头，便只因为他是这个镇的镇长，他真的很希望能真正为这里的百姓做点儿什么，而这块残碑的发现便无意中诱发了他的灵感：借残碑重现机缘，谋"四亲宫"重建之可能，进而开发出以仙人洞文化为亮点的旅游新资源，并让这里的老百姓从中受益。

我很理解他的心情，我更理解他心中的那份渴望，我真的很希望他能将心中的那个美妙的梦想一步步变为现实。然而我的心中还是不由自主地翻腾起有关仙人洞的种种难以言说的滋味儿。

小孤山仙人洞，当代史学家送给它的新名字是：小孤山史前洞穴遗址。正是因为有了这个新名字，2001 年 6 月 25 日，小孤山史前洞穴遗址被国家批准列为全国重点文物保护单位。在它被史学家发现之前，它一直作为当地很知名的一处名胜古迹而存在。清咸丰七年（1857）修订的《岫岩志略》中曾对小孤山仙人洞做过如下记述："在城西北七区蟒沟村之南山，与海界小孤山堡，隔河相对。山之西麓有洞曰仙人洞，洞有二：稍南者，洞口较闳敞，横瓦石墙。洞外有药王庙，洞内黑暗无底，土人有欲穷其境者，数人结队，笼烛而入。初进颇宽阔，掉背游行，绰有余地。但见石乳所结，万象罗目。再进则稍隘，越此又复宽阔。约行数里抵一河，水流汹涌，人莫敢渡。唯见对岸石门有光射入，洞内时有恶风鼓荡，如振雷霆，人皆相戒，不敢复入。每闻风声必有蝙蝠往来口洞，其大倍常。庙祝时一见之。其北有洞，差小，内供佛像，前有池，足供庙祝之饮。洞上横嵌一石，题曰'王洞'。"

由此可证，仙人洞前确曾建有寺庙，而且除四亲宫外，另建有药王庙一座。据《重修四亲宫碑记》载，此庙曾于乾隆四十三年（1779）、乾隆四十四年（1780）、嘉庆十五年（1811），进行过修缮和扩建。而横嵌于洞上的"王洞"汉白玉匾应是在嘉庆十五年的那次修缮和扩建中被补刻上去的。由此已足见仙人洞在此地人心中神圣的地位。

然而，让我一直困惑的是，在史学家发现这个洞穴之前，这里的人们是凭什么认定这个洞穴曾经就是他们心中的那些神与仙的居所呢？而我们的史学家之所以会发现这个洞穴，则完全因了一种巧合。这巧合源于1975年2月4日发生的那场地震，而那场地震的震中就在与孤山镇紧邻的岔沟镇。

那次地震震坏了孤山镇的很多所房屋，很多条道路，很多座桥梁，但所幸的是并未造成很大的人员伤亡。这全得益于地震台在地震发生前便对地震做出了准确的预测，并在地震发生两个半小时前，由海城县委向全县发出了紧急通知。所以，海城的那次地震虽然震级很高，破坏力极大，但人员伤亡却极小，实在是创造了一个地震预报史上的奇迹。

于是，地震发生之后，海城不仅来了一批又一批的救援者，同时也来了一拨又一拨地质、地震方面的专家。正是这些专家的到来，让孤山仙人洞终于有机会揭开她神秘的面纱，并终于有机会得以让八万年前的我们人类的祖先从那个神秘的洞穴中走出来与他八万年后的子孙相见。这也全缘于一个偶然。

就在地震发生后不久，一队前来考察的地质工作者在仙人洞所在的青云山上发现了一块被震落下来的直径七八米的大石块，并由此发现了一个曾经一直被这个大石块遮挡住的小洞穴，他们小心地走进这个小洞穴，竟在这个小洞穴中奇迹般地发现了肿骨鹿等中更新世哺乳动物化石。这个发现让他们既震惊又振奋。他们的视野也在这突来的震惊与振奋中一瞬间被拓开，并很快在这个小洞穴的下边发现了那个嵌有"王洞"匾额的大洞穴，于是，在那极度的震惊与振奋的驱使下，他们在这个洞穴挖下了探坑。他们发现这里竟是一处保存完整的古人类洞穴遗址。至此，他们才想起该把这一发现告诉考古学家了。

1981 年 9 月 22 日，著名旧石器考古学家、中国科学院院士贾兰坡应辽宁省文化局邀请，与中国科学院古脊椎动物与古人类研究所的黄慰文同志一道来辽宁进行古人类、旧石器考察，并来到海城小孤山遗址。在贾兰坡建议下，同年 10 月 25 日至 11 月 10 日，经辽宁省文化局文物处批准，由辽宁省博物馆主持对海城小孤山遗址进行试掘，确定该遗址有两个时代地层，即全新世和更新世地层。

此后，根据贾兰坡建议，辽宁省博物馆组织省、市、县文物考古机构人员于 1983 年 6 月 13 日至 8 月 2 日对遗址进行发掘。中国科学院古脊椎动物与古人类研究所黄慰文受贾兰坡指派参加发掘并协助组织有关学科综合研究工作。

此次发掘共挖去三百五十立方米堆积物，约占整个洞内堆积的百分之七十。从更新世地层出土了约一万件石制品，一批精美的骨角工具和垂饰，以及人工砸碎的兽骨和灰烬、炭屑等用火证据。与上述遗物一起出土了丰富的动物化石，计有哺乳类七目十四科二十八属三十八个种。从全新世地层出土了墓葬、陶片、磨制石器、红烧土等新石器时代足迹、遗物以及因地层扰乱（地质工作者挖探坑所致）而混入的晚近时代物品。

根据同位素年代测定，小孤山遗址晚更新世堆积第一层的年龄大约为距今八万年，第二层的年龄从距今五点六万至三万年，第三层的年龄从距今三万至两万年，第四层的年龄为距今一点七万年左右。全新世堆积的第五层为距今九千至四千年。由此确定，小孤山旧石器文化是一个以旧石器中期为主并延续至旧石器晚期的文化。

这样的一个发现不仅让考古学家深感振奋，更让一直生活在这里的海城人备感震惊与振奋。因为他们终于知道了他们千百年来一直顶礼膜拜的那些神灵，其实正是他们自己的祖先。那洞中的神灵从此已不再虚无缥缈。他们已经有了自己的名字——海城小孤山人。

让海城人备感震惊与振奋的还不止于此，因为就在那次考古发掘中，考古学家还在这里先后出土了用岫岩玉（矿物学上称为"透闪粒岩"）做原料的石制品。这一发现有着极其不同寻常的意义，因为正是这一发现将人类利用岫岩玉的历史从以往所知的不过几千年一下子提前到了距今的三万至两万年。

正是这一发现，让人们一下子又想起了镶嵌在那个洞穴之上的匾额，那块用汉白玉琢成的镌有"玨洞"二字的匾额。"玨洞"本义有三：其一谓有疵点之玉；其二谓琢玉之人；其三谓姓氏。如此说来，古人在为此洞冠名之时，便已知此洞曾为藏玉之所，曾为琢玉之人栖身之所。而栖身于此洞中的我们小孤山人祖先，早在三万至两万年前便已发现了玉的美妙，并在此诞生了人类历史上最早的琢玉之人。这最早的琢玉之人便理所当然地最终演变为后人心中的"玉祖"与"玉神"。我们完全有理由去做这样的猜想：在距今八千年左右的兴隆洼玉石文化以及距今五千年左右的红山玉石文化的背后，其实都有小孤山人的影子，他们的琢玉技艺或许正来自小孤山，而他们所琢之材或许正来自小孤山。这个被冠名为"玨洞"的地方，则恰是我们一直在苦苦探寻的让我们一直引以为豪的"玉石文化"的源头。

其实，早在考古学家发现这个秘密之前，我们小孤山人的祖先便早已用一种神秘的形式，将这一信息传递下来，只是我们没有找到合适的机会去破解而已。

然而，有谁又会想到，破解这个秘密的机会竟会是一场地震！

从此，海城有了第一处全国重点文物保护单位。孤山仙人洞也就此以一种全新的风貌重新走进了海城人的视野。

海城人本可以拿着这份资源去做一篇大文章好文章的，只可惜那时的海城人还远没有聪明到要在如何利用这份资源上去大动一番脑筋的程度。及至他们想到要在这份资本和资源上打些主意的时候，却为时已晚了。有人已在那片土地上为海城人打出了另一番主意。

就在小孤山洞穴遗址正式发掘工作刚刚结束不久，一份关于海岫铁路的建设方案摆到海城人的面前。人们发现，那条规划中的铁路将紧贴着仙人洞前穿行而过，高耸的路基离着八万年前的祖先进出的那个洞口竟不足三十米！

于是有人对这一规划提出异议，提请铁路建设部门从有效保护古人类遗址的需求出发对铁路的走向进行重新规划和设计，以还八万年前祖先遗魂的一份安宁。据说有人为此一直上书到铁道部。

然而终是人微言轻，1986年10月，海岫铁路如期按计划开工。五年后的1991年3月，一列披红挂彩的火车伴着一路震耳欲聋的锣鼓声和鞭炮声，拉响一声震耳欲聋的汽笛，和着一阵震耳欲聋的铁轨的撞击声，欢天喜地、趾高气扬、轰轰隆隆地从仙人洞前驶过，瞬间惊起一洞遗魂，我们八万年前的祖先从此再无片刻安宁！从此，我们再也无法弄清，一条铁路究竟是拉近了我们和祖先的距离，还是疏远了我们和祖先的联系！

不管怎样，自从有了这条铁路之后，仙人洞连着洞里的祖先便渐渐淡出了海城人的视野，淡出了海城人的记忆。

恰是士强老弟和他发现的那块残碑重新唤起了我对仙人洞的记忆。我发现终于有聪明的海城人开始打起那份祖先遗留下的那份资源的主意了。

先于士强老弟打这份主意的是一位企业家。那位企业家仿佛突然之间便从那部岫岩老县志关于仙人洞的奇妙记述中发现了商机，思想着如若"王洞"之旁真有那么一个既有奇石林立又有暗河奔涌的大洞，必是一个既神秘又奇妙的好去处，将其开发出来，极有可能会成为一个足以与本溪水洞相媲美的旅游新景区，若真如此，其利无尽矣。

此妙想恰与当时市、镇政府大力发展地方旅游产业的意图相合，很快便达成共同开发协议，挖掘机、推土机一夜之间便轰轰隆隆地开到青云山下，在仙人洞旁，在八万年前祖先的眼皮子底下摆开了战场。

然而说来也怪，那些挖掘机、推土机在仙人洞旁轰轰烈烈地连挖带推整整忙活了一年，竟然连那个记述中的奇妙山洞的洞口也没找着，除了自己挖出的那个石坑，连个山洞的影子都没见到，结果，一二百万元投资就那么白白地打了水漂。

岫岩老县志里记述的那个奇妙的山洞就这样在人们的眼前消失了。消失成一个神话和一个谜。

消失或许并非是什么坏事，因为恰是这个消失为我们八万年前的祖先换取了一份难得的安宁。

似乎今下的人们还是喜欢热闹，总是那么有点儿不太甘于安宁，于是在有人弄了一个寻洞挖洞的闹剧之后，有人帮士强老弟发现了那块残碑，并让士强老弟萌生将那残碑重修复立的念头。

此念头一出，便立刻又有人找上门来，提出愿借此残碑重修复立之机，出资金重建"四亲宫""药王庙"，以还往昔仙人洞前香火鼎盛之大观，为孤山镇旅游产业发展尽绵薄之力。

听起来很悦耳，想一想亦很诱人。士强老弟的心有些动了，然而，稍作探究，便嗅出了其中的微妙之处，原来此翁所求建寺立庙之地，竟为仙人洞前大片河滩地，此地本蕴有大量河磨玉，故此翁已存借建寺立庙之机，行盗采河磨玉之实之心，实是玉翁之意不在庙矣。

士强老弟遂就此放手，不再提建寺庙之事，亦不再提将那残碑重修复立之事。

八万年前的老祖先终于又可以舒出一口长气，回到自己的洞中，再睡上一个安宁的好觉了。

谁知道什么时候又会有人去吵醒他们呢！

因为今天的人们想要的东西实在是太多太多了，已经多到让我们的祖先连想也不敢想了。

权且先这么安宁地睡吧，总是安宁一会儿是一会儿……

消失的古城

　　海城是座古城，古城曾经有过一座很古老、很坚实、很规整、很壮观、很气魄，且又很有韵味儿的城池。

　　母亲说，我们的家就曾安在那座城西门外的不远处，抬头便可望见不远处的那座很巍峨的城门楼。就是解放的那年，母亲蜷曲在屋里的墙角处，听着外面乒乒乓乓响成一片的枪炮声，竟忍不住伸头向外望了那么一眼，便看见有人被枪射中后从那城门楼子上摔了下来，便吓得紧缩回了头。母亲说，反正没过几天，便听人说，这里解放了。解放后不久，母亲便在西门外的那个家里生下了我。再不久，我们的家就搬进了城里靠近北城门的一条巷子里；而再不久，那座曾经很古老、很坚实、很规整、很壮观、很气魄，且又很有韵味儿的城池便被一段段地拆毁了，整座城池只余下了南面、东面的一小段城墙以及一座仍显巍峨的东城门和一座城墙东南角上的魁星楼，直至1975年2月4日那场大地震到来。这余下的一切便是这座古城留给我们的最后的记忆。此后不久，随着震后重建，随着人们对一个新家园的美好憧憬，古城残存的那最后几段身影也在几缕腾起的烟尘中消失殆尽，一座古城就这样悄无声息地作了古，以至于人们都没有机会向它远去的背影做一番像样的凭吊。

　　从记忆中重新找回那座古城已是二十五年后的事。

　　那一年，几位对古城消失一直耿耿于怀的老先生，为了能给古城的人们保留一点儿关于古城的记忆，不断上书政府，并最终说服政府同意在厝石山公园重建魁星楼，并邀我为此写篇记。我便就此重拾起了那座古城。重新拾起这座古城的目的，只为探究海城魁星楼之源起。因翻检完手头几本新旧《海城县志》，于其"名胜古迹"栏中所列"魁星楼"条目上，均言：县城东南隅城角上，旧有二层六角魁星楼，建置年代无考。仅这一个"无考"便让我心生许多不甘，想到那座楼原本与那座城有关，于是我便义无反顾重新走进了那座城，走进了二十年前的那座城，走进了二百年前乃至二千年前的那座城。

海城有建置的历史应自秦始，《史记》载：秦伐燕，燕王喜走保辽东（辽东之名始此）。始皇既灭燕，遣蒙恬击走东胡，以其地为辽东、辽西二郡，以辽水为界。本境属辽东郡，并于本境置辽隧县（今海城市西四镇马圈子）。

考《汉书》：汉初属燕王卢绾，后绾亡入匈奴，地为卫满所略，满自王朝鲜，至孙右渠叛汉，武帝遣汤仆、荀彘讨灭之，置真番、临屯、乐浪、玄菟四郡，本境属玄菟。昭帝并为乐浪、玄菟二郡，本境改属乐浪。及东汉置属国都尉，以封沃沮。汉末公孙度据之，分辽东为辽西、中辽二郡，本境属中辽郡。

人们说，观一座城池，便如观一部历史，一砖一石一土一木，无不潜藏着历史的述说。

城池始终与古代的建置治所有关，与统治者的利益有关，故城池建造必遵循这样的原则：相其阴阳，观其流泉，设城郭沟池以为固，以谋保障，而奠居民。由是海城的城池自然建在了海城河的北岸，背北向前，以观其流。

然海城城池究竟始建于何时，已无可考，只知高句丽时，这里应有土夯城，没有城楼，整体建在城内公园山上。

有史料记载的有关海城城池的整修，多集中在明、清时期，计有六次之多。

明洪武九年（1376），于此置海州卫。同年，指挥刘成修城池，将原来土城围砌以砖，中间夯土筑城，周围六里五十三步有奇，高三丈四尺，池深一丈一尺，宽三丈五尺。城门四：东曰镇武门（后改得胜门），南曰广威门，西曰临清门，北曰来远门。

明洪武十八年（1385），辽东都司及守臣重修海州城，以葺完善原城不足之处。

明天启元年、后金天命六年（1621），努尔哈赤攻占沈阳、辽阳，继而占领辽阳以南各州卫，海州亦为后金所占。见海州城池自明修建之后，已历二百四十余年，早已城毁池淤，故于天命八年（1623）后金守将沙兀尔重修海州城，于旧城东南隅又建新城，周围二里一百七十六步。增建一门，东仍旧城之镇武门，西设二门，南北各一门。城中心即在今之厝石山公园。

公元1636年，皇太极改国号为清。顺治元年（1644），清军入关，定鼎北京。顺治十年（1653），改海州为海城县。是年，知县王全忠复拓之，改为南二门，东西北各一门。

乾隆三十九年（1774），知县李佩华再开广之门，仍旧周围八里三百四十步有奇。

乾隆四十三年（1778），知县罗文良奉旨重修海城城池，合新旧二城为一城。周围八里三百四十步有奇，改为南二门，东西北各一门，东门改称得胜，余仍旧称。以旧南门为小南门，与东门皆无城楼，新建西南北三门，俱有城楼。城东南角筑炮台一，上建魁星楼。城西南角滨河处，筑有石垒（俗称炮台），上建龙王庙。城垣南面大小南门西，各有水道一。西面西门南北各有水道一，北面北门东有水道一，共有泄水道五条。

海城终于有了一个比较像样的城市规模。

民国十三年（1924）版《海城县志》详细描绘了海城当时的城市容貌与繁华景象：县城街市呈丁字形，由大南门直达北门，为南北通衢。中由扒头街口分界，扒头街南曰南街，北曰

171

北街。由扒头街直达西门为东西大街，因有厝石山阻隔，不能直达东门成十字街。南北东西二街，商业均极繁盛，而尤以扒头街左右为贸易中心点。在东西大街前，复有东西街一，东曰三义庙街，西曰城隍庙街。两街中有南北阳沟一，渠沿岸列鱼市、肉市、果床、鞋店等营业。厝石山北有大街一，曰火神庙街，有梨园在此，茶社、酒楼鳞次栉比，往东为市场，乃说书卖艺之所，每至午后，游人云集。火神庙街前，绕厝石山西，复有斜街一，道通小南门，曰庙沟街。南半路东为公园，路西有当行数家。东门以南为回民所居，别无商业。此城内街市之大略。至城外街市，南关最盛。由大南门迤西，南通沙河沿为瓜果市，迤东至小南门为菜市、铁行，其南为木行。木行有东西大街一，丝商粮栈在此，商业繁盛不亚城中。小南门迤东，经城角魁星楼下，北转至东门，皆属平康里。枇杷门巷，车马喧阗，终日游人络绎焉。西北二关多小卖商，贸易不及南关之盛，仅有丝业数家而已。粮市在小南门里，柴草市在北门外，工夫市在西关。马市三处，每逢三日在小南门外，六日在西门外，九日在火神庙街。城内外共有居民二千三百余户，大小商铺五六百家。城内井泉，东街六眼，西街八眼，南街九眼，北街七眼；城外井泉东关七眼，西关十八眼，南关四十一眼，北关十二眼。

海城古城之胜状，于此可见一斑。

除此之外，海城古城池中所发现的一份鲜为人知的文化遗存则不能不在此提及。

最早发现这一文化遗存的是日本著名考古学家鸟居龙藏。

清光绪二十一年（1895）八月至十二月间，鸟居龙藏首次来东北考察，自大连经复州、熊岳、盖平等而至海城，并"在海城做种种探查，就中以在该城壁下部发现波斯萨山朝猎狮式之台石，最为愉快"。他在此后出版的《满蒙古迹考》中详细介绍了此次考察情况："海城为余旧游之地。先与同伴乘马车观览市街，此城系明代建筑，尚能见当时大砖。市街在城内，城外亦有市街。人口城内一万二千，城外一万三千。城内只孔子庙附近露出岩石，做丘状。城内有知县衙门，有学堂，市街异常繁盛。余上城壁一行，又游公园。海城内城壁之下部，用明朝以前之碑石及台面砌成，最堪注目。""此处发现刻有猎狮图样之台石，此乃波斯萨山朝式也。""其中已有持往海城市街者。此等石材，殆悉绿泥片岩。"

城壁中发现猎狮图样之台石，"其石长二尺八寸，高一尺五寸，阔一尺七寸"。"图中央有树一株，人与狮子在其左右。左方之人团面长须，举两手，张足而向狮子，腰间束有如短裙之物，此外全为裸体。右方之狮子，举前脚之一据树而立，开口向人，做跃跃欲飞扑之势"，形象极为生动。

萨山（萨珊，226—651）是波斯（今伊朗）的一个王朝。早在 5 世纪 40 年代，北魏曾派韩羊皮出使波斯，455 年波斯亦派使臣来北魏，此后历经西魏、北周、隋，两国使者往来相继。至唐时，波斯与唐的往来更加频繁，此时来中国最多的当是商人。随着波斯客商和侨民增多，萨珊朝波斯的艺术已在唐代有了很大影响。与此同时，北朝时从波斯传入的祆教不仅在唐朝广为传布，景教与摩尼教也都在唐代先后由萨珊朝波斯传入中国。

鸟居龙藏认为，海城城壁发现的有猎狮图样之台石，"由其图样、画风、雕刻法等考察之，当属唐代中期至辽代初期之物"。

这表明，至少在唐代中期、辽代初期，波斯艺术的影响力已经波及海城，或者说，波斯商人的脚步已经走到了海城。在此时期，海城人已经与波斯人有了较为密切的文化交流与商贸往来。

这位考古学家对他发现的这块台石实在是如获至宝喜爱有

加，立即"商之于驻屯海城之陆军当局云：若用多数人力，由城壁下掘出，作为公家运物，用御用船运送至东京帝国大学如何乎？相商之下，终恐途中危险，不能到大学，至今未曾着手。在学术方面最为遗憾！"

海城古城之魅力，由此亦可见一斑。

有着如此胜状的古城，虽几经战乱，几经蹂躏，然直至解放，仍完好保存下来，不仅很骄傲地向人们彰显着它的古老和坚实，而且更极骄傲地向人们展示着它的壮观和气魄。

近几年，曾不断有人发出重建海城古城的呼声，对此，我很不以为然。新建的古城无论古得多逼真，也永远不会再古出原来古城的神韵与灵魂。

由《海城白话演说报》说开去

　　偶尔上网闲游，一则信息不禁让我眼前一亮：上海复旦大学新闻学院资料室发现了该室珍藏的《海城白话演说报》。一亮之下，几个问号便在脑海闪过：《海城白话演说报》究竟是一份啥样的报？它真的与海城有关？为什么海城史料上对它竟无一点儿记载？而它又是怎样而生怎样而死……于是，我开始凝神游走，走近一百年前的《海城白话演说报》。

　　那份《海城白话演说报》是由时任海城县知事管凤和，于1905年12月21日在奉天创刊的中文期刊。据专家考证认定，该刊既是近代东北的第一家县报，同时也是东北的第一家中文期刊。

　　《海城白话演说报》具有鲜明特点，全刊文章采用白话演说词，即使不识字的人也一听就懂，既弥补了当时采集新闻的困难，又收到了开启民智、推行新政的实效。该刊《发刊词》更是以东北民间口语撰写，读起来亲切有趣，在谈笑间将世界的形势、人民的生活以及新政的实行等热门话题一一做了简单明了的剖析：

　　咳！你们知道，今日是什么世界？中国是什么时势？东三省是什么地方？你们还是嘻嘻哈哈，混混沌沌，过了两个半天算一天，真是可怕啊可怕！你们必说：今日的世界，却是新鲜，什么轮船铁路，都活了七八十岁的人，没有听人说过的事；朝廷样样变法，保甲改了巡警，考试改了学堂，法子是比从前好，这关系国家的事，自有官府做主，我们不必问他。我们东三省，日俄两国的战是停了，和约是订了，前两年他们打仗的时候，我们吃的苦恼，是已经过去的事，亦不必再说他。咳！你们的话，多么糊涂，比喻说人家拿着六轮手枪，紧对着你的心坎，拿着又光又亮的刀子，切近着你的脖颈儿，你还呼呼地睡着也不醒，半夜里随便说几句梦话，你说可怕不可怕？

除颇具特色的《发刊词》之外，《海城白话演说报》创刊号一二期合刊中还比较详细地报道了当时县内外的各种政策及事件，而且在报中更专设两个图片版，刊登照片两张：一张为海城地方议会开会纪念合影，一张为当年6月海城全县学界的合影。照片印刷十分清晰，是现存东北中文报刊中所见最早的新闻图片，体现了当时海城的人文及政治风貌，为后人留下珍贵的历史资料。

两年后，管凤和因政绩优异，晋升奉天知府。管凤和离任后，《海城白话演说报》继续出版。据1911年3月18日大连《泰东日报》报道，1911年3月海城城乡自治会在防治鼠疫时仍编印《白话演说报》，按屯按户免费分送城乡百姓。由此可见，当时的《海城白话演说报》虽是以县衙名义所出，但这份报纸不仅仅是政府的报纸，同时也以百姓为主要受众群。这在当时来说，是十分先进的观念，这种做法对推行新政，沟通官民，缓和当时的社会矛盾都有十分重要的作用。

《海城白话演说报》声称"这个报是唤醒大众，叫大众睁眼向后看看"，对辽宁新闻事业乃至东北新闻事业的发展都具有不可否认的积极作用。据调查，如今《海城白话演说报》创刊号一二期合刊仅存世一份，藏于上海复旦大学新闻学院资料室。

至此，便有一个人如那份鲜活的报纸般走到我面前。那个人便是管凤和。

关于这位知县，海城现存的几部县志上都有记载。

管凤和，字洛笙，江苏武进（常州）人。曾于直隶总督袁世凯的北洋军中任职，光绪三十一年（1905），由北洋调奉委署海城县事。

依记录踪，这位管知县应是一位很有理想、很有抱负、很有才华、很有朝气，且又很想干事、很能干事、很有开拓精神的好官员。他来海城上任之时腐朽没落的清王朝已经在越演越烈的内忧外患中走到了它生命的尽头。或许是怀着对这个王朝最后的一线拯救与期许，或许是怀着对这个国家与民族命运长远的忧虑与期待，这位管知县一定痛感教育乃图存救国之本，一到海城，"甫下车，即注重教育"，雷厉风行地干了两件大事。一是培养师资。下车伊始，即将其前任所招武备学生，改为三年简易师范，又想三年太迟，便以缺乏教材为由，再设三个月速成的师范传习所，以为之后教育发展提供足够的师资力量。二是普设学堂。即先于县城内创立初、高两等小学校和女子小学校，继而督促城乡普设学堂，仅用一年即于"城乡组成小学三百七十九处"。足见他于教育是何等的专注何等的下力何等的急迫。

重教之外便是布新政、兴文化。其时，身为知县同时也身为具有强烈爱国意识的新型知识分子的管凤和，已经萌生日渐浓烈的民主意识与民生意识，而正是民主意识与民生意识让他一到海城任上，在立即着手大兴教育的同时，全力推行新政，倾力倡兴文化。就在他上任当年，他力主成立了海城县地方议会，并于当年创办了《海城白话演说报》。足见当时在他的影响下，海城政治生活、文化生活空前活跃。

就在他上任后的第二年，他又力主于城内厝石山西南麓辟设了厝石山公园，"斯园虽小，实具大观。于嚣尘市井中移步换形，别开幽境，他处公园所未有也"。园内文昌阁外有管公题联云："先天下忧，后天下乐；山不在高，水不在深"。后数年，此联被移于厝石山公园正门，直至"文革"而无踪迹。

或正因了其在海城任上政绩卓著，三年后，管凤和调任省城奉天任职。这便是一个知县留给海城和海城人的财富，一份让海城和海城人一直享用至今的财富。为官一任，留下一所学校，留下一处公园，留下一份报纸，已足以为后人称道矣！管公有灵足可慰矣！

面对一百年前的这位知县，我真的期盼我们都能面对他留下的那份财富去做一番良心的拷问：自己究竟该为海城和海城人留下点儿什么，才能无愧于这位先任，才能无愧于海城和海城人，才能无愧于历史与未来。

别让远去的管公失望。

别让海城和海城人失望。

更别让历史与未来失望。

鸟居龙藏的憾事

以研究满蒙文化史而著称的日本著名考古学家鸟居龙藏，在他的学术生涯中，一直有一大憾事让他耿耿于怀。

这件憾事与海城有关。与海城的一块石头有关。

仅仅一年之前，鸟居龙藏这个名字在我的记忆中还十分陌生，陌生到根本不知道世上还有这么个人。及至接到市里编写一部海城历史文化丛书的任务后，我才有机会结识了这个名字。因为叫这个名字的人曾经为研究满蒙文化史到过海城，并对海城进行过考察，而且还为此专门出版过一部考古学专著《满蒙古迹考》，我想这本书中或许会藏着一些我想要的东西，应该会对我的写作有帮助，于是我寻到了这本书，也就此寻到了这个人。

这个叫鸟居龙藏的人如果现在还活着，应该是有一百四十多岁了，而他初来海城时，只有二十五岁。那一年是公元1895年，是日本的明治二十八年，是我们的清光绪二十一年。

那一年，中日甲午战争的硝烟刚刚散尽，《马关条约》签订还不到四个月，这个叫鸟居龙藏的年轻人的脚步便踏上了中国的大地。

刚刚二十五岁的鸟居龙藏是以一个胜利者的姿态踌躇满志地来到中国东北的。

1895年8月中旬的某日，鸟居龙藏在一个"遍植柳树之一渔村"的叫柳树屯的地方登岸，这个叫柳树屯的渔村便是后来的大连。随后由旅顺乘海军用船，赴山东刘公岛调查中国人土俗。"复由刘公岛归金州，借助马车或徒步经普兰店、复州、熊岳、盖州等而至海城。"因《马关条约》所约定，"当时日人能旅行之地域，唯有占领地之辽东半岛，北方则以海城至营口为限。辽阳、奉天则不能涉足一步"，故其此次考察行程不得不由海城折向凤凰城、九连城及朝鲜义州。考察后，于当年12月复归金州回国。

依此推算，鸟居龙藏这次来到海城的时间大约是在10月初，正是秋高气爽、满地金黄的时节，相信他此时的心情一定很好。随着他在海城考察期间所获得的意外发现，他的心情自然会变得越来越好。此后，他在自己的著作中毫不掩饰地表达了他的这种好心情。"在海做种种探查，就中以在该城壁下部，发现波斯萨山朝式猎狮式之台石，最为愉快。""由海城至岫岩间，在析木城附近之姑嫂石发现多尔门（石棚），在析木城发现铁塔、金塔、银塔等，颇堪纪念。"这是他有关此次考察文字中出现的两处最富有感情色彩的表述。

如果说能在析木发现那样的两处石棚和三座古塔确也应该让这个初入此道的年轻人很好地惊叹一番，振奋一番，颇堪纪念一番；可在海城城壁下部发现的那块有着波斯萨珊朝式猎狮图样的台石又何以会让这个年轻人发出"最为愉快"的感叹呢？那只是一块石头而已，只是砌筑在城墙下面的一块基石而已。

于是，我将自己的目光移向了一段相去不远的时空。

萨山，今通译为萨珊，系存在于226—651年的波斯（今伊朗）的一个王朝。恰是一条丝绸之路，让这个波斯王朝与中国发生了联系。早在5世纪40年代，北魏曾派韩羊皮出使波斯，波斯亦于445年派使臣来到北魏，此后，历经西魏、北周、隋，两国使者往来相继。至唐时，波斯与唐的往来更加频繁，除了使者，更有越来越多的商人来到中国，他们不仅带回了中国的丝绸，也带来了波斯的艺术，并对唐代的文化产生很大影响。于是，具有典型萨珊朝波斯艺术特点的连珠纹、对鸟对兽纹图案出现在唐代织锦上，金银器的形制上也出现了如八棱带柄杯、高脚杯、带柄壶、多瓣椭圆形盘等器具，而在众多建筑上则越来越多地看到了翼兽、宝相花、狩猎纹，忍冬花纹等纹饰。

鸟居龙藏在海城城壁下部发现的那块有猎狮图样的台石，"其石长二尺八寸，高一尺五寸，阔一尺七寸"。"图中央有树一株，人与狮子在其左右。左方之人团面长须，举两手，张足而向狮子，腰间束有如短裙之物，此外全为裸体。右方之狮子，举前脚之一据树而立，开口向人，做跃跃欲扑之势"。形象极为生动。

鸟居龙藏认为，此猎狮图样之台石，"由其图样、画风、雕刻法等考量之，当属唐代中期至辽代初期之物"。

于是，我的脑海里刹那便掠过一组这样的画面：

一队波斯商人丢掉了骆驼，骑着马从繁华的大唐都市长安，一路东上，风尘仆仆地来到海城。

他们将名贵的波斯地毯和带有浓郁异域风情的金银器皿摆上海城的街头。

闪烁着惊奇目光的海城人，终于慢慢地接纳了他们和他们带来的那些物品。

之后，他们走了；不久，他们又来了；渐渐地，他们成了海城人的朋友；渐渐地，他们将自己也变成了海城人。

他们在海城安了家，他们要在这里建自己的房子，以至于要建自己的寺庙和城堡。于是他们采来了那些石头；但无论如何他们都不曾忘记自己的根，不曾忘记自己的文化和信仰。于是他们在那些石头上虔诚地一刀一刀、一凿一凿地刻下了足以让他们寻到生命之根的那些图案。

这些石头不知因了怎样的缘故（估计是战乱的缘故吧！）却最终没有成为他们自己的房子、寺庙或城堡的基石，在经历了风吹日晒雨打几百年之后，在明洪武九年（1376），被一个叫刘成的海州卫指挥，抬到了修造城池的工地，成了挺举起海城城池的一块基石。

那些石头就这样一瞬间在我的眼前变成了一位老人，变成了一位与张着血盆大口的狮子在一起嬉戏玩耍的老人。

于是我猜想，当鸟居龙藏发现那块石头的一瞬间，也一定不知不觉地将那块石头变成了一位老人，并且一定是听到了老人为他讲述的曾经的那些故事，所以才让他有了那种"最为愉快"的感觉。

于是，他的心中才有了对那块石头和那位老人的一种别样的牵挂，而正是这种牵挂，让他下决心在时隔三十二年之后，再次来到海城。

鸟居龙藏是在 1927 年（昭和二年）10 月 7 日由奉天"乘午后八时余火车至海城驿"的。那恰好也是一个秋高气爽，满地金黄的时节，相信他那时的心情一定会与三十二年前初来海城时的心情一样好。于是，就在来到海城的第二天早晨，他便带上自己的同伴坐着马车游览了海城的市街。在他的印象里，那时海城"市街异常繁盛"。随后，他们便又去游览了公园和城墙，并再次去城壁下拜望了那块刻有猎狮图样的台石。之后，他们便又去了析木城，并在析木石棚的旁边，"采得石斧，及其他石器、土器（即陶器）残片等"。由此而考证析木石棚"为石器时代之物"。

在短暂的考察中，有村民还为鸟居龙藏讲了这样一个故事："在低处之多尔门（被称作"嫂石"的石棚），因欲改做大石臼（被牛马等所拖曳）已破坏。相传某石工欲做石臼而破坏之，忽觉头痛，故中止云。"

不知是不是受了这个故事的刺激，当天晚上从析木回到海城后，鸟居龙藏便迫不及待地赶往"驻屯海城之陆军当局"，与之协商，对其发现的城壁下部那块波斯萨珊朝式猎狮式之台石，"若用多数人力，由城壁下掘出，作为公家运物，用御用船运送至东京帝国大学如何乎？相商之下，终恐途中危险，不能到大学。至今未曾着手。在学术方面最为遗憾"。

　　可以想象，当时的鸟居龙藏为了能将那块石头完好无损地弄到日本去，一定是大费了一些脑筋的。首先，需要给这块石头明确一个身份，这块石头毕竟还镶嵌在海城的城墙下，但因为他们需要，所以自然而然地需要为它颁发一个日本国籍，以使它摇身一变而成为一件日本的"公家运物"，这样便可以堂而皇之地像托运一件自己的随身行李似的将其托运回家，这实在是不需要费什么口舌费什么脑筋的。费脑筋的是，如何能将这块石头完好无损地抠出来，再完好无损地将它装上船，完好无损地将它运回东京帝国大学。

永不消逝的渡口

牛庄是一座古镇。古镇牛庄曾拥有一个渡口。

据说"牛庄"一名源出有二，其一应与唐王李世民征东有关。说的是当年征东大将尉迟敬德屯军此地，曾于东南方城基内置一铁牛以镇城，此城遂衍而为牛庄。其二便是与这渡口有关。说的是此城西去不远的太子河边，原有一渡口，名曰枭姬庙，每逢太子河涨潮时，一种被称为"牛子"或"牛船"的帆船，便可驶入城东的太平桥，至夜灯火连天，远望如村庄，遂有牛庄之名。

古镇牛庄曾背负过一段很沉重的历史，那段历史不仅属于牛庄，也属于我们这个民族。那段历史距今已整整一百五十年。

一百六十多年前，我们与远渡重洋而来的英国人打了一场以鸦片为主由头的战争。我们先是打得很好，后来不知怎么就打得不好了，结果打到最后就打出了一个又是割地又是赔款的《南京条约》，把一个曾经那么不可一世的大清国打得愣是没了脾气，愣是把人家英国人打成了爷，而把自己打成了孙子，打得四万万国人心里好憋闷。

许是已经打成了爷打上了瘾的英国人，看着膝下的这个孙子尚未被打得很乖巧很服帖的缘故，于是在相互暗斗了十多年后，爷孙俩便又以鸦片为主由头打了一场战争。结果自然更是可想而知，孙子不仅为自己打出了一个《中英天津条约》，还为自己打出了《中法天津条约》《中美天津条约》《中俄天津条约》；不仅给自己打出了一个英国爷，更给自己打出了一群法国爷、美国爷、俄国爷……

那个孙子在洋爷爷面前是孙子，而在国人面前仍是爷。于是，在一百五十年前的 1858 年 6 月 26 日的大好阳光下，国人的爷便很大度地拿出了九块地皮，拱手送给他那洋爷爷去做通商口岸。在这九块地皮中，牛庄首当其冲。

这让国人很懵懂了一阵，以为那洋爷爷定是搭错了哪根神经，糊里糊涂地把一个荒僻的小镇当成了一个繁华的都市。及至后来，国人才在懵懂之后慢慢醒来，终于明白，人家洋爷爷原是把我们的牛庄抬举成了他们进出东北的门户，人家就是想借这个门户，把鸦片运来东北，然后再把东北的大豆捎带着拉回自己的家。

牛庄这个原本很不起眼儿的小镇，就这样一下子便成了中外闻名的对外开放的名城。

不久，大英帝国的洋爷爷便在牛庄设立了领事馆，并很快迎来了他们的第一任领事米德斯。

这米德斯下马伊始，便立刻赶去枭姬庙渡口，因为他要抓紧时间开埠，抓紧时间让自己的兵舰和商船尽快停进枭姬庙。然而，他一到枭姬庙，便立刻傻了眼。这渡口不仅停不进他们的兵舰，就连他们的商船也停不进来。这可如何是好。

此时的米德斯俨然已是这里的主人。他立刻要了一条船，顺着太子河就漂到了辽河，就漂到了辽河入海口，就一眼发现了隐藏在辽河口岸的营口。于是米德斯顿然大喜大悟道：原来牛庄藏在这里！这里才是我们想要的牛庄！就是米德斯的这一大喜大悟，让开埠的地点最终改到了营口。从此营口便按米德斯的考证和要求开始改叫牛庄。当然，考虑到应该照顾一下营口人的感情，米德斯也特许他们可以把营口改叫为牛口。在米德斯看来，能为营口留下一个口足矣，况此庄之牛与彼庄之牛本为一牛，不过一头一尾而已，区区小事何足计较。

　　就这样，牛庄成了条约上的开埠之地，而营口则担起了实实在在的开埠重任。

　　牛庄就这样让自己为我们的历史枉担了一份耻辱。牛庄人对此至今耿耿于怀。

　　就在一百五十年后的今天，当我重新翻检这段历史的时候，我先是翻检了家里的那部《简明不列颠百科全书》，想在那里找到关于牛庄的记载，我想看看我们的大英帝国是否还记得我们的牛庄。但我没有找到，那里没有"牛庄"这个词条。随后我便试着翻检了那部《辞海》，在那里我很容易地便找到了"牛庄"。它下边的释义是：地名。在辽宁省海城县西，位营口东北，有城。清咸丰八年，《中英天津条约》订开牛庄为商埠，本在于此；后以停泊不便，改至营口。而条约所载，未能更改；于是名义上仍为牛庄，而事实上则在营口。

　　看来，牛庄在英国人的记忆中已经早早地消逝了，因为他们真的可以把这个早已让他们瞧不上眼的小镇，从他们的记忆中赶走。

　　但我们不能。我们的民族不能。牛庄不能消逝。牛庄的那个渡口不能消逝，因为那个名字早已如一颗钉子，牢牢地扎在我们软软的肋骨上，让我们时时去体味一种疼痛的滋味。

　　那滋味真的很不好受……

聊寄魁星楼

倏忽间，魁星楼已屹于厝石山之巅。那样巍峨伟岸，那样绚丽壮观。于是古城临溟又添一景，百万乡里又多一情。于是有关魁星楼的远远近近、是是非非、荣荣辱辱、喜喜悲悲也一齐奔来眼前，不能不让你望天长思长叹，长叹长思。

正是满天繁星，细细望上去，便看见了西边的奎星和北边的魁星。每望见那两颗星便十分惭愧。我是那样的寡闻少知，在那样长的时间里，竟只知道有魁星楼和魁星，而不知有奎星楼和奎星，偶尔见之，也以为魁与奎并无分别，之所以有魁奎之别，纯为误用或习惯使然。

其实并非如此。灿灿星河本有奎星，亦有魁星。奎星为二十八星宿之西方七宿之一，因其形"屈曲相钩似文字之画"，故自西汉时有"奎主文章"之说。魁星为北斗之第一星，而北斗则为二十八星宿之北方七宿之一，因其形如斗，故有"斗星主量度"之说。世人"不知自何年始，以奎为文章之府，故立庙祀之。乃不能像奎，而改奎为魁。又不能像魁，而取之字形，为鬼举足而起其斗……"（《日知录》）。故今所见世人所奉魁星之形象，均为一鬼状人物，一手持墨斗，一手持笔，一足举而立于鳌上。其实古人改奎为魁，并非只因奎的不能入像，更因了魁的首领之义，同时也因了魁星本就是文昌星的近邻，故古人在改奎为魁，让魁做了点儿状元拔秀举之神的同时，也让魁星做了司掌礼部之神的文昌星君的随从。足见古之学途与仕途是如何的息息相关，学途即仕途，仕途即学途，正所谓学而优则仕。故古之学子多敬尊魁星，往往于临试之际，去魁星像前拜上几拜，再请一尊或泥或木的小魁星奉于衣内，以期得到护佑，一试而中第。天上的星就这样被打造成了世间的神。

海城人也奉过魁星，也建过魁星楼以祀之。那楼原立在海城东南角的城墙上，初时也是十分巍峨伟岸，十分绚丽壮观，名副其实地成了临溟八景之一。曾有《调寄浪淘沙临溟八景之魁楼晚眺》歌曰："画栋逼穹苍，美蔚文光，凭栏胜处似南昌。孤鹜落霞秋水长天，阁拟滕王。一曲接舆狂，酒涤愁肠，霜叶染出醉文章。城外青山楼外水，水外斜阳。"真不知道当年夕照中的魁星楼曾醉倒过多少文人雅士。然此楼究竟建于何年，却极少有人知晓。查现存《海城县志》之"魁星楼"词条，也未见详明。后偶得民国年间的《海城县志》于其"城池"词条中，考证此楼乃建于乾隆四十三年（1778）。知县觉罗文良在任时为加固拓展城池，再固土城为砖城，并建魁星楼。约一百五十年后，眼见魁星楼历经风雨，几欲坍塌，民国十二年（1923）时任知事廷瑞遂邀士绅捐资重修魁星楼。之后魁星楼便在连年的战乱和巨大的历史变迁中，逐渐被冷落下来，并日复一日地衰老颓败下去，已俨然一副老态龙钟、不堪风雨的模样，并终于遇上了那场风雨。1966 年，一群外地的红卫兵拥进海城，拥上城头，在一浪高似一浪的口号和激情之中，转瞬间便将魁星楼夷为平地，并将那尊已享受了近二百年人间烟火的魁星拖到城中，还是在一浪高似一浪的口号和激情之中，将那颗天上来星化作地上的万点金星。几年之后，曾经承载了魁星楼的那段城墙，也在那一阵电闪雷鸣般的地光和地声爆发之后，隐身而退，并连同魁星和魁星楼一起退成了一段遥远的历史……

魁星楼真的会成为永远的历史吗？成为历史上一面逐渐发黄的纸？成为前人讲给后人的一段逐渐模糊的神话？

历史是极不容易被割断的。现实总是试图与历史相连接。

终于有一天，人们发现自己并没有从魁星楼的史话中走出多远，并没有把那一段很真实的历史模糊成一段远古的神话。随着眼前的一幢幢楼房的拔地而起，随着路上的汽车日渐一日地从小溪汇成大河，随着餐桌上的菜肴日渐丰盛，随着窗外的霓虹日见绚烂，历史的影子也在人们的眼前变得日渐清晰。人们发现自己的眼前总在闪现那座楼被拆毁时的凄凉景象，自己的耳边总在回响那颗星在火中的呻吟。

魁星楼无法从海城人的记忆中抹去。海城人忘不了魁星楼。那就让它回来吧，我们应该把那节断开的链条连接起来。

终于市领导于1999年3月站在迈向新世纪的历史交汇点上，提议重建魁星楼，以重现海城古迹，延续历史文脉，展示文化渊源，提高城市文化品位。这个提议唤醒了一个又一个海城人久埋于心底的渴望。

重建魁星楼的建议是个很诱人很动人的建议，也是个很冒险很有争议的建议。在许多人为此建议拍手叫好的时候，也有许多人对这个建议提出了质疑。我们有必要重建魁星楼吗？重建魁星楼有那么深远的意义吗？我们有能力重建魁星楼吗？如果我们真的有钱，我们也该首先把它用于解决下岗职工的生活问题，用来解决城市道路的改造问题，用来解决城市居民的吃水问题，用来解决三轮车的堵塞问题，都比用它去建魁星楼要实在得多实惠得多。

然而，虽有这些不同的意见，却并未影响到人们对于重建魁星楼而生发的另一种思考：人们在物质生活得到满足之后，便需要与之相适应的文化生活的满足。海城是文化古城，海城人正下决心要把海城建设成为一个属于今天和未来的文化名城，而魁星楼作为海城久远的文化、文明的一个象征，对于提升这座城市的文化品位实在是太重要太重要了。重建魁星楼并非只为海城立起一个回照历史的景观，而是为了在百万海城人民的心中敲响崇尚文化、兴学重教的钟声。我们都该清醒地意识到：已经迈入新世纪的我们的民族太需要用文明、文化来武装自己了，不仅需要用我们自己历经五千年而打造出来的文明、文化来武装自己，同时也需要用全人类的智慧打造出来的文明、文化来武装自己。一个伟人说：一个没有文化的军队是愚蠢的军队。这样的军队是打不了胜仗的。那么，一个没有文化的民族呢？

于是，重建魁星楼的建议很快变成了众多海城人的共识。

1999 年 7 月 18 日，重建魁星楼奠基仪式在厝石山公园隆重举行。

魁星楼就这样在海城人的注视下，开始一天天地长大起来，终于长出一副巍峨伟岸的气度，长成一道绚丽夺目的风景。

2001 年 8 月 29 日，历时整整七百七十天的魁星楼胜利竣工。

屹立于厝石山之上的魁星楼，楼高二十三点八一米，海拔七十四点六五米，占地一千一百平方米。共连接各种预制构件一万四千多件，共绘各种彩绘四百七十七幅。设计抗震设防裂度为八度，使用年限为百年以上。

走进厝石山公园，远远便见魁星楼巍然高耸于用花岗岩砌就的城墙基座之上。

拾级而上，可见有古槐一株被砌于石阶之内，想到建设者当初为保护这棵古槐所付出的心血，敬意便油然而生。

走进魁星楼方晓斯楼外观虽为三层，内则实为五层。其一层为购物休闲厅，厅内将辟有旅游纪念品专柜及茶座，以供游人休闲购物。其一层与二层之间的夹层为艺术观赏厅，并常年悬挂由海城籍著名书画家创作的书画精品，并常年举办各种小型书画作品展览，以展现海城书画艺术创作品位，以陶冶游人性情。其二层为观光厅，游人可于此楼凭栏远眺城市全景，既可借玉皇山东来之紫气以抒胸臆，又可借杨柳河西发之瑞霭以寄情怀，更有鹤影与云影相映，人潮与海潮相拥，自当使人心旷神怡。其二层与三层间之夹层为状元厅，厅内六面黑色大理石墙上刻自 1978 年以来海城高考成绩前三名者名单于其上，是为《状元榜》。其用心旨在激励海城的莘莘学子勤学砺志，以成未来国家民族之栋梁。其三层即为魁星厅，厅内所奉魁星系用巴西进口千年所生梨花木雕成，为海城贤达傅殿国先生所捐奉。魁星像高二点五五米，底座高零点六米，原材料直径二点二米，其材其艺其势均可称天下第一之魁星。据悉魁星像自深圳雕成之后，在运来海城的途中，竟因运输司机罢运而在江西误了三天的路程，后经多方协调，魁星像才得以重新上路还家。此一路也算历经坎坷风雨。

拾级登楼，楼内彩绘常引游客驻足流连。魁星楼各楼层彩绘主旨分明，一楼正门楣之上为滏金"二龙戏珠"，两边各为"一路连科""一品当朝"彩绘，迎门便呈一派吉祥之气。四周廊檐则绘祖国名山大川、风景形胜于其上，或华山泰山，或张家界九寨沟，东西南北，春夏秋冬，均气势磅礴，各领雄奇。其二楼周围廊檐则绘花鸟，或梅、兰、竹、菊，或喜鹊登枝、雄鸡报晓，均栩栩如生，陶性陶情。其三楼周围廊檐及魁星厅内则绘历史人物故事，或头悬梁锥刺股、怀素书蕉，或桃园结义、黛玉葬花，均引人入胜，发人幽思。魁星楼外所悬之匾、联均出于当代名家之手，沈鹏、史树青、杨仁恺、聂成文、王廷风、张世刚、胡炜等的墨迹更使斯楼文光横射，满楼生辉。由此，设计建设者的匠心独运可见一斑，其所求文化名楼之心迹可见一斑。

走上魁星楼，走进魁星楼，我们理当有一番感慨。那么，走出魁星楼，走下魁星楼，我们也该有一番感慨。

魁星楼是海城经济繁荣发展的产物，如果没有改革开放给海城带来的经济的发展与繁荣，便可能没有魁星楼。魁星楼也是物质文明的进步必须呼唤精神文明的进步的结果，如果没有这种呼唤，便也可能没有魁星楼。

然而，我们呼唤的应该不仅是一座魁星楼的复起，而应该是一个民族文化的复兴，是一种民族精神的唤醒。

就在走出魁星楼、走下魁星楼的那一刻，我看到了乱扔在楼外的冰淇淋纸、矿泉水瓶和啃剩下的玉米棒，看到了石阶上的浮雕被踩断的龙须和石阶前的功德碑被划伤的碑文。于是我想，魁星楼之复起，并非只为海城能多出几个高考状元，魁星早已卸下那历史的重负，早已不再承载那笔点状元的重任了。我们之所以让他重居于斯楼，只是期待他能与我们一起去营造一种能够影响和告慰历史与未来的文化氛围。

然而，当我目击一切与这氛围相悖的丑陋之后，我在想，一座魁星楼能承载起如此的重托吗？

于是我想到了荒漠和荒漠中的树。

其实许多今天的荒漠曾经也是绿茵覆盖，水草丰盈，只是当人们无休止地砍木为柴，掘草为炊，使树无所长、草无所生之后，那绿茵覆盖、水草丰盈的人类生息之地才一步步退化为荒漠。

只要有树有草，便会有人有生命，荒漠便不再会是荒漠。然而一棵树一株草在茫茫荒漠中是孤独的，是凄凉的，是无奈的，是无力的，只有一棵棵树汇成森林，一株株草连成绿野，荒漠才会真正有生命复苏。

魁星楼不该成为荒漠中孤独的、凄凉的、无奈的、无力的一棵树或一株草，她应该成为一棵棵树和一株株草的涵养源，去涵养出一片片森林，一片片绿野，涵养出一片滋养后人、滋养历史与未来的文化与文明的绿茵。

魁星楼，你应该永远屹立于海城人的心中。

尚未走远

报告文学卷

王 犁 著

北方联合出版传媒（集团）股份有限公司
春风文艺出版社
沈 阳·

图书在版编目（CIP）数据

尚未走远. 下册，报告文学卷 / 王犁著. —沈阳：
春风文艺出版社，2020. 4（2021.1重印）
ISBN 978-7-5313-5790-2

Ⅰ. ①尚… Ⅱ. ①王… Ⅲ. ①中国文学—当代文学—
作品综合集②报告文学—作品集—中国—当代 Ⅳ.
①I217.2

中国版本图书馆 CIP 数据核字（2020）第 058850 号

目　录

八月辉煌
——献给中国海城首届国际民间艺术节

1990 年 8 月 22 日至 29 日，中国海城首届国际民间艺术节在海城举行。

海城人说，这八天海城热闹得像过年，比过年还热闹。

海城的历史一定会记下这八天。

中国的文化史也一定会记下这八天。

海城人说，只有勇于创造未来的人才能拥有辉煌的历史。

第一章　三百年的梦

《列子·说符》记载："宋有兰子者……其技，以双枝长倍其身，属其胫，并趋并驰……"

这使我想到当初在农村挖渠，休息时，便常有人拿上两把铁锹，踩上去走，踩上去跑，踩上去舞，从而踩出一阵阵欢叫，踩出一张张笑脸，踩出一身身轻松。

但很遗憾，我那时并不知《列子·说符》，便想不到这是两千多年前祖宗的欢叫、笑脸、轻松的延续。但我想，祖宗大概也不会想到他们当初的欢叫、笑脸和轻松会延续成两千多年后的一门艺术。

这恍若一个梦。

《海城县志》载：海城高跷迄今已有三百多年历史，初为两足落地，叫地秧歌。后在咸丰年间，变地秧歌为高跷。并以其粗犷、火爆、欢快、激情的特点，成为海城城乡群众喜闻乐见的一种广场艺术。

史学家说，中国历史有三个辉煌时期：春秋战国、贞观之治、清朝中叶。佐证其辉煌的不只是政治和经济，还有文化。正是辉煌的康乾时代给了海城高跷秧歌艺术一个辉煌的梦，这梦一做便是三百年。其间，人们曾无数次在这深深的历史长河中搜检，期望能拾到些辉煌，然而人们总是失望。有几位老人似乎还记得些"辉煌"。每当看到有人在那长河中摸摸索索地徜徉时，他们便指点着说：1926年，海城高跷秧歌队到奉天大帅府，给张作霖做过祝寿演出。1934年，溥仪称"满洲帝国皇帝"，专门点了海城高跷到"新京"的"国务院"演出……然而，历史以为那是辉煌吗？人们闪着热切的目光凝视着。

一个辉煌的梦终于在辉煌的阳光中醒来了。我想起了那个辉煌的时刻。

1988年春节，一个令这些庄稼人永难忘怀的春节。

正月初二，除夕夜积聚起的爆竹浓重的硝烟还没有散尽，大年初一刚刚蒸腾起的饺子的热气还没有散尽，他们便被拥上了西去的列车。

车厢里挤满了欢笑。这欢笑不全是因了节日，还因了一个梦。

正月里浪高跷是他们世代的习俗。为了欢庆去年的年成好和祈求今年的好年成，为了欢乐过的去年和能乐起来的今年，为了取悦祖宗和挑逗子孙，也为了自己和乡亲。一年到头绷得紧紧的神经、紧紧的面皮，该有个松弛的时候了。他们实在不忍心去让自己的神经和面皮绷断绷裂。他们只有一个正月，他们只可以在这一个正月里乐够闹够疯够笑够，所以他们十分珍爱这个正月。他们不愿叫"踩高跷""扭高跷"，他们喜欢叫"浪高跷"。因为只有"浪"才能使他们得以发泄。他们只要

"浪"，只要发泄，从未奢求过别的，从未想过要为这"浪"冠上一个"艺术"，也从未想过有谁来抬举这"浪"。他们以为只要自己"浪"尽了兴，便"浪"到了目的，其余都是缥缈的梦。而只有这时，只有实实在在地坐在了西去列车的车厢里，他们才如梦初醒，他们才发现，在这一刻里，他们已经变成了另一个自我。

在挤满欢笑的车厢里，只有牌楼镇党委书记张文成静静地靠窗坐着，伴着他的那面绣有"牌楼镇秧歌队"的会旗。

一年前，当他被这面旗帜诱惑到他们中去的瞬间，他便感到了一种不能自已的情绪。那么淳朴，那么自然，那么奔放，那么热烈；没有一丝虚伪，没有一丝造作，没有一丝雕琢；如噼啪作响的烈焰，如奔突咆哮的岩浆，如绵长的河，如浩瀚的海……大学中文专业的修养，使他一下子意识到这植根于海城百万人中的高跷秧歌，这凝缩着关东大地和关东人全部粗犷、彪悍、热情、豪放的性格的高跷秧歌，是一位修养极好的艺术老人。只是这老人还睡着，沉在梦里三百年还没醒来。

他决心摇醒那老人。他说服了他的同事从政府有限的积累中拿出一万元，组建了这个"牌楼镇秧歌队"，并带着他们赶赴北京参加"北京市第二届龙潭杯民间花会大赛"。他要领这位睡眼惺忪的老人去逛一逛中国民间艺术的百花园。尽管有人说那一万元投进水里连响都听不见。

一万元换到的是北京龙潭杯民间花会大赛上的撼人心魄的鼓声。

我有幸听到了那鼓声。我为之落泪了。

那是正月初五，是龙潭庙会最热闹的日子。那天大约有二十支民间花会队伍在这里角逐，北京的龙舞，天津的狮舞，泰山的信子，房山的高跷，耍大刀的，耍火流星的……

我悄悄溜出来，在园子里匆匆地转，我想多看些，又不敢看得久。我心里牢记着那一个时刻，我还不知道那将是一个怎样的时刻。

我向那个地方走去，只差几级台阶我便可以回到那个场里。然而这时，那鼓响了，那唢呐响了，春雷般隆隆滚来，在龙潭湖上空盘旋着跃上湛蓝的天空……霎时，我周身的血沸腾了，我的嘴角流进咸咸的水。当我意识到我该去我该去的位置时，我已经去不得了，我被隔在了人海的这边……

几天之后，张文成同志从文化部副部长高占祥手里接过了炫目的奖杯奖旗；中国舞蹈家协会副主席贾作光同志当即表示要将这枝花栽进世界民间艺术百花园；《辽宁日报》《鞍山日报》都在显要位置报道了海城牌楼镇秧歌队在北京龙潭杯民间花会大赛上捧杯夺旗的消息，记得那消息的题目是：北京龙潭湖刮起东北风。

海城高跷——这个沉睡了三百年的艺术老人，终于被这位党委书记推醒了。

他圆了一个三百年的梦。

海城高跷秧歌的辉煌历史不能抹去也。

我又想起一个人。

以前他是个农民，地地道道的靠在地里卖力气艰难度日的农民；现在他仍是个农民，挂着个体户的招牌靠杀猪卖肉过上了好日子的农民。

日子难也罢，好也罢，苦也罢，甜也罢，每年春节，他都要浪上一正月的高跷。以前是跟着人家浪，现在他自己办个高跷会，当会头，领着大伙儿浪。日子难时，不浪怕憋出病来；日子好时，不浪也怕憋出病来。他好胜，看到别的"会"浪得比他火爆，他便要气得跺脚，发誓明年春节一定翻出个新花样，盖下海城所有的"会"，独占鳌头。其实，凡敢挑了旗拉上人马浪的，无一不是争强好胜的主儿。牌楼的高跷会就要年年与他争雌雄论高低。

那年正月，他好恨好恨。听着西去列车的轮声和人家的欢笑声，看着人家接过"龙潭杯""飞龙旗"的神圣场面和高举"龙潭杯"高挑"飞龙旗"荣归故里的得意神情，他多少次想抽出手来扇自己几个耳光。

祖宗三百年的梦本该在自己的手里变为现实，却没有在自己的手里变为现实；这个光宗耀祖的脸本该自己露，自己却没去露。不就是万八千块钱吗？自己的腰包里不还揣着三万两万的闲钱吗？为什么当初就没敢对着文化局局长拍胸脯，响当当地说一声"这钱我自己掏"？仅仅几年，小草房换成了大楼座，冰箱、彩电、摩托车……该有的都有了，该享受的都享受到了，还死死地捏着那钱干什么？杀猪砍肉除了能给自己杀砍下点儿钱，还能杀砍出点儿别的名堂不成？眼光啊，比起人家党委书记终究是短了那么一截。

那个正月里，他几乎是大病了一场。

是两个月后的一个消息，使他重新振作起来。有关人员向他透露：同年9月，全国广场民间舞蹈会演将在昆明举行。同年11月广州将举办广东欢乐节。海城均已接到邀请，文化局已同意派团参加。

机不可再失。他骑上摩托车，风风火火地找到文化局局长。

"你们队去可以，艺术质量我们信得过。但还得按老规矩，费用得你们自理。"文化局局长说。

"得多少钱？"他问。

"一万五左右。"

"行，这钱我自己掏！"他响当当地说。这次他没敢犹豫。

于是，海城高跷秧歌历史上又写下了这样一笔：1988年9月，海城市耿庄高跷队代表辽宁省参加在昆明举行的全国广场民间舞蹈会演获得孔雀杯，誉满春城。同年11月，该队赴广州参加广东欢乐节，使数万观众为之倾倒，使羊城轰动。

他乐了，第一次乐得那么舒心畅快，那么神气自得。因为他也可以自豪地说：他也为海城高跷秧歌三百年的历史涂上了一笔辉煌。

海城高跷秧歌的历史也应该记下他的名字——程满昌。

我又想起这么几个人，似乎离了他们，海城高跷秧歌也绝不会现出它的辉煌。这是几个关于高跷迷的故事。

王廷风小时候爱看高跷，长大了仍爱看高跷，当了鞍山市委宣传部的领导之后，还是爱看高跷。海城每逢赛高跷，他都是有请必来或不请自来。

他曾给我讲过他小时候看浪高跷的事。

小时候，每逢过年他都乐得不得了。每天都竖着耳朵很警惕地听，只要远远地有那声音缥缥缈缈地传来，他便立刻跃起，不顾一切地向那传来的声音跑去。那时候，他只要看到一伙儿高跷，便要跟上那伙儿高跷一直看下去，无论那伙儿高跷走到哪里，他都要跟着走到哪里，无论风天和雪天。那时的他脚上只挂着一双夹鞋，凛冽中如没穿一般。所以他那脚其实仍是露着，并冻裂开许多流血的口子。但他并不管这些，只管拖着那鞋，踩着雪和血，呱嗒呱嗒地跟上人家高跷队走，直跟到人家高跷队散了，都各自回了家去吃饺子，他才意犹未尽地踩着雪和血，呱嗒呱嗒地往回走。

我曾问他：海城高跷为什么让你那样着迷？他说：小时候我爱看高跷，因为一看他们浪起来时，我这身上就暖和起来了；现在我爱看高跷，是因为从那里能看出人对美的追求，我喜欢高跷的神韵，这神韵影响到我的书法……

他的故事给我极深的印象，以至只要合起眼来，我的面前便会现出一张孩子的脸、一双孩子的脚和一片茫茫的雪野。那一双脚毫不畏惧地碾过脚下的雪，雪野上留下一行欢快的脚印，每个脚印都渗出一点儿血红，绣在茫茫的雪野上如一串鲜艳的红玛瑙；白雪和阳光中便是那一张脸，那么生动，那么纯真，正被血和太阳烧得通红，如一只熟透的苹果……

我常被眼前的这幅画感动得流泪。于是我的眼前又现出另一幅画。

我听说一个朋友生了病，便抽空去看他。去了才知道，他得的是风湿病，不耽误他的吃喝，只是腿疼得厉害，躺在床上难以活动。

我问他："头年见你还好好的，怎么就得了这病？是什么时候得的？"

他望望我，咧开嘴苦苦地笑笑。

"咋说呢？就算是该着吧。你知道，我爱看高跷，每年春节放假那几天，除了去老丈人家拜年，有了空便是去街里看高跷。正月十五那天，听说牌楼高跷队上北京扭高跷得了大奖回来，在灯光球场做汇报演出，我就寻思这空子不能漏了，说啥也得去看。我就领着女儿去了。去了一看就傻了。根本进不去门，有票也进不去，门都让人给挤死了。我在那里急得直打磨磨，寻思这回完了，高跷看不成了。不承想正没招儿时，遇到了粮食局的一个哥们儿，他把我领上了他们的楼顶平台。其时，那上面也早已挤满了人，是我那哥们儿好说歹说，人家才看在我女儿的面上给我挤出了一条缝。我不敢站着，怕让后边的人把我从那四层楼的平台上挤下去。所以我只能将女儿搂紧在怀里，跪在平台上看。当时感觉还不错：安全，且能俯视到整个灯光球场。就这样，我搂着我的女儿在那里跪了俩钟头，一直到高跷浪散了场。之后我很兴奋地想站起来，却无论如何也站不起来了，那两条腿就像叫谁用钉子钉在了楼板上。后来，是那哥们儿找了两个人来，把我背下去，送回了家。"

"于是，俩钟头跪出个风湿病？"

"你知道就行了，说出去叫别人笑话。"

"你咋那么大瘾呢？"

"不知道。反正就是爱看。看那玩意儿浑身有一股说不出来的劲儿。"

"以后还去看？"

"去，哪能不去！"

我望着他，想象着当时那该是一幅怎样的画：一双孩子的天真烂漫的眼睛和一双父亲的痴迷沉醉的眼睛，如一条条从天而降的飞瀑，跌入那一片欢腾的海……

我敢说，海城高跷也正是因为有了他们，才有了北京、昆明、广州的辉煌。

海城—北京；海城—昆明；海城—广州。

想一想，海城高跷秧歌历史的下一站是哪里？想一想，整个民族都在高呼着走向世界的口号哩！

1989年7月30日，一辆黄海牌大客车静静地守候在海城宾馆门前。

一只只造革箱、航空箱、软包箱挤在宾馆门前的台阶上，争着向他们鲜艳的主人炫耀着它们的鲜艳。它们好像有些嫉妒它们的鲜艳竟不及主人的鲜艳。

雪白的连衣裙，奶黄的西服裙，红的短裙，绿的筒裙，总统牌西服，高尔夫牌西服，奔驰牌衬衫，苹果牌T恤衫，黑色皮鞋，红色皮鞋，白色皮鞋……

主人都疯了，疯得那些箱子瞠目结舌。箱子最清楚，在它们的怀里还抱着主人的软缎旗袍、真丝旗袍……

胡劲松副市长的箱子里便躺着一件旗袍，墨色的金丝绒上开着一朵雪莲，深邃而典雅。她喜欢它的深邃它的典雅，但此时，她只能让它躺在箱子里。她安慰过它：我不会总让你这么躺着。

文化局局长张殿相很仔细地穿上那套日本朋友为他特制的西装。过分仔细竟使他在这套做工考究的西装面前显得有些窘迫。他的额头上不时渗出一层层细密的汗珠。

王兴安，赶大车的老板。一年四季伴他的只有四个口袋的军干服，秋冬藏蓝，春夏草绿，日复一日，年复一年，仿佛今天才突然意识到以往的枯燥似的，雪白的衬衫，蛋青色的西装，鲜红的领带，棕白相间的网眼皮鞋……一瞬间他为自己拾回了被舍弃了几乎半个人生的全部色彩。

陈永平，六十二岁的退休工人。蓝色的布帽和藏青色的西服很不和谐地搅在一起，似想榨干老人身上的滑稽。一刻钟前，老伴曾经望着他的这身着装，点着他的脑门儿嗔怪说："也不看看多大岁数了！"

王连成，钢铁厂的搬运工。曾经属于他的只有蓝色的帆布、白色的帆布和铜色的肌肤。如今，望着身上笔挺的西服裤和潇洒的 T 恤衫，竟怀疑被这些东西裹起来的躯干究竟是谁的。他望着他身上的行头，一阵阵地傻笑。

…………

他们真的疯了。

他们怎能不疯？海城高跷艺术三百年的梦就要在他们手里变为一个现实，变为一段崭新的历史了。

海城—北京—莫斯科—布达佩斯—维也纳。是一段旅程，更是一段历史的链条。过去和未来都将在这里显出辉煌。

该不是梦？

已经不是梦了。这是海城多少代高跷秧歌艺人连做梦也不敢梦也梦不出来的事实。追赶太阳的列车不正载着他们驶过风光旖旎的蒙古草原，驶过烟波浩渺的贝加尔湖……

已经不是梦了。他们手中高擎的明明已不是"牌楼""耿庄"的龙旗，而是那面让每一个中国人愿为之流血的旗；涌入他们耳鼓的欢呼也明明不再是"耿庄""牌楼"，而是"CHINA"，是"中国！北京""北京！中国"。

泪在顺着他们的面颊流淌。

海城高跷秧歌的历史又有了如下的记载：

1989 年 8 月 12 日至 16 日，中国海城民间艺术团参加奥地利第二届克拉根福国际民间艺术节。中国海城传统的民间高跷艺术受到奥地利观众普遍热烈的欢迎，称赞中国的高跷艺术超群不可思议。

1989 年 8 月 17 日至 25 日，中国海城民间艺术团赴匈牙利沙尔瓦尔市，参加在那里举行的第九届沙尔瓦尔国际民间艺术节。中国艺术团所到之处无不受到热烈欢迎。热情的匈牙利观众称中国的高跷艺术举世无双，给他们留下的印象永难磨灭。

1989 年 8 月 26 日至 9 月 3 日，中国海城民间艺术团重返奥地利，参加在那里举行的欧洲最负盛名的第十一届克雷姆斯国际民间艺术节。奥地利总统瓦尔德海姆在观看了中国艺术团的演出后，高兴地在中国艺术团的节目单上签名留念，并和中国艺术团全体团员合影。克雷姆斯市市长维第奇在艺术节的闭幕式上宣称：独特的中国高跷艺术是本届艺术节上最受欢迎的节目之一。联合国教科文组织所属国际民间艺术组织（IOV）秘书长法格尔在为中国艺术团举行的送别宴会上发表了热情洋溢的讲话。他说：感谢你们为奥地利人民带来了中国最精彩的民间艺术。从奥地利观众的热烈掌声中，你们自己也会感觉到他们对你们的表演是多么喜爱。你们不但让奥地利人民和世界各国人民了解了中国的艺术，也了解了中国。你们的演出将会给我们留下永远的记忆。我真诚地希望你们掌握的这种民间艺术能在今后取得新的进展。我真诚地希望还能在奥地利或在其他地方见到你们。他郑重宣布：由于中国海城民间艺术团的杰出表演和表现，国际民间艺术组织已讨论决定，破例吸收中国海城民间艺术团为国际民间艺术组织在中国的第二个会员单位，享有举办国际民间艺术节的资格。中国驻奥地利大使杨成绪充分肯定了海城民间艺术团在访奥演出期间所取得的成绩，认为：海城民间艺术团的表演和表现，不但使奥地利人民看到了中国精彩的民间艺术，还使奥地利人民看到了中国人民蓬勃向上的精神面貌，从而增进了中奥两国人民之间的了解和信任，其意义已经远远超出了艺术的范畴。

1989 年的 8 月使海城高跷秧歌艺术的一个期待着辉煌的长达三百年的梦，终于变为一个永载史册的真实的辉煌。

这辉煌使海城和海城人拥有了一个更加辉煌的 1990 年的 8 月。

第二章　圣火　盛会

1990 年 8 月 22 日。

这是一个牵动着海城百万颗心的日子。这一天，古巴、意大利、蒙古、土耳其、苏联、美国等六个国家的民间艺术团一起会聚到海城。海城百万人民渴望已久的"中国海城首届国际民间艺术节"厚重的帷幕就要被拉开。被海城人称为"海城小亚运"的民间艺术之火，就要燃烧出海城如火般 8 月的盛会 8 月的狂欢。

中国，海城，都将把这一天载入辉煌的史册。

举办有多国民族民间艺术团参加的国际民间艺术节，早已成为欧美乃至亚洲许多国家大小城市的传统。参加这一国际活动的艺术团有专业的，亦有业余的。他们表演的歌舞、音乐具有鲜明的民族民间特色，内容丰富健康，形式活泼多样，深受人民群众喜爱。艺术节上，各国艺术团或在舞台上同台演出，争奇斗妍；或同在大街小巷行进，边歌边舞，边吹边打，使艺术节真正成为交流艺术、增进友谊的节日，成为人民群众欢乐的节日。

中国曾多次派团参加过欧美等国举办的国际民间艺术节。然而，中国一直没有举办过这类艺术节。有多少国家的民间艺术家盼望着有一天能来中国，把他们最好的民间艺术献给中国人民，并在他们自己生命的旅途上立起一块中国的碑。因为中国拥有五千年的文明，十一亿人口和五十六个民族，她自己便是一座民间艺术的百花园，便是一座璀璨夺目的民族艺术宫殿。对于各国民间艺术家，她都是难以抵御的诱惑。中国的民间艺术家何尝不想把这样的艺术节搬到中国，借此来丰富中国的民间艺术宝库？

历史的这一天终于在长久的期待中走来，来得那么缓慢又那么突然。

1989年12月，作为联合国教科文组织所属的国际民间艺术组织在中国的成员单位——中国文学艺术界联合会正式向中央有关部门和国务院请示：拟于1990年8月在中国首都北京举办首届中国国际民间艺术节。这个请示很快得到中央有关部门和国务院的批准，并同意艺术节可在北京之外的其他城市同时举办。

其他城市选在哪里？面对恢宏的中国地图，中国文联的决策者将一支红色的箭头指向东北，指向辽宁，指向海城，指向了这个号称有百万人口而市区人口只有十七万的小城。

为什么？海城到底有什么魅力？他们掰着指头说：第一，海城社会安定，政治安定；第二，海城经济繁荣，百业兴旺；

第三，海城有高跷，那是一枝中国民间艺术奇葩；第四，海城民间艺术团参加过欧洲的艺术节，有体验有经验；第五，海城人办事认真；第六……总之，他们硬是看准了海城。

海城自然没有辜负他们的期望。

1990年2月8日，中国文联正式致函海城市有关部门，商讨在海城举办国际民间艺术节事宜。

2月15日，海城市委书记傅克诚同志指示：成立筹备组做好各方面的准备。动员全市人民用搞好两个文明建设的实际行动迎接这个节日。

3月20日，海城市文化局、海城市文联与中国文联正式签署《关于联合举办中国海城首届国际民间艺术节协议书》。

4月20日，海城市政府召开千人大会，动员全市人民行动起来，用两个文明建设的成果迎接艺术节。提出：海城国际民间艺术节就是海城的"亚运会"。

从此，海城和海城人不得不面对着历史和世界去认真地审视自己，不得不认真考虑该怎样重新塑造和完善自己。

海城和海城人第一次感到了肩上沉甸甸的分量。

粗粗地看一眼自己，海城人常常会沾沾自喜。新中国成立前的海城是个什么样子？地震前的海城是个什么样子？地震后在废墟中艰难站起的海城又是个什么样子？而改革后仅仅几年，海城人就神话般地为自己耸起了一座新的海城！如今，海城人的眼前不仅仅是新起的楼房，脚下不仅仅是新铺的路，面对着历史和今天，海城人有那么一点儿沾沾自喜也真是无可指责。

然而，细细地看一眼自己，海城人的脸上便再不敢挤出一丝的笑。有几座新起的楼房不被埋在破烂不堪的简易房、煤棚土厦和鸡窝狗舍之中？而那一条条新铺起的路呢？路中间粘着马粪，路边的人行道被一堆堆杂乱无章的摊床摊亭挤得没了踪影。还有临街那么多不堪入目的牌匾、橱窗。还有海城人的对于"您好""请""谢谢""对不起"之类的言辞表现出的腼腆和对"不准随地吐痰，不准随处乱扔脏物，不准随地便溺"表现出的不以为意。面对着历史和明天，海城人不能不焦虑地呐喊：怎么办？怎么办?！怎么办!！

答案只有一个：按照历史和明天的要求，为世界重新塑造一个崭新的海城和海城人。

海城人不得不去擂响告别今天，走向明天的背水一战的鼓声。

"迎接国际艺术节，加速建设新海城！"

这口号是为了激励鼓动全市人民的。然而它却像一根钉子钉在市长万福民的心上，使他的心很疼很疼。他知道这座城市的脸就是他的脸，而这脸如今就是中国和中国人的脸，自己的脸敢丢，中国和中国人的脸怎么敢丢?！

从此，他的觉睡不安稳了。他有了早起的习惯。他要趁着人们还在酣睡的时候，悄悄地审视一下贴在他脸上的那张脸。他发现那张曾经十分熟悉的脸如今在他眼里竟变得那么陌生。似乎那脸从来就没有洗过：鼻涕，眼屎，苍蝇在陈年积垢上留下的爪痕……他的脸发烧发热！他几次欲掩面失声。他第一次痛彻地领悟到：市长不是市民供奉的灵牌，市长就是市民的一双手，这双手就是用来梳洗打扮那张脸的。

这彻悟使他惭愧也使他振奋，因为他找到了一个市长的自我。

几天之后，一份关于治理环境美化城市的方案在他的主持下诞生了。

面对着那句口号，市建委主任刘绍臣有着和市长同样的心境。这城市是市长的脸也是他的脸，他同样不敢丢这张脸。

他知道这脸早脏得不成样子了，早该洗了。但他深知，为这城市洗一次脸，要比为这城市造一张脸困难得多。

他的嗓子嘶哑了。

他的腿快跑断了。

他的眼在喷火。

他的心要碎。

随着春日的风被 8 月的阳光一天天地烤热，他手上的水终于一捧捧地掬到了那张该洗的脸上。

市内主要街道上的有碍观瞻需要拆扒的五十六个商亭二十七处简易房、煤棚子，已经陆续地拆了，扒了；

市内临街的三百七十多个需要粉刷装饰的建筑物，正在按照专家规划设计的要求进行粉刷和装饰；

市内临街的橱窗、牌匾已全部焕然一新；

一盏盏路灯已擦拭如初，一个个新购进的果皮箱已摆上街头；

由化肥厂至高速公路的西出口公路拓宽工程已近尾声，路两侧隔离带里播撒的麦种已经泛绿；

以"民间艺术，和平友谊"为主题的《友谊颂》雕塑和以"开发海城，致富人民"为主题的《神虎》雕塑，已经开始整体安装……

面对着这张正梳洗打扮中的脸，他的嘴角绽出一条不易察觉的笑纹。

其时，整个海城都在为这个 8 月忙碌，为这张脸忙碌。

文化局。

艺术节期间的全部活动安排将由他们来拟定来组织，时间要求精确到分，严密和效益也是一张脸，而且是一张极易被挑剔的脸。为了这张脸，他们不得不付出双倍乃至多倍的劳动。还有艺术节所需的四十五万元费用，迫使他们不得不绞尽脑汁去推销艺术节奖券。一张张文人的脸被挤出一副副商人相。他们几次想哭，但为了这张脸能露出让人满意的微笑，他们只能忍着泪忙碌着。

公安局。

六个国家的一百三十多位民间艺术家要在海城待上八天，其间若发生一点儿治安交通上的差错，都会丢海城和海城人的脸，丢中国和中国人的脸。于是，在公安局局长边德余的主持下，如制订重大战役的作战计划一般，制定了《海城首届国际民间艺术节第二级警卫工作实施方案》。《方案》长达四万余字，每个警卫人员的责任都明确在每一分钟里，明确在他们的每一次举手投足之中。

卫生局。

一百三十多位外宾和上千位内宾要在海城吃住八天。其间所有关于客人的饮食卫生、医疗保健的责任都担在了他们肩上。稍有不慎也会捅出丢脸的事。他们哪敢掉以轻心？于是，一份《关于艺术节期间保障饮食卫生、医疗保健方案》也审慎地制定出来，其精细程度落实到每一根香肠的生产和监督。

商业局。

这一百三十多位外宾是客人也是游人。闲暇遛遛大街、逛逛商店是免不了的事。商业局局长深知，商业系统上千名职工的脸上，无不印着"海城""中国"的字样，是长脸是丢脸，全在每个人的一呼一应一颦一笑间。于是他请来专家为他的职工进行外事知识、外事纪律和涉外礼仪的培训，并把这些印成教材。他还得强迫他们学会说"您好""请""谢谢""欢迎您再来"……

还有：

市工商局为迎接艺术节，改变市内站前轻工市场、铁西露天农贸市场无摊床和道路泥泞的恶劣环境，投资修台、铺路，使市场面貌焕然一新；

海城火车站投资三万余元，将海城火车站装饰一新；

感王镇、市医院、陶瓷二厂等单位陆续将党员、群众捐款送达艺术节组委会，到 8 月 20 日，仅全市党员为艺术节捐款就达三万七千余元；

市五金公司为保证外宾在艺术节期间观看好电视节目，经理吕凤国带车将经过认真调试的二十八台彩电送到海城宾馆；

艺术节期间将承担开幕式、闭幕式、街头行进演出、欢迎欢送仪仗的海州办事处鼓乐队已投入集训；将要参加艺术节演出的耿庄、牌楼、东四、马凤等镇高跷队和陶瓷四厂龙舞队、丝绸厂狮舞队等均已排出最好阵容……

时光就在这一片忙碌中流逝。

终于有一天早晨，市长万福民又趁着人们酣睡的时候，去审视他脸上的脸时，惊异地发现：那张曾经脏兮兮的脸如今已变得如此俊美，俊美得让人陌生。展露新姿的楼房，洁净宽敞的路面，飘摇的彩旗，争妍的鲜花，还有那两组刚刚揭幕的雕塑，对于这个城市竟恍若少女脸上飞出的两片红霞，正透着娇羞与期待。他又一次痛彻地领悟到：这城市是市长的脸，亦是市民的脸；市民对它的爱并不亚于市长；有了要脸爱脸的市民，才有他脸上那张好看的脸。脸是什么？脸是自尊是自省是自立是自强，是净化的灵魂。一个不要脸面的人，心灵一定卑琐；一个不要脸面的民族，绝不会凝聚起伟大的灵魂。他真为他的市民骄傲。他真想把他们从酣睡中叫醒，向他们深情地说一声：谢谢！

时光就这样悄悄地走近了 1990 年 8 月 22 日。

标语。彩旗。气球。鲜花。一切都陶醉在 8 月的阳光中，陶醉在 8 月的热风中。

终于来了，异国他乡的客人。终于来了，那个难忘的历史时刻。

1990 年 8 月 22 日下午 2 时 19 分，古巴、意大利、蒙古、土耳其、苏联、美国等民间艺术家乘车抵达海城。海城一片欢腾。海城响起一片"欢迎""您好"的欢呼。海城把这个时刻庄重地交给了历史。

8 月 23 日，一个久已牵动了海城百万颗心的日子，一个令海城百万人民兴奋不已的日子。

各国民间艺术团将与海城龙舞、狮舞、高跷等民间艺术团一起，在海城市内近七里的长街上行进演出，与海城人民共庆中国海城首届国际民间艺术节。

二十多万人在晨曦初露时便开始会聚于七里长街，翘首以待那个令人难忘的时刻。

上午 9 点，以五百名少先队员和中学生组成的彩旗队、鼓号队、花束队为先导的行进演出队伍汇入七里长街。七里长街顿时化为一条彩色的河，化作一片欢腾的海。

古巴来了。两把吉他一支歌，相隔万里的哈瓦那仿佛就在眼前。

意大利来了。撒丁岛华贵典雅的宗教舞蹈表现了意大利人民对海城人民多么诚挚的敬意。

蒙古来了。多么熟悉的草原风光，多么熟悉的悠扬笛声，多么熟悉的性格，多么豪放的牧民的舞姿。

您好，土耳其活泼可爱的姑娘和小伙子们，二十万海城人已经和你们一起沉醉在丰收的喜悦中。

欢迎你，我们的苏联朋友，愿我们世世代代都如亲兄弟般和平相处。

多么撩人的夏威夷的风夏威夷的火。让我们都记住那一声声"阿洛哈！阿洛哈！"的深情问候。

一位美国朋友跨进人群，让他的同伴赶紧为他照张相，以做永久的纪念。

古巴、苏联的朋友说："让我们一起唱歌。"

土耳其、蒙古的朋友说："让我们一起来跳舞。"

心一下子贴得很近。原来我们并不陌生。海城、中国早已印在你们心中，而我们心中也早已装进了一个世界。

我们的龙来了！我们的狮来了！我们的高跷来了！

谢谢你，我们的高跷，是你把一个充满生机与活力的海城捧给了世界，又把今天这个异彩纷呈的世界捧回了海城。

七里长街的狂欢激起了海城人心中五彩缤纷的浪花，也激起各国朋友心中五彩缤纷的浪花。

海城人说：这一天对海城来说如同过年，甚至比过年还热闹。

外国朋友说：这一天是我们在中国期间最开心的一天，我们会永远记住这一天。

其实，8月最后的几天，对于海城人和各国朋友来说，都是开心的一天。

据统计，六国艺术团在艺术节期间，先后在海城、鞍山、本溪等地演出二十三场，观众达四万多人次。那八天里，无论白天和晚上，海城的街上总是拥满着人，人人脸上总是溢着笑。《友谊颂》纪念碑周围在那段时间里成了一块圣地。无论你什么时候走到那里，都会看到有人在细心地读那碑前碑后的碑文。"民间艺术，和平友谊。"海城每天都在唱着这支歌。那八天里，海城的白天总是阳光灿烂，夜晚总是星光熠熠。

我知道各国艺术家呈献给海城人民的都是世界民间艺术宝库中的珍品，我的笔却无法写出它们真正的价值——久远的文化渊源，精湛的艺术表现、风格、情调、气势、功力——这些都不是我的笔能描绘出的。我只能无可奈何地将那一个题拆开，撇下民间艺术那一半，让自己的笔围着和平友谊这一半做些花絮之类的文章，以补艺术节的这一段时空。

花絮之一：尼凡的生日

8月22日下午4时30分，海城市人民政府在海城宾馆举行招待会，欢迎远道而来的六国艺术家。宴会刚刚开始，市长万福民便看到美国朋友都纷纷站起来向他们的一个同伴敬酒。怎么回事？他立刻叫来翻译询问，得知今天正是美国波利尼西亚民间歌舞团演员尼凡的三十二岁生日。多么巧。万市长轻轻地唤来一个服务员，向她关照了几句，便和市委书记傅克诚一同举起酒杯。

"让我们向各位朋友报告一个消息。今天是美国朋友尼凡先生的三十二岁生日，让我们代表海城市委、海城市人民政府和海城百万人民祝贺尼凡先生生日快乐！"

话音刚落，整个大厅一片欢呼。这时，市委书记傅克诚和市长万福民已经共同捧着一块大生日蛋糕，一束鲜花，向尼凡走去。整个大厅顿时响起《祝你生日快乐》的歌声。那歌是用各种语言唱出的。

望着眼前的鲜花与蛋糕，听着这来自各国各民族的祝福，尼凡的一滴热泪落入杯中，他高举起酒杯，深情地说：在中国海城，我度过了最美好的时刻……

花絮之二：故友重逢

土耳其"黑眼睛"艺术团同中国海城民间艺术团曾于1989年一起参加匈牙利沙尔瓦尔艺术节和奥地利克雷姆斯艺术节，在一起吃住长达半个月。同台演出二十多场，结下了深厚情谊。在克雷姆斯，临分手时他们还互相打着手势询问："你们是坐飞机来的吗？""不，我们是坐火车来的。""坐火车好，安全，还能看到风景。""火车不好，慢。你们呢？""坐飞机。""飞机好，快。""飞机不好，一掉下去就完了。"引来他们一阵阵开心的笑。

如今，他们又相见了，又要同台演出了。当东四高跷队的王连成、陈永平等人走进剧场后面的土耳其队休息室时，土耳其的朋友一眼便认出了他们，立即跑上来同他们拥抱握手。当陈永平打着手势问："你们是坐飞机来的吗？"他们立刻开怀大笑。随之，一曲《啦啦啦》民谣便在休息室里腾起。

花絮之三：一场足球赛

8月24日上午是自由活动，蒙古、古巴的客人上街了。土耳其、美国、苏联、意大利的姑娘小伙子们没有上街。海城二中操场上，一场引人注目的足球赛正踢得热火朝天。意大利队孤军奋战、防守严密，土耳其、苏联、美国联队配合默契，攻势凌厉。意大利队一球员一个躺地倒钩，球飘飘摇摇飞入网底。场外的啦啦队连叫带跳，一面面国旗、彩旗摇出一片猎猎的响声，一盆盆水也随之泼向那个球员，那是他们的英雄。前去观阵的市委副书记于祥贵和副市长吕明胜也禁不住大叫大笑。

我想，这应该算是一场世界级的比赛，而它的意义远不在于足球。

花絮之四：情系东房身

8月28日，各国艺术团前往海城市大屯镇东房身村参观，并与东房身农民联欢。东房身披起节日盛装。

正是绿树葱茏苹果滴翠的时节。嗅着满山飘来的果香，客人们沉醉了。当东房身村党支部书记王国珍向他们简要介绍完东房身村人民靠自力更生艰苦奋斗将昔日荒山治理成今日的果园的业绩后，苏联青春歌舞团团长斯科沃罗·尼克夫同志紧握住王国珍的手称赞说：你们用十年时间，把一个没有生命的地方变成了花果山，这和我们的阿尔泰山区太相似了。我知道这要付出多大的代价。在这里应该给你树一块纪念碑。为了表达他的敬意，他将一枚象征着战无不胜的英雄的纪念章戴在王国珍胸前。

八天，来得那么快，也走得那么快。

8 月 29 日。

人们都依恋着不肯揭开这页日历。

海城人终于捧起他们自己酿造的酒，递给就要离别的客人。来，请你们再喝杯海城的酒。海城感谢你们，海城人感谢你们。是你们带来的 8 月的风撩开了海城人迷蒙的双眼，使海城人第一次真切地看到了世界，也真切地看到了自己。是你们带来的 8 月的风鼓荡起海城人奋进的激情，使海城人再不能安于他们已经创造出的美好的昨天和今天，他们应该为海城创造出一个更加辉煌灿烂的明天。海城期待着你们明天再来。

客人的泪滴在酒里。谢谢你，海城；谢谢你们，海城人。我们一定再来。我们将记住是你们用心中的圣火烧成的 8 月的风吹开了我们的双眼，使我们真切地看到了海城，看到了中国，看到了世界美好的未来。海城 8 月的风是如诗的风，如画的风，如火的风。我们会永远记住海城 8 月的风。世界和历史会永远记住海城 8 月的风。

8 月盛会的帷幕被 8 月的热风吹开，又被 8 月的热风扯拢。

第三章 8月的沉思

海城 1990 年的 8 月是个辉煌的 8 月。

海城 1990 年的 8 月也应该是个深思的 8 月。

8 月过后来对 8 月做一番思索,该不会损害 8 月的辉煌。因为历史无法在 8 月驻足,它要流淌,毫不客气地带你去面对 9 月、10 月乃至今后无数个 8 月的辉煌。

沉思之一:假如六万盆鲜花出现在明年的 8 月

那天和一位长春的朋友闲聊,谈起花,他告诉我:去年,为了迎接国庆四十周年,长春市组织了十万盆鲜花置放于街道、广场。长春市一时变得格外喜人。然而,就在鲜花摆放出的第一天夜里,便丢失了一千盆。第二天和第三天,又各有一千盆不知去向。无奈,市政府不得不动用大批保安人员昼夜值勤。

同是去年,海城园林处及各单位置放于街头的鲜花也丢失一千盆。国庆节一过,人们不得不急急忙忙将幸存的鲜花连同节日尚余的欢乐一起撤掉。

今年,为了迎接国际民间艺术节,海城园林处组织放置了六万盆鲜花上街。为防不测,这些花直到艺术节开幕的前五天才摆上街头。面对海城突然间幻化出的花的世界,园林处的职工既欣慰又提心吊胆。他们终日祷告:愿我们的市民行行好,给我们多剩些花,我们还要用它们去装扮明天的生活。

六万盆鲜花第一次露出了它们的笑脸。

8 月 23 日。

曙色还没有褪尽,二十万人汇成的人海便已淹没了由六万盆鲜花汇起的花海。

望着这片人海，园林处的职工忧心如焚：六万盆鲜花该如何去抵挡二十万双脚和二十万双手的践踏、蹂躏？他们的脑子里浮现着一幅幅惨不忍睹的画面……

然而，一个奇迹让他们惊呆了：人海退去之后，浮出的依然是那么一片完美如初的花海！

那天行进演出结束后，市长接到的第一个报告竟是：街头置放的六万盆鲜花没有丢失一盆，没有一个花盆破碎，没有一枝花折损！

市长的眼里挂出了泪花，为六万盆鲜花和二十万市民。一瞬间，他想到了他该想的一切：孺子牛、公仆、全心全意、清正廉洁、鞠躬尽瘁、死而后已……

海城在那个8月里的表现实在是相当出色。

然而，我们不能不想起去年的8月曾经丢失损坏过那么多花。于是，我们不能不问：海城人为什么能有这个8月出色的表现？有人说，海城人懂得家里外头。于是我们就不能不问：假如这六万盆鲜花出现在明年的8月，其命运也会如此幸运吗？我想，没有人敢做出一个否定或肯定的答复。因为海城人在过去的8月里有过一次出色的表现，你便无法否定；因为明年的8月没有艺术节没有外国人来，海城人也就没了家里外头的区别，你便无法肯定。

到了海城人不必再为"家里外头"的区别劳神时，海城人才迎来了真正的辉煌。

沉思之二：假如我们扒房子，假如我们盖房子

我喜欢看扒房子，无论什么时候，无论走到什么地方，只要遇到扒房子，我都要站下来看。看房上的瓦怎样被一块块地揭下来，看房上的砖怎样被一块块地凿下来，看那一面面乌黑

的墙怎样坍塌，看那墙坍塌的瞬间腾起的烟尘，看那烟尘散尽后现出的蔚蓝的天。

于是，我心里便涌出许多遐想。扒了旧房子一定是为了盖新房子，扒了小房子一定是为了盖大房子，扒了破房子一定是为了盖好房子，扒了难看的房子一定是为了盖漂亮的房子。正是这么不停地扒来扒去，才把人类从原始的洞穴中引诱出来，住进木板房，住进石头房，住进土坯房，住进草房砖瓦房，住进了摩天的楼房。也正是这么不停地扒来扒去，才把历史从野蛮扒进了文明。所以我常想，哪一所旧房子里不堆砌着陈旧，不散发着霉味，不沾满着历史的灰吊和蛛网。住着，难免令人窒息，扒了，又难免舍不得。其实被历史的烟尘熏黑的又何尝只是房子。所以，见了扒房子我便极有兴致，便极振奋，便想，我们又告别一个昨天，我们又有了一个明天。旧房子坍塌的瞬间腾起的烟尘与轰鸣，正是一响令人昂奋不已的礼炮。

但我更爱看盖房子，看那红的墙一寸一寸地生长，看那绿的窗一扇扇地开启，看我们的今天，想我们的明天。

我们还是不能不想想昨天。

为了面对 8 月的历史和世界，昨天我们忍着痛把一些旧房子、破房子、难看的房子扒了。有些可以换成新的、好的、漂亮的，有些则无法换，只能咬咬牙扒掉，比如那些貌似房子的杂七杂八的棚厦。

海城人直到地震后才有了住楼的概念。那时海城建楼人的观念合着那时的情况，只要让没有房住或住在危房简易房里的人住进新楼，便是伟大胜利，便是功德圆满。于是那楼建得都很粗糙，留给住楼人自己去想办法解决的问题极多。楼是旱楼，取暖做饭仍需用煤，楼的设计者没有为他们设计储煤储土的地方，于是崭新的楼房内外一夜间便生出许多形状各异的煤棚土厦。海城人信奉破家值万贯，凡家里东西，一块劈柴，一个纸盒，一团烂棉花，甚至一张废纸也舍不得扔掉，祖祖辈辈地攒在那里，以充家财的万贯。楼里堆不下这些，于是便都拥到楼下去"跑马占地"盖小房。为争一块二三平方米的地皮，有的竟动了刀子。于是，楼前楼后凡可戳杆之地，都被五花八门的小房所占据。于是，几乎每一座楼都被裹上了一围褴褛的衣裙，不堪入目。这怕是唯海城才有的奇特的建筑景观。

为了应付8月的历史和世界，我们不得不临时用一堵墙把这奇景挡起，以做遮羞的权宜之计。然而，这墙能永久地挡下去吗？而且"沈乐满""万家乐""自动排油烟机""洗碗机"等现代厨房用品正在步入这些楼房。现代化正向海城人眨动着诡谲的眼睛。

8月的历史和世界逼着海城人去做未来的沉思。

假如我们不再盖楼，我们能否下决心彻底清除那些沾在旧楼上的污垢？假如我们再盖楼，我们能否有办法保证新的楼房不再遭到玷污？海城人什么时候才能用自己的手彻底拆除那一堵遮羞的围墙，能够心地坦然地面对外面的世界而不再感到脸上发热不再感到害羞？

有关这个城市建设和管理的问题，是辉煌的8月过后留给市长和建委主任们的沉思，这沉思也应该留给每个海城人。

因为海城和海城人不会只拥有这一个8月。

沉思之三：假如我们的脸上能永远挂着8月的微笑

在那个辉煌的8月里，到处可见挂在海城人脸上的微笑。那微笑应该说都是真诚的。

8月22日，六国艺术家步出海城车站的时候，首先看到的便是洋溢在海城人脸上的真诚的微笑。在车站上迎候的欢迎队伍是由一张张真诚的笑脸组成的；站前至宾馆的道路两侧自动结成的人墙，一张张脸上也都挂着真诚的微笑；还有我们的宾馆服务员，尽管他们在使用"请""您""对不起""没关系"这类语言时，脸上仍有些羞羞的，但溢在他们眼角和嘴角上的微笑却是真诚的。正是这些微笑顿时化解了各国艺术家在旅途中积下的疲劳和烦恼，欣然接受了我们艺术节组委会的安排，于当晚为海城人民做了两场精彩的演出（据悉：因列车上的卫生、饮食等服务问题，各国艺术团曾正式向我方陪同人员提出：拒绝参加他们来海城当晚的演出）。真诚的微笑是一种不可抵御的力量。

之后，我又听到了许多关于微笑的故事。

快5点了，百货大楼下班的时间快到了，营业员们开始忙着收拾钱物，等着下班的铃声响起。几位外国客人走了进来，在文具柜前停下了脚步。这时，时钟敲响了5点。那几位苏联客人听到铃声，意识到了什么，很惋惜地向营业员摊摊手，想转身离去。这时，他们看到了营业员脸上的微笑，那微笑分明在对他们说：没关系，想买什么尽管买好了。于是他们留在了柜台前，挑选起他们要买的商品。他们挑得专心致志。最后，当营业员把他们选好的三百支自动铅笔为他们包好，递到他们手里的时候，他们看看表：6点30分。他们歉意地向她摊摊手。这时，他们又看到了她脸上的微笑，那微笑分明在说：没关系，欢迎你们再来。

同是这一个时间，另一位外国客人正站在联营公司的一个柜台前，试着营业员盖士清给他递过来的皮夹克。这是他试穿的第十一件了。这时，他又站到了衣镜前开始反复端详。终于他又摇了摇头，脱下那件皮夹克，把它递给了小盖，脸上一副很窘迫的样子。这时他看到了小盖脸上的笑，那笑是真诚的，是纯然对朋友的笑。这笑顿然冰释了他的窘迫，唤出了他脸上同样真诚的朋友的笑，这笑使他迈着轻快的脚步走出了那扇早已闭起的店门。

五金公司交电商场。一位美国朋友在收款处付完四节五号电池的款，转身刚要走，被收款员叫住了。他茫然站下，想一想，似乎明白了：一分钱的零头实在是不好用来做小费的。于是他自嘲地笑笑，把手下意识地伸进衣兜。他发现收款员已不在收款室。他看见收款员正急急地走到一个营业员面前焦急地说了几句什么，然后又走到另一个营业员面前焦急地说着什么。那营业员很吃力地在衣兜里摸索了一会儿，摸出了枚硬币给她。她笑了，并且笑着急急地回来，将举着的那枚硬币递给了那位美国朋友。美国朋友望着她没有说话，只把那枚在手里已经捏得很热的一分硬币小心翼翼地装入衣兜。我猜，他一定会珍藏起那枚硬币。

一个蒙古国客人在一个个体摊床前久久地托着一双皮鞋不肯放下。那双皮鞋要价三十五元，是进价，没有谎，是那个体户从广州花三十元背回来的。他本来就没想挣这些老外的钱，他只想能有几个老外到他这床子上买鞋很光彩。然而，那蒙古国客人表示：他只有二十元了。他笑笑，很爽快地接下了那二十元，并用他的笑送走了那位笑得很不自然的蒙古国客人。

8月的微笑送给了外国人，8月的微笑也同样送给了自己的同胞。

二百商店。营业员汤秀文微笑着接待了一位农村来的妇女，帮助她选好商品，刚刚微笑着把她送走，一低头，发现那位妇女拎兜忘在了柜台上，她立刻追出去，把那拎兜交给了那妇女。那妇女对她千恩万谢，她只笑笑说：谢啥，这事搁谁都得这么做。

联营公司。一位农村顾客抱着一台电视机找到家电组的孙德顺，想请他给修一修。他的话说得很怯，因为这台电视机已经过了保修期。但孙德顺仍给他修了，仍免费。他很感动，想给他买烟，他笑笑拦住他；他又要请他吃饭，他又笑笑说不用。那笑在那农民心里印得很深很深。

…………

海城人8月的微笑是真诚的是发自内心的微笑。那微笑化解了人与人之间多少冷漠、怨恨、猜忌、仇视……

海城人有理由怀恋海城人在那个8月的微笑。

人们多么希望能把那微笑永远留住。

然而，能留得住吗？

辉煌的8月过后的海城在沉思。辉煌的9月过后的北京和中国在沉思。

希望能永远留住那微笑的不光是海城，而是整个中国。

沉思之四：假如我们举办第二届艺术节

人们说：凡事有了一，便会有二，有三。

有没有例外呢？

艺术节有了首届，似乎便应该有第二届。有人希望有第二届。一个艺术节使海城变美了，海城终于在海城人的眼里变得更可爱了。如果再搞一次艺术节，海城一定会变得更美更可爱，海城人真心希望海城美丽起来。

有人不希望再有第二届。一个艺术节掏走了海城那么多钱，海城人除了看见几个外国人，还有什么实惠呢？艺术节不过是块贴在市委书记和市长脸上的金箔。

一份关于艺术节的总结报告将成功举办艺术节的意义归纳出七个。一是活跃了群众文化生活，促进了文化事业的发展。艺术节前后，海城乡镇高跷队已发展到一百四十多个。二是扩大了海城的知名度。中央电视台在亚运会开幕式之前播出的电视片《相会在海城》使整个中国知道了海城。六个国家的一百三十多位外国朋友也在一瞬间把海城捎到了全世界。三是增进了国际间的友好往来。艺术节期间，来海城的各国艺术团都表示有机会再来海城，并邀请海城在适当时机派艺术团参加他们的艺术节。一个艺术家便是一个和平的使者。四是活跃了经济。海城市外经部门与苏联国家合作建设公司的《共建中苏海龙合资公司协议书》就是在艺术节期间签订的。五是促进了城市建设。六是加强了社会治安。七是促进了两个文明建设。所有这些都不是言过其实。也可以说，所有这些也并非都是可以用钱买到的。正如亚运会，当初也曾有人对此提出质疑，说那是劳民伤财，是打肿脸充胖子。然而，多少钱能买来一个民族的自尊自信自豪呢？

中国还要办奥运会。海城也该准备着什么时候办第二届艺术节。

那么我们就不能不再搞些假如。

假如我们再办艺术节，我们就不能不认真审视一下我们的文化。高跷是海城人的艺术是海城的文化，但它并不是海城人文化艺术的全部。况且它本身也正期待着用更深层的文化去充实自己完善自己，使其更具审美价值。我们不能也不该只在高跷圈出的小场子里打转转。

假如我们再办艺术节，我们就不能不认真地为我们自己照一照镜子。我们是海城人，我们更是中国人。我们该想想怎样不断地完善和充实我们自己，使我们有一天能拍着胸脯说一声：我们是很棒的海城人，是很棒的中国人。

假如我们再办艺术节，我们也不能不认真想一下，我们还该怎样组织艺术节，才能使艺术节更能体现出"民间艺术、和平友谊"主题。这届艺术节里，各国民间艺术家与海城人民间的交往交流是否还少了些呢？

假如……

假如我们人人都能认真地去思索几个假如，那么，海城便一定会有未来的一个更加辉煌的 8 月。

愿海城 1990 年辉煌的 8 月在海城人心里永驻。

市场狂澜

你想追寻你的过去，请你去看一下市场；

你想感知你的现在，请你去看一下市场；

你想把握你的未来，请你去看一下市场；

只要你走进市场，你就走进了一条历史隧道⋯⋯

第一章　涌向市场大潮

不经意间，海城的改革已经走过了十年历程。

这十年是海城的城市和乡镇重视生机与活力的十年，是真正显现自己的生机与活力的十年，是如珍珠般放射出耀眼光华的十年。

海城的市场，则是海城十年历史的浓缩。走进海城的市场，你便走进了海城的过去、现在和未来。

我们应该记住有关海城市场的下面这组数字。

1979 年年末统计，海城共有各类市场十八处，年成交额为九百一十万元；

1983 年年末统计，海城共有各类市场五十四处，年成交额为八千二百八十七万元，是 1979 年的九倍。

1998 年年末统计，海城共有各类市场八十处，其中专业市场三十九处，综合市场四十一处，年成交额为三十八亿六千万元，是 1983 年的四十七倍，是 1979 年的四百二十四倍。

海城的大集、海城的市场如今已成了海城经济发展腾飞的象征，成了连接生产与消费的真正的纽带与桥梁，成为人们了解海城认识海城的最直接的窗口，成为支撑海城经济的一条最坚实的脊梁。它是海城人在这十年中的一个最伟大的创造。它是海城人的骄傲，是海城人的希望。

面对海城今天波翻浪涌的市场大潮，我不能不想到那些最先跃入大海的人，不能不想到那一桩桩关于他们与市场的故事。

一个农民，一条裤子和一个市场

在海城，恐怕没有人不知道海城有个西柳服装市场。

然而，在海城，却不是所有的人都知道西柳有个丁岐山。

对于西柳服装市场，丁岐山永远是一个抹不掉的人物。因为没有丁岐山，或许就没有今天的西柳服装市场。可以毫不夸张地说，丁岐山是西柳服装市场的真正缔造者。

丁岐山的故事已经写进了历史。今天我们重新讲述这故事，并非只是为了追忆，而是希望从这故事中找到一点儿什么。

历史是在无意中将缔造一个西柳服装市场的重任交给了丁岐山的。当然，丁岐山也是在无意中充当了缔造西柳服装市场的历史角色的。

所谓的"无意中"，是因为这所有的一切都源于偶然。

1978年的春天，西柳镇东柳村的丁岐山家里出了一件人命关天的大事。

那天，一向对过日子心气很盛的丁岐山请了几个人在院子里帮工打井。打井和盖房，对于庄户人家都是喜事，大事，丁家也不例外。院子里号子阵阵，泥浆飞溅，屋子里笑语喧哗，烟雾腾腾。一双双眼睛都在期盼着那即将从地下涌出的充满热情与活力的水。然而，意外的事突然地发生了。就在人们抱起井管准备把它放下井壁时，不想竖起的井管一下子碰到了半空中的高压电线。只听轰的一声，地面滚出一团火球，四五个人同时被击倒，两名前来帮工的青年当场死亡。丁岐山和他的儿子丁学忠因为穿着胶鞋才幸免于难。

正是祸从天降。喜事一下子变成了丧事。眼看到口的一缕甘泉瞬间化为一杯难咽的苦酒。

丁家的生活也从此变成了另一番模样。为了安葬死者，抚慰死者家属，他不得不将仅有的三间房子卖掉，全家人只得搬进生产队的大车棚里暂避风雨。即使如此，仍欠了乡亲们一屁股债。白天他仍似一条汉子一样去队里干活儿，而一到夜晚，面对着油灯的忽明忽灭的亮光，听着老伴和女儿丝丝缕缕的哭声，他的心立刻被撕成八瓣。他一次次地问自己，还有路吗？今后的生活还有路吗？

无路可走的丁岐山有一天走进了鞍山的一家商店，他漫无目的地在商店里转着，无意中有一个重要发现：在服装柜台售价十六元的裤子，一尺相同的面料在布匹柜台的售价只有一元八角。自己买布自己做，一条同样的裤子只需十一元左右。如果将做好的裤子以低于国营牌价两元的价格再卖出去呢？那么一条裤子便可赚到两三元。这就是说，一条裤子里实际蕴含着将近百分之四十的利润率。正是这个百分之四十，支撑起了我们的商品流通领域。裤子从它走出工厂的那一刻起，便将这块百分之四十的肉一块块地均衡地分给了批发总站、批发分站、批发点和零售商店。它不但养活了生产单位和销售单位，它还必须养活旧的商品流通体制锁在他们中间的每一个冰硬的链环。这是隐藏在商品流通领域中的秘密。如果丁岐山沿着这条通道走下去，他还会发现隐藏在商品生产领域中的秘密。他会发现这个秘密。

眼下的丁岐山在看了两个柜台的两种商品价签后，就如同看到了密布的浓云中透出的一缕阳光，如同看到了上天指给他的一条绝处逢生的路。

然而，这路能否走得通呢？走不通也得走。因为他已无路可走。

他狠狠心，掏出家里仅有的四十八元钱，那是他小女儿多年积攒下的一点儿私房钱。拿出其中的十七元一角六分买了一块的确良布，又用剩下的那点儿零钱买了兜布和纽扣。

整整十八元钱，丁岐山做成了两条裤子。

这就是西柳大地上最早的两条商品裤。

有了这最初的两条商品裤和最初获取的八元钱利润，才有了以后的二十条、二百条和八十元、八百元……

两条裤子为丁岐山拓开了一条走向新生活的路，就在这年年底，丁岐山又有了属于自己的三间房。

两条裤子也走活了丁岐山周围的乡亲们的脑筋，也为他们拓开了一条走向新生活的路。一年赚下三间房，这对农民是个怎样的诱惑！

终于有一天，东柳村的家家户户几乎都响起了缝纫机的轧轧声。

终于有一天，东柳人在这一片轧轧声中完成了他们的从生产到流通领域的一次自然分工。

终于有一天，这轧轧声开始在整个西柳的上空响起，并逐步蔓延到周边乡镇的大片地区。

终于有一天，西柳的大地上汇聚起了一股做裤子的农民大军，卖裤子的农民大军。

几路大军东杀西砍，南冲北撞，终于为自己夺下了一块坚固的阵地——西柳服装市场。

丁岐山的两条裤子标志着中国农民商品经济意识的觉醒。正是这两条裤子引出的轧轧声，才最终汇成了西柳农民海城农民涌向商品经济大潮的势不可当的狂涛巨澜。

我们应该去看一看今天的西柳服装市场。

十多年前，当丁岐山和他的乡亲们趁着夜色将做好的裤子偷偷摸摸地拿出家门的时候，他们谁也不会想到，他们正在为西柳的未来创造着什么。他们谁也不会想到十多年后的今天，他们将会面对一个怎样的奇迹。

如今的西柳服装市场，已经以其大规模、大跨度、大范围、大流转的经营气势而闻名遐迩。它被人们称为"神奇的大集""渤海奥区的一颗明珠"。它已成为全国十大专业市场之一。

如今的西柳服装市场占地面积八万平方米，其中市场交易占地面积五万平方米，服务用地三万平方米。场内建有一万平方米的封闭交易大厅和十二个棚台式交易区，共有固定摊位九千多个，经营的布匹、服装、针织品等多达两万余种。市场平均日上市人数五万余人，旺季可达十万人。1991年成交额七亿元，日成交额二百余万元；1992年成交额十四亿三千万元，日成交额四五百万元；1993年成交额已增至三十一亿九千万元，日成交额近千万元。

如今的西柳服装市场已经以其巨大的吸引力和辐射力，不仅汇集了全国一千多家企业和市场的轻工精品，而且鼓动着本地区二十多个镇、二百多个村、四万多家企业和个体专业户从事着各种针织品、革制品、小百货系列产品生产加工，为其提供源源不断的货源。除此之外，全国还有二十五个大中城市的三百多个国营、集体企业和个体私营厂家在市场设立了常年销售窗口。

西柳服装市场的商品早以其价格低廉、品种多样、适销对路的优势而畅销东北三省和内蒙古地区。近年来其商品又畅销全国，并通过边贸远销日本、俄罗斯、蒙古、朝鲜、韩国等国家。已经形成其稳固的外购外销、地产内销、内外结合、集散并举的市场经济格局。

这就是今天的西柳服装市场。

今天，丁岐山已经离开了这个市场。而这个市场却永远忘不掉他。

一个农民，一个兜子和一个市场

出海城，沿哈大公路向北，行九公里，便是南台镇。

南台镇有一个规模仅次于福建石狮和河北白沟的全国第三大箱包市场。

它也是由一个农民创造的。这个农民叫陈香兰。她和丁岐山一样，也是在无意中充当了缔造一个市场的角色。历史所以选择她来充当这个角色，是因为她具备与丁岐山一样的最基本的条件：贫穷。

三十年前，当她伴着喜庆的唢呐声步入这个家庭的时候，她的心里不但充盈着爱的甜蜜，也充盈着对新生活的无限的热望。有哪个姑娘的梦不是美的？然而，任何人也无法将美好的梦境留住。陈香兰也不得不面对新生活带给她的冷峻而严酷的现实：婆母的卧病在床和五个孩子的相继出世，如一条条绞紧的绳索缠在她的脖子上，竟使她难以透出一口气。

为给婆母看病，为填饱那一张张小嘴巴，她不得不卖掉了家里的房子，她不得不背起几千元债务的重负，她不得不以中国妇女所特有的韧性背负起一个沉重的家庭，在生活的道路上艰难地爬行。

1969年，为生活所迫的陈香兰，冒名李淑华，去鞍山的一座矿山当了一名临时工。她在那里整整干了八年。八年里，她什么罪都受过，什么苦都吃过。八年里，她干过矿上的所有苦活儿累活儿，她扛过铁，打过石头，下过矿井……八年里，她每天都是天不亮就从家走，晚上八九点钟才能回家……八年里，她没有在矿上的食堂吃过一顿饭，每到中午，她便一个人悄悄地躲到一个角落里，一边啃着自己从家里带来的苞米面饼子大咸菜，一边喝着白开水……

与命运顽强抗争的八年！

1978 年春天，不知是不是历史的巧合，就在丁岐山在鞍山一家商店转悠，在无意中发现了隐藏在裤子里的商品秘密的同时，陈香兰也在鞍山的另一家商店里转悠，也在无意中发现了隐藏在一个兜子里的商品的秘密。

那天，她完全是无意识地被吸引到了卖兜子的柜台前，她只是因为看到一些和她命运相仿的人在争相购买一种用黑皮革做成的兜子，她便也挤上前去，狠了狠心掏出五元钱也买了一个拎回家来。那时的她，根本没有意识到这兜子里装的是什么。她只知道明天早晨她就要用这只兜子去装她的苞米面饼子和咸菜。五元钱不过是给她的旧生活做了一个新包装。在回家的路上，她竟有些后悔起来。这五元钱花得值吗？自己的生活值得这样奢侈地包装吗？

恰在这时，有人发现了她拎的兜子。一看兜子，一问价钱，便直称便宜，直央着她抽空也帮着捎一个回来。就这样，她开始挑起了一个为邻人友人捎兜子的任务。捎着捎着，她突然有了发现：自己为什么不就此贩些兜子来卖呢？

仅这一次灵感之花的闪现，便就此燃烧出一片照亮新生活的大火。

陈香兰辞去了矿山临时工的工作，正儿八经地卖起了兜子。卖着卖着，她突然又有了发现：这兜子自己也能做，与其贩来兜子卖，倒不如自己做了兜子去卖。这里边确有一笔很好的账算。

这又一次灵感火花的闪现，终于为陈香兰拓开了走向未来生活的新通道。

陈香兰不再出去卖兜子了。陈香兰领上自己的儿女干起了做兜子的营生。她的乡亲们则拾起陈香兰原来的营生，纷纷跑到陈香兰那儿贩了兜子去卖。

开始，那些贩了兜子的人只是每天早晨赶到车站，站在车站的路边，向那些每天去鞍山跑通勤的老大哥兜售那种廉价的兜子。贩兜子的人多了，去车站的那条小路便渐渐热闹得如同一个集市了。

之后，贩兜子的人群中开始分化出如陈香兰那样做兜子的一族。南台从此杀出了一支做兜子大军，卖兜子大军。通车站的那条小路也从此有了另一番光景，成了一个正儿八经的大集——南台兜子市场。

南台的兜子大军是由陈香兰统领出来的。到1993年年末统计，南台镇从事箱包生产加工的专业户已发展到三千多户，占全镇总户数三分之一。箱包生产已成为南台镇的支柱产业，已成为这里众多农户步入小康的重要桥梁。

南台的兜子市场自1979年萌生市场雏形，至今已发展成为一条规模宏大、设施完善、功能齐全的箱包批发专业市场。1992年建成的南台箱包市场大厅，是一座全封闭式楼式市场。大厅总建筑面积为八千平方米，内设一千多个摊位。1993年年末统计，这个市场经销的箱包种类多达二百余种，日上市量达十万余件，日上市人数达八千人，日成交额达三十万元，1993年成交额为一亿两千万元。来此经营的除本地的箱包专业户外，还有来自东北三省、内蒙古、山西、陕西、河北等七个省区三十四个城市的客商。其产品不但畅销北方城乡，而且已远销俄罗斯和韩国，成为目前东北地区最大的一处箱包批发专业市场。

在海城改革开放十年的市场发展史上，陈香兰和南台的箱包市场无疑将占有光辉的一页，陈香兰的名字将和那座气势恢宏的市场大厅一起被载入历史，成为南台人心中的一座永久的纪念碑。

一个农民，一畦韭菜和一个市场

这又是一个农民创造市场、创造历史的故事。

据传，唐贞观十九年（645），唐太宗李世民率大军征战辽东，恩泽布于此村庄，这里的农民为感戴唐王李世民，遂将自己的村庄命名为感王寨。

感王虽被着唐王的恩泽，千百年来却未曾见其有过怎样的辉煌。

据史料载，早在明清时期，感王人就擅大棚种菜。凛凛寒冬，感王人的暖炕上葱、蒜、韭菜早已成为感王人的一种重要的谋生手段，成为感王人家庭经济的一部分。在三年困难时期，感王人就是靠大棚产出的五百多万斤菜，才使日均食菜量达到近一斤半，从而使他们度过了那一段最艰难的日子。

感王人应该就此富裕起来。感王人有能力在大棚里种出他们的新生活。

然而，随之而来的"文革"使感王人的梦想再次成为泡影，大棚的绿色不但没有将感王人从窘迫的生活中解救出来，相反，却给感王人招来了一次又一次的磨难。一个"以粮为纲"已经捆住了感王人留在地里的手脚，而一个割资本主义尾巴的运动，又将感王人埋在地里的大蒜种、韭菜根彻底挖掉，从此更绝了感王人企图靠大棚过上好日子的梦想。

感王的大棚没了，大棚里的绿色没了。感王人的梦没了，梦中的美景没了。感王的乡土上终于落得个"一片白茫茫大地真干净"。

感王人的头脑和思想并没有被冻死。为什么农民种粮就是搞社会主义，种菜就是发展资本主义？难道中国人的餐桌上就只准有饭碗，不准有菜碗吗？这是多么让人窘迫的理论与历史。想吃饭又想吃菜的感王人，绝不相信这窘迫的历史会这样永远地窘迫下去。

1978 年，感王的一个叫苏春风的农民立刻有了一种春风拂面的感觉。这拂面的春风一下子吹醒了他眼看就要冻僵的思想。他冒着再度被批斗被整得一无所有的危险，在自己的园田地里再度盖起了一个大棚，将感王已经中断的大棚种菜的历史，重新接续了起来。由此引出了一位与后来的感王蔬菜市场息息相关的人物——廉士昌。

或许当年苏春风扣大棚只是出于生活所迫。割资本主义尾巴已经将苏春风割成了一个"除了两手，一无所有"的彻头彻尾的无产者了，扣大棚即使不能给他带来好运，也不会给他带来比这更糟的厄运。所以，苏春风扣大棚只是生活所迫。然而，他的大棚却如一只升入高空的探测气球，引动了众多感王人的惊诧与惊喜。感王人又看到了属于自己的那一片充满希望的星空。感王人又跃跃欲试了。

1981 年，在感王的历史上发生了一件大事。这年冬天，感王大队的党支部书记廉士昌，承包下感王大队无人承包的一百五十七亩荒地，并在这块荒地上扣起了十亩大棚，开了在集体耕地上扣大棚的先例。这实在是一个伟大的壮举。须知那时的众多感王人还在为苏春风在自家园田地里扣大棚的事捏着一把汗，这位共产党的支部书记却在集体的耕地里扣起了大棚，这廉士昌的胆子得有多大？一时间，大棚里灌满了来自好心人的忠告和中伤者的诽谤。

廉士昌对此不闻不问。廉士昌只讲自己的理，这块地种了粮也不打粮，为什么偏要种粮？这块地只能长菜，为什么不能用来种菜？共产党再不能干那种自己糊弄自己的事。我在承包的地里扣大棚，只有两个目的：一是为了自家早一天过上好日子；二是为了给社员们做出一个样子来。我党支部书记都不怕，你们怕什么？咱感王人要种起菜来，三年五载就能把咱感王变成天堂。不信，咱们走着瞧。

那一年里，廉士昌在大棚里栽大蒜，一年就收入四千多元。第二年继续栽大蒜，又是一个四千多元。

看到廉士昌大棚里产出的绿色诱惑，等待观望着的人们再也沉不住气了。一座座塑料大棚瞬间如决了堤的洪水一般漫向感王的大片土地，从而引发了感王大地上的一次最大的绿色革命。

1984年6月感王鲜细菜批发市场在这伟大的绿色革命中应运而生，并很快成为与西柳服装市场、南台箱包市场齐名的海城三大专业市场之一。

望着感王大地上飘扬起的这一面面白绿相间的旗帜，廉士昌的脸上露出了多年不见的笑容，那是从一个真正共产党人心里生长出的真诚的笑。

感王的冬季温室蔬菜生产，随着新品种、新技术的推广应用而不断发展。种植面积不断扩大，品种和产量不断增加，其蔬菜的销售已辐射到东北三省各地。感王已成为东北三省冬季温室蔬菜生产基地之一。感王镇的农民也因此走上了致富之路。仅大棚种菜一项，就使全镇户均收入高达五千到一万元。

生产的发展进一步促进了市场的发展，1993年，感王鲜细菜批发市场的日上市蔬菜量已达到一百万公斤，日上市人数达到一万五千人，年销售量达到二千六百万公斤，年销售额达到二千一百万元。

感王人真正步入了一片希望的田野。

我们走进这几个农民的故事，我们走进这几个市场，我们应该看到些什么，想到些什么？

我想说，海城的农民真是好样的。他们那样富于韧性，而又那样富于创造性。面对着他们和他们的故事，我一直在想，假设当初，没有丁岐山、陈香兰、苏春风、廉士昌为我们创造出的这些故事，海城能否有关于三大市场的创造？可能有，也可能没有，因为历史无法假设。因为毕竟不是每个地方都生长出了类似的市场。相对的偶然性和绝对的必然性，是造就海城那几大市场的前提，丁岐山等农民最初创造的那些故事都出于一种偶然，一种无奈，一种忐忑不安的尝试，一种走投无路之后的最后一搏。而促使他们最终完成那一桩桩伟大的奇迹般的创造的，则是历史的必然。如果我们的屁股上至今还夹着一条资本主义的尾巴，即使西柳那地方有一万个丁岐山，也不会让西柳的大地上冒出一个服装市场。

我想说，海城的农民真是好样的，他们不但创造了西柳的服装市场、南台的箱包市场、感王的鲜细菜市场，而且接连不断地为我们创造了鸡蛋市场、绣品市场、草莓市场、水果市场、木材市场、钢材市场、牲畜市场、机动车市场等一个又一个生机勃勃的专业市场、综合市场，从而掀起了海城市场经济的狂澜，从而写下了海城经济腾飞的最辉煌的历史篇章。

我们应该为 20 世纪 80 年代中国大地上出现的改革开放历史大趋势而欢呼。

我们应该为丁岐山、陈香兰、苏春风、廉士昌等农民的伟大创造而欢呼。

我们应该为海城的市场欢呼。

第二章　不败的西柳市场

西柳服装市场是神奇的市场，是一个长盛不衰的市场。

西柳服装市场也是一部书，是一部能令我们的历史学家、社会学家、经济学家乃至作家和艺术家都百读不厌的书，是一部隐藏着市场全部秘密同时又深刻揭示着市场的全部秘密的市场大百科全书。其中蕴含的巨大的信息量，足以令中国当代的诸子百家瞠目。

西柳服装市场的历史浓缩了海城十年改革的精华。无论是回视海城改革十年的历史，还是瞻望海城未来的辉煌前景，我们都无法离开西柳服装市场这个历史的透视点。

扑不灭的西柳裤子之火

西柳自从有了丁岐山的裤子，西柳的土地上便燃起了裤子之火，这火不可遏止地越燃越大，终于烧出了一个西柳服装市场。

用今天眼光看，如果没有当初的那一片裤子之火，便不会有今天西柳的辉煌。而在当初的人们眼里，那却是一片邪恶之火，是一片欲陷西柳与海城于灭顶之灾的死亡之火，而任其燃烧起来，西柳就没救了，海城就没救了。

望着这片烧起来的大火，丁岐山这个纵火者的心里惶惶然。

当初，丁岐山将他的第一条裤子偷偷地拿出家门的时候，他丝毫也没有意识到他这一点儿商品意识的觉醒会成为照亮西柳人拓开商品经济大道的火星。当时大队和公社的领导者也没有意识到丁岐山的那一条裤子会牵动那么多西柳人的心，那一点儿小小的火星竟会烧出那么一片让人心惊心悸的大火。他们当初对丁岐山的所作所为采取了睁一只眼闭一只眼的态度，完全是出于对丁岐山所处的境遇的同情。让他自己偷偷摸摸地抓挠两个，不也省了大队和公社的心吗？可哪里想得到，丁岐山的这一点儿火星竟燎红了那么多人的眼睛，一下子竟有那么多本本分分的庄稼人也跟着做起了裤子。就连学校里的教师和机关里的干部也拿起了针线，帮着家里的老婆孩子锁裤眼，钉扣子。为了做裤子，有的人干脆连班也不上。如果再容这火烧下去，我们社会主义的西柳岂不要葬送于这火海之中？

警觉的领导们意识到：西柳的这场火到该灭的时候了。

我在县委经打办工作期间，就曾参加过有关讨论如何打击西柳农民经济犯罪问题的会议。毫不隐瞒地说，在那会议上就做过动用民兵围剿西柳倒卖裤子黑市场的决定。

之所以称其为黑市场，是因为与这市场相关的差不多都是黑的：做裤子的人家被视为地下黑工厂，买卖裤子的生意常常得在黑夜里去做，而那些做出来、卖出去的裤子又大多是黑色的。

然而，民兵的围剿并没有剿灭西柳的裤子事业，更没有剿掉西柳的裤子市场。民兵从大路东边来，人们便往西边逃；民兵从大路的西头包抄，人们便从大路拐进小路；反正那时的市场是无形的，飘忽不定的，公路边，柳树下，房山头，随处铺起一块塑料布，将裤子包打开，便是一处摊床。只五六十个民兵怎能打得起一场游击战争？

于是他们明白过来：黑市的裤子包是标，而农户家里的缝纫机才是本。只要缝纫机不转了，黑市上还会有黑裤子吗？于是民兵开始进村了。可进村的民兵哪里还听得到缝纫机的轧轧声？早在他们的脚步在村外远远地扬起尘土的时候，报告"鬼子进村"的"消息树"早已扳倒，家家户户早来了个彻底的坚壁清野。及至"扫荡清乡"大军一过，西柳的大地上照样"黑祸"蔓延。

这仗实在是没法打了。于是有人想到堵不如疏的古人治水之道。既然锁不住裤子的阴魂扩散，不如以重税重罚之法治之。这就叫以其人之道还治其人之身。你们不就是为了捞钱吗？你能交得起我收你的税，你就尽管捞，你想逃税偷税，我就罚你把老本贴光；老百姓看再没油水捞了，自然也就撒手不干了，这祸水也就自消自退了。

谁想到此举一出，那一个个当时让人听起来都咋舌的补税罚款数目，非但没有吓退西柳的裤子大军，反使西柳的裤子之火如火上添油，越烧越烈。

西柳的农民是精明的，补税罚款说明了什么？说明了一种政策的松动，说明了我们的事终于得到政府的默认。从此，就再不用偷偷摸摸地去干了。只要照章纳税，就成了合法的光明正大的行为，再不用怕了。

西柳的农民更是通情达理的。他们知道补税罚款是早一天晚一天的事，商店里卖的裤子，工厂里生产的裤子，哪一条里没有税？没有税，国家的事怎么办？如今咱做裤子卖裤子，赚了大钱，可那里有多少是应该交给国家的税钱呢？收税是应该的，补税也是应该的，我们认。

西柳农民的更精明之处，还在于他们对党的十一届三中全会所传达出的信息的理解上。搞社会主义是为了让人民过好日子，而不是要搞得人们穿不上衣吃不上饭。否则，还搞社会主义干什么？

西柳的农民能做如是想，西柳的裤子之火焉能不越烧越旺？

因为西柳人已经从那一条条裤子里看到和尝到了甜头，看到新生活希望的曙光，找到了通向未来新生活的路。

西柳人既已下了决心，要在这条路上义无反顾地走下去，谁还能阻挡得了呢？

亚当和夏娃一旦偷吃了禁果，就连上帝也再无法阻止人类繁衍生息。他只能去诅咒那条蛇。

谁也叼不走西柳这块肉

自从认可了补税罚款，西柳人就赢得了一个名正言顺的市场。一旦名正言顺起来，这市场就成了一块肥肉。及至1984年的一天，一位新任的县委书记对这市场说了一番石破天惊的话，给这市场上的每一个西柳人都吃下一颗定心丸后，西柳市场这块肥肉就越发地肥得流油了。

西柳服装市场成了一块让人垂涎欲滴的肥肉。

牛庄是有机会从西柳叼走这块肥肉的，但牛庄自己丢弃了这个机会。

牛庄自古即为商埠，"在昔牛庄极繁荣之时，民船云集，运货马车为长龙"。足见古时的牛庄便是一处大集市，是辽南一处重要的商品集散地。

初时的西柳人做了裤子只敢在自家的小院前卖，只敢在无人注目的冷街僻巷里卖。人们不敢张扬，是因为人们知道做裤子卖裤子是犯禁条的事，不定哪一天，一把火便会烧到自己身上。与其将火引到家里来，不如将火移到别处。于是西柳人相中了牛庄。去牛庄卖裤子，既掩了本地人的耳目，又可借牛庄的地理优势，将生意做红火，岂不是件两全其美的事？于是牛庄的大街小巷里一时拥满了来卖裤子的西柳人。西柳人的裤子又如一颗火种，使牛庄人早已封闭的商业意识立刻得以复苏，一股做裤子卖裤子的风潮竟比西柳来得还凶猛。牛庄一时间倒真正形成了一个若明若暗的裤子市场。

如果这势头能坚持下来，无疑后来的那个服装市场便会在牛庄扎下根来，就不会有后来的牛庄人跑西柳，而只会有西柳人的屈驾于牛庄了。这是一个历史的机缘。

然而，牛庄人没有把握住这个机缘，没有将一块到嘴的肥肉死死地叼在嘴里，而是毫不吝啬地又把它扔给了西柳。在那一个特定历史时期的特定历史环境的制约下，牛庄采取了比西柳更为严厉的措施，不但将溃逃来的西柳裤子大军赶回了西柳，同时也将牛庄的一支裤子新军追杀到了西柳。

西柳人无可推卸地挑起了创造服装市场的重任。

历史的机缘与牛庄失之交臂。

至今，牛庄人说起此事仍耿耿于怀。看到牛庄至今还没有一处红火得足以令牛庄人骄傲的市场，牛庄人的脸上便不自觉地流露出几分痛惜与遗憾。

如果说牛庄人是自己丢掉了眼看到嘴的肥肉，那么后来的毛祁人和南台人则是要狠心想从西柳人的嘴里夺肉了。

1984 年 6 月，海城县委、县政府发布了《关于二十项改革的决定》，从而拉开了海城综合改革的序幕。"开发海城，致富人民。"如何加大加快开发的力度和步伐，如何使海城百万人民尽快富裕起来，一时间成为海城各级领导干部日思夜想的问题。

毛祁乡与西柳镇是紧邻。刚刚来此担任党委书记不久的苍俊也在苦思苦想这个问题。看到自己的紧邻西柳红红火火地办起了服装市场，看到市场日进斗金的诱人气势，苍俊书记的心里顿时亮开了一扇窗。西柳能办起服装市场，毛祁为什么不能办呢？细致论起来在毛祁办服装市场，可谓占尽了天时、地利、人和。论天时，恰逢海城二十条改革决定刚刚出台，正是我们可以解放思想、放手大干的时机，可谓占天时也；论地利，毛祁将市场建在山后大队，紧靠哈大铁路和哈大公路，且山后就设着一个火车站，地理位置比西柳优越得多，可谓占地利也；论人和，去西柳做生意的人，有三分之一是毛祁人，毛祁人跑西柳是因为毛祁没有自己的市场，只要毛祁有了自己的市场，毛祁的人谁还愿拐着弯去跑西柳？只要把毛祁人拉出西柳，跟着毛祁人出来的何止三分之一？可谓占人和也。天时、地利、人和占尽，焉有不胜之理？

想到此，苍俊书记立即召集党委一班人来议此事。委员均以为苍书记此思此论甚妙，均鼓掌赞之。

此议一定，毛祁人说干就干，立刻辟出三十亩地，投资二十万元，盖房子，焊摊床，忙了一个月，终于忙出了一个比西柳服装市场气派得多的毛祁乡贸易市场。

接着便是登广告、招客商、忙开张。待选定了喜日，大集开市，乡里又请来了一个剧团，连唱了五天大戏。一时间毛祁乡贸易市场好不红火好不热闹。

然而，好景不长，一待大戏唱完，大集也散了场，独剩下几间房子、几趟摊床在空空旷旷的市场里懒洋洋地晒着太阳。

为和西柳争肉，毛祁人白白扔进了二十多万元。这二十多万元为毛祁人买到了一个觉悟：要致富靠的不是教条，不是那一条条言之有理的论证，教条是赚不来钱的。致富要八仙过海，各显其能。要把马克思列宁主义的普遍真理同本乡的具体实践相结合，而不能照抄别人的路子。

之后的苍俊书记带领毛祁人以令人赞羡的远见卓识、胆魄、气度创办了海城乃至鞍山地区第一家中外合资企业——毛祁托马斯铝材有限公司，写出了海城改革开放历史的又一笔辉煌，也算那二十万元学费没有白交。

无独有偶，眼看着毛祁人刚刚交了二十万元学费，南台人跟着又要去交学费。

南台人似乎在权衡了与西柳、毛祁的各项利害关系后，以为自己办个服装市场更占天时、地利、人和。于是在毛祁的大戏晾台两年之后，在南台办了个针织服装市场，企图以其独具的地理优势，将从海城、王石、南台流向西柳的针织品堵截到南台来，构成与南台箱包市场成掎角之势的市场格局，以形成南台的大市场气候。

为此，南台于1986年9月9日针织品市场开市那天起至9月16日，连唱了七天大戏，并每日出动三辆大客车，往返海城、王石接送客户。其志不可谓不壮，其心不可谓不诚，其谋不可谓不密，其势不可谓不盛。然而其果却如毛祁一样，大戏一唱完，大集也就散了场。

事后，南台人望着自己的箱包市场，深有所悟地说：西柳夺不走咱的箱包市场，咱怎能夺得来西柳的服装市场！

南台人的学费没有白交。他们终于认清了该如何走自己的发展市场经济的道路。市场的形成和发展，是与一个地方生产规模的形成和发展相联系的。西柳若没有已成规模的服装生产为基础，便不会有西柳的服装市场。市场的形成与发展，实际上是一个生产发展到一定规模后的瓜熟蒂落的产物，市场是随着生产的需要形成和发展起来的。

懂得了这个道理，南台也就开始形成了自己的生产格局和自己的市场格局。

南台的养鸡业发展迅速，1987年前后，南台开始形成鸡蛋批发市场的雏形。到1991年，南台镇终于建成了占地两万两千平方米的鸡蛋批发市场，鸡蛋日上市量达九万公斤，日销售量达八万公斤。

1991年，随着南台的山城子、李悟、草场沟、茨沟、烟台等草莓生产专业村的形成，南台的草莓市场应运而生，并正发展成为一处颇有规模的果品批发市场。

近年来，随着南台镇肉牛生产专业村、专业户的形成和肉牛生产的迅猛发展，南台的牲畜交易市场日渐繁荣，已极有希望发展成为一个极具规模的牲畜交易市场。

南台人已经按照自己的构思，初步形成了具有自己特色的黑（箱包）、白（鸡）、黄（肉牛）、绿（蔬菜、果品）的生产格局。

谁说毛祁人和南台人没有叼到西柳那块肥肉？他们从西柳叼到的恰恰是一块好肉，是一块精肉。

西柳与茨榆坨的胜因衰由

海城有个西柳服装市场，辽中县有个茨榆坨服装市场。

开始，人们只知道辽中有茨榆坨，而不知海城有西柳。

当辽中已立起茨榆坨大集时，海城西柳还没有大集。

当茨榆坨大集已声震海内的时候，西柳人才刚刚定下一点儿魂，西柳服装市场才刚刚从娘胎里挣出来，一双小眼睛正新奇地望着这片耀眼的世界。

那时茨榆坨大集是名副其实的市场家族中的老大，而西柳服装市场别说是老二老三，就连老八老九也轮不上它的份儿。

然而历史就是那样没处去看。该长的倒不见长，不该长的却风似的蹿了起来。突然有一天，人们发现，茨榆坨大集衰下去了，西柳服装市场兴起来了。

1992年1月7日《辽宁日报》刊登了包维杰、何晓光和记者赵建平题为《兴衰的对比》的文章，写的就是茨榆坨大集和西柳服装市场。文章是通过这样两组数字去佐证两个市场的兴与衰的：

1990年，茨榆坨服装市场年成交额的增长幅度比上年下降百分之七十；商品辐射面由过去辐射全国各地，变为以东北为主；上市人流在减少，批量交易在减少……同年，西柳服装市场年成交额比茨榆坨高出百分之七十七；收取管理费超出百分之七十七；其商品辐射面除全国各地，还远及朝鲜和俄罗斯。

茨榆坨税务分局十三年来累计从市场收税三百六十九万元，平均每年不足三十万元；而西柳税务分局仅1990年一年就从市场收税六百余万元。

此外，到1993年，西柳镇仅市场的财政收入就达一千万元，1994年可望达到两千万元。不知该与茨榆坨做怎样的比较。

不管怎么说，茨榆坨服装市场确实衰落了，西柳服装市场确实昌盛了。

我们不该问一问、找一找其中的原因吗？

这里，我们不访先引用一下《兴衰的对比》文章中有关的对比与分析：

从营销实践看——

茨榆坨市场：兴建于1979年，以经营低质低档大众化服装起家。十几年光阴倏然过去，这里却改观很小。上市服装中，百分之八十仍为自产自销的本地产品，素质上先天不足，落后的加工手段，加之服装档次低、种类不全，商品结构和适应性均大大落后于时代潮流。长时间内依然奉行的"单日集"陋习，更使八方来客不愿在此虚度时光。虽从 1990 年 9 月起，有关部门搞起了日日集，却为时已晚。

西柳服装市场：一成立便显示出强烈的时代气息。首先，这里打破了地域局限，天南海北的二百多名驻场"老客"，给市场带来四面八方的新产品，而本地产品只占成交额百分之三十左右；本地有三千多人常年在外地购货采样，一天之内，仅通报市场行情的电报就达数百封。市场坚持服装、布料、小商品等多种经营，且质优价廉。日日集创造的致富时机更会令各地客商乐不思蜀。

…………

从营销环境看——

两个市场从初建到今天，当地政府和管理部门都为之付出了大量心血，结果不同，原因何在？外部环境是导致市场兴衰的重要因素，再请看下面的对比：

茨榆坨服装市场：其一，管理部门配合不协调，影响了经营者的积极性。工商部门分配摊床时即可收取管理费用，而税务部门没有这一便利条件，则使漏税不漏费现象时有发生。为此，税务部门不得不采取突击补税办法，有时影响了正常经营秩序。

其二，经营资金短缺，影响业者的经营能力。辽中县历来非富裕地区，而金融部门从 1989 年下半年起，为保证贷款回收，基本停止了对服装经营者的贷款。此举无异于釜底抽薪，市场自产自销业者、贩运者无力大量生产和经营。

其三，交通运输不畅，影响了市场的集散能力。辽中境内无铁路，运输靠汽车，但公路营运"肠梗阻"严重。外地客商到茨榆坨，有时要绕行一百五十公里，费时费工又费钱，谁人肯干这种赔本买卖!

西柳服装市场:以上问题解决得恰到好处。首先在管理方面,工商、税务联合执法,工商部门在收取租场费和管理费的同时,代税务部门收税,两者皆大欢喜。在资金方面,西柳属富裕地区,整个市场七千五百名业户,拥有十万元以上者占百分之五十以上。交通运输更是四通八达,不仅省内客车每天往返穿梭近百台次,还开辟了通往满洲里、赤峰等地十几条远程运输线,成为这里联结边远市场的纽带。

…………

其实,这些比较早已装在了西柳人的心里。西柳人从一开始就把眼光瞄准了茨榆坨,瞄准了国内各大服装市场。可以说,西柳人的脚刚刚踏进市场的时候,就已经意识到了未来市场竞争的激烈与残酷。或兴或衰,或存或亡,西柳人哪敢掉以轻心!

在海城综合改革之初调往西柳镇任党委书记的宋兴胜,可以说一到西柳便把眼睛盯住了西柳服装市场和茨榆坨服装市场。为了市场的生存与发展,他多次亲往茨榆坨调查,并最终确定了"密集型、专业化、一条龙管理、全方位服务"的市场战略,即在市场规模上实行适当控制发展策略,求密不求大;在市场取向上确保服装市场特色,求专不求全;在市场管理上不搞各自为政,工商、税务、公安一条龙,求实不求名;而在市场服务上则强调全方位配套,海陆空并举,求功能而不求形式。正是这一战略的应用,使西柳服装市场得以战胜对手红红火火地发展起来。

宋兴胜所以能提出如此战略,就因为他从茨榆坨大集盲目拓展市场规模,变单一服装市场为综合性市场后,由兴盛到衰败的演变中,发现了市场运行的规律,从而找到了保护和发展自己的秘诀。

从这个意义上说，茨榆坨可算是西柳最好的老师。

接替宋兴胜在西柳担任党委书记的赵振波，也成了一个市场通、市场学家。1989 年 3 月至 1994 年 1 月，赵振波在西柳待了将近五个年头，在市场里泡了将近五个年头。五年间，他不但为西柳服装市场"泡"出了一座建筑面积一万平方米的服装交易大厅，还泡出了一部有关市场学的专著《中国西柳——西柳服装市场系统开发与管理》。这是一部史料价值、理论价值、研究价值都很高的市场学专著，可以说是一部市场百科全书。

说到西柳服装市场，他没有再将西柳拿去与茨榆坨做比较，而只是客观地讲了西柳服装市场得以发展与繁荣的几个因素。

西柳服装市场的发展和繁荣首先得力于海城 1984 年推行的改革开放政策。是《关于二十项改革的决定》给西柳市场的发展提供了一个宽松的政治环境。

其二，得力于西柳服装市场有一个合理的经济结构。西柳是先有生产，后有流通的。西柳服装市场的形成是生产发展的需求与结果。所以，西柳服装市场的发展与西柳服装生产的发展有着极为密切的关系。一个庞大的生产集团是市场得以发展的基础。要发展市场，则必须发展生产。1990 年，西柳服装市场地产服装所占比重还只有百分之三，到 1993 年市场的地产服装已增至百分之五十至百分之六十。西柳服装市场已不仅是东北的服装集散地，而且正在成为服装生产基地。没有稳固的生产，就没有稳固的市场。有些官办市场为什么大多短命？就是因为它们没有生产的依托。

其三，因为西柳有个民间融资集团。做服装卖服装使西柳人的腰包里有了钱，有了钱的西柳人并不像守财奴似的把挣来的钱都藏到坛子里、炕洞里，而是以极强的投资意识，将积攒起来的钱用于扩大生产、促进流通。国家金融部门所受的旧金融体制的限制，使得他们根本无法满足西柳人对资金的需求，贷款难动作慢，使得快节奏的西柳人逐步打消了对国家金融部门的依赖。于是一个民间融资集团在一种约定俗成的状态下悄然兴起。这种民间的资金拆借好就好在手续简单，效率高。你下午要搭飞机去广州，临时想起该多进点儿货，多带十万八万元钱，怎么办？立即找到拆借人，双方谈妥利息，或立一个字据，或只凭一个口头协议，你即刻就可拿到你需要的钱，绝不会误了你的班机，简单得很，方便得很。据了解，西柳的这种民间资金拆借额每年已达到两三亿元。这个融资集团每年可提供的流动资金额将不少于十亿元。有这样一个稳定坚实的流动资金储备做支撑，西柳服装市场怎能不活？

还有其四，其五……

还有这样一点也是至关重要的，即十年的市场洗礼已经改变了西柳人以往的生产观念和生活观念。他们已经从小富即安的小农意识小生产意识的困扰中解放出来，使自己变成了具有现代商品意识、现代生产意识的现代化意识极强的商品生产者和经营者。

西柳人创造了西柳服装市场。西柳服装市场也教育和锻炼了西柳人。

赵振波说十年的市场生活，等于让西柳人读完了两个本科大学，西柳人怎能不聪明、怎能不精明？

这话说得既幽默又深刻。

西柳也需面向未来

鼎盛繁荣的西柳服装市场是海城十年改革的一个丰硕成果。

西柳已不再是西柳人的西柳，而是所有海城人的西柳。

西柳服装市场是否已发展到了辉煌的顶点？西柳人和海城该怎样面对西柳市场的未来？

　　这是刚上任不久的西柳镇党委书记张海宽给自己提出的问题。这个问题对他很重要，对西柳很重要。这问题迫使他不能不冷静地客观地去看一看西柳服装市场。他需要冒着被火烧灼双眼的危险，去找到隐藏在这颗太阳深处的黑点儿。当他穿过那一串串耀眼的光环后，他发现，这里确非一片金光灿灿。

　　西柳服装市场确是一个在全国极有知名度、极有影响力的市场，而与全国有知名度、有影响力的其他几处大市场相比，西柳服装市场又是一个环境最脏、最乱、最差的市场。西柳的那处露天市场历经十年始终没有大的改观。风天灰沙蒙面，雨天泥水难行；市场内唯一的公厕很傲慢地立于花团锦簇之中，毫无顾忌地向四处散发着令人作呕的臊气臭气，令人望而却步。

　　论市场规模，浙江义乌是西柳的五倍，河北白沟是西柳的三倍，沈阳五爱市场规模也早已超过了西柳。西柳服装市场规模始终处于一种不适应经营者需求的状态。

　　论产品结构，西柳服装市场生产经营的产品仍以中低档服装为主，以大众服装为主，而没有进入高档服装的生产与经营，这无论如何都是西柳服装市场的一个缺憾。这一缺憾很容易导致市场衰败，茨榆坨就是一面镜子。

　　还有如何保护外地客商积极性的问题，诸如外地客商居住环境问题、子女就学问题。西柳至今还极少有面向外地客商的商品住宅开发，在一定程度上削弱了西柳服装市场对外地客商相对持久的吸引力；而向外地客商子女收取两倍于当地子女的学杂费问题，则在更大程度上损伤了外地客商的投资、生产、经营积极性。还有个别西柳人的牵驴牵羊、欺行霸市行为时有发生……

　　有人评论说，若以成交额论，西柳排在全国十大市场的第四位；而若以市场综合环境论，西柳则该排到第十位。

西柳人和西柳服装市场如不立起一个新形象，西柳人就会失去未来的西柳服装市场。这不是危言耸听。我们该记住历史留给我们的前车之鉴。

没有人想否定什么。西柳服装市场的历史是辉煌的，业绩是辉煌的，但辉煌并不意味着完美。

其实，否定也并非坏事。没有对旧制度的否定，哪有新制度的建立？没有对旧思想的否定，哪有新思维的萌生？如果没有今天对昨天的否定，就不会有今天的创造，而没有明天对今天的否定，便一定没有明天的辉煌。如果历史没有对历史的一个个否定，历史怎能完成它的一次次进步？况且，我们哪个人不是在不断地自我否定中完善起来的？只有你我他都意识到否定的意义，我们才会拥有一个共同的未来。

不管怎么说，张海宽需要做一篇有关未来西柳服装市场的文章。

在春季开冻之前，他组织人力将市场内残留的冰雪、垃圾全部清除掉；

他下决心刹住了来自各方的对市场业主的不合理摊派；

他下狠心对侵害外地客商利益的行为予以坚决打击，在三个月内，先后对八个牵驴牵羊、欺行霸市的害群之马给予处罚；

为保护外地客商，他还责令有关学校将超收的外地客商子女学杂费全部退还，三天之内即向外地客商退还超收学杂费十二万元……

在实施这些小动作的同时，一个更大的动作也在加紧运筹：建设新的西柳服装市场，让西柳服装市场披上现代化新装！

规划中的新西柳服装市场，经营占地面积四十五万平方米，服务区占地面积二十万平方米，市场内设十六至十九平方米面积的摊床一万个，市场内摊床预留程控电话插口。新市场建设已于 4 月 29 日奠基，管网工程、土建工程、配套服务设施工程等均已陆续开工。整个工程预计总投资一亿两千万元，于 1994 年 10 月 1 日竣工。

与新市场建设同步进行的西柳铁路新客站、西柳客货运输总公司、四千门程控电话交换机等建设也已陆续动工。

新市场建成后，西柳服装市场的综合市场环境将达到全国一流水平。

新市场理应成为西柳人的骄傲。

然而，很让人难堪与尴尬的是，新市场的建设却遭到了一些西柳人的反对。闻听西柳要建新市场，他们立刻气愤不已，纷纷拥到镇政府上访请愿，要求取消新市场建设规划。他们还在私下组织成立了改造老市场委员会，印发了上千份传单，企图调动起整个市场的力量，以阻止新市场的奠基与开工。

为什么呢？因为有人说，老市场占了好风水，那里曾是一个大户人家坟地，是块宝地，是块生财之地。将市场迁移另建，会坏了市场的风水。

闹得最凶的则是市场内的一些老房户。多年来，由于市场的兴旺，他们的房屋院落都成了寸土寸金之地，移地另建，就真是会断了他们的财路。据了解，仅凭向市场业主租库房，有的人一年便可收入五十万元，可谓了得。

矛盾是尖锐的。斗争是激烈的。有关新市场建与不建，建在何处的问题，就经镇人代会先后表决了两次。

少数人的利益得失毕竟不能阻止大多数人渴望市场发展繁荣的意愿，新市场奠基的礼炮终于鸣响在西柳的大地与上空。

西柳服装市场终于迈出了它走向未来的坚实步伐。

我们为西柳的过去和现在欢呼，我们也准备着为西柳的未来欢呼。

第三章　寻找未来市场

海城人在短短的十年里为自己创造了一个生机盎然、五彩缤纷的市场王国、市场世界，无论走到哪里，无论面对怎样的陌生人，海城人总会很自豪地搬出自己的西柳服装市场、南台箱包市场……不夸张地说，正是这些市场撑直了海城人的腰杆，给了他们一张很生动的脸。

面对今日的一处处红红火火的市场，海城人是有理由骄傲的。

然而面对未来市场的发展需要与发展趋势，海城人也不可过于乐观。

一个完整的市场体系，不但应有富于生机与活力的消费品市场，而且应有富于生机与活力的生产资料市场和生产要素市场。三足鼎立，才能稳稳地托住"市场"这两个大字。

十年来，海城对于市场建设更多投入的是消费品市场建设，因而形成了海城今日"消费品市场异常活跃，生产资料市场刚具雏形，而生产要素市场才开始起步"的市场局面。

1988年起，我市便以市劳动服务公司为龙头，创办了职业介绍、零工劳务和信息服务为主体的劳动力市场。陆续出现了零工劳务市场、装潢劳动服务公司、家教公司、第二职业介绍所、虹桥劳务信息中心、计时工职业介绍所等一些粗具规模的劳动力市场。然而，其发展的现状与发展的需求是极不相称的。如果你问我海城的零工劳务市场在哪儿，我告诉你就在中街的马路边上时，你一定会冲我撇嘴瞪眼。但这确实是真的，因为海城至今还没有一个固定的零工劳务交流场所。故而也造成了此类市场管理上的混乱，造成了诸多的侵权行为和劳动争议。我们实在该投入更多的精力和热情来关注此类市场的建设。

海城是较早实行住房制度改革的城市，海城从 1984 年以来便创办了以"房地产开发"为主要内容的房地产市场，并初步形成了"一家主管，多头开发，平等竞争"的市场态势。然而，这个市场也正日益暴露出其管理较为混乱的问题。多达四十多家的建筑开发企业，虽形成了竞争的市场态势，却也带来了多头开发、多头动迁、质量、价格、回迁等诸多问题。此外还有因房地产市场交易范围有限，致使相当一部分房地产交易并没有进入市场的问题，都有待通过房地产市场建设，强化和完善房地产市场运行机制来解决。

此外，1992 年年末，海城市才以组织人事部门为依托，建立了人才市场，做了一些发布人才与技术信息、洽谈合作协议、引进急需人才的工作。然而，严格地说我们的人才市场还不能称其为市场。因为我们至今还因袭着传统的组织人事制度，我们至今还没有真正确立起人才商品的意识，我们还没有为人才的交流创造出一个较为宽松的环境，故而我们也难于将人才真正地推向市场。

还有科技市场。这类市场的发展已经严重滞后于全市经济的发展，时至今日不仅没有相应的办事机构，也没有成形的市场，没有业务交易，这与我们提出的"科技兴市"目标是不适应的。

现在，我们是不是该冷静地来面对我们的市场呢？

是的，几年里，我们针对市场确实做出了一篇非常出色的文章，其字里行间都闪耀着历史的辉煌。然而，我们必须清醒地意识到，有关市场的文章我们并没有做完，更艰难从而也更辉煌的篇章还在后面。

我们应该有一个关于海城市场发展建设的思路：适应市场经济的要求，在我们的县城范围内进一步加强市场体系建设，巩固、改造和发展各种类型的商品市场、批发市场，扩大商品生产基地，建立、完善适合本地农产品和商品流通的市场组织和市场制度。我们更应着重培育和完善金融、劳务、科技、人才、房地产等生产要素市场，从而逐步构成我们的大中小结合、功能齐备、统一、开放、有序的并可以与国内、国际市场相对接的县域市场体系。

我们的思想应该再解放一点儿，胆子应该再大一点儿，步子应该再快一点儿。

我们应该竭尽全力去寻找未来市场。

我们应该竭尽全力去占领未来市场。

我们应该把眼光放在明天和未来，而不应该把它留在今天和现在。

只有明天和未来才是我们的希望所在。

小城公汽史

——写在海城市公共汽车通车两周年

1989 年的 12 月，天气竟仍无冷的意思。

在这个 12 月悄悄走来时，海城人又在传言：海城要通"公汽"了。

海城很古老。县志上说，海城已有两千年历史。

两千年后的海城仍没有公共汽车。

1769 年，法国的卡诺制造了世界上第一台蒸汽汽车，距今已有二百二十年。

1813 年，一辆名叫"皇家专利"的蒸汽汽车行驶上英国的格洛斯特和切尔腾纳姆之间的街道，成为世界上最早的公共汽车，距今已有一百七十余年。然而，一百七十年后，在中国的这个挺古老的城市，公共汽车仍如待字闺中的小姐，躲在庭院很深的绣楼里，羞羞答答地不肯去街上露露头脸。

这时，中国的第一条高速公路正贴着这座城市飘然而过。驶上这条公路的汽车，平均时速为一百公里。

终于有消息传出来：海城市内公共汽车将于 1989 年 12 月 27 日投入试运行，1990 年 1 月 1 日正式开通。

对于海城，这是一个伟大的历史时刻，是这座古城向现代化城市迈进的又一个重大的历史分界。

这消息振奋了历史。

然而这消息并没有给漫步于大街上的海城人以多大的振奋。对于公共汽车的概念，海城人是那样熟悉又是那样陌生。严格地说，十年以前，海城人便认识了公汽，海城的街头便跑过公汽。

1979 年，海城县运输公司货运二队为了拓展经营渠道，为海城的历史补上公共汽车这一空白，挤出了一台"嘎斯 51"型小型客车投入公共汽车运营，开辟了海城第一条公汽线路。

当一块块公共汽车站牌如一面面旗帜似的飘扬在海城的街头后，一双双海城人的眼睛无不闪现出无比惊异和惊喜的光。他们奔走相告：海城要有公汽了。海城在他们的眼里一夜间变得伟岸起来，仿佛一夜间，海城真正地像了一座城市。

海城人就用这种目光为那辆"嘎斯 51"剪了彩。

"嘎斯 51"欢快地跑在大街上，车窗上一块块很亮的玻璃如一只只眼睛，向海城人眨出一束束很媚人的光。那光长长地拖在街上，很有一种要拽起一长串海城人去步入新世纪的决心。

海城应该步入新世纪了。海城自从随着新中国成立的炮声步入新的时代，从而结束了以轿子、马车作为主要代步工具的历史以后，作为海城人的主要代步工具就只有三轮。这三轮跑了十几年后，又被"文革"一炮轰得人仰马翻。蹬车的是想搞资本主义，坐车的成了资产阶级。为此，整整十年，海城没有一样公共的代步工具。十年之后，当一部被颠倒的历史重新颠倒过来，整个中国都在拼命地去找回失落的东西的时候，海城人最先找回的便是三轮。与三轮一起复苏的还有马车。海城向前迈了一步，海城又向后退了两步。

记得有那么一个夏天，上边传下话来：有省里领导要来海城视察。为此，海城在那一天早早地净了街。柏油路洒了两遍水，行人都被赶到了两侧的人行道，那条街一下子变得宽阔了清爽了。就在这时，一辆马车响着悦耳的铃声跑上大街，在它后面是一长串刚刚拐进来的小轿车。我听到了从街道两边传来的欢呼。我想起了伦敦的皇家马车，但这马车夫肯定没有享受到皇家马车夫的殊荣。几天以后，人们就再没有见到那辆马车。

从此，海城留下来的只有三轮。历史似乎不应该让自己退得太远。

然而，历史还是更希望自己前进，它终究不愿意让自己在一个地方驻足太久。于是，历史给了海城一辆公汽。它希望这辆公汽能把海城载进明天。

然而，这辆公汽很让历史失望。作为海城的第一辆公共汽车，那台"嘎斯51"只在海城的大街上跑了两个半月，便被重新拖回它的老库房里锁了起来。

人们对于它的消亡没有产生看到它诞生时的惊异。这辆公汽往返起点与终点一次，最少需要四十分钟，而常常是一小时以上。能赶上坐公汽的人都靠着一个好运气和一副好脾气。可有多少人又能碰上好运气修养来好脾气呢？它怎么生的就让它怎么死吧。生生灭灭，世间万物孰不如此。海城人深谙此理，海城人很想得开。

海城的公汽就这样死了，但海城毕竟有了一段关于公汽的历史。

任何新生都源于死亡，所以死亡并非一种很悲哀的事。

海城公汽的首次的死，孕育了海城公汽第二次的生。

1984年，在那辆"嘎斯51"消失了五年以后，一种很强烈的失落感又使海城人拾起了那个公汽的梦。海城正走向全方位的改革。海城正在加速自己的现代化步伐。海城不光有三轮车，而且已经有了出租汽车。海城应该有公共汽车来与之相适应。一个正在改革中兴起的城市，竟没有一辆公共汽车，实在是一桩很丢脸的事。海城人感到了一种惭愧，海城人决心再上公汽。

这年8月，市长途客运公司下决心拿出两辆客车重新开通海城的市内公汽，并且一开就是两条线。为了扶持这两辆公汽的诞生和成长，使它们不致再夭折，政府决定，每年从财政收入中拿出八万元用于对公汽事业的补贴。看来，海城是铁了心要上公汽了。

海城又有点儿振奋了。历史又有点儿振奋了。海城和历史都眨着眼，看着这两辆公汽欢快地跑上海城大街。

两辆车两条线，一辆车仍旧跑五年前的线，一次往返仍是四十至六十分钟；一辆车跑站前到八里，全长十公里，开始一个上午往返两次，后来一个上午往返一次。

两辆公汽演的仍是五年前的戏，只是这次因为有了财政补贴，它们比那个短命的"头胎"多活了几天，但也没有赶上周岁的生日。

历史为海城的公汽史又不情愿地画上了一个句号。

两辆公汽在海城生得平静，死得平静，无论是生是死，都没有激起海城人心中的一丝波澜，仿佛它们压根儿就没有生。

面对着海城公汽生生死死的历史，外地人说：海城不"认"公汽。海城人自己也说：海城人不"认"公汽。

"认"可以理解为"认识""认可""认同"。

海城公汽史再次被尘封起来。一封又是五年。

仅仅五年，海城天翻地覆。

一个神秘的西柳服装市场神秘地降生在海城，在偏离海城市区十多公里的农村一隅，以它神奇的魅力招引来全国各地来宾。市场平均日上市人数达到一两万人，平均日商品成交额二百万元左右。在西柳，"万元户"已不再是"富裕起来的农民""暴发户"的代名词。

海城村镇工业如雨后春笋，仅五年时间，就发展起来各类村镇企业两千五百五十七家，到1989年，全市村镇工业已拥有固定资产总值六亿多元，年总产值已达二十四亿元。

1989年，海城市社会生产总值已超过五十三亿元，国民收入已近二十亿元，农村人均收入已由1984年的五百七十八元上升到九百五十元。

在外地人的眼里，海城就是一个在改革中冒出来的"暴发户"。

然而"暴发户"仍没有公汽坐，出出进进仍是三轮，颇像个土财主。

五年时间，海城的三轮车已由1984年的近二百辆发展到1989年的三千辆（其中正式办证的只有一千三百辆，其余为黑车）。在海城市区，平均五十人便拥有一辆三轮。海城的三轮就像地里的草，在夏日的阳光和雨水鼓舞下疯长。

粗略统计，每辆三轮的日平均收入在十元至二十元之间。这表明，海城人每天用于乘坐三轮的支出就达三万至六万元，按海城城市人口计算，平均每人每天约合零点一五至零点三零元。

遍布海城大街小巷的三轮，成了海城一个独特的景观。

终于有人又想起了公汽。他们是海城市建委的领导，他们无时无刻不在规划海城美化海城，牵起海城的手向现代化的明天飞跑。一座座高楼拔地而起，一条条柏油路日见延展，自来水普及了，臭水沟填平了，海城人也有了液化气，有了暖气……然而，海城却没有公汽。因为没有公汽，海城显得很尴尬。于是，在1989年城市规划建设的蓝本上有了公汽。这蓝本交给出租汽车公司经理王品华去实施。

实施的第一步便是论证：海城要不要发展公汽？海城能不能发展起公汽？

很多人断言：海城人根本不认公汽，海城根本不需要公汽，在海城搞公汽只能是劳民伤财，谁想在海城办公汽，那谁的脑袋一定是比城门还大。

王品华感到自己被推到了一座悬崖上，但他还是狠狠心接了任务。他的脑袋并不比城门大。他只是隐隐约约地感觉到，海城到了该有公汽的时候了。海城人为什么不认公汽？因为那两次短命的公汽，严格地说根本不叫公汽。办公汽就要办真正的公汽。只要是真正的公汽，人们就一定会认。公汽和三轮的价格几乎是一比十，一角钱和一元钱各自的含义该是不言自明的。更何况，公汽的意义远不在几辆汽车的跑动，而在于一种现代意识的流动。同时他想：办任何事，不能求百分之百的把握，只能求百分之百的信心。一个不敢担风险的人，不会干成一个像样的事业。

狠下心来要办公汽的建委领导们领着王品华走了。鞍山、辽阳、铁岭、兴城……一转就是一圈。

一圈转回来，海城市公共汽车公司便悄悄宣布成立。所谓悄悄，就是只办事，不挂牌，正所谓前途未卜不便张扬。然而，一应筹备工作都是紧锣密鼓。

司乘人员的招聘、培训工作开始着手进行，所需二十余万元购车款已有了着落。

1路公汽运行线路及区间站已最后勘定。

用于1路公汽的五辆小型客车已经购进。

司乘人员已全部到位。

市长办公会已正式批准"海城市公共汽车运行方案"。决定：海城市1路公共汽车于1989年12月27日投入试运行，1990年1月1日正式通车，届时将举行隆重通车剪彩仪式。

眼看着要用自己的手去揭开一页新的历史，王品华的心情是激越而凝重的。尽管他面前还摆着一大堆难题：至今还没有停车场，至今还没有解决汽车的用水问题，司乘人员没有休息室，石油公司不给他们公价油……但他仍怀着那种激越而凝重的心情，期盼着那个时刻的到来。

太阳从东到西不知疲倦地走着，将王品华和他的公汽公司一步步领向那个不寻常的时刻。在公共汽车公司，早已万事俱备，只欠东风。他们等待的也只是一个时刻。

可谁也没有想到，就在人们已庄重地穿起崭新的制服，准备去迎接那个庄重的时刻的时候，12月26日，传来了市政府办公室的电话。市长办公会临时讨论决定：公汽暂不上线，何时上线另行通知。

这是一盆冷水。事后，王品华才知道这冷水是三轮车夫们泼出来的。

12月25日，得知海城要正式开通公汽的消息，三百多名三轮车夫便立刻蹬起他们的车集聚到市政府，向市政府正式递出了他们的抗议。为了他们的生存，为了保住三轮的一统天下，他们不得不想尽方法拖住向他们碾去的汽车轮子。三轮车夫们并非只会出卖他们的体力和汗水，他们也很懂得怎样去巧妙地利用政治来为他们的经济服务。他们说：他们也要生活，他们也要过一个"祥和"的春节。如果政府要通公汽，他们便无法生活，他们就不会过上一个"祥和"的春节。

我看到了那天的场面。市政府大楼前的马路两侧，停满了五颜六色的三轮。三百多名三轮车夫很悠闲地坐在各自的车上，抽烟聊天，一派很"祥和"的样子。"祥和"之下又确确实实隐藏着一触即发的愤怒。

定于1989年12月27日投入试运行的海城市1路公共汽车的五辆公汽全部熄了火。

向现代化挺进的公汽文明被三轮阻在了"祥和"春节的这边，再无缘去和海城人共享那个春节的"祥和"。

历史该怎样评估这个事件？人们该怎样看待这段历史？作为一个特定历史条件下的产物，三轮作为人们的主要公共代步工具，曾经给这座城市带来生机与活力，对它用一句"功不可没"也并不过分。然而，如果用它去做公汽的路障，企图把公汽同这座城市永远地隔开，那不但是历史的倒退，也是万万的不能。

春节终会到来，也终会过去。春节过去便是真正的春天的来临。

春节刚过，市政府办公室的电话再次打到公汽公司，市长办公会决定于 1990 年 2 月 10 日，农历正月十五，正式举行海城市公共汽车通车剪彩仪式。

消息传来，公汽公司上下群情振奋。

这消息同时引来了三轮车夫们市政府门前的第二次请愿。

然而，2 月 10 日的通车剪彩仪式仍然如期举行。

就在第一辆公共汽车上满乘客的瞬间，副市长吕明胜手上的剪刀立刻很果断地剪断了那条红绸。

历史在这果断的一剪中断了代。

多少人在这剪刀一开一合的瞬间热泪盈眶。

海城的公汽终于开通了。

就在公汽开通的这一天，一个老人打来电话说：我每天从站前去新立上班，坐不起三轮，只能走，我腿又有残疾，从家到厂子得走一个多钟头，遇到下雨下雪，就干脆上不了班。这回好了，家和厂子两头都有公汽，坐车上班再不愁下雨下雪了。你们真是给海城人民办了件好事。我只有一句心里话：别再让它黄了。

在最初的几天，这样的电话连续不断。

有两个小青年，从起点站上车，到了终点站仍不下车，买了票又坐回到起点站。到了起点站仍是不下，仍买了票继续坐。售票员问他们，他们说：觉得挺新鲜的，坐两趟过过瘾。黄了就坐不着了。

在最初的几天，这样的人天天可见。

我曾经见到两位离休老干部，站在新立起的站牌下，看一辆辆公汽怎样停下来，怎样把里面的人吐出来，把外边的人吃进去，再怎样地开走。他们如有些人看二人转，有些人看蚂蚁上树，看得津津有味。其中一人问：这回能不能黄？另一人很深刻地答：够呛！这"够呛"是什么意思呢？

整整十天，王品华就是在这一片片亢奋与迷茫、希望与疑惑的氛围中度过的。

到了第十天，他再也坐不住了。他无法像别人那样将自己淹没在那一片无定的氛围中。他不能不去想，怎样让自己的公汽坚强地生。充作公汽的那五辆旅行车，坐上十多个人就满，没座的挤进车里站不直蹲不下，确也少了些大城市公汽的风采。这就难怪有人会怀疑公汽能否跑得长久。

王品华又走了，到北京建设部，拉上中国建设总公司的一位姓徐的科长，去南京、常州考察新车型。

不到一个月，由公汽公司自筹八万元，市建委拨款十万元购进的三辆南京产中型客车投入公汽运营。海城的公汽终于有了一点儿公汽的样子。

仅仅是三辆有了点儿公汽模样的车，便让所有的海城人吃了一颗定心丸：海城的公汽再也不能黄了。

海城的公汽再没有黄。海城的公汽从此一直跑了下来，至今已有两年，而且已发展成四路。其中一路的终点站在东四二台子，站在那里，已可遥见如银河般飘泻而去的高速公路。

不但公汽没有黄，而且，一块"海城市旅游服务公司"的牌子又在公汽公司的门前赫然挂出，那是一张广告：无论您是谁，只要您有闲钱有闲心，本公司便愿为您办理国内、国际旅游业务，为您提供旅游服务。

小城公汽史又铸造出一个新的链环。

重新忆起海城公汽的二次生与死和三轮车夫针对公汽的两次请愿示威，恰切地说，那都是新生儿诞生时该有的阵痛。

人类只要发现了火，便不会再回到茹毛饮血的时代。

这是毋庸置疑的。

历史的呼唤
——海城市城市管理综合执法局建局执法纪事

海城市城市管理综合执法局建局执法已经整整一年。其间的坎坎坷坷、风风雨雨仍恍如昨日；其间的酸甜苦辣、喜怒哀乐仍恍如昨日；其间衍生的所有故事仍恍如昨日；其间凝聚的所有情感仍恍如昨日。

刚刚逝去的昨日又成了一段凝固的历史。

对于昨天的历史，我们往往是在今天或明天的早晨醒来之后，才会看得更明白一些。

昨天总是今天和明天的镜子。

上篇：困惑迷惘的城市

历史应该牵起每个海城人的手重新走回昨天的海城。

海城的昨天很远很长，又很近很短。

海城很远很长的昨天，曾为我们留下了八万年前人类祖先生活过的仙人洞和三千年前安葬过人类祖先的石棚，还为我们留下了唐时的三学寺，辽金时的金银铁塔和明清时的关帝庙和魁星楼，而与它们共同留下来的还有早已传诵了千百年的美丽故事和传说。与此相辉映的还有二十年来海城改革开放的辉煌。西柳服装市场、南台箱包市场、感王黄金市场如一颗颗璀璨的明珠镶嵌在海城大地，镶嵌在关东大地，从而写下了海城新的历史与文明。正是这一切，为海城和海城人打造出了一条悠久而又优美的历史隧道。每当我们走进这条历史的隧道，我们都会为我们的先人曾为我们创造的这些文明而欣慰而自豪；我们都会情不自禁地慨叹：沉积在海城的历史竟是如此悠远，沉淀在海城的文明竟是如此的璀璨，海城人真的没有理由不为海城那很远很长的昨天而骄傲！

海城也有一个很近很短的昨天，一个当今海城人曾经生活在其间的昨天，一个当今海城人记忆犹新的昨天。

海城的那个昨天也曾是一个足以令海城人感到难堪和汗颜的昨天。

为了珍惜我们必须面对的每一个今天和明天，我们不得不去回首海城的昨天和昨天的海城。

海城的昨天，市内的交通很乱，早已到了不能再乱的份儿。因为这座原本就很拥塞的城市街道上，几年间便挤进了六千多辆三轮。六千多辆三轮在海城的大街小巷无孔不入、见缝插针、横冲直撞、肆无忌惮，轿车唯恐避之不及，行人唯恐避之不及，真是六千三轮搅得海城周天寒彻。还有与三轮遥相呼应的小客，它们如同在三轮之海漂游的一只只小船，走走停停，停停走走，敞开车门随处捡客，拉起长笛任意掉头，大有敢问大路谁主沉浮之势。海城别具一格的三轮和小客俨然成了一道别具一格的风景。这风景看在海城人的眼里早已麻木不仁，而这风景落进外人的眼中则无不瞠口呆！

海城的昨天，商贸秩序很乱。海城人是最早把自己的脚步汇入商品经济大潮的一族，名满关东乃至名满全国、名满世界的西柳服装市场、南台箱包市场、感王黄金市场等便是海城人的创造，海城人的骄傲。还有那块镶在海城人头上的"全国综合经济实力百强县"的金字招牌，更使海城人有了四处炫耀的资本。于是，在外人的眼里，海城人都是无师自通的经商高手。此话自然不谬，只要走进海城，那一股股浓烈的经商气息只要让人闻上一闻，便会三日不知肉味。海城真是无处不见商，只要有街便有商店，只要有路便有商贩，而且路边的商贩竟看准了这不收租金的路边摊床，有滋有味，有恃无恐地吞食着一条条马路和人行道，不知不觉间竟将一条条马路和人行道蚕食成了一处处的马路市场、马路工场，而且还是各具特色的市场和工场。安铭路是一条专营汽车、摩托车配件和维修的市场和工场。一个个在人行道和马路边搭建的维修车间在将人行道和马路弄得遍地油污、破烂不堪的同时，也将行人车辆挤向路中间窄窄的一条，常弄得车辆行人水泄不通。北二马路则成了铝合金加工和洗车一条街，人行道马路边或常年电机轰鸣，或四季污水横流，让人不敢耳闻不忍目睹。而那一条刚刚铺好的振兴路，又在一夜间成了烧烤一条街。街上布棚相连，炉火相望，从日出到日落，从天黑到天明，终日喧嚣无眠，狼烟不绝；更有提篮小贩穿梭往来，扬威助兴，更使这小小的街道和小小的城市顿现无处不经商的"繁华"景象。占道经营、占道维修、占道加工、占道刷车和商品外摆占道，终于汇成了"五马闹市"的奇观。

　　海城的昨天，治安秩序，文化环境，建筑管理也同样乱得让人们怨声载道。算命的先生们在马路边聚成了一堆，聚成了一座可以随意制造人间喜剧、人间悲剧和人间闹剧的作坊；几个善弈者聚成了一堆，树荫下摆上几局残棋，便同时设下了几个诱人的骗局；几个能喊能叫的人在商场门前堂而皇之地进行着抓奖促销活动，所有奖品都是那些库存积压品，抓到什么卖你什么，只要你敢抓便让你中奖，只要你中奖便卖你没商量；一个又一个沿街乞讨的孩子，一边打闹嬉笑，一边追逐着一个个慈眉善目的老人或婀娜多姿的少女，讨不到钱便瞅个机会抢你一把……海城的人钱多了，便可以创造更多的文化与文明。自己结婚没有赶上好时候，能听到两响"二踢脚"就不错了，但儿子却赶上了好时候，不能不用一百零八响礼炮助威；父母走得早了点儿，还没机会坐轿车、住别墅，但也算赶上了好时候，可以糊一座洋房，糊一辆"奔驰"让他们带到阴间去享受；卡拉 OK 是新事物，是造就歌星的摇篮，把它摆上街头，VCD 便成了钱匣子，既可大把捞钱，又赚了一个活跃群众文化生活的美名，何乐而不为？如今的孩子都是父母心中的龙种凤雏，围着校园办起小吃摊、小书摊、游戏厅、网吧屋，既可解决孩子的温饱，又可早早教会孩子如何写情书，也算是造福后代……而海城人在建筑秩序上的随意性、自由化更是令人叹为观止。随意堆放的砖瓦沙石等建筑材料可以占去半条马路；随意搭建的临建房、违建房比比皆是；只要能挣钱，公用电话亭可以紧贴着交通岗亭建；只要有效益，广告灯箱可以站在路中央；更有那被称为城市牛皮癣的广告传单，层层叠叠地展现在墙上、窗上、树干上、电杆上……

这就是海城的昨天，昨天的海城。

这就是我们这个正满怀希望准备向现代化城市迈进的海城。

这就是我们这个正满怀信心准备与国际文明接轨的海城。

用"现代化"和"文明"这两个词去修饰昨天的海城，我相信每个海城人的脸上都会感到发烧发烫。但每年确有三五天，海城人用起"现代化"和"文明"这两个词来，脸上是不烧不烫的，那就是每年 9 月至 10 月省绿叶杯检查团到海城检查验收的时候。那两天海城人一觉醒来，真有一种天地一新的感觉，竟真的以为现代化与文明这两兄弟已手牵着手地向我们走来了。殊不知，三五天后，现代化与文明这两兄弟便立刻跑得不知去向，三轮车的疯狂依旧，马路边的污浊依旧，烧烤炉的狼烟依旧，牛皮癣的传染依旧……

难怪一位新上任的上级领导饶有兴致地来海城视察后，不得不无奈地评价说：海城的城市管理充其量只是一个乡镇水平，远不如台安和岫岩。

面对这番评价，海城这座有着上千年文明史的古城，海城这座有着改革开放辉煌业绩的名城，真的感到了自己的困惑与迷惘。

中篇：道是无情却有情

昨天的海城在困惑和迷惘中前行。

昨天的海城人在困惑和迷惘中深思。

面对海城城市管理的一派乱象，许多人无奈地摇着头说：海城的乱没法管，海城的乱没法治。不是没人想管，也不是没人敢管，而是谁都在管，谁都没管明白。

三轮车有人管。为管三轮交通局还专门设了"三轮办"，但"三轮办"管的是为三轮办证，领了证的三轮一上路，违章闯红灯的问题便交给了交警队，乱停乱放的问题则归到了城管队，而真正需要对违规三轮施以处罚的时候，处罚权又交回了"三轮办"。于是，三顶大盖帽就这样管来管去地把三轮管成了灾。

小商小贩有人管。市场内的由工商局管，市场外的由城管队管。被从外赶到内的由工商局去收费，被从内挤到外的由城管队去处罚。于是，工商局人来了，里边的往外逃；城管队的人来了，外边的往回撤。结果，好端端的集贸市场越管越冷清，而乱哄哄的马路市场却越管越张狂。

书摊、网吧、游戏厅有人管。管盗版的是文化局，管黄、赌、毒的是公安局；牌匾、广告有人管，管门店的有城管队，管电线杆的有环卫处；歌厅、舞厅有人管，搞三陪的叫公安局，噪声扰民的找环保局，而到时不交管理费便会立刻招来文化局；马路烧烤有人管，营业许可得工商局发，卫生许可得防疫站发，卫生费由环卫处收，环保费由环保局管……如此等等不一而足。

于是，在城市的管理上出现了这样的怪现象：一顶破草帽要对付八顶大盖帽，百姓怨声载道；八顶大盖帽却管不好一顶破草帽，百姓还是怨声载道。由体制问题引发的交叉执法、重复执法、随意执法、盲目执法，成了城市管理乱而不治的症结所在。

实行城市管理综合执法的举措也终于到了呼之欲出的时候。

2001年4月9日，在经过反复考察、论证、协调、沟通之后，一个由公安、工商、交通、环保、城建、文体、民政、劳动等八个行政执法单位共同组建的，拥有三十二项行政执法职能的城市管理综合执法机构——海城市城市管理综合执法局正式成立。市公安局副局长杜久龙出任首任综合执法局局长。海城的城市管理从此打响了一场又一场治乱之战，走上了一条异常艰难的治乱之路。

治乱的开局之战是整治占道维修、占道经营。战役从群众反映最强烈的安铭路、北二马路打起。第一步是发起宣传攻势。宣传车走上了街头，宣传单送到了摊头、人头，而一个个宣传小组则走进一户户业主的家，讲法律、讲政策、讲道理，以求让人人理解整治、支持整治、配合整治。第二步是发动自我整治行动。发动业主自觉拆除违规违章建筑，还路于民，还净于民，还美于民，还安于民。第三步是发起强制整治措施。对那些自以为还有些依靠、有些分量、有些手段、有些背景，因而全不把整治放在眼里的业户，坚决采取强制取缔、强制拆除的措施。一场战役下来，便清理临街商品外摆一千六百九十二户，取缔流动商贩八百三十四个，清理临街乱堆、乱挂、乱搭五百余户，强行拆除违章建筑三百七十八户。而一场战役下来，马路也一下子通畅了，人心也一下子顺畅了。人们对治乱终于有了信心。

治乱的安局之战是治理城市牛皮癣。因为此战不会为交战双方带去更多的利害冲突，而此战又确实关系到城市的脸面和形象，如果能打好这一仗，就会很好地树立起执法局的形象，就会为今后发起更大的战役奠定一个坚实的基础。于是为打好这一仗，杜久龙带着全局两百多名执法队员，每人带着水桶和刀片走上了大街。他们从早到晚，一个橱窗又一个橱窗地刮过去洗过去，一根电线杆又一根电线杆地刮过去洗过去，有的人手指刮破了，有的人手指洗肿了，短短几天，主干路上二千一百一十四户门店玻璃上的贴字被清除了，八百八十二户不规范的牌匾被拆除了，上千根电线杆上粘贴的乱七八糟的小报被刮掉了洗净了，城市的街头巷尾终于又荡起一股股清新文明的空气。

治乱的定局之战则是对三轮车的整治。海城人的心里清楚，三轮车的整治肯定是一场硬仗，打好打不好都直接影响城市综合治理工作的全局。如果此乱得治，海城的一切乱象都可迎刃而治；而如果此乱不得治，则海城的一切乱象只会越发乱下去。海城的三轮自从乱成了灾之后，政府已经进行过几次整治，而每一次的整治都煮成了一锅夹生饭，这次整治会不会又整成一锅夹生饭？市领导担心，局领导更担心。但市领导也铁了心，局领导便更铁了心。海城的这个脓包该让它出头了，就是再疼，也得把它挤出脓、挤出血、挤出健康的肉芽。

执法局领导立下了军令状。二百三十八名执法队员都立下了军令状。

2001 年 7 月 15 日，综合执法局在市电视台、有线电视台、电台、报社等四家新闻媒体发出了《整顿三轮车运营秩序的通告》，规定自 7 月 15 日起，在我市中街路、永安路、政府路、东西振兴路、顺城路、安铭路、团结路和哈大路过境段等市内八条主要干道，对三轮车实行限时禁行。即每天早 6 时 30 分至晚 6 时 30 分，所有三轮车不得进入上述八条主干道。与此同时，执法局的宣传车也走上街头，每天十二小时向三轮车主和全体市民宣传这一《通告》。

《通告》如同战书，交到了六千多名三轮车主的手上，一场文明与野蛮、进步与倒退的决战已经不可避免。

7月15日早晨5时，二百三十八名执法队员全部提前进入战斗岗位，守住了通往八条禁行路的所有路口。6时整，正在八条禁行路上行驶的三轮开始受到清理；6时30分，所有三轮全部被封堵在禁行路之外，所有强闯禁行路的三轮都受到了严厉处罚。一辆辆无照黑车更是遭到了无情的查扣。

已经和政府玩惯了猫捉老鼠游戏的老三轮们，从不相信自己这只已经养得比猫还大的老鼠，有一天真的会被猫制服。只要拿出一点儿老鼠戏猫的老本事，到时猫还得主动来和老鼠讲和。

于是庞大的三轮车队伍在左冲右突也没有冲开禁行的防线之后，于当天下午扔掉了三轮车，一支由上千名三轮车工人组成的上访队伍拥向了市政府。

市政府领导认真接待了上访代表，向他们反复进行了说服教育，但收效甚微，多年积攒下的游戏经验告诉他们：要得利，只有闹，只要把事情闹大，利益的天平就会往自己这边倒。

7月16日上午，一次声势更大的上访在市政府门前酝酿而成。从早晨8时开始，三三两两的三轮车工人便开始向市政府路两侧会聚；9时前后，会聚在政府路两侧的三轮车工人已有两千多人。约9时30分，由十七辆时风农用车组成的上访车队由西关转盘驶进政府路，在上千人的欢呼声中停在市政府门前的马路中央。几乎每辆车上都堆放着破棉被、烂木头。无论谁心里都明白，这是准备用来焚车示威的。

为了防止事态恶化，给人民群众的生命财产带来不应有的损害，执法队员和紧急赶来维持秩序的公安干警在反复规劝无效的情况下，不得不调来清障车把那十七辆时风农用车全部拖走。之后，市政府的主要领导再次接待了上访代表，再次向他们反复进行了说服教育，但仍收效甚微。

7月17日和18日，几百名三轮车工人又被煽动去火车站卧轨截车，企图以制造中断铁路运输威迫市政府就范。但事先已做好了预防的执法队员和公安干警提前在车站组成了人墙，任凭三轮车工人怎样打骂冲撞，那道人墙始终没有后退半步，客货列车全部安全正点地通过了海城站。

与此同时，一再组织煽动三轮车工人闹事的责任人陆续受到了治安处罚。在经过了整整四天的惊心动魄的较量之后，广大三轮车工人终于明辨了是非，认清了曲直，在第五天早晨太阳刚刚升起的时候，坦然地开始了他们新的生活。从这一天起，海城的三轮算是真正告别了市区的八条主干道，海城的市区一下子变得安宁而祥和。

回顾这次对三轮的整治，人们说：如果没有广大群众的支持，办不到；如果没有市政府的决心和执法局全体执法队员的恒心，就更办不到。然而，决心和恒心背后的故事却是很少有人知道的。

执法局的人都知道，在整治三轮的行动中，被清理的五百多台黑车里，有三台是杜久龙的三个亲属的，这三个亲属在多次找杜久龙要车不成的情况下，一气之下找到了杜久龙的父亲。于是七十多岁的老父亲跑到儿子的办公室为那三个亲属求情。无奈之下，杜久龙开车拉着父亲在街上转了一圈又一圈，一边转一边问老父亲：你看咱海城是现在这样好呢？还是像以前那样三轮满街跑好呢？说得老父亲边看边点头，回到家便说服了三个亲属，断了要车的念头，另谋生路去了。

执法局的人还都知道，有一个蹬人力三轮的，蹬的是辆无照黑三轮。但这人上有一个父亲，下有一个儿子，一家三根光棍儿就靠他一个人蹬三轮活着。望着三轮被清理之后的那张绝望的脸，杜久龙也流下了泪。当他知道这个人还曾当过瓦工之后，便立刻拿出了三百元，让他用一百元维持眼下的生活，用二百元去买一套瓦工工具。而后又在一个工程队为他联系到了工作，终于解决了这一家三口的生活问题。那三条光棍儿感动得直想给杜久龙磕头。

试想，如果没有这些背后的故事，那场持续了四天的惊心动魄的激战真的会在第五天偃旗息鼓、鸣金收兵吗？

正是这惊心动魄的三轮车整治的最终结局，为后来城市的综合治理和城市管理的综合执法拓开了道路，使随后陆续展开的对小客车的治理、对出租车和自行车的管理、对广告牌匾的清理、对红白喜事搞封建迷信活动和噪声扰民的治理，以及对公用电话亭、烧烤一条街、校园周边环境的治理等等，都能得以顺利实施。在短短一年里，便解决了在我市沉积多年的占道经营、占道维修、城市"牛皮癣"、丧事扰民、城市交通混乱、五马闹市等问题，先后查处纠正各种违章车辆六千六百二十台次，销毁无证三轮车五百七十余台，清理临街商品外摆一千六百九十二户，取缔流动商贩八百三十四个，清理临街乱挂、乱堆、乱搭五百余户，强行拆除违章建筑三百七十八户，拆除电话亭三十二个，取缔露天市场两处，清理主干路门店玻璃贴字二千一百一十四户，拆除不规范牌匾八百八十二块，取缔露天卡拉 OK 三十三户，处理打卦算命的四十二人，给予治安拘留的四十八人，解决群众关心的热点、难点问题六十二件，制止、处罚噪声扰民八十三件、污染六十四件，并解决、处理人大代表议案、政协委员提案及领导批件三十四件。

一个整洁、规范、文明的新海城已经呈现在海城人面前，呈现在世人面前。

一位上级领导数月后再次到海城视察时，不禁慨叹：海城三日不见，当刮目相看。

下篇：功过任评说

城市管理综合执法局的成立是一个新事物，是我们在城市管理体制上的一次重大改革，是行政执法工作的一次重大改革。

回望执法局成立一年来海城市容市貌发生的巨大变化，社会秩序发生的巨大变化，以及正在市民中发生的有关城市意识、城市理念的巨大变化，都足以证明这一改革的历史必然性。如果我们还能深入探寻一下这些变化将为海城和海城人民的未来带去的巨大而深远的影响，我们更会觉得我们进行的这一改革是怎样的势在必行，是怎样的明智和理智。

对三轮车的限时禁行，使城市的三轮车由原有的六千多辆减少到现在的两千多辆。它表现的直接效果是：我们这座城市已不再像以往那样混乱了，街道变得宽阔了，交通变得顺畅了，空气变得清新了，心情变得愉悦了。而它的潜在效果是：公共汽车已开始成为城市重要的交通工具，越来越浓的公汽意识正在市民中悄然形成。这是海城历史与文明的重大进步。这让人不禁又想起十二年前的那场公汽与三轮的较量。那年，三轮车工人为了保住自己的一统天下，用请愿的方式硬是让海城公汽的通车剪彩推迟了两个月。之后，又迫使那几辆公汽在勉强维持了两年之后，不得不停止了运行。那是痛在海城人心之深处的历史与文明的倒退。我不知道那一次倒退给这十年间海城的投资环境带来的破坏力究竟有多大，但我知道海城的形象在外人的眼里肯定不是越来越好，因为这样的倒退很容易让人想到西太后把洋人送给她的火车推进了大海的故事。所以我想，这次三轮车整治的潜在效应还远不止于此，我们因此而获取的更大的欣慰还在后边。

对于交通环境、治安环境、建筑环境、市场环境、文化环境、环保环境等的治理，它的直接的效果是城市综合环境的极大改善：所有的人行道都露出了彩色的地砖；所有在街上行驶的车辆都秩序井然；城市的主要街道上都立起了漂亮的自行车停车架和美观的公用电话亭；街头算命的卦摊、赌博的棋摊已绝迹；校园周边的环境已得到很大改善；婚礼、开业的庆典已不再有震耳的礼炮鸣放，而街道上也不再见有吹着呜呜咽咽的哀号、演着形形色色的杂耍、抬着花花绿绿的纸活招摇过市的队伍……而它的潜在效果是：人们的城市观念、城市意识已开始发生悄然而深刻的变化，人们已开始并越发关注起自己的生存环境了。人们已经知道，要求不受施工噪声的侵扰，要求不受烧烤烟尘的侵害原本就是自己应有的权利，以往只是因为维权的大门难找难进，才逐渐淡漠了维权意识；而今有了综合执法局，维权的大门一开，谁还肯轻易放弃自己的权利去甘心忍受那份侵扰和侵害呢？可以说，这更是海城文明的一大进步。因为它表明了人们城市意识和权利意识的觉醒。因为只有觉醒了，我们才能真正迈开向文明进军的脚步。

一年来城市管理综合执法的实践和城市面貌、城市管理水平、城市文明化程度的巨大变化，已经向人们无可争辩地证明：

我们针对城市管理行政执法问题进行的改革是必需的，是可行的，是成功的。

我们城市管理综合执法局的工作是出色的，这支队伍是可以信赖的。

然而，面对任何一个新生事物的诞生，面对任何一种改革的尝试，人们总是免不了要去论是论非，要去行誉行毁，面对综合执法局也同样如此。

有人说执法局的权力太大了，管的事太宽了，以致让人怀疑他们的执法是不是合法了。比如交通违规的事依法应该由交警部门去处理，这样的事也让执法局去管是不是有点儿越权违法呢？

有人说执法局的权力太滥了，执法的随意性太大了，以致让人怀疑他们执法的公正性公平性了。比如市内的几条主干道规定不准机动车随意随处停车，使得出租车不得不像公共汽车那样去到指定的站点上客下客，否则便要挨罚；而政府机关的小车却可以想在哪儿停就在哪儿停。如此执法是不是有点儿"只准州官放火，不许百姓点灯"的味道呢？

当然有更多的人对执法队员的素质，对他们的执法形象问题提出了质疑。说有的人执起法来太愣了，太横了，太老大了，太霸道了，太不会使用文明语言了，太不注意文明举止了……

我以为这一切都是自然的，可以理解的。因为这表明执法局的工作不仅引起了人们的关注，而且是值得人们关注的；同时也表明执法局的工作也确有值得改进的地方。比如：如何完善执法局的规范执法，使其一切的执法行为都能做到有法可依？如何体现执法的公正性公平性，使其一切的执法行为都能经得起历史和人民的检验？如何完善执法监督，使其一切的执法行为都能置于一个有效机制的监督之下？如何提高执法队伍的素质，努力提高执法水平，从而使其每一个执法行为都能向人们传递出一种文明的信息？还有如何加强城市管理综合执法的宣传，以使其一切执法行为能够赢得广大群众更多的理解与支持……总之，我们的工作还确有值得改进和改善的地方。人们所关注的也正是这些地方，因为人们都真诚地希望执法局的工作能越做越好；人们都真诚地祈盼着我们的城市会越来越好！

但是，海城毕竟不是一个综合执法局的海城，而是全体海城人的海城，建设一个整洁、文明、现代化的海城不仅是综合执法局的职责，更是每个海城人的职责。从这个意义上说，我们在要求执法局对城市环境的综合治理应切实履行其应尽的职责外，作为生活在这个城市的每一个海城人，我们自己是否也应该尽一点儿应尽的责任和义务呢？比如说我们能不能更多地树立起我们对这座城市的家园意识和主人意识，能像爱护自家的每一棵花草一样去爱护城市的每一处花圃和草坪，能像爱护自家的家具一样去爱护城市的每一件公用设施呢？还比如说我们能不能更多地树立起我们对这座城市的法治意识和自律意识，能让自己像执法队员一样去自觉抵制一切破坏城市环境、损毁城市形象的行为呢？

历史在呼唤着我们这座城市的文明与进步。

我们这座城市正在向更加文明与进步的明天迈进。

我们不能让这文明与进步的脚步停下来；因为有更美好的明天在期待着我们，而我们又何尝不期待更美好的明天。

那就让我们携起手来，共同去创造明天的海城，共同去享有海城的明天。

"8·4"财富
——长篇报告文学《旗帜》节选

海城"8·4"特大洪涝灾害，是一场历史罕见的自然灾害。自从有人类历史以来，人类如何与自然和谐相处，人类如何抵御各种自然灾害的威胁，一直是人类认识和探索自然的两大基本课题。所以，每当一场自然灾害发生后，我们都会情不自禁地问：这场灾害到底是怎么发生的？我们应该如何避免这些灾害的伤害？面对"8·4"这场洪灾，我们也应该如此去发问，然后去做一番有益的思考。

"祸兮福所倚，福兮祸所伏。"灾害是害，而灾害也是一所学校，它将教会我们如何去认识和了解灾害，如何去规避和战胜灾害，进而可以让我们在灾害面前，变得更聪明，变得更明智，变得更坚强，变得更不可战胜。

"8·4"之灾，便是这所学校带给我们的又一次大考。

"8·4"之灾带给我们的不只是一场灾害，其实还有一笔财富，只有将这笔财富充分地发掘出来，我们才算向这场大考交出了一份令历史满意的答卷。

这笔财富的名字就叫"思考"。

一、大众的思考

我们首先关注的那些思考者，应该是我们的普普通通的老百姓。虽然他们的思考或因仅限于他们对某一个事件某一种现象的独自的理解与感悟，而不及其他思考者的系统与完整，但其思考的实际与深邃，却并不逊色于其他的思考者。他们的思考又恰恰是其他思考者的思考之源，故而显得更为珍贵。

1．百姓的思考之一：人有人道，河有河道

岔沟镇红旗村有三百亩耕地在"8·4"的洪灾中被山洪冲毁。老百姓说，那三百亩耕地都是在"文革"期间，村民们为了"学大寨"，硬是一筐土一筐土地往河滩上垫，整整垫了二十年，才在那片河滩上垫出了这三百亩上好的耕地，结果谁也没想到，这次的山洪正好是顺着原来的河道冲下来，刚好把那垫出来的三百亩好地齐刷刷地卷走了。

接文镇三家堡村几年前搞起了一个全国食用菌种植合作社，在村前的河滩上建起了三百多栋蘑菇大棚。原以为那片河滩地已几十年未见水患，在那里建大棚既可节约耕地，又可致富村民，岂非一举两得的好事！可哪里想得到，一场顺河而泻的山洪过后，三百多栋大棚几乎被一卷而空，昨日还是满棚黄金的河滩上只留下十几栋残破的大棚骨架，晃得三家堡人欲哭无泪。

与此相似的还有山里那些近年来在河边上通过与河争地争来的一座座漂亮的房子，也同样被那场不期而至的山洪眨眼间清理一空，曾经满屋子的得意与幸福也在眨眼间流失殆尽。

于是，人们开始思考，并发出切肤般的感叹：一切皆是报应。本就是人有人道，河有河道；人不堵河道，河便不毁人道；反之亦然。今之所报，不过是河归本道而已，实不该有河对人加害之说。眼下的当务之急，是如何尽人之所能，尽快与河达成一个互不侵犯条约，以求人河和睦相处，从此以安后世。

当然，还有人与山的互不侵犯条约，人与地的互不侵犯条约，乃至人与空气的互不侵犯条约……

2．百姓的思考之二：保险保险，无灾之时当思有灾之困

千福万福，摊个好干部是真福。

析木镇红土岭村有耕地受灾的老百姓，这次灾后都得到一份意外的惊喜：他们的受灾耕地全部获得每亩一百九十八元的保险赔偿。有保有赔，天经地义，何来惊喜？惊喜全因这些受灾百姓当初都未交过保费。据说6月末保险公司来村办理农业种植保险时，这些村民都纷纷表示：这么些年了，我们年年交保险，年年也未见有灾，结果年年都是让我们白掏钱，年年都是让保险公司白赚钱，这种冤大头，今年咱再也不当了。于是，今年全村竟没有一个人再来买保险。这件事让刚刚上任还不到一个月的村党支部副书记、村主任周强很为难：一方面，这是上面布置下来的一项工作，做不好对不起组织；一方面，保险又是一种自愿的行为，对村民又不能搞强迫命令。他思来想去，索性自己掏了一万五千元，给全村的三千亩耕地都买了保险。结果刚买完保险，"达维"就来了，地就淹了，十五万元的赔偿款就到手了。

周强说，这是赶上点儿了，让咱村的老百姓捡了这么个大便宜。

联想到周强上任之后及他在这次抗洪救灾中为他们办的那些事，联想到其他养殖业、种植业在洪灾中蒙受的损失，红土岭的百姓却有着他们自己的思考：

其一，一个村能摊个好村干部，那是全村人的福；一个镇能摊上个好镇干部，那是全镇人的福。千福万福，咱能摊上个周强这样的好村干部，那才是真有福。

其二，常言说，人无远虑必有近忧，无险之时当思有险之困。买保险，存进的是忧患意识，收获的是岁岁平安，该保的

险就得保，该掏的钱就得掏。可话说回来，这做保险的也别光图着赚钱，老百姓不想保的他们逼着保，老百姓想要保的他们躲着跑……

洪水过后，老百姓这样的思考真的不少。这不能不逼着相关的人面对百姓的这番思考，也去做一番他们自己的思考。

3.企业家的思考之一：竞争归竞争，协作归协作

当 8 月 4 日的洪灾发生后，有一个消息让中国电信海城分公司经理徐颂既感到很振奋又感到很悲哀：当东部山区暴雨洪灾致使全部通信中断后，接文镇党委书记王丽敏所持的一部中国电信 CDMA 手机居然仍有信号覆盖，仍可保持与外界的联系。这消息理当让徐颂振奋，因为这一事实的本身便已充分证明了 CDMA 品牌优势，无疑是一个最好的广告。但同时，这消息也让徐颂觉得很悲哀，毕竟东部山区只有王丽敏这一部手机，如果再能多几部，那该多好，会给抢险救灾赢得多少宝贵的时间，带来多少不可预想的效果！为此，徐颂做了很认真的思考：同行企业之间不能没有竞争，失去竞争就会使企业失去活力失去动力失去效益；但同行企业之间也不能没有协作，失去协作就会减弱企业抗击风险的能力，从而也减弱了企业的竞争力。所以，同行企业之间，竞争归竞争，协作归协作。

于是，徐颂于灾后很快提出了自己的灾后重建规划：

投资一千五百万元，申请在东部山区新建二十三个基站，实现东部山区全覆盖；

与析木、接文等乡镇建立合作关系，争取镇、村一级普遍配置 CDMA 手机，以更好地避灾防险；

与联通公司、移动公司协商，共同对东部山区的通信线路进行联合改造，以共同增强线路的避灾能力。

徐颂的思考无疑是有益的，我们没有理由将这种思考仅视

为一种广告。

4. 企业家的思考之二：取时亦当取，还时更当还

"8·4"一场洪灾，让宗骏集团董事长王元广感触极深。虽然企业于灾后投资二百万元为灾区修路，但他们认为自己的这一点儿投入远不能回报乡亲们对他们的付出之万一。因为那种付出是浓浓的乡情，是一颗颗真诚的心。于是，王元广也在思考：作为海城的一家企业，作为一名海城土生土长的企业家，自己所拥有的一切财富，其实都取之于这片乡土，都取之于这些乡亲。取时亦当取，还时更当还。取时当知恩，还时当明义。那种只知取，不知还的人，不配称企业家。宗骏今后当永远以此为鉴，尽己所能，向海城的父老乡亲还恩报恩。

如果海城的企业家都能做一番如此之思考，海城的明天一定会更美好！

5. 媒体人的思考：万众一心铸就城市精神丰碑

"8·4"洪灾发生后，全市广大新闻工作者奔赴抗洪抢险、救灾、灾后重建第一线，如战士般亲临各种危境、险境、困境，不畏牺牲，不畏艰难，以自己的亲历亲见亲闻，将前方的大量信息源源不断地传递给全市百万人民，为激励全市人民战胜灾害的信心和意志，齐心协力重建家园，夺取抗洪抢险救灾、灾后重建的伟大胜利，做出了不可估量的贡献。他们的献身精神让人感动，而他们为我们留下的无疑更是一笔极其宝贵的精神财富。在这笔宝贵的财富中，一篇由辽宁日报记者侯国政、通讯员任民撰写的题为《万众一心铸就城市精神丰碑——海城市成功抗击"8·4"特大洪灾的做法与启示》的文章尤显珍贵。作为媒体人，他们以自己的独特视角和敏锐的洞察力，将海城应对"8·4"洪灾的宝贵经验和由此凝聚的海城人精神，进

行了极为客观的总结和提炼，从而使我们有机会于灾后的一片忙乱中重新发现自我、认识自我、启迪自我、完善自我。为此，我们将其摘录于此，以为永励。

城市精神丰碑之一：领导干部始终站在抢险救灾第一线，靠前指挥，临危不惧，身先士卒，彰显气壮山河的号召力。

【重要启示】

特大洪灾发生后，海城市主要领导分工负责、靠前指挥，沉着冷静、科学决策，这些都是夺取抗洪救灾胜利最根本、最有力的保证。在海城市委、市政府的正确领导下，实现了对抗洪抢险中一切人、财、物的高效组织调配，全市广大干部群众众志成城、日夜奋战，赢得抗击洪灾的重大胜利。

城市精神丰碑之二：哪里有险情，哪里就有党员干部；哪里群众最需要，党员干部就出现在哪里，彰显基层党组织中流砥柱的向心力。

【重要启示】

海城"孤岛"不孤。危急时刻、紧要关头，每个镇党委、政府就是抗洪救灾的一个枢纽，每个村级党组织就是一块阵地，每个共产党员就是一面鲜艳的旗帜。他们充分发挥基层党组织的战斗堡垒和先锋模范作用，迅速反应、就地组织群众自救互救，把灾害带来的损失降到了最低程度。洪灾就是最好的考场。事实证明，海城各级党组织是坚强有力的，是党可以信赖、群众可以依赖的中流砥柱。

城市精神丰碑之三：汹涌的波涛里，子弟兵的冲锋舟迎风斗浪；危险的堤坝上，裹满泥浆的"橄榄绿"川流不息；咆哮的洪水中，鲜艳的"橘红"为人民群众托起生命的方舟，彰显人民子弟兵不畏艰险的冲锋力。

【重要启示】

人民子弟兵以"不怕苦、不怕险、不怕累"的英雄气概，总是出现在最危急的时刻，总是承担着最艰苦的任务，总是战斗在最艰苦的地方。尤其是在海城，拥军优属、拥政爱民是一项光荣传统，海城市曾连续七届荣获省级双拥模范城称号。正是基于这种民拥军、军爱民的鱼水深情，当暴雨来袭之时，驻海部队从首长到士兵，义无反顾地冲锋在前，视死如归地顽强战斗，成为应对特大洪灾的主力军和突击队。

城市精神丰碑之四：面对灾情，海城全市上下积极行动起来，后方各路大军快速反应，纷纷赶赴灾区，为抗洪抢险一线送上坚定而有力的支援，彰显众志成城的凝聚力。

【重要启示】

"人心齐，泰山移。"正是万众一心的集体力量，使海城市在最短的时间内以最快的速度，调动起各种抗洪救灾资源，仅仅经过两天抢险抢修，就实现水、电、路、通信的基本恢复，展现了令人惊叹的"海城速度""海城力量"，为夺取抗洪救灾胜利提供了坚强后盾。

城市精神丰碑之五：在刚刚修好的公路上，一辆辆载满各种抢险救灾物资的车辆火速开往灾区，由群众自发组成的抢险队、志愿者纷纷向灾区进发，彰显无私奉献的感染力。

【重要启示】

生命至上，爱心无价。在抗洪抢险斗争中，上级部门、社会各界、兄弟城市和海城人民情系灾区，充分发扬中华民族团结友爱、互助互济的优良传统，大力支援，紧密配合，海城全社会也迅速掀起了捐献救灾的热潮，这为夺取抗洪救灾胜利汇聚了深厚力量。

城市精神丰碑之六：特大洪灾没有压垮海城人的精神，不屈不挠的海城人擂响了生产自救的战鼓，重建家园的号角在海城大地回荡，彰显永不言败的攻坚力。

【重要启示】

在灾害来临之前，有准备，有防范；灾害来临时，反应迅速，抢险科学；灾害过后，行动迅速，救灾到位。在整个救灾过程中，坚持党的群众路线，充分发动群众，依靠群众，组织群众，调动每个人的主动性和积极性，这是海城夺取抗洪救灾全面胜利的最大法宝。

二、决策者的思考

1. 面对抢险救灾：研判科学，决策果断，执行坚决

尽管"8·4"这场特大洪涝灾害百年不遇，史所未见，但是由于海城市委、市政府在整个抢险救灾和灾后重建中，研判科学，决策果断，执行坚决，事前防范充分，事中抢险及时，事后救灾到位，没有发生重大人员伤亡，没有发生重大流行疫病，没有发生重大群众上访，取得了抗洪抢险的阶段性胜利。市委、市政府由此得到以下启示：

其一，未雨绸缪，防范超前。

灾难可能随时光顾每一个地区，但厄运却只光顾没有准备的人。三十七年前那场震惊世界的海城大地震，尽管震级百年一遇，但由于海城坚决贯彻省市通知精神，及时组织群众进行了转移避险，成功避免了重大人员伤亡。历史总是惊人地相

似，三十七年后的 2012 年 8 月 3 日，这个时间，应该为这次受过洪水袭击的每一个人记住。当天，省长陈政高等领导为海城传来了带有批示意见的加急通知，要求"迅速做好暴雨防范，全力保障群众人身安全"。面对省市领导的批示，海城没有犹豫，没有彷徨，没有侥幸，没有懈怠，鞍山副市级干部、海城市委书记王潜立即批示：按照省市领导意见，迅速做好防范。8 月 3 日下午 3 时，市防汛总指挥、市长项世伟在市政府召开全市防汛紧急会议，贯彻落实省市领导批示意见，并就启动全市防汛应急预案、立即实施全市特别是东部山区危险地区群众转移、停止露天井下矿山作业、封停塌陷区道路、城乡道路桥梁专人值守一旦发生险情立即封停、做好城市防洪排涝、做好水库和堤防巡护并开启西部所有排涝设施，镇区主要领导要住在镇里坚守岗位，电视台、电台交通台、移动通信公司等要通过各种形式向市民发布暴雨预警信息等防范应对工作都做了详细安排部署。会议结束后，当晚海城电视台、电台、通信公司等都通过不同形式，将暴雨预警信息进行了及时发布。相关部门都能够认真落实会议精神，开展相关防范工作。镇区主要领导全部到位，住在镇里，迅速启动危险地区群众转移避险和各项防范工作，当晚就紧急转移危险地区群众一点六万人，其中就包括 8 月 4 日早上发生严重山洪灾害的接文镇转移群众四千八百人，孤山镇转移五千六百人，岔沟镇转移一千六百多人，发生塌陷险情的南台镇后驼龙铁矿周边危险地区转移群众三十二人，等等，没有这些危险地区群众的及时转移，这次特大洪涝灾害将给海城造成重大人员伤亡。特别是各镇区党委书记、镇长 8 月 3 日当晚，按照市政府防汛紧急会议要求，都住在镇里，尽管这次特大洪涝灾害造成了几个孤岛镇，但都有书记、镇长和干部在里面与群众并肩作战，尽管洪灾隔断了相关镇区对外的交通通信联系，但没有隔断党委政府与群众的联系。应该说正是海城市委、市政府这种宁可信其有、不可信其无的敏锐风险意识，这种不折不扣贯彻省市领导批示意见的坚定政治意识，这种决策果断，执行坚决的强大执行能力，为海城成功应对这场百年不遇的自然大灾奠定了坚实基础。

同样的未雨绸缪，超前防范更体现在"8·4"之前，市委市政府在消除隐患、全力做好风险处置方面所采取的一系列举措。

从去年汛期结束，特别是今年 6 月 14 日全市防汛工作会议召开，到 7 月 28 日台风"达维"影响海城之前，在王潜书记、项世伟市长的高度重视和直接推进下，海城狠抓了全市防汛指挥体系、应急体系组建完善以及各类防汛风险隐患的排查治理工作。

开展了河道清障工作。针对我市三岔河地区阻水严重，导致浑太两河洪水下泄缓慢的实际情况，在省水利部门的支持下，对浑太两河沿岸尤其是阻水严重的三岔河套堤进行了清障。同时汛前市政府对境内主要河流特别是海城河进行了拉网式排查，在此次暴雨来临前，市防指连续下达三个清障令，对海城河响堂段二十七艘采砂船进行集中清理，对于在规定时间内未清除的采砂船，8 月 3 日市政府组织人员，冒雨对两艘重达两百吨的采砂船进行切割，确保了汛期河道行洪畅通和下游公铁桥梁的安全。

实施了水利工程除险加固。投资八千万元，对上英、山咀、王家坎三座中型水库以及英房和孙家坎两座小型水库进行了除险加固，从而为减轻海城河下游的防洪压力，起到了决定性作用，也成功避免了水库垮坝的灭顶之灾。投资六千七百万元，对海城河、五道河、杨柳河等全市中小河流进行了综合整治，特别是海城河城区段综合治理后，防洪标准达到了五十年一遇，尽管此次海城河发生有记录以来最大一次洪峰，但主城区有险无灾，安然无恙。投资三千四百六十四万元对西部沿河牛庄、望台、东四等镇的排水泵站以及十三个镇区的排水沟渠进行了更新改造和清淤，为此次强降雨排涝发挥了重要作用。可以想象，如果没有这次改造，这些镇区涝灾将是毁灭性的。

实施了重大安全隐患的排查治理。共排查出隐患八十三处，并按照市防汛指挥部文件，将隐患整改责任全部落实到了各镇区和各部门，并在主汛期之前得到了有效治理。正是由于在暴雨前市政府及时封停了南台后驼龙铁矿并转移了周边群众，才避免了人员伤亡的发生；正是由于市政府及时清理了采砂船，才避免了采砂船危及下游桥梁特大安全责任事故的发生；正是由于市政府投资八十万元实施了海城河1号橡胶坝除险加固工作，才成功避免了垮坝危及中长铁路险情的发生；正是由于及时对莲花园、厝石山等棚户区实施了拆迁改造，才避免了人员被困、倒房伤人情况的发生；正是由于大规模实施了城市水电路、小区等基础设施改造，特别是城市排洪外网的建设，才有效缓解了城市大面积积水情况，没有酿成大的事故。

其二，科学指挥，抢险及时。

从8月3日夜间开始为了迎战此次大暴雨，市防汛指挥部按照市政府防汛紧急会议的精神和要求，先后下达了《关于进一步做好抢险救灾工作的通知》《关于全力做好海城河沿岸防汛护堤工作的紧急通知》《关于立即做好人员转移安置工作的通知》《关于进一步加强地灾避险工作的通知》等十四个指挥部令。8月4日早5点，市防汛指挥部启动了防汛应急指挥机制，召开了紧急会议，对协调驻海部队待命抢险、紧急组织民兵驰援东部山区、城乡道路危险路段交通管制、学校停课、抢险物资和车辆组织集结、组织遇险群众转移等抗洪抢险工作进行了全面安排部署，王潜书记、项世伟市长等主要领导第一时间到位指挥，各职能组也迅速到岗到位，按照职能分工有条不紊开展抢险救灾工作。特别是针对严重的险情，市防汛指挥部成立两个工作指挥系统，王潜书记主要负责一线抗洪抢险的现场指挥督战，及时对防指提出工作要求，项世伟市长主要负责坐镇指挥部，统筹协调、调度指挥全市的抗洪抢险救援。应该说，市委、市政府主要领导的分工合作，上阵指挥，使整个抗洪抢险工作急而不慌，忙而不乱。

其三，不等不靠，救灾到位。

在灾后重建工作上，海城市委、市政府高度重视，抢先抓早，不等不靠，自力更生，主动作为。

8月6日晚灾后第三天，鞍山市副市级干部、海城市委书记王潜和市长项世伟就召开专门会议，就灾后集中转移群众安置等灾后重建工作进行了部署。

8月7日晚，市长项世伟在市政府召开了全市灾后重建紧急工作会议，就做好道路等基础设施恢复、解决受灾群众倒塌房屋修复重建、做好受灾的水利农经和工业企业生产恢复、迅速制定出台灾后重建指导意见等灾后重建工作进行了详细安排部署，明确提出要确保受灾群众有饭吃、有水喝、有衣穿、有房住，迅速恢复正常生产生活秩序的工作目标，全面启动了海城市灾后重建工作。

8月9日下午，市长项世伟主持召开加速金融保险企业赈灾工作会议，要求保险企业迅速启动应急保险理赔程序。金融企业为有贷款的受灾户延长贷款一年，政府贴息，并解决受灾户灾后重建新增贷款，政府贴息一年。

8月9日，海城市委书记王潜召开灾后重建包保工作专题会议，对市级领导和部门、镇区对口包保受灾镇区灾后重建工作进行了安排部署。并下发了《关于做好灾后重建包保工作的通知》，对孤山镇、岔沟镇、接文镇、析木镇、东四管理区和望台镇六个受灾较重的镇区，启动市级领导、镇（区）、市直部门包保工作制度，做到每个镇由一名市级领导、一个经济条件好的镇区和部分单位进行包保，妥善安置受灾群众生活，保证受灾群众有饭吃、有衣穿、有房住、有干净水喝、有病能及时得到医治，确保灾民人心安定，早日重建家园。

8月10日上午，市长项世伟主持召开全市水毁房屋重建和修复工作调度会，对水毁房屋重建修复工作进行安排。

8月10日晚，海城市委书记王潜主持召开市委常委扩大会议，审议通过了《海城市灾后重建指导意见》和《灾区包保工作方案》，市防汛总指挥、市长项世伟在会上对灾后重建工作进行了全面安排部署。

8月12日，市政府制定出台《海城市灾后赈灾援建工作指导意见》，引导社会对灾区捐赠向为灾区水毁基础设施和房屋援建转变。

8月15日，项市长主持召开水毁道路桥涵重建修复工作会议，就水毁道路桥涵重建修复工作任务责任和完成时限进行具体安排。同时成立灾后重建五个工作职能组。

…………

8月6日开始，市委、市政府便夜以继日地启动了灾后重建工作。海城市委书记王潜、市长项世伟就始终深入受灾镇区，奔走在灾后重建的第一线，现场办公，指挥受灾镇区灾后重建工作。在海城市委、市政府的正确领导下，海城灾后重建工作全面展开……

当然，以上这些启示，也可以被我们理解为体会，理解为经验，但无论怎样理解，这些启示无疑早已成为一笔财富，足以让我们以此为资本，在面对未来的灾难时，变得更加聪明睿智，更加坚强勇敢，更加从容不迫。

2. 面对城市未来：坚持规划先导，
推进"三迁四进"

"8·4"这场特大洪灾，也让我们的城市管理者们不得不面对我们城市的未来，去做一番理性的思考。项世伟市长说，这场洪灾，逼迫我们必须对过去的一些发展理念、发展模式做一番深刻的检讨，必须从城市发展的科学规划、环境、城镇化进程、资源开发利用等问题入手，去探讨科学发展、可持续发展的问题。抗洪救灾，让海城人重燃起了自力更生、奋发图强的海城人精神，这是极为可贵的。但这次灾害也恰恰提醒了我们，作为海城人精神的内核，我们必须从过去的非理性的敢为人先转向理性的善为人先，从而实实在在地做好我们自己的事情，把我们的城市建设成一个具有很强防灾避灾抗灾能力的城市。为此，就必须要求我们的干部讲"三实"，就是：基层干部一定要讲实话，中层干部一定要办实事，领导干部一定要出实招，不能拿谎话去骗上级，更不能拿谎话去糊弄老百姓。这次洪灾既可以看作大自然对我们人类的一次惩罚，也可以看作大自然本身的一次自我调节，洪灾不过是让河恢复了原有的身段，让山恢复了原本的体貌，如此而已。所以，我们必须尊重大自然，对大自然要有一种敬畏之心，不能再去干一些急功近利的蠢事，不能向未来借贷，那样的借贷我们是偿还不起的。所以，面对"8·4"洪灾，我们必须去做一番理性的思考。

于是，他亲笔撰写了题为《坚持规划先导，推进"三迁四进"，全面提高城乡防灾避灾抗灾能力——8·4特大洪涝灾害引起的思考》的文章，我们愿将其转载于此，以便我们就此问题，共同去做一番理性思考。

应该说，当不可阻挡的自然灾害来临之时，一个区域的安危在很大程度上依赖于对自然灾害的抗御能力，尤其是由暴雨引发的洪涝灾害。其中除了检验一个区域是否做好风险管理特别是做好充分的应对工作以及是否具备抗击灾害的应急能力之外，更与城乡规划建设的关系十分密切。防灾避灾抗灾能力是衡量一个城市规划水平的重要标志，科学合理的城市发展布局可以有效地减轻灾害损失，促进地区科学可持续发展。

近年来，我市始终以科学规划为先导，坚持从应急管理向风险管理转变，从"灾后反应"向"灾前预防"转化，在推进"两城两市镇"进程中，充分考虑到防灾避灾抗灾能力，本着统筹城乡的战略思路，大力推进以居民动迁、农民移迁、企业谈迁，企业进园区、商业进镇区、居民进小区、农业进设施区等"三迁四进"为主要内容的城乡改造，不仅实现了城市发展空间拓展、城乡面貌改变和群众生活环境变化的多赢，更为我市抗御特大灾害提供了重要保障。

通过受灾实际，我们可以客观地发现，没有按照"三迁四进"的布局进行科学选址、迁址、用址，是造成各种损失的主要原因。例如，养殖、种植、栽植，特别是养殖业损失严重，令人痛心，更值得反思。损失，不能单单归咎于天灾，也应从人为因素反思。农业设施区为何未受损失？是因为科学规划的结果，建设前就充分考虑到因天灾可能引发的风险，选址正确自然就会避开灾害。再看倒塌的房屋，除了老房、旧房经不起这样的大灾，有些新盖的砖瓦房，甚至楼座也未能逃过一劫，究其原因，主要是这些建筑违背了规划，建在了不适宜建房之地。规划选址错误，违背了自然规律，再坚固的房屋也难逃厄运。同样的还有被洪水"洗劫"的企业，如果及早迁进工业园区，必然可以规避灾害。

透过这次灾害，我们既验证了我市城乡科学规划、科学建设取得的显著成果，也看到了由于坚持规划不到位、不坚决、不彻底带来的负面影响。因此，我们应该清醒地认识到，提高城乡规划水平和强化城市基础设施的防灾避灾抗灾能力，是抗御灾害侵袭、避减灾害损失的重要前提，是我市经济稳中求进、进中求快、快中求实的首要任务，更是全市人民生命财产安全的根本保证。面对当下极端气候和自然灾害频发的新情况，我们必须居安思危，防微杜渐，统筹长远发展与当前建设，坚持规划先行，着力提高城乡规划、建设、管理水平，提高安全运行能力，以应对各种突如其来的灾害考验。

我们必须坚定不移地推进"三迁四进"。坚持以居民动迁、农民移迁、企业谈迁，企业进园区、商业进镇区、居民进小区、农业进设施区为主要内容的城乡改造，通过整理发展空间，实现城市发展空间拓展，城乡面貌改善和群众生活环境提高。同时，切实提高科学防灾、合理避灾和有效抗灾的能力。

我们必须坚定不移地实施青山工程。青山工程是偿还历史欠账，修复生态环境，实现经济发展与生态协调的重大战略举措。此次大灾，无论是矿山复垦、公路沿线造绿，还是移拆排填造地等"一揽子工程"，也包括企业，均毫发未损。因此，今后我们仍要继续实施青山工程，保护和恢复山体植被，营造科学有利的自然环境。

我们必须坚定不移地开展河流综合治理。此次灾害，是我市有水文记录以来海城河全流域最大洪水。但是，海城河城市段居民区、桥梁、道路、景观点、基础设施禁受住了考验。这得益于我们坚持了对海城域内河流的综合治理。今后，我们还要继续对海城河下游、八里河、五道河等河流农村段加大投入，全面提升境内河流的防洪标准。在此基础上，要注重河套、河岸、景观带、地上和地下的基础设施一起建。对东四管理区等镇区的防洪堤坝建设，至少要达到五十年一遇的御洪能力。对东部山区包括全市所有水毁河段整理加固及水利基础设施建设，线型工程一定要服从水工模型。海城河新立桥至三道明水桥的河道综合整治工程、海城河支流析木西大河综合整治等项工程要一并展开。

我们必须坚定不移地推进城镇化建设。相信许多居民已经愈来愈认识和体会到了由此带给他们的实惠。牌楼镇代家村整体动迁的近三百户村民，夫妻二人符合标准的每月可领取补助和补贴，而且随着GDP的增长，补助和补贴也年年涨。此次受灾的农民更是盼望着城镇化建设步伐的加快。岔沟、孤山、接文等镇在重建工作中，农民无须动员，自觉为修复和新建路、桥、基础设施出工、出力，送水、送水果慰劳建设人员，如同当年支援解放军上前线一样，灾后群众的观念正在悄然改变。

大灾虽去，记忆犹新。我们之所以强调理性地认识此次洪灾，目的就是总结和反思我们过去所做的工作成绩何在，差距何在，今后的目标和方向何在。在前行中怎样正确协调好经济发展与自然规律的关系，怎样摆布好群众的居住与生活环境的格局，特别是不能忽视防御由极端气候引起的各种灾害等等。当然，明确自然灾害由此给我们带来的认识远远不止这些。在今后工作中，我们唯有本着实事求是的态度，立足海城实际，坚持科学规划，科学建设，科学发展，在加快建设速度的同时，切实完善防灾防汛体系。经得起灾害检验并证明是正确的，必须坚定不移地做下去，对于灾害暴露出的缺陷和不足，要举一反三，及时加以改进和完善。要坚持政府主导、企业参与、群众支持，调动起全市积极因素，共同实施积极的、科学的、有效的应对措施，加以克服和弥补。

总之，只要我们始终坚持科学规划建设的思路，深刻把握海城所处的发展阶段和发展规律，聚合民心、民智、民力，我们就一定能够牢牢把握与自然灾害较量的主动权，也一定能够继续保持全市经济和社会各项事业科学可持续发展，海城的明天必将更加美好。

3.面对党的建设：必须坚持立党为公不动摇，必须坚持以民为本不动摇，必须坚持狠抓党的建设不动摇

"8·4"洪灾，不仅是对党的执政理念和执政能力的一次大考，也是对多年来我市党的建设成果的一次最实际最严格的考核。可以无愧地说，这次考核的结果是让人满意的。

人们说，市委、市政府在领导和指挥这次抗洪抢险、抗洪救灾和灾后重建工作中，始终坚持以民为本、民生至上的理念，对抢险救灾和灾后重建工作研判科学，决策果断，执行坚决，不仅有效遏制了灾害可能带来的重大人员伤亡和财产损失，而且有效地化解了一系列可能引发的灾后社会稳定问题，由此可以表明，我们的市委、市政府是真心维护和保护人民利益的，是真心为百姓服务的，是值得依赖和托付的。

人们说，在这场抗击"8·4"洪灾的战斗中，我们各受灾镇区的党员干部队伍表现出了从未有过的团结、从未有过的坚定和从未有过的忘我精神，关键时刻，领导敢说"跟我上"，干部敢说"看我的"，党员敢说"让我来"，真是领导像领导，干部像干部，党员像党员，由此可以表明，我们的干部队伍是好的，是过得硬的，关键时刻是能够拉得出打得响的。

人们说，在这场抗击"8·4"洪灾的战斗中，我们的各基层党支部表现耀眼，无论是红土岭村的周强、红旗村的杨国书、大桃沟村的王云，还是孤山村的林多伟、中小村的姜永波、王家堡的王秉铎；作为村党支部书记，在危急时刻，他们无不挺身而出，为救乡亲而舍生死，为保大家而舍小家，为顾大局而舍小局，为求大义而舍小义，并为我们扛起了一面面"党员突击队"的大旗，由此可以表明，我们广大的基层党组织和广大

党员是有战斗力的，是足可以依靠的。

于是，人们发现，一场洪灾，一场患难与共的战斗，竟让我们的上下级关系变得从未像今天这样默契，竟让我们的党员干部之间的关系变得从未像今天这样和睦，竟让我们的党群关系、干群关系变得从未像今天这样密切。

这就是"8·4"这场大考的结果。

面对这样的结果，我们更须去做一番认真的思考：灾后，我们应该如何更好地去加强和完善我们党的思想、组织、作风、纪律等诸多方面的建设，才能让我们的党永远立于不败之地。

市委书记王潜同志说：

"8·4"特大洪涝灾害，给我们带来的一个重要启示就是：无论任何时候，只要我们信守和坚持"立党为公、执政为民"的宗旨，一切以人民群众的利益、人民群众的关切和人民群众的诉求为第一要务，谋人民群众之所期、帮人民群众之所需、解人民群众之所困，我们就会得到人民群众的信任和拥护，就能带领广大人民群众战胜一切艰难困苦，禁受住任何灾害和灾难给我们带来的考验。今后的工作中，我们务必要牢牢把握住这一宗旨，时刻从人民的利益出发，时时刻刻都要想着人民群众在想什么，人民群众想要什么，认认真真地为人民群众办实事，谋实利，这是保证我们的党永远立于不败之地的根本。

其次，要信守和坚持"立党为公、执政为民"的宗旨，就必须认真做好干部队伍、党员队伍和基层组织建设。应该说，这些年市委在加强队伍建设方面做了许多工作，通过不断深化干部人事制度的改革，通过采取一系列不断强化基层组织建设和加强党员队伍建设的措施，使我们的干部队伍更具凝聚力，使基层组织更具战斗力，使党员队伍更具活力。从而，才使我们有信心、有勇气、有能力去面对"8·4"特大洪涝灾害的考验，赢得广大人民群众的尊重与支持。所以，今后我们更要下大力气抓好队伍建设，让我们的队伍成为一支真正可以顺应党心民意的队伍，可以充分体现党的意志和人民群众意志的队伍，成为一支充满生机与活力的队伍，这是保证我们党永远立于不败之地的基础。

再次，要信守和坚持"立党为公、执政为民"的宗旨，就必须切实加强我们的作风和纪律建设。实事求是，密切联系群众，批评与自我批评，过去是，今后仍然是我们党的建设的法宝，廉洁奉公、全心全意为人民服务，过去是，今后仍然是我们每个党员干部的行为准则。近年来，为了加强我们队伍的作风建设，我们开展了以切实转变作风、全面服务基层为主旨的干部、党员包镇包村包户的"三百工程"，以及一系列党风廉政教育活动，取得了明显成果。这次"8·4"抗洪抢险救灾中，许多包镇、包村、包户干部党员的突击表现和不可替代的作用，就是最好的证明。恰是他们的突出表现和不可替代的作用，也再一次表明，只要我们时刻保持与人民群众的密切联系，视人民群众利益为生命，以全心全意为人民服务为本色，广大人民群众才会视我们为朋友，为亲人，才会与我们同心协力共渡难关，共创未来。所以，今后我们更要抓住党的作风和纪律建设不动摇，不仅要让党的作风和纪律建设有学习教育方面的保证，更要有制度方面的保证，从而保证我们的党永远不脱离群众，不背离群众，不背叛群众，这是保证我们党永远立于不败之地的法宝。

总之，面对"8·4"这场特大洪涝灾害，确有很多东西值得我们认真总结和思考，我们相信我们的总结和思考一定会转化为一种新的机遇新的动力，进而推动我们更好地服务海城百万人民，与海城百万人民一道，同心协力，共创海城更加美好的明天。

"达维"来了。

"达维"走了。

一个来也匆匆去也匆匆的"达维"，就这样匆匆地丢下一个让人心痛的"8·4"，走了。

从此，海城人的记忆中或许会逐渐淡忘那个来也匆匆去也匆匆的"达维"，但已永远无法抹去那个让人心痛的"8·4"，因为海城人需要记住：

是谁曾经毁灭了他们的家园；

是谁曾经与他们共同面对生死，面对灾难；

是谁曾经向他们伸出了援手，给了他们希望与未来；

他们曾经怎样地无助、无奈、无望；

他们又曾经怎样地奋起而战、奋力拼搏、奋勇向前；

他们又曾经怎样地为此而欢呼、为此而自豪、为此而骄傲……

仅仅一个"8·4"，便让我们再次看到了海城人的坚毅、果敢、不屈不挠、不畏艰险、大智大勇、大仁大义；看到了海城人的可贵可爱可钦可敬和伟大，从而让我们再次坚信：海城人永远打不倒！海城人就是海城人！

让我们永远记住这一天。

让女孩走在阳光下

——鞍山市"关爱女孩行动"纪实

清晨，明媚的阳光再次照亮了这个世界。

这是一个多姿多彩的世界，活力无限的世界，是一个美丽的世界，让人心仪的世界。面对那同一个太阳同一片阳光，每个人都在以自己的目光和感受，审视和体验着这个世界。

一群特别的女孩，正在用她们特别的目光和感受，审视和体验这个世界。

那是一群生活在特别环境中的女孩。特别的家庭环境，特别的生活处境，特别的人生经历，特别的社会遭遇，使她们幼小的心灵过早地承受起过多的忧郁与无奈，从而也使她们对这个世界有了她们特别的体验，特别的感受。

那是一群特别渴望享受阳光与温暖的女孩。

"关爱女孩行动"正在我们的城市和乡村间启动，如一列载满阳光的快车，正驶进这一群女孩的心的田野，并为这一片片田野播撒下一片片阳光和一粒粒希望的种子。

第一章　沉重的点击

可怕的失衡

现代信息技术让这个世界一下子变小了，让人们彼此间的距离一下子变短了，让我们生活的节奏一下子变快了，也让我们的心一下子变得紧张起来了。

走进网络世界，我们可以轻易地找到无数个历史与现实的交汇点，只要我们愿意在某一个交汇点上继续游走下去，我们就可以由此将历史与未来延展到无限。

许多这样的游走与延展是令人陶醉的，感奋的，欢快的，惬意的；而又确有一些这样的游走与延展是让人痛苦的，悲哀的，迷茫的，无奈的。

因而，我们点击鼠标的手常常是轻松的，也常常是沉重的。

轻点鼠标，走进我们生存与生活的广袤空间，种种可怕的失衡便会无情地撞击着我们的目光，让我们的目光不敢去直视，不忍去直视。比如自然界中仍在日益加重的动物之间、植物之间以及动物与植物之间的互生互为的依存关系的失衡；比如人与自然间的仍在日益加剧的生存与环境、发展与环境以及资源与环境间的利用与保护关系的失衡；又比如我们人类自身的繁衍与发展的过程中正深刻发生着的数量与质量、生育与教育、现实与理想等诸多关系的失衡……

我们的生育状况正在出现可怕的失衡。据"五普"资料显示，全国 2000 年出生性别比已为一百一十九点九二，比 1990年的"四普"上升了八点五个百分点，这十年间出生的男性比女性多出了一千二百七十七万人。而且，这种出生性别比的失调正在呈现逐年升高的趋势，在有些地区已高达一百三十至二百。有关专家预测，到 2020 年，全国同年龄组的男性比女性将多出三千万人甚至四千万人。人口结构的严重失调，将严重影响社会经济的健康发展，给我们全面建设小康社会造成严重干扰。有专家指出，由于人口结构的严重失调，到 2020 年，我国将有百分之十五到百分之二十的男青年因找不到配偶而成为光棍儿，从而导致单身男性增多、非婚性需求增加、人口拐卖等一系列负面社会问题加重。

人口性别比失衡的问题不能不引起我们关注，由此引发的一系列社会问题不能不引起我们关注；而其中关于女孩的生存环境问题，尤其应当引起我们关注。

让我们去关注一篇《关于失学女童的调查报告》。

调查来自南方一个以农业人口为主的郊区镇，全镇拥有五点六万人口，其中十八周岁以下者占总人口的百分之二十三。调查结果显示，全镇失学儿童有六百八十二名，占未成年人的百分之五，而其中失学女童为六百三十一名，占了总失学儿童的百分之九十二。

这是一个可怕的失衡，它警示我们的不仅是我们必须正视的性别比失衡，更有由此而激发的观念、伦理、道德的失衡。

我们已经步入社会文明高度进步与发展的新时代，然而，从旧时代遗传来的男尊女卑、重男轻女的旧思想，却至今仍在左右着相当一些人的道德准则和行为准则。

对于男孩的偏爱和对于女孩的淡漠，这种心理与观念上的顽疾，可以在我们的日常生活中随时随地显现，让我们无时无处不感受着人们与社会对于男孩与女孩性别上的心理歧视的阴影。

比如，男孩常常可以成为父母向亲友乃至向世人炫耀的资本，当被问及生下的是男孩还是女孩时，生了男孩的父母多数会兴奋而骄傲地宣称他们生了一个"儿子"、一个"大胖小子"、一个"接班人"甚或是一个"能打种的"，其得意之色真是难以言表；而生了女孩的父母，面对亲友与人们的询问时，则多会轻描淡写地回答生了一个"女孩"或是一个"丫头"，言辞间流露出的无奈与淡漠也常常难以掩饰。

比如，有些家庭男孩若是生病，哪怕是深更半夜刮风下雨也要马上去就医，而若是女孩生病则要等。男孩生病常常是全家陪着去看，而女孩生病往往只由妈妈带着去看。一位从事人口与经济研究的教授曾做过的一个统计显示：由发现生病到就医，男孩平均用时十小时，而女孩平均用时十七小时；男孩平均由四人陪伴看病，而女孩则是两人。

比如，男孩常会被父母首先推出来与客人见面，而女孩则很少获得这样的优待。英国伦敦大学社会系教授克劳尔为了研究亚洲妇女问题，二十五年来曾访问了许多家庭，其中只有一个家庭首先向她介绍了他们的女儿。克劳尔后来才知道，他们的儿子是收养的。

又比如，有些家庭对于男孩在教育上的投入往往会不惜血本，而对于女孩在教育上的投入则往往需要反复权衡。每当需要做出取舍和牺牲时，女孩总是会被划入舍弃的名单中而成为牺牲品。一个女童占了失学儿童总数百分之九十二的调查结果，再清楚不过地显现了那块隐藏在人们心灵深处的性别歧视的阴影。

可怕的心理失衡。

可怕的性别比失衡，源于可怕的生育心理失衡。要真正解决性别比失衡，则必须从治疗我们的心理失衡做起。

我们应该有一个这样的心理共识：今天的女童将是明天的母亲，一代母亲必将影响一代孩子，而一代孩子必将影响一代历史。

为了明天的母亲和未来的历史，难道我们不该让自己的心理健康起来平衡起来吗！

红红火火的"生意"

随着改革开放不断深入和市场经济不断拓展，形形色色的人开始操起形形色色的生意走向市场，闯入市场，挤进市场，乃至混入市场，以期借助市场的机遇或保护，去实现自己的理想或梦想。于是，一处处热热闹闹的市场中就不仅仅只容纳那些正当的合法的守规守矩的生意和生意人，也必会夹杂和隐藏一些不正当的非法的不守规矩的生意和生意人。

凡有需求，则必有市场，必有利益的空间，必有为争夺那块利益的空间而衍生出的能够满足需求者需求的新的生意与生意人，这便是市场经济。

然而，需求并非都是正当的合理的合法的符合道德规范的，所以，有些因需求而衍生出的生意便是不正当的违规的违法的需要受到道德规范制约的。比如吸毒与贩毒，比如嫖娼与卖淫，比如文凭的升值与假文凭的制售……

近年来，种种与生育相关的生意日益红火起来，红火得让人吃惊，红火得让人不安。

人类自身的繁衍是自然法则是人类天性，恰是这种自然法则与人类天性决定了人类在自身繁衍过程中自然的平衡。然而，当人类已开始步入社会文明全面发展进步的今天，一些人却在为延续旧时代残留的旧观念而不惜借助现代文明发展的成果去挑战人类繁衍的自然法则和人类天性。由此便衍生出一类特别的需求与特别的生意——对胎儿进行性别鉴定的需求和为胎儿进行性别鉴定的生意。

这特别的需求就是对男孩的需求，这需求源于那长久生成的性别歧视。这种歧视观曾经作为一种社会伦理观的正统而一直主宰着人们的思想与行为长达数千年，并最终将这个社会变成了一个独属于男人的社会。正因为这个社会只属于男人，而不属于女人，所以，女人不必拥有自己的姓名，留给女人的称谓只是能够识别一个女人的归属和来源的符号，如"张王氏"，它所表示的就是一个王姓女人成了一个张姓男人的妻子，如此而已；所以，女人没有主宰自己命运的权利，命运只造就了女人依从、服从、顺从的本能，而且应一从到底，应"未嫁从父，既嫁从夫，夫死从子"；所以，面对婚姻，女人只能"嫁鸡随鸡，嫁狗随狗"，无论遭遇怎样的不幸，除了被"废"被

"休"，绝无其他的办法可以摆脱，除非一死了之；所以，女人没有受教育的权利，"女子无才便是德"，于是，几个才女的闪现便成了点缀那冗长而寂寞的历史岁月的几道最动人的风景……

所以，一个完美的家庭中便不能没有男人，没有男孩。于是，当我们执行了多年的"一对夫妻一个孩"的计划生育政策刚刚有了一些松动之后，为了珍惜这得来不易的机会，为了能将这机会发挥到极致，并将这机会毫无差错地交给男孩，那一类特别的生意便随着这特别的需求诞生了。

超声波技术在医学上的应用，使得许多疾病在早期诊断与治疗方面获得了新突破，极大推动了现代医学发展。然而，如同冶炼技术、火药发明、原子能开发等种种科学的发现与发明，在给人类文明带去进步与发展机会的同时，也给人类酿成了更大的灾难一样，任何一种科学的发现与发明都是握在人类自己手中的一把双刃剑。超声波技术的发现与应用也同样如此。

有一天，当一台 B 超机放在人们面前之后，人们发现，这台神奇的机器呈现给人们的不仅有肺部癌变的成像、胃部溃疡面的成像、胆囊里结石的成像，更有子宫中蠕动着的胎儿的成像，而且只要细心，面对着一个只有两个月大的胎儿，便能确切地分辨出这胎儿的性别。

这发现让某些医院更让某些人欣喜若狂，立刻把握住这难得的机会，做起了红红火火的胎儿性别鉴定的生意。

据计生委的同志介绍，某医院的一个颇有名气的病理科医生，退休后立刻买进一台 B 超机，开起一个诊所，干起了以胎儿性别鉴定为主的生意。每鉴定一例收费五十元，生意格外红火，整日门庭若市，三五年间即成百万富翁。

然而，这红火的生意背后，却不知带来几家欢喜几家愁。鉴定结论一出，怀男孩者自然夫喜妻欢，欢欢喜喜地夫妻双双把家回；而怀女孩者，若所怀为二胎或三胎，则多夫怨妻哀。

这确是红红火火的生意，但这也确是蹂躏人性泯灭良知的生意。

然而，由此衍生的远不止一个胎儿的性别鉴定，当我轻点鼠标，再次进行与此相关的链接时，我发现那与胎儿有关的生意，早已有了更加广泛的延伸。

我发现了"对生男生女能够进行孕前程序设定"的最新科学成果的信息，我也发现了"如何才能生男孩"的最古老的秘诀。

我们真的该问一问：如果没有了女人，人类该如何完美？社会该如何完美？

然而，我们又不得不去面对那本不该发生的一切……

被残暴虐待的女童和被挖掉双眼的女人

命运对于人们来说常常是无法预知的过程和结局，是一个隐藏在天外的玄机。但相对于某些人，命运是可以由自己把握的，是可以改变和创造的。然而，相对于某些女孩和女人，命运又是不可以由自己把握的，是无法抗拒和改变的，她们的命运早在她们成为女童和女孩之前就决定了，早在几千年前就决定了。

按动沉重的手指，输入"虐待女童""家庭暴力"的提示，我的眼前立刻显示出一条又一条相关的信息，这信息便立刻幻化出一幕又一幕让人不敢目睹的人生悲剧、人间悲剧。

这是一起发生在南方某地的一件残暴虐待女童的事件。

网页打开后，首先映入眼帘的便是一幅名叫凤凤的女童的照片。照片上的凤凤面无表情的脸上伤痕累累，眼睛青肿，额头肿得老高。

凤凤的邻居们说，近半年来，他们每隔几天便会听到从凤凤的家中传出的凄惨的哭喊声，便会听到那个叫阿玲的母亲对凤凤不停的"蠢！笨！"的叫骂声，便会看到凤凤被母亲阿玲"像扔柴火一样"扔出门外的情景，于是，便会看到烙印在凤凤身上的一处处旧疤之外的一处处新伤。邻居们都清楚，凤凤头上的旧疤和新伤，都是被母亲抓住头往墙上狠撞撞出来的，而凤凤脊背和屁股上的旧疤和新伤，都是被母亲用烧红的铁钳狠烫烫出来的。

当人们责问那个叫阿玲的母亲为何要如此虐待自己的亲生女儿时，她说，那是因为凤凤总是随便就将屎尿拉在裤裆里，为了教育好凤凤，让凤凤改掉这个坏习惯，她不得已才去撞她的头，才用火钳去烫她的屁股。

然而，人们的心里都清楚，凤凤之所以会受到如此虐待，只因为她是一个女孩。因为人们发现，凤凤的两个弟弟从未受到过母亲的辱骂和责打；而她家里到处丢着的玩具也都是弟弟们的，没有一件是属于凤凤的……

这确是一个悲剧，不仅对于凤凤，也对于那个叫阿玲的母亲。

另一件便是发生在母亲身上的悲剧。那个母亲被丈夫挖去了双眼。悲剧发生的原因同样很简单，因为这位母亲连着生了三个女孩。

这件事发生在西北某地。一个叫杨某的女人因为连生了两个女孩，而不断地受到丈夫梁某的虐待，杨某不堪丈夫的虐待，终于有一天带着自己的两个女儿逃离了家园，在一个远离家乡的城市里安顿下来。母女三人靠杨某一个人打工维持生计，经济的拮据和生活的艰辛自不必说，然而，由于摆脱了丈夫的虐待，她们的生活倒过得十分宁静与祥和。她们宁愿在困苦中享受这份宁静与祥和，也不愿再回到原来的家中在充裕的物质享受中去饱受精神和肉体的双重折磨。杨某以为，自己的命运已经就此改变了。然而，一个命运的悲剧很快便又降临到她的头上。

就在她已离家出走远居他乡快两年的时候，梁某的一个乡亲无意间发现了她们，并将她们的行踪告诉了梁某。梁某立刻赶了过去，找到了杨某和他的女儿。

梁某向杨某表示了悔过之心，以从未有过的真情真意，终于打动了杨某，让杨某领上两个女儿，跟他一起回了家。

回家后的杨某确实享受了一段梁某带给她的关爱与温存，并在梁某的温言细语中接受了梁某的为他再生一个儿子的请求，又一次怀孕了。

杨某渴望这一次的生产能成为一次彻底改变她命运的生产，然而，命运仿佛故意要和杨某作对，到家一年后，杨某便为梁某又生下了一个女孩。

就在那决定命运的瞬间，梁某重新恢复了他残暴的本性，而杨某则重新捡回了她频遭虐待的噩梦。

有一天，梁某趁着酒劲对杨某大动起拳脚，杨某受不过，奋力挣脱而逃，而梁某竟一时兽性大发，追上杨某后，竟将杨某的双眼挖出……

这便是关于女童和女人的悲剧。

女童凤凤的悲剧仅仅因为凤凤是个女孩，而女人杨某的悲剧则仅仅因为她生了女孩。

看着这一幕幕的悲剧，我们那只点击鼠标的手真的能不发抖吗……

第二章　特别的爱给特别的女孩

母亲不会抱怨

如果不是正在开展的"关爱女孩行动"，我们可能不会知道我们的身边有一群这样的女孩。

她们是一群特别的女孩，她们的心中都装着一个不愿向人倾诉的故事，她们的故事都有一个共同的名字——女孩与不幸。

因为不幸，她们的脸上无法露出那天真可爱的笑；因为不幸，她们无法像别的女孩那样去尽情地享受阳光；因为不幸，她们总爱低着头走路；因为不幸，她们不得不把所有的浪漫和希冀深埋在心底……正是那种种的不幸，把一个个可爱的女孩变成了一粒粒只能躲在云层深处的月亮。直到有一天，暖风吹开了云层，月亮才亮出了笑脸。

那群女孩就生活在我们身边。她们的故事就发生在我们身边。

一个在"关爱女孩行动"中得到了资助的女孩，为我们讲述了一个关于母亲的故事。

女孩叫刘舒萍，生在一个特殊而又不幸的家庭里。所谓特殊，是因为她的父母都是聋哑人；所谓不幸，则是因这特殊而给这个家庭带来的种种磨难和伤害。正是这特殊引发的种种不幸，不仅让这个女孩从小饱尝了生活的艰辛和苦涩，更让这个女孩从小尝尽了世人的白眼和冷漠，似乎命运注定了这个女孩只是为了这个特殊和不幸而生，只是为了这个特殊和不幸而活。于是，在这女孩幼小的心灵中，除了种种的苦涩与伤痛，几乎没有埋下几粒能与幸福和欢乐有关的种子。正因为如此，那少有的一次幸福的感觉，便被深埋在了心底，成了她随时可以拿出来品尝的一只青杏。因为那一次幸福的感觉，其实也伴随着她心灵中深深的苦涩与伤痛。

女孩刘舒萍清楚地记得，那次在后来给了她幸福感受的事件，发生在她刚上初中的时候。

那一年，这个伴着特殊和不幸而长大的女孩，也到了该上初中的年龄。可是，仅靠父亲每月不足二百元的收入，又怎能满足孩子不断增长着的学习上的需求。于是，母亲也不顾自己的病痛，每天推起小车，到外面卖包子去了。她要和丈夫一起用他们的汗水和泪水做成一架天梯，把女儿送上那理想的天堂。

母亲卖包子的地方就在刘舒萍上学的那所学校的门口。从此，在那所学校的门口，母亲的眼前总跳动着女儿欢快的身影，女儿的眼里总漂泊着母亲疲累的身影。望着女儿的身影时，母亲的脸上充溢了骄傲和幸福的神情；而望着母亲的身影时，女儿的心中却常翻涌着莫名的凄楚与羞怯。这样的感觉让她的目光常常不敢去面对母亲的目光，她多么希望那个站在学校门口卖包子的人不是自己的母亲，而是一个陌生人。她实在承受不了在同学面前去直面母亲的那种尴尬，因为那个特殊和不幸，已让她的心中悄悄生长出了一种异样的自尊。

然而，让她无法承受的那种尴尬还是来了。

那一天，刘舒萍仍像往常一样去上学，突然看见妈妈的车前围了很多人。她下意识地跑过去一看，原来是一个顾客硬说妈妈少找了他钱，正在那里和妈妈大吵大闹。望着母亲那满是委屈的双眼和不断打着的手语，听着那位顾客毫无顾忌地骂出的越来越恶毒的语言，看着围观的人群不断爆出的一阵阵的嘲弄与哄笑，她多想冲上前去帮母亲一把，然而……

此时，无助的母亲也在哄笑的人群中突然发现了自己的女儿，她向女儿投去了求助的目光。然而，母亲求来的只是女儿的一个背影……

整整一天，女孩刘舒萍始终无法让自己的心平静。母亲被挖苦与被捉弄的场景，母亲的可怜而无助的神情和母亲的那一阵阵从背后向她袭来的失望与伤痛的目光，无时无刻不刺痛她的心，让她的心中充满了内疚与恐惧。她只期盼快些放学回家，去接受母亲的痛斥与责罚，以抚平母亲心中的伤痛，以稀释自己心中的内疚。

终于挨到了放学回家，然而，等着她的并不是母亲的痛斥与责罚，母亲压根儿就没有向她提及白天发生的事。这不但没有稀释掉她心中的内疚，反倒让她的心里越发不安。晚饭后，她看见母亲从兜里掏出一沓零碎的钱，用手语告诉她："萍儿，这学期的学费妈妈给你攒够了，明天别忘了交给老师……"刹那，她看见一滴泪从母亲的眼中溢出，沉沉地落在她手里的学费上。刹那，女孩刘舒萍呆了，在她的记忆中，她还从未见过母亲流泪。望着这滴泪，她仿佛看见了母亲心中的那滴血，她再也无法抑制自己，扑过去紧紧抱住母亲，一遍遍地哭喊："妈妈，对不起！妈妈，我的好妈妈……"

女孩刘舒萍说，那一刻，她明白了许多，也懂事了许多，她告诫自己，要加倍努力，发奋读书，她要让自己成为那可怜而又伟大的母亲的骄傲！

然而，那一刻，女孩刘舒萍真的懂得了母亲明白了母亲吗？

总有一天，她会真正地懂得母亲的。

总有一天，她自己也将成为母亲。

有妈的孩子是个宝

这是一首孩子们都喜欢听的歌，都喜欢唱的歌。因为只要听着这首歌，唱着这首歌，孩子们立刻就能感受到那种依偎在妈妈怀中的温馨与幸福。然而，并不是每个孩子都能在这歌声里去尽情地享受幸福与温馨，同样的歌声却只能让他们去品尝失落与伤痛，因为他们已经失去了妈妈。

女孩张凤莲最喜欢的歌就是这首歌，但她从不和她的同学们一起唱这首歌，她总要等到夜幕降临，月亮升上天空后，才独自静静地躺在床上，对着天上或圆或缺的月亮，在心里反复吟唱这首歌，一直唱到泪流满面，一直唱到有一个妈妈从月亮中走出，把她拥入怀中，送她进入梦乡……

小凤莲的童年真的很不幸，在她五岁那年，爸爸便因病去世，还不到一年，妈妈也撒手人间，刚刚只有六岁的小凤莲一夜间成了一个孤儿。从此，她只能和自己七十多岁的爷爷相依为命，一小一老撑起了一个支离破碎的家。

失去了父母的小凤莲，生活中有几种时候是让她最心痛的。一种是上学的时候，看着与自己一样的孩子都是牵着爸爸妈妈的手蹦蹦跳跳地往学校走，而自己只能一个人孤零零地上学去，她的心便会很痛；一种是放学的时候，看着自己的伙伴一个个欢快地跑出学校，扑在爸爸妈妈的怀里尽情撒娇的时候，独自走在回家路上的她，心里总会很痛；一种是生病的时候，看到别的孩子身边围满了爸爸妈妈爷爷奶奶不停地问寒问暖，而自己的身边只有一个年迈体弱的爷爷坐在床边独自流泪，她的心里真的很痛很痛；还有夜里的时候，当她一下子被噩梦惊醒，或是被突来的风声雨声惊醒之后，独坐在暗夜中的她，心中又怎能不怕不痛……

小凤莲是不幸的，但小凤莲也是幸运的。

老师和同学们在关爱着小凤莲，经常为她买衣服，买鞋子，为她捐款捐物，还多次为她举办手拉手献爱心活动，那时，她真想叫老师一声"妈妈"！

党和政府在关爱着小凤莲，记得那个大年三十儿，正是家家户户喜庆团圆的时候，正在她和爷爷守望着空荡荡的房子叹息的时候，镇里的一位阿姨走进了她家的房门，给他们送来了肉、面、豆油，还塞给爷爷两百元钱。那时，她真想扑进那位阿姨的怀中喊她一声"妈妈"！

于是，这个不幸的女孩成了一个被无数人关爱着的幸运女孩。在去年的关爱女孩行动中，她又得到了一千元钱资助。那一刻，小凤莲觉得自己不再是孤儿，她已成为世界上最幸福的女孩，因为她已有了妈妈，而且有无数个关心和疼爱着自己的妈妈……

我又能读书了

一个端庄秀丽的女孩，带着一张满是阳光的笑脸，悄然地走上讲台，走到人们的面前，向人们再次讲述了一个关于女孩的故事，关于她自己的故事。

女孩叫孙境蔚，是一个生长在海城东部山区一个普通农民家庭中的普通女孩。

女孩孙境蔚是家中的独生女孩，若是生在一个富裕一点儿的家庭中，她一定会是一个备受父母宠爱的公主，是父母的一颗掌上明珠。然而，命运注定了她与公主和明珠无缘，她只能是一个普通农民家中的普通女孩，更确切地说，是一个贫困农民家庭中的贫困女孩。

女孩小的时候，还不知道贫困对于自己究竟意味着什么。终年住着那间在风雨中摇摇欲坠的破瓦房，整日吃着那仿佛永远吃不完的自家腌制的咸菜和那仿佛永远也吃不完的红薯饭，女孩却并不觉得有多苦，女孩仍然在悄悄地成长着自己，快乐着自己。只有当她看到自己的父亲母亲因为拿不出钱给长年卧床不起的爷爷、奶奶看病而急得暗自落泪时，只有当她看到自己的父亲母亲因为凑不上又该给她交纳的学费而急得不知所措时，她才逐渐体味到贫穷给自己给这个家庭带来的究竟是什么。

于是，那个虽然在困苦中生活却仍然快乐着自己的女孩，再也快乐不起来了，那个一向视学习为快乐的女孩，再也打不起学习的精神了，在进入初中之后不久，孙境蔚的学习成绩竟一下子由班里的前几名滑落到二十几名。

这时，老师找到了孙境蔚，在了解了她的家庭情况后，学校不仅当即决定减免了她的学杂费，还给她送去了大量的学习用品。女孩的心顿时感到很温暖，她知道，自己只有好好读书，才能回报这一份温暖。

于是，女孩又找回了那份失去的快乐，初中毕业时，竟以全镇第一名成绩考取了海城市的重点高中。

在接到录取通知书那天，她和她的爸爸妈妈都哭了。既为她高兴而哭，也都因为愁苦而哭了。有一个这样好的孩子怎能不高兴？可是，他们又实在筹不起那一笔巨额的学费，高兴之余又怎能不愁苦？

大喜大悲中，他们仿佛走进了绝境。

女孩孙境蔚真的很幸运。就在这个节骨眼上，市计生委启动的"关爱女孩行动"给女孩孙境蔚送去了一份最真诚最实在的关爱：一笔可以资助她读完高中的助学资金！

女孩孙境蔚又圆上了一个读书的梦，那一刻，她觉得天格外蓝，阳光格外灿烂；那一刻，她也看见了从爸爸妈妈眼中流下的泪，那是她从未见过的喜悦的泪。

未来一定还有新的梦等待着女孩孙境蔚去圆。

未来的阳光一定会更加灿烂。

不再羸弱的双肩

在那个偏僻的小村里，谁也不会想到女孩才苗会走进大学的校门。当女孩才苗已经开始向他们告别的时候，他们仍恍若置身于梦中。依他们想来，这个女孩能够活下来，而且能够长大，这就已经是一个奇迹了。因为他们最清楚这个女孩生在一个怎样的环境，长在一个怎样的环境。

走进女孩才苗的家，便仿佛走进了一个历史的隧道：一圈早已坍塌的院墙，一个已经没有了任何遮挡的院落，一座过去生产队用过的旧房子，一条残存在旧房子上的斑斑驳驳仍然依稀可见的"文革"时期的老标语，一台别人送给的十二英寸的已经放不出声音和图像的黑白电视机，一台别人送给的只能用来做碗柜用的电冰箱，还有一面挂在墙上的久已被人遗弃的大镜子和一张贴在墙上的早已被人忘却的旧年画，无一不流露着那早已逝去的历史的痕迹，不能不让每一个走近它们的人，在骤然间产生一种强烈的历史震撼！

女孩才苗似乎并没有这样的震撼感，这也许是因为麻木，也许是因为无奈。总之，女孩才苗在讲述她的生活经历时，神情是平静的，语气是平静的。

应该说，才苗能够来到这个世界，本身就是不幸中之大幸。因为她的父母本已经生养了一个男孩，按照那时的政策，是不允许女孩才苗再来到这个世界的，只是因为那个男孩是个聋哑残疾儿，所以，也是按照那时的政策，女孩才苗才有幸来到了这个世界。

或许是因为父母期待的本应是另一个健康的男孩，或许是因为原本已经很苦的生活，因为她的到来而变得越发苦了，于是，女孩才苗自记事起，便记得自己的父母总是吵架，为她哥哥是个聋哑儿吵，为她是个女孩吵，为没有衣穿吵，更为没有饭吃吵，真是天天吵、月月吵、年年吵，终于在她十三岁那年，因为一场吵架，母亲索性扔下她和哥哥，一个人离开家，远远地走了，走得无踪无影。

听不到父母吵架，家里一下子安静下来，然而，家里的生活却更苦了。父亲的身体原本就不太好，母亲的离家出走，更让父亲的身体变得越来越糟，就在她刚上高中那一年，身患肺癌的父亲便匆匆地离开了人世。女孩才苗不得不挺起那羸弱的双肩，和自己的聋哑哥哥一起撑起了这个家。

女孩才苗仍然想读书，因为读书已成为能支撑她生活下去的唯一的精神支柱。

女孩才苗是幸运的，学校为这个不幸的女孩减免了全部学杂费，让她顺利地读完了高中。

那段时间，才苗付出了超乎常人几倍的心血和努力，因为她不仅要照顾好自己的学习，还要照顾好自己的聋哑哥哥。

高考时，才苗考出了四百九十八分的好成绩。然而，她却不知道自己将如何走进大学的校门，因为她知道，靠着自己的力量，她根本无法越过那道高高的门槛。

女孩才苗真是幸运的，鞍山市计生委和计生协会的工作人员就在这个时候走进了她的家，拉起她的手，让她走进了"关爱女孩行动"，走进了一片阳光下。

女孩才苗得到了鞍山市技工学校和鞍山市中级人民法院的跟踪资助，终于走进了鞍山师范学院的校门……

神情平静的才苗，用平静的语言讲述着自己的故事，我们发现，她的双肩已不再羸弱，她的眼中充满了希望与自信。我们被深深地感动了……

我仿佛看见女孩才苗正伸开双臂，迎着那轮光芒四射的太阳跑去；

我仿佛看见无数的女孩正伸开双臂，迎着那轮光芒四射的太阳跑去……

第三章　不幸母亲与幸福工程

杨萍的平民情结和母亲情结

只要走进鞍山的"关爱女孩行动"，就自然要走进鞍山的"幸福工程"；而一旦走进了这个工程，我们就会自然地走进杨萍的精神世界，就会在她的呼唤下走进众多贫困母亲的生活，去体味她们的甘苦，去倾听她们的呼声。在鞍山，凡与杨萍有过接触的人，都会被她身上无时无处不显现的深深浓浓的平民情结和母亲情结所打动。

1999 年 9 月，杨萍当选为鞍山市首届"十佳公仆"。在杨萍获得的选票中，有相当一部分选票来自生活在社会最底层的平民，来自有着种种不幸经历的母亲。可以说，在那一张张选票的背后，几乎都书写了一个鲜为人知和让人动容的故事，书写了她与那些平民和那些不幸母亲的特殊情谊。

　　岫岩县粮管所退休职工袁启华，曾是鞍山市劳动模范。因为她和老伴都是一个粮站的职工，膝下又生有一儿一女，生活虽然并不宽裕，日子却也过得有滋有味。但是，让他们没有想到的是，1992 年 5 月，由于经济环境的变化，他们所在的粮站被迫关了门，袁启华退了休，而她的老伴下了岗，全家唯一的经济收入只剩下袁启华每月不足两百元的退休费，生活一下子滑入了低谷。

　　有人说，幸福总是相伴着幸福，不幸总是纠缠着不幸。举步维艰的生活本已让袁启华不堪重负，偏偏下岗不到一年的老伴又得了腰椎间盘突出，很为她争气争脸的两个孩子又都念上了高中，她又要给老伴治病，又要供孩子念书，她真的不知道她脚下的路该怎样走了。

　　被生活和病痛折磨得痛苦不堪的老伴几次欲寻短见，都被袁启华狠狠地训斥住了。无奈之下，她动了让孩子辍学的念头，可孩子们的举动又让她不得不打消了那样的念头。儿子靠着每天去掏垃圾、打短工，为自己积攒着学费，到了开学那天终于攒够了自己的学费，上学去了；女儿则靠着自己每天出去卖菜卖水果，为自己积攒着学费，到了开学那天仍然没有攒够，于是又多卖了七天的菜和水果，终于也攒够了自己的学费，在学校已经开学了七天之后走进了学校……

　　然而，袁启华还是不能不为今后的生活迷茫着，不能不为孩子们的未来迷茫着，她仍然不知道以后的路该怎样走。

　　这时，杨萍走进了她的家，走进了她的生活。

看着昔日劳模家中所面临的如此生活困境，杨萍的眼里涌出了心酸的泪水。她一边鼓励袁启华要勇敢地面对生活，勇敢地面对困难，一边拉着孩子的手说："只要有共产党在，就不能让你们没有书念，就不能让你们失学。"从此，杨萍的心中便一直牵挂着袁启华和她的孩子。1995年夏天，她听说袁启华的女儿考上了锦州辽宁商专，便想方设法资助她顺利走进了大学校门。转过年来，袁启华的儿子又考上了鞍山钢铁学院。一向刚强的袁启华实在不愿再向杨萍述说她的苦衷，一再劝说儿子放弃这个机会，在家里买辆板车蹬，好和她一起撑一撑这个家。杨萍听说后，立即与岫岩县工会协商，决定从市县两级工会的助学基金中，各拿出两千元，资助袁启华的儿子上学。

袁启华领着儿子去鞍山钢铁学院报到那天，先领着儿子去看望了杨萍。杨萍见他们母子来了，立刻高兴地拉上他们逛起了商场，又是给孩子买衣服买裤子，又是给孩子买书包买钢笔，还给孩子买了一只闹表。随后，又领他们母子走进一家饭店，请他们高高兴兴地吃了一顿。那一顿饭，吃得母子俩热泪长流，终生难忘……

杨萍就像牵挂着袁启华这样，始终牵挂着那众多贫困家庭的生活，兢兢业业地为那些贫困的人，为那些人中处境更加不堪更加无奈的母亲们和孩子们操持着，忙碌着，就如同他们的家人，如同他们的亲人……

那年冬天，眼看着天冷了，杨萍惦念着远在台安的特困户张朋来一家人，便赶忙抽出一点儿空，带上自己家里的被褥，一路风尘地来到张朋来家。刚到院子里，张朋来双目失明的妻子便高兴地喊起来："是杨姐来了！"随后，便摸摸索索地迎出房门，将刚走进门的杨萍紧紧地搂在了怀里。

那年夏天，立山区福利厂的特困残疾职工刘丽华在病危中想起了杨萍。杨萍听到消息后，立刻风风火火地赶到了刘丽华的床前。看见了眼前的杨萍，刘丽华用尽了她最后的力气说："杨姐，我想你……"杨萍俯下身去，把这个残疾特困的妹妹紧紧地搂在了怀里……

于是，人们终于明白了，在那次"十佳公仆"的评选中，杨萍为什么会赢得那么多来自生活在社会底层的平民和母亲的选票。

其实，更多的选票是写在人们心里的。

相伴赵姐的杨姐

赵素华的那张选票就是一张用心写成的选票。

身为母亲的赵素华从未想到，自己的命运会在自己做了母亲的那一刻，发生了变化。

1980 年 4 月的一天，结婚一年多的赵素华，生下了她的女儿王迪。看着刚刚生下来的小女儿，她的心中漾满了幸福与神圣，对未来的生活充满了希冀。然而，让她根本无法想象的是，就在她可爱的女儿呱呱坠地的瞬间，一个命运的悲剧也在那个瞬间悄悄地酿成了。

她的丈夫是那个家族中三代单传的独苗，而刚刚实行的"一对夫妻只生一个孩"的政策和她女儿的降生，无疑是宣告了那个家族的全部希望与寄托的破灭。不仅她的丈夫无法接受这样的现实，她丈夫的父亲母亲爷爷奶奶更是无法容忍这样的现实。于是，一个命运的悲剧就在那个瞬间酿成了。

在女儿生下刚刚两个月的时候，已经尝尽了那个家族所有人的白眼、辱骂、虐待之后，再也不堪忍受那种心灵折磨的赵素华，终于和她的丈夫离了婚，带上自己的女儿回到了娘家。

从此，她把自己所有的爱都给了自己的女儿，独自吞咽下所有的泪水和汗水，独自承载起所有的磨难与伤痛，终于日复一日年复一年地养大了自己的女儿。

　　长大了的女儿没有让母亲的汗水和泪水白流，1996 年，王迪以优异的成绩考上了鞍山的重点高中鞍山三中，给母亲送上了一份最珍贵的礼物和最真诚的祝福。

　　然而，这样一份厚重的礼物虽然让赵素华的心中感动无比激动无比，却更让她的心中焦虑无比凄苦无比。因为此时，赵素华所在的企业早已形如破产，她已经有一年半没有从企业拿回一分钱工资了。她实在想不出来自己能有什么办法为女儿筹集到那笔让她听一听就会心惊肉跳的学费。她有生以来第一次有了一种呼天不应、呼地不灵的感觉。

　　一位热心人给赵素华指了一条路：去找杨萍。她是个热心肠，又正管着这摊子事，跟她说，准行。

　　赵素华眼前仿佛立刻亮开了一扇窗，立刻找到了杨萍，向杨萍述说了自己的遭遇和她们母女俩目前所面临的困境，求杨萍帮着给想个办法，能让女儿把书念下去。说着说着，就情不自禁地要给杨萍下跪。

　　杨萍最听不得见不得的就是这样的母女的这样的遭遇，每每听着她们述说着这样的遭遇时，仿佛在这遭遇中备受煎熬和折磨的并不是她们，而恰是她自己。她立刻扶住正要跪下去的赵素华，当即拿起电话，找到了鞍山三中校长，与校长商定，为王迪减免了全部学杂费，此外，学校还另外给王迪补助了一百元买学习用品。

　　女儿终于如愿以偿上了高中，而赵素华母女从此成了杨萍的帮扶对象，杨萍也从此成了赵素华母女心中最亲近的杨姐和杨姨。

　　正是"高士出寒门"，1999 年，王迪高中毕业并以优异成绩考入中南大学计算机专业。

　　这无疑又是一份女儿送给母亲的让母亲又喜又忧的礼物。

　　为了让王迪无忧无虑地走进大学的校门，杨萍和赵素华动员起社会和亲友的力量，很快为王迪筹够了学费。杨萍自己承担了王迪一年的学习费用。

就在女儿即将离开鞍山去长沙读书的前两天，赵素华无意间听到了鞍山市民正在投票推选"鞍山市十佳公仆"的消息，她立刻拉上女儿，跑遍了鞍山的大小报摊，想尽可能多买上几份报纸，给她心中的杨姐多投上几票，可是，那一天的报纸早已被人们一抢而光。无奈之下，她拉着女儿的手，走进了市政府，走进了"十佳公仆评选办公室"，向办公室的工作人员讲述了杨萍与她们母女间的故事，用她们母女的心为她们心中的杨姐和杨姨投下了最深情的一票。

2003年5月，赵素华来到了"帮嫂服务中心"工作，并很快成为那一个个"帮嫂"心中的可亲可敬的赵姐。此时，赵姐的女儿王迪也刚刚从大学毕业。回到鞍山，在《鞍山日报》社找到了一份理想的工作。她在领到第一份工资时恰逢母亲节，于是，她选了一束最美的百合送给了她的杨姨。在她的心中，杨姨早已成为她的又一个伟大的母亲。

幸福的"帮嫂"

鞍山市计生委有一个计生帮嫂服务中心，是一个深受下岗女工、贫困母亲欢迎和依赖的家政服务组织，她们亲切地把这里称作她们的"家"。

这个"家"是杨萍为她们搭建起来的，同样显现了浓缩在杨萍身上的深深浓浓的平民情结和母亲情结。

初到计生委，杨萍便被一种社会现象深深地刺痛了：有相当一部分独生子女户中的母亲，在企业转制转轨的过程中下岗了。由于这些人多年龄偏大，文化偏低，且缺少一技之长，再就业难度很大，她们一度身陷窘境，面对生活的重压，有的甚至丧失了生活的信心和勇气。

如何把她们组织起来，为她们开拓出一条适应市场经济规律的，适合她们自身发展条件的新的创业就业渠道，从而为她们找回重新工作和生活的信心和勇气，不仅关系着家庭的稳定，更关系着社会的稳定。

于是，在杨萍的创意督导下，计生帮嫂服务中心应运而生。

这是一个专门面向下岗女工、贫困母亲的集知识技能培训和家政服务中介于一体的群众性组织，凡在中心登记的下岗女工、贫困母亲都可以在中心接受正规的"月嫂"（伺候月子）服务和家政服务的知识技能培训，培训合格者，即可着中心统一标志服装，由中心负责介绍从事"月嫂"及家政服务。

在这里，她们统称为"帮嫂"。之所以如此称呼，缘于中心所奉行的服务理念：中心的核心是以服务为宗旨，是以帮人助人为宗旨；作为中心的主管部门，计生委机关要为中心服务，要帮中心排忧解难；作为中心，要为每一个帮嫂服务，要为帮嫂排忧解难；而作为帮嫂，则要全心全意为客户服务，想方设法为客户排忧解难。可以说，恰是这一个"帮"字，道出了人与人之间的真情无限。也正是这一个"帮"字，实实在在地为一个又一个下岗女工、贫困母亲，打造了一块块再创业的平台，铺就了一条条再就业的道路，从而使她们重新找回了自我，找回了自尊，找回了欢乐，找回了幸福……

原是鞍钢附企职工的王宏玲，原本有一个很幸福的家，夫妻二人还算稳定的收入和一个喜欢画画的小女儿，也曾让这个家充满了欢乐。但自从1996年她下岗以后，家里的生活便一下子发生了变化，先是小女儿不能再去学画画了，接着丈夫又得了白血病。丈夫一病三年，光治病的钱就花去了二十多万元。为给丈夫治病，她卖掉了自己的房子。在孩子的两个姑姑和众多好心亲友的帮助下，总算没有什么遗憾地送走了自己的丈夫。可是，丈夫一走，被生活的重担早已压得直不起腰的她，一下子患上了糖尿病。一时间，她对未来的生活真的有些绝望了，她真想随了丈夫一走了之。然而，她又放不下自己那个爱画画的女儿。她真的不知自己该如何是好了。

有人告诉她去找帮嫂服务中心，说她们一定能帮她。

她去了，抱着对生活最后的一线希望去了。

帮嫂服务中心真的帮了她。帮她把她女儿的名字写进了全市一百个被关爱女孩的名单，从此，她可以不必再为女儿的学费发愁了。帮她找到了一份她能做得来的工作，工资虽然不多，却为她的生活注入了新的希望，使她终于有理由相信：只要她再咬一咬牙，挺起腰杆勇敢地走下去，未来一定会很美好，不要等多久，女儿便会为她画出一幅最好的画……从此，做了帮嫂的王宏玲把帮嫂服务中心当成了自己的家。

帮嫂谷侠为自己能有一个好女儿而感到欣慰，也为自己能成为帮嫂服务中心的一名帮嫂而感到欣慰。

和这个城市的许多贫困家庭一样，谷侠的生活也是因为下岗而变得贫困起来的。先是 1987 年爱人下了岗，之后到 1996 年她也下了岗，两人都是靠在外面打短工挣钱来维持着生活。

生活的贫困常常让他们萌动起对生活的无望，只是因为有了女儿的存在，才使他们能在不断萌动的无望中，顽强地守护着他们的希望。谷侠说，这些年，她的心里一直觉得很愧对自己的女儿。因为家里穷，从初中到高中，女儿都是从家里带着饭盒上学，从不花钱在学校买着吃，而且从未吃过一根冰棍。女儿穿的衣服也大多是她去打工的那些人家送给她的旧衣服。但女儿对这些从无抱怨，不但没有抱怨，每逢过年过节，女儿总要自己做上一个小贺卡送给她，从而让她的心中生出许多温暖许多感动。

正是因为有了这么一个懂事的女儿，谷侠才有了更多的精神头在外面打工，打更多的工，一元两元、三元五元地为女儿积攒着学费，为自己积攒着希望。

然而，在很长的一段时间里，谷侠常常因打工而恐惧。因为社会上的黑中介太多了，不负责任的中介太多了，只顾自己赚钱昧着良心坑打工者钱的中介太多了，因而，谷侠因打工而受到的欺骗和伤害也实在太多了。

有人介绍谷侠去了帮嫂服务中心，在那里当了帮嫂，干起了钟点工。

从此，中心只要接到活儿，便介绍她去做，却从未收过她一分钱中介费。

开始，谷侠对此觉得挺奇怪，后来，她知道了这就是中心的特色。

再后来，她知道了帮嫂已经在社会上叫出了名气，叫成了一个响当当的品牌。于是，她也知道了自己该怎样做，才能成为一名合格的帮嫂。于是，谷侠很快成了中心里最受客户欢迎的一名钟点工，成了帮嫂家庭中的又一个姐妹。

谷侠说，她过去出来打工只是为生活为生存而做，心里常常充满苦涩；而现在出去做工是为帮嫂的品牌去做，是为了未来的希望去做，心里总是充满甜蜜。

谷侠说，她的女儿刚刚考上了沈阳理工大学。女儿对她说：她要靠自己勤工俭学去读完大学，然后，继续依靠自己的力量去读研、读博。

那一刻，谷侠觉得自己是幸福的。

我们多么希望所有的母亲都能享受到那样的幸福。

帮嫂服务中心已经为众多的下岗女工、贫困母亲搭起了一座通向幸福之门的桥。

这里还有更多这样的桥正在搭建中。

当一座座这样的桥铺展在她们脚下，当整个社会构筑起一个庞大的幸福工程的时候，幸福离她们还会很远吗？我们深信，到那时，她们渴求幸福的希望一定不再仅仅是希望。

第四章　关爱总动员

"关爱女孩行动"在小镇上启动

2004 年 4 月 28 日。

海城市八里镇政府院内一片欢声笑语，一片锣鼓喧天，人们舞动长龙，浪起高跷，挥舞彩带，燃放鞭炮，喜庆的气氛胜似过年。

其实，这一天对于这个小镇的二十二名女孩来说就是过年，比过年还让她们兴奋和幸福，因为由中国人口文化促进会发起的"关爱女孩行动"万里行活动启动仪式将在这里举行。而"海城八里镇关爱女孩行动捐赠仪式"也将同时在这里举行。届时，她们将在无数双关爱目光的呵护下，走上一个最让她们心动的舞台，在那里接受来自社会各界给予她们的捐助与关爱，从而可以重新走进那熟悉的课堂，重新为自己插上一双理想的翅膀。

在那一刻到来的瞬间，那二十二名有着各种不幸遭遇的女孩一下子变成了这个世界上最幸运的女孩。

其实，八里镇的"关爱女孩行动"并非启动于这一天。早在去年 6 月，八里镇党委、镇政府便对"关爱女孩行动"给予了极大的关注，并迅速将这一工作从简单的宣传号召层面转化到扎实行动的层面。于去年 8 月 13 日，在全市率先启动了"关爱女孩行动"。

在此后不到一年的时间里，他们引领全镇各界人士不断走进"关爱女孩行动"，累计投入四点九万元资金，先后对一百零六个贫困女孩提供了资助。其中有些资助恰好发生在有些女孩人生命运的转折点上，一次资助使她们得以对自己的未来做出一个全新的选择。比如女孩孙境蔚，正是去年 8 月 13 日的那份关爱与资助，使她得以走进那所高中的校门。其实这里的人都知道，只要步入这个校门，她的一只脚便已经迈进了大学的校门。

八里镇的党委政府并没有把"关爱女孩行动"仅仅停留在对贫困女孩一年一度的就学捐助上，他们把"关爱女孩行动"视为一个庞大的社会工程，动员组织起社会各方面的力量，对贫困的女孩家庭展开了生活、生产、劳务、教育等方面的全方位的帮扶行动。那是一个要从根本上解决贫困女孩家庭的贫困生活状况，并最终使她们摆脱贫困从而步入小康步入幸福的工程。

八里镇头道村有一个独女户，女孩上学，母亲有病，家里全靠父亲一人侍弄承包的四十多棵果树维持生活。果树都是老品种，产下的果卖不上好价钱，全家一年的收入还不到两千元，日子过得又紧又苦，夫妇俩常为女儿上学犯愁。去年的那次关爱活动，女孩得到了资助，总算解了孩子上学的急。

然而救急救不了贫，毕竟女孩还要去读初中念高中考大学，如果不从根本上改变这个家庭的贫困状况，失学的危机便会时刻伴随这个女孩，从而使这个女孩在她人生的某个转折点上被迫而无奈地走失自己，从而也使那一次"关爱"最终只化作一道雨后飞逝的彩虹成为残存在女孩心中的一次最美好的记忆。

他们要将那道彩虹变成一座真正的桥。于是，镇政府带着农村信用社和农技站的同志走进了这个家，给他们送去了五千元小额贷款和养猪技术，帮助他们养起了二十头猪。正是这二十头猪，使这个家庭一年的收入一下子达到了六千多元。父亲母亲终于可以拿着自己挣的钱去供女儿读书了，而且只要女儿自己有继续读下去的愿望和能力，他们将不会让自己的女儿失望。

在这个村，还有一个双女户的贫困家庭，同样靠着信用社的小额贷款和养猪，使家里年收入从过去的不足三千元而增至八千多元，两个读小学和读初中的女儿从此再也不用为上学读书而发愁了。

八里镇的"关爱女孩行动"正在延展成一个庞大的社会工程。这个工程不仅正在改变众多贫困女孩家庭的生存生活状况，正在改变这些贫困女孩的命运，同时，也在深刻改变越来越多农村家庭和广大农民的家庭观念、婚育观念、生活态度。

大新村的赵文菊只有一个独生女儿，按政策可以再生二胎，可以想法再要一个男孩，但她一直推迟着不要。她说她不相信养儿就能防老，她也不想靠养儿来防老。女儿照样也能防老养老，其实真正能防老养老的，靠的还是他们自己。

东甲村的魏文芝有两个女儿，为了和丈夫带好这两个女儿，她每天都要自己去做豆腐卖豆腐。她要用自己的自立自强去教育和影响女儿们。在她眼里，女儿也是儿，女人也是人；为儿当自强，为人当自强……

八里镇党委书记杨守斌说："关爱女孩行动"关乎的不仅仅是女孩，还关乎我们能否摒弃几千年来形成的重男轻女的思想，树立全新的生育观念和伦理道德观念，实现人与自然的和谐发展；关乎一个地区的政治、经济、文化的进步和国家的长治久安。所以，关爱女孩便是关爱我们自己的未来，关爱八里的未来，关爱国家和民族的未来，关爱人类的未来……

八里镇启动的"关爱女孩行动"，为鞍山市全面开展的"关爱女孩行动"开了一个好头，发出了一个令人鼓舞的信号。

但我们不能不说：启动的意思原本就是开始。后面的事还很多很多，后面的路还很长很长。不要停下我们的双手和双脚，去做好后面的每一件事走好后面的每一段路，我们的明天一定会更美好。

八项措施吹动八方爱心

当"关爱女孩行动"在八里镇启动的时候，由鞍山市计生委针对计划生育中的五种贫困家庭推出的八种方式扶贫活动，正在全市有声有色地开展，与"关爱女孩行动"共同筑建起了一个"务实的、宽领域的、绵绵不断的"民心工程。

生活扶贫——重点是对无劳动能力的家庭，通过一帮一、群帮一、结对子的方式，在每年的新年、春节、母亲节和计生纪念日之际，以送钱、米、面、油、衣、被、家具等生活必需品，实施帮扶。三年来，他们每年平均走访慰问近七百户，救助钱物二十万元左右。

生产扶贫——主要针对家庭有劳动能力、有自救愿望和自救项目的，通过资金、项目支持，帮助他们发展种植、养殖和加工业，实现生产脱贫，生产致富。三年来，共培养支持了近百个生产基地，近千个带头人，帮扶了近万户贫困家庭脱贫致富。

政策扶贫——鞍山市计生委与三十七个部门建立了责任制，于2001年会同市农委、乡企局、民政局、土地局、教委、工商局等七个部门联合出台了《关于对农村计划生育独生特困户实行有关优惠政策的意见》，2003年又会同十五个部门联合出台了《鞍山市关爱女孩活动方案》，从而形成了综合治理计生贫困户的有效机制。三年来已有近五千户计生贫困户享受到了生活、生产、就业、教育等方面的优惠政策。

就业扶贫——重点针对计生贫困户的下岗职工及其子女的安置。通过为计划生育家庭提供优先安置政策、发动有安置能力的社会力量献爱心和开发就业岗位开展就业扶贫。2000年5月以来，鞍山市计生委便先后成立了从事家政服务的计生帮嫂服务中心，从事手工编织业的幸福工程基地以及从事饮食服务和医疗保健服务的基地，开发了就业岗位两千多个。

医疗扶贫——主要是通过建立计生扶贫医院、扶贫病房、"爱心医疗片"、医疗志愿者献爱心和巡回义诊的方式，帮扶因病因并发症造成贫困的家庭。到目前为止，已为计生困难户免费看病二千零八人，享受优惠待遇治病共三万五千六百多人。

劳务扶贫——重点对那些实行计划生育的独女户、双女户、无子女户，因家中缺少劳力而造成的生活、生产有困难的家庭，通过发动计生协会志愿者、注册志愿者上门提供劳务服务的方式，为这些家庭排忧解难，奉献爱心。

科技文化扶贫——三年来先后为一万七千余户计生困难户送去了种植、养殖新技术，一份份由群众自编自写的融计划生育知识和致富科技知识为一体的《计生小报》，已经遍及鞍山城乡的千家万户，深受广大群众欢迎。

教育扶贫——重点针对因贫困而失学、半失学或者上学有困难的学生，通过政府有关部门给政策、发动社会各界捐资助学的方式开展爱心助学活动，三年来，共有两千多名贫困家庭的学生得到了资助，重新获得了就学升学的机会。

八项扶贫措施如缕缕春风吹动八方爱心，吹入机关，吹入社区，吹入国营和民营企业，吹入社会和家庭的生活，并最终吹入需要备受关爱与关注的众多贫困女孩与贫困母亲的心田。

八项扶贫措施也如一个链条，把扶贫工程、幸福工程、民心工程、"关爱女孩行动"连接组合成一个庞大有效的社会救助体系、社会福利体系，并正在使其步入规范化制度化运行的轨道。

整个社会正在被广泛动员起来，加入这一工程的建设，投身这一工程的建设。从而，一个上下互动，官民齐动的工程建设局面正在形成。

机关在行动。"关爱女孩行动"中启动的一百名机关干部对口扶助一百个贫困女孩的行动，吸引了包括市委书记和市长在内的广大机关干部广泛参与，已经成为活动中的亮点工程。

社区在行动。越来越多的社区街道办事处，越来越多地关注社区贫困母亲的生活，努力使社区成为为社区贫困母亲打造幸福的使者。铁东区站前街道办事处已先后让五十六名贫困母亲享受到了幸福阳光的沐浴，找到了属于自己的幸福源泉。

企业在行动。无论国营与民营，无论大总裁与小经理，他们的形象与身影正不断地出现在"幸福工程"建设中，出现在"关爱女孩行动"中，成为那每一项工程的忠实建设者，成为那每一次行动的忠诚实践者。去年6月，鞍山福兴楼将刚从特困女孩培训基地毕业的五十名特困女孩，全部安置在了自己的酒店就业。

还有医院在行动，学校在行动，干部在行动，民众在行动……

有行动必会有收获。当那个庞大而有效的社会工程坚固而完美地耸立在我们面前的时候，我们一定会惊喜地发现：我们曾经构筑的这个工程，其实并不纯然是一个只为女孩的工程，只为母亲的工程，而是一个气势宏伟的社会道德工程，社会伦理工程，人类文明工程，人间真爱工程……

志愿者大行动

在鞍山市计生委组织开展的"扶贫志愿者"活动中，流行着一句叫得很响的口号："当我脱贫时，便是加入志愿者之时。"

这句口号当初是由那些正在被帮扶的贫困母亲喊出来的，是她们正在深切地感受着党和政府送来的温暖和八方涌来的爱心，深刻地体味人间最美好的真情时，从心底深处情不自禁地喊出来的。那是她们对命运发出的最勇敢的挑战，那是她们向社会许下的最真挚的承诺。

我们在那本厚厚的志愿者名册中，找到了注册为001号和

002 号的志愿者的名字。

阮明英，一个曾经备受不幸与贫困折磨的下岗女工。她原本有一个很温暖很幸福的家，但随着丈夫在女儿十三岁那年不幸因车祸去世和随之而来的自己的下岗，曾经一直簇拥在她身边的温暖与幸福也离她而去，体弱多病的她连供女儿读书的力气都没有了，不幸与贫困几乎让她的生活陷入了绝境。

这时，"幸福工程"走进了她的生活，在计生委的帮助下，鞍山市第八中学与她们母女结成了帮扶对子，不仅减免了她女儿的学费，解决了女儿的读书问题，还在学校为她找了一份工作，解除了她生活的后顾之忧。女儿因此读完了高中还上了大学，她也从生活的困境中走了出来，成了一个可以主宰自己命运的女人。

已经走出生活困境的阮明英，很快主动提出解除了自己与帮扶对子的帮扶关系，连同那一份工作一起让给了生活更贫困的下岗女工。随后，她主动向计生委提出，利用自己掌握的编织技术组织帮助下岗女工和贫困母亲开展再就业，并在计生委的全力扶持帮助下，组织起十几个下岗姐妹办起了手工编织小组，免费教她们织毛衣、钩拖鞋，很快使编织小组发展壮大成为"幸福工程"中的又一个再就业基地。到现在，这个基地已先后安置了两百多人再就业。阮明英也如愿实现了自己的承诺，成为在"扶贫志愿者"名册登记注册的 001 号志愿者。同时也成为响亮地喊出那句口号的第一人。

胡为民是在"扶贫志愿者名册"中登记注册的 002 号志愿者。

胡为民有着与阮明英相似的命运，不同的是，她比阮明英尝受了更多的不幸。

十年前，胡为民的丈夫扔下她和两个未成年的孩子，过早地离开了人世；而她随之被从一个国有企业的科室中精简下来，成了一个下岗女工。从此，她带着两个孩子开始了她在人生之路上的艰难跋涉。

为了将两个孩子抚育成人，她走进了大山，在两位老中医的指点下，成了一个出没于悬崖险峰的深山采药人。在三年的采药生涯中，凭着自己的勤奋好学，不断充实了自己的中医药膳理论与实践，使她得以在三年后，重新走回城市，在一家商场摆起了药膳熟食地摊，并很快把一个地摊生意做得红红火火。

为了把自己的生意做大，1997年她投资十余万元兑下了一家没有合法手续的烧烤城，结果经营了不到一年，便因故闭店，钱不但没赚到，还赔了二十七万元。一股急火，使胡为民双目失明了。后来，经过北京一位好心人的帮助，胡为民得以奇迹般地重见天日。可就在她准备以自己药膳管理的一技之长回报那位好心人的帮助时，一次意外，又使她的胳膊、椎骨和下肢严重摔伤，险些造成残疾。此时，她真的不知自己今后的路该怎样走了。

2001年，她无意间从报纸、电台的宣传中知道了计生帮嫂服务中心。她来到了中心，在这里免费接受了三个月的"月嫂"培训，加入了"月嫂"行列。在对一个新生儿的护理中，她利用新学到的护理知识和她原已掌握的按摩技能，使这个因难产脑缺氧而导致脑萎缩的新生儿，得到了成功救治，确保了母子平安。为此，她在这个客户家一直服务了四个月，四个月服务期满后，她领到了四千元工资。"月嫂"的生活已经从根本上改变了胡为民的生活。

2002年2月，在计生委和社区的帮助下，胡为民用旧家具改制了七张按摩床，又自己动手焊制了理疗踩床，在胜利街道办事处建国社区办起了理疗康复中心社区健康服务部。服务部成立后短短几个月，胡为民便免费培训下岗特困户和贫困母亲一百多人，进行免费治疗、免费服务五百余人次，并对社区内六十五岁以上老人全部实行免费保健咨询服务。胡为民由此成为在"扶贫志愿者名册"中登记注册的 002 号志愿者。她以自己最真诚的爱给社会送还了一份最真诚的爱的回报。

昨天的受助者，正在成为今天的志愿者；而今天的受助者，也将成为明天的志愿者。

此时，我们一定会想到那些女孩。我们深信：在不久的将来，我们一定会从志愿者的名册中发现她们的名字，一定会在志愿者的行列中找到她们的身影。

"志愿者"正在成为我们这个时代和我们这个社会的一道最美丽的风景。

在鞍山，也正有无数的志愿者正在加入爱与奉献的行列中，尽情地倾注和奉献着他们的爱心与真诚。

全国人大代表巴福荣走进了志愿者的行列，在她所在的医院里开设的"扶贫病房"正在成为众多贫困母亲生命的依托，生活的依托，她已让众多原已对生命无望、对生活无望的贫困母亲，重鼓起生命的风帆，重燃起生活的希望。

画家艺术家们纷纷走进了志愿者的行列。艺术家孙立峰为"关爱女孩行动"制作的百米剪纸长卷《关爱女孩》和画家凌全强绘制的百米绘画长卷《关东童戏图》，以及全市众多书画家创作的大量书法、美术作品，已组成一个"关爱女孩"的文化长廊，成为"关爱女孩行动"中为女孩送上的一份厚重的关爱。

铁西区兴盛办事处炼油社区的自行车运动爱好者们也走进了志愿者的行列。一支由他们组成的四十人的"鞍山人口文化老年志愿者关爱女孩万里行骑游宣传队"，高举起"关心母亲健康、关爱女孩成长"的旗帜，于 7 月 2 日离开鞍山。他们的平均年龄为五十八点二岁，其中最大的六十九岁，最小的四十五岁。他们将于 7 月 11 日前骑行到北京，参加第十五个世界人口日活动。届时，他们将把钢城三百四十八万人民奉献给母亲与女孩的爱心，带给北京，带给世界……

鞍山的"关爱女孩行动",已经深刻而生动地走进了我们的生活,并在深刻而生动地撞击和改变着我们的生活观念和生育观念。因为我们终于可以趁着这样一个行动,真切地走进那个让我们既熟悉又陌生的女孩世界,去真切地感知这个世界,去真切地关注这个世界,并在那深刻而生动的感知和关注中去经受那深刻而生动的理智与道德的洗礼。正是这样一个行动,一种洗礼,让我们真真切切地看到了一种希望,那是真真切切的民族的希望,真真切切的未来的希望。正是这希望才使我们有理由坚信:

母亲们的明天一定会更好;

女孩们的明天一定会更好;

祖国与民族的明天一定会更好;

世界与人类的明天一定会更好!

神手苏三

一双手，一双看上去极普通极普通的中年男人的很漂亮的手：不大不小，不胖不瘦，不稚嫩也不老迈，不细腻也不粗糙，不贪得无厌也不挥霍无度，纯然一双极普通的手，一双地道的男子汉的手。

手很普通，但很不安宁，纵使在陪着客人安闲谈话时，也不停地做着屈屈伸伸的动作，像在捏弄着什么，给予着什么，攫取着什么，期待着什么……

就是这双手，引来多少人的赞叹，说这是双神手，像崇仰神灵般地对它顶礼膜拜。

这就是苏三的手。

苏三，大号叫苏玉新，海城市正骨医院院长兼党支部书记，全国骨伤科外固定学会辽宁分会理事长。因他在家里弟兄中排行老三，人们便叫他苏三，久了，乡人外人提起海城正骨大师，竟只知苏三，而不晓苏玉新。

哦，苏三的手哟，究竟是双怎样的手？
这双手，接好一条断腿，前后只用两分钟，
难怪人们惊呼：真是双神手！

辽南，海城。

不算宽敞的中街的路东，几幢楼房组成的群体。正门左侧，白牌黑字：海城市正骨医院；右侧，红牌金字：全国骨伤科外固定学会辽宁分会。楼前，车水马龙；楼内，"摩肩接踵"。

院长室，诊床上，一男青年紧咬牙关，不时发出痛苦的呻吟。两位年轻医生分立在他的脚底和头顶。一个拱起腿，把他的脚跟放在膝头，双手十指交叉拢住他的脚背；另一个，双臂从他腋下伸过去，十指咬合在他的胸前。一个中等身材，体态微胖的中年医生站在中间，一只手背着，一只手在那青年的膝部轻轻地抚摸着，一双含笑的眼睛望着那张被痛苦扭歪的脸，和他东一句西一句地拉着闲话。

"伤几天了？"中年医生问。

"三……天……"

"三天了，大夫。"旁边一老汉忙替他作答。

"怎么不早点儿来？"

"八百多里地呀！在俺那儿，好歹也接不中，说折得不是地方。听说海城有个苏三……"有人捅了老汉一下，老汉却没理会，"是，是说有个苏三。还说这苏三专治折胳臂折腿的，就扑奔这儿来了。传得挺神，谁知到底管用不？唉，有病乱投医呗。"

"嗯、嗯，这腿折得是不是地方，是在胫骨的顶端，是胫骨近端平台粉碎性骨折，复位不理想，就会畸形愈合，你小伙儿的对象就不好搞了。对象还没搞吧？嗯？"

那青年不能摇头也不能点头，只在嘴角咧出苦苦的笑。

就在这时，谁也没注意那两个年轻医生得到了什么指令，四只手臂同时向两个相反方向一用力："嘿！"

"啊——！"与此同时，那青年一声大叫，眼泪流了下来。他那已被接上但不对位的股骨和胫骨已脱臼了。

中年医生仍用一双笑眼望着那张扭歪得愈加厉害的脸，仍用一只手轻轻地抚弄着他的腿。

"你这小伙子可没啥出息，一听说搞对象，就乐得眼泪都下来了。"

青年终于忍不住，哭声和着难耐的呻吟一起在喉咙里滚动。

"别笑，别笑，再笑就把对象笑跑了。"

噼——冷不丁一声响，是手掌和大腿用力碰击时发出的，声音很闷，显然不是拍、打，也不是捶，找不出一个恰当的动词来表示这个动作，也找不出一个象声词来形容那个声响。这一响的同时，病人也是一声大叫，只这一下，骨头的分离处吻合了。少顷，又一响，也同时伴有病人的一叫，方才被助手抻脱臼的部位复原了。

前后不出两分半钟，还没等人们明白过来呢，一切都完事了。

中年医生一边走到洗手池洗手，一边吩咐两个年轻医生："再去拍个片子。"

青年被抬上了担架。许是因为累了，呻吟的力气也没有了，整个身子软软地陷在担架里。

老汉紧随着抬走的担架，满腹狐疑地追赶着年轻医生。

"完了?"

"完了。"

"接好了?"

"好了。"

"真完了？真接好了？就这么撒泡尿的工夫，就……完了？就……接好了?!"

拍片结果，青年骨折处达到理想复位。

几天以后，在医院门前，那位老汉眉飞色舞地向人们宣讲："这回俺可开眼了！这苏三……苏大夫这手，啧啧！真神了！这要不是亲眼见的，谁就是说出大天来俺也不信！啧啧！"

这双手，攥着多少人真诚而渺茫的希望，又曾给过多少人热切而实在的希望

手术室里。一位辽阳的青年妇女，不时发出高一声低一声绝望的哀号。

"我还怎么走路哇，我还怎么走路哇！别锯掉我的脚，别锯掉我的脚，别锯……"

脚，脚哇！前面还有那么远充满了幸福和希望的路等着她去走哇，她怎能没有脚，她怎么可以没有脚哇！

然而，愿望与现实之间总是存在距离。在另一所医院的病志上，医生为她写下了这样的判决：右脚被汽车碾轧，呈开放性粉碎性骨折，肌肉缺损，部分血管断离，二、三、四跖骨间出现透洞。足尖呈一百八十度扭转；截肢。

截肢，只能截肢。不是那家医院的医生太残忍，而是事实本身就那样残酷。医生尊重的是科学，而不是菩萨。

截肢的准备工作已在进行。她，就要被送到无影灯下，就要眼睁睁地看着那只支撑着自己生活希望的脚，离开自己而去，永远永远成为一件与己无关的弃物，她怎能不绝望，怎能不哀号？

肇事者的心也颤抖了，无论如何得保住她的脚，否则，自己这颗心将终生不得安宁。猛然间，他想到了苏三。突然闪过的一线希望，使他忘记了一切，顾不得与那年轻妇女商量，也顾不得同医生打个招呼，疯了似的抱起就要被推进手术室的青年妇女……汽车一路狂啸着扑向海城！

此刻，已是晚上九点半，苏三和他的助手们聚在无影灯下。但，这女青年的病志上写的却不是截肢。苏三用中、西医的巧妙结合，凭着自己的一双神手苦战了四个多小时，终于，

把一只被废弃的脚又奉还给了他的患者，他和助手们也几乎累得昏厥过去。三个月后，这位青年妇女终于又用这只脚踩上了坚实的大地。她走出医院，走回家门，走进生活。她，笑了。

从这里走出去的人有几个不笑的呢？因为，他们来时只是带着巨大的病苦和渺茫的希望，其中有的只是想来这里碰碰运气，有的只是从路人的口中拾得一个"苏三"的名字，便撞大运似的撞了来，而走的时候，苏三却将新的希望给予了他们。说起这些人的故事，您也许觉得好笑，其实，就连他们自己，事后说起来也要笑个不住哩。

有个内蒙古的青年，一年前不慎摔断了腿，辗转半年多，走了几家医院，也没有治好这条腿。无奈，青年咬咬牙，带上自己多年的积蓄，上了去北京的火车。那里是祖国的首都，精英荟萃，妙手云集，北京若是不能治，别处还有个指望吗？

大概运气这玩意儿还是有的。在列车上，这青年遇上了一个略知苏三的好心而又好事的人。那人就向青年海吹了一顿，力主他东下海城找苏三，还帮他买了去海城的车票。于是，那青年就那么撞大运似的撞来了。然而，就让他撞个正着！一条断腿在苏三手里抚弄了半个月，那青年便高兴地回内蒙古了。

苏三的手哟，攥着多少人的希望和命运。

那双手曾是一双历尽磨难的手，每一道纹皱里都蓄着汗、泪、血……

如今，苏氏正骨已蜚声省内外，然而，究其门第，却并非正骨世家。苏家挂牌行医，仅始于苏三的父亲苏相良老先生，而苏老先生亦是半路出家。老先生弃农从医实在是生活所迫，逼上梁山。

然而由于苏相良行医好善乐施，有求必应，加之手法日渐高明，临到新中国成立时，老先生闯来海城，吹吹打打地办起了"相良诊所"。诊所也是家。小时的苏三，便受父亲的影响，对正骨表现出极大的兴趣，他总爱凑在父亲身边，帮父亲做夹板、叠纸垫，但那双尚且稚嫩的小手，更是常常有意或者无意地模仿父亲的一招一式。

1962 年，苏玉新高中毕业，放弃了去长春解放军兽医大学就读的机会，拜父亲为师，开始了他将终生为之奋斗的正骨生涯。

此时的"相良诊所"早已合营到海城镇医院，苏相良老先生也早已成为辽南一带颇有名气的正骨医生。近三十年的行医生涯，已使苏老先生积累起丰富的正骨经验，从手法到用药，都已形成了一套比较严密的定式。

苏玉新继承并发展了父亲的医道和医术，他的一双手开始令人瞩目了。可是，正当他抖起羽翼渐丰的翅膀，准备振起奋飞的时候，"文革"爆发了。那样地迅猛异常，那样地叫人猝不及防，要在一夜之间把老先生的希望毁灭，要把苏三尚未凌空的翅膀折断。一张大字报便是一纸判决，老先生一夜之间成为漏划地主，被几个已经"觉悟"了的徒弟打得死去活来；苏三也一夜之间成为走白专道路的黑典型，被纳入批臭打倒之列。一张大字报便是一道禁令，苏氏父子一夜之间被捆住了手脚，医院不准去了，病房不许进了，在家里也不准为病人治病，他们被完全地同病人隔离了。这，才是最残酷的。

一天，一个胯骨骨折的鞍钢工人被抬进了医院。不能坐卧，使一个壮壮实实的汉子不住地发出牛吼一样的呻吟。

苏老先生那位虽未出徒但已"革命"了的徒弟接待了这患者。他有些茫然。他虽然在短短的半年中，已能熟背上千条领袖语录，却没有在短短的半年中，从苏老先生那里学到处置此类骨折的妙法。那汉子断裂的胯骨被折腾碎了。

汉子指着他的鼻子骂娘，骂他的八辈祖宗。渐渐地，胯骨断碎的疼痛终于使他连骂娘的力气也没有了。

那位"大夫"舍了那汉子，忙着"革命"去了。诊室内外围满了愤愤不平的患者，静静地望着痛昏过去的汉子。街上，激昂的歌声、口号声震天撼地。

突然，有谁喊了声："苏三来了！"

人群顿时闪开一条路。

苏三悄悄地走过来，静静地站在那汉子的诊床前，好久好久，终于抖抖地伸出了他那双给人以希望的手。手，在那汉子胯骨的断碎处抖抖地轻轻地抚弄着，手哇，多么神奇的手哇，又能抚摸病人的肢体了。

一个小时前，当有人向他诉说了这荒唐而残酷的一幕时，一瞬间，他的心抖了，他的手抖了，他不顾人们的劝阻，悄悄地赶来了。

手轻轻地抖抖地抚弄着汉子那断碎的胯骨，汉子又疼醒过来，睁圆了一双刀子似的眼睛，紧攥起一双铁锤似的拳头，他想挣扎着扑过来。

有人紧抱住他，俯在他的耳边对他说："这是苏三，苏大夫。你有救了。"

汉子的脸顿时变得迷茫，变得狐疑，变得……汉子牛吼一样的笑声颤颤地震抖着满屋的空气。

苏三为汉子断碎的胯骨复了位，又趁势将久违的病房逐个查看了一遍，正准备拖着疲惫的身子和一颗瞬间又变得空空落落的心回家去，回到自己囚笼似的天地，猛然间，一支悲壮而愤怒的示威队伍挡住了他。

他望着这队伍，默默地；队伍望着他，默默地。队伍，一支由患者组成的队伍，抬着那位刚刚做了胯骨复位的汉子，一双双信赖的目光像仰望神灵一样地望着他。他站着，默默的；

队伍站着，默默的……

突然，一个患者举起了拐杖挥舞着，一只脚跳着朝满贴在墙上的大字报扑过去，叫骂着："想拿我们的小命当泡儿踩！我们也造反了，反了！"

反了！反了！！示威的队伍挥舞着拐杖狂呼乱叫着。拐杖挥到那"打倒苏三！"的标语前。拐杖已经戳到那标语上，躺在担架上的汉子突然喊了一声："别动！把纸、笔取来！"

纸贴好了，雪白雪白。汉子的担架移过去：汉子的铁锤似的手紧紧握着一支大笔，眨眼工夫，那幅标语改了样子。

"谁打倒苏三就打倒谁！！！"

泪水模糊了苏三的眼睛。

患者要苏三！苏三从此再未离开过患者。一晃就是十年。十年间，苏三旧貌依然，而苏三的一双手终于炼成了一双神手。

翻阅这期间的病志，哪一页不记录着苏三在发展我国正骨医学上的探索与追求，哪一页不浸透着他的汗水与心血，又有哪一页不是一幕殊死拼搏的画面！

营口县水源公社胜利大队一女社员，被脱谷机抢转了三圈，从头到脚共有十八处骨折，一个活生生的人竟成了一摊如同没有骨骼支撑的肉。人们把她抬来海城，交给苏三，只是因为她还有口气，人们想让她从最后的一口气里得到一丝安慰。几乎没有人对她还抱有一线希望，因为她有十八处骨折呀！但苏三给了她希望。一双手使她的十八处骨折全部接好复原，不但给了她生的希望，而且给了她生活的希望。

吉林安装公司一职工，在施工中不慎从二楼平台坠下，造成双髋骨、双股骨、耻骨、鹰钩骨等五处骨折。如果单纯采用西医疗法，需将患处切开，打入十八颗钉固定。还要输入两千毫升血。而苏三采用传统手法固定加皮牵引，便治愈了这位患者。

过去对老年股骨胫骨骨折的治疗，中医是靠养，靠时间。用传统手法复位后，患者就只能挨日月，一月俩月，一年两年，好便好了，不好便不好，一切听天由命。西医是靠刀，靠手术。将患处切开，用三翼钉穿过，再打上石膏，卧床四十余天，常因褥疮、肺炎、尿路感染等并发症，造成患者死亡。苏三反复权衡中西医利弊，尽取其利，复位采用传统手法，固定采用闭式穿钉，患者七天便可下地活动，中医西医均叹为奇迹。

是奇迹。正是因为有了这一个个的奇迹从苏三的手里飞出，"神手苏三"的名字才终于长了翅膀似的飞往四面八方。

那神手却不会买裙子。一只手握着
二百零六块骨头，一只手塑造一个医院

苏三的手也有不神的时候。

他的爱人张玉香这样说他："他心里有啥？除了人身上的那二百零六块骨头，啥也装不进去。前年，他到大连出差办事。我让他给我捎条裙子，怕他忘，怕他买错，我详详细细地写了几张条子给他每个衣袋里都揣上一张。结果，买一条裙子，尺码到底差了二寸，连扣都扣不上……等啥时候他老了，不能动弹了，我非跟他好好算算这笔账！"

账，历史还有多少账该向这双不会买裙子的手算哪。

还记得吗？还记得早被这幢幢楼房埋压在地下的那几栋屋舍吗？还记得如今这所医院的前身、前身的前身吗？嘴巴蓄着小胡子的年轻人大概不记得了，依稀记得的只有白发的老人和历史。

历史就从 1962 年写起吧，因为苏三的脚在那年迈进了这所医院。

医院也是在如今这个地方，一座青砖瓦舍的四合院，古色

古香。住一户人家，未免奢侈；置一处机关，又稍嫌局促。设个医院，集体制，镇办的，拢些民间郎中来，为国效力，为民解忧，房尽房力，人尽人力，万民称心，八方满意，妙哉，乐哉。

可刚刚踏进这个医院的苏三，手却在抖，心却在抖：这就是自己驰骋的疆场，翱翔的天地？这就是自己终生的抱负和事业？这就是自己和医院的今天和明天？这就是今天和明天的一切？不，决不！我管不了昨天，昨天属于父辈；但我要管今天，管明天，今天和明天属于我们。这样一个处处遭人白眼的丑八怪似的医院，一定要在我的手里变个样子，变得人人不敢蔑视、小视、斜视，而只需仰视才行。

终于有了这一天。1970 年，历史稀里糊涂地搬了一把医院革委会副主任的椅子给他坐。大丈夫闭目之时，当不留一个"悔不该当初"于世上。干，干哪！青砖青瓦的小房让历史去拾掇吧，这里要盖楼，病人要楼，医院要楼，时代要楼。

干，快干，七十六间小房瞬间踪迹全无；干，快干，一座近两千平方米的楼房瞬间奠了基，破了土，垒起了第一层砖。

钱？哪来的钱？向手上要哇！苏三的手曾经解了你们的危，如今就请你们伸伸手来救救苏三，救救这医院的难吧。这话还要说吗？就是你苏三自家盖楼，我们也该倾囊相助的，何况盖的又是公家的楼，支援"关系单位"，名正言顺哩。于是，设计图送来了，是一个病愈的建筑师全部利用业余时间赶出来的，价值四千多元，拱手相送，不取分文。于是，大大小小的车开了，拉沙运石，只尽义务，不要报酬，总有近千台次。

有件事很有意思。一天，苏三正领着医院的一些人打石头，拉沙石，准备开槽子灌基础。营口盐场的安全科科长突然来找苏三，说有一职工被小火车轧伤，恳求苏三快给看看。苏三二话没说，只洗了洗手，脸上的汗也顾不上擦一擦，就把患者安置在路旁一个门洞中，为他做了处置。第二天，那科长带了二十名棒小伙儿来到医院的工地帮助挖槽。那科长说："我们的手替你挖土、抬石、运沙，替下你的手只管看病吧。"

话是这样说，可苏三除了看病，还是跟上人们一起去抬石、运沙、打预制板。他得摸着自己的腰包过活。

历史终于写下了这样一笔账：一幢一千九百二十平方米的大楼，半年竣工受益，造价每平方米七十五元。

从此，历史不停地记下了以下的账：

1976年，临街新建一幢四层楼，海城镇医院开始转向以骨科为主的综合性医院，开设骨科病床八十张。

1978年，医院为骨科正式建立了手术室，为正骨医学向中西医结合道路发展，奠定了基础。

1981年，医院正式改为专科医院，变海城镇医院为海城县正骨医院。

1984年，又一幢五层新楼拔地而起，自此，全院已有六千八百多平方米的建筑，已开设病床四百多张，拥有近二百万元的固定资产。

昔日的丑八怪似的医院哪里还有一点儿影子。傲然耸立市区的已是一座内外都显得生气勃勃的近于现化化的专科医院。

苏三当年的抱负正在自己的手上实现着，他已有理由对着这一组楼的群体说一声"我无愧于人世了"，可他却说：

"还得把眼光放远点儿。"

"眼光浅的人不会有大出息。当今世界，真可以说每时每刻都有科学上的新课题被提出，新领域被发现，旧理念被纠正，我们面前真有无穷无尽的未知数。为了让每一个离开这里的患者不带走一点儿遗憾，为了我们当医生的良心不留下一点儿遗憾，我们也该把眼睛盯向全国，盯向世界……"

啊，手、患者、良心，海城、中国、世界，昨天、今天、明天，眼光、未来、手！

怎样组合才能构成一幅更壮丽的图画？怎样组合才能创造出一个更灿烂的明天？

院长室里那株蓬蓬勃勃的扶桑，火红的花不败地开着，那是在赞美着苏三的手。啊，一双极普通的手，一双真正的男人的手，一双每时每刻都在抚弄命运、施与希望、攫取力量、期待奋争的手，一双每时每刻都闪动着神的灵光的手——

神，也应该在每个人手上。

鹰 眼
——试说张振宣与他的山鹰集团

想到这个题目的时候，便想到了一则谚语：鹰有时会比鸡飞得低，但鸡永远飞不到鹰那样高。

这个题目和这则谚语是在与张振宣的交谈中突然间想到的，是在我一边认真地听着他的叙述，一边费力地解读着他的人生体验、谋事方略的时候突然间想到的。那一瞬间，我以为我已经一下子找到了开启他命运迷宫的钥匙。然而，当我冷静地面对我眼前的材料时，我才发现那把钥匙为我打开的不过只是那座迷宫的一扇小窗，我的目力所及亦不过只是那迷宫的一角。所以，以下所说的张振宣与他的山鹰集团的一切，也只能算是一种试说。

上篇：试说张振宣的心路之旅

何谓心路？心路即是一个人的人生观、价值观的形成过程。认真探索一个人的心路之旅，无论他是成功者还是失败者，总会让你获得一定的教益和启迪。因此，认真探寻一下张振宣的心路之旅，自然也会给我们带来一定的教益和启迪。因为在海城这一亩三分地上，能在短短六年里创造出如山鹰集团那样奇迹的人并不多见。

已近知天命之年的张振宣，经历了太多的风风雨雨、坎坎坷坷，亲历了太多的人间冷暖、世态炎凉，目睹了太多的荣辱沉浮、成败得失，尝过了太多的辛酸苦辣、爱恨亲疏，早已心如止水，无欲无求了。或许只是因了一种责任，一种对后人对未来的责任，才使他愿意把自己的经历与思考告诉人们，或许对后人对未来也会有些好处。于是我有幸走进了张振宣的过去和现在，走进了他的心路之旅。

是好学生还是坏学生？

凡与张振宣有过接触的人都知道张振宣是个极有个性的人：倔强耿直、怜下抗上、不计得失、敢作敢当。正是这种个性，让他的大半个人生走得磕磕绊绊，走得跌跌撞撞。

1944 年某一天，张振宣来到了这个仍是战乱频仍的世界，成了海城郊外一个叫田水洼子村的农民家的儿子。纷杂的社会环境和正宗的山东人血统，使这个农民的孩子从小便养成了一种富于抗争、无所畏惧的性格，而且从上学的那一天起，他便开始向外人展示起他的性格。正是性格的作怪，使他因为顶撞老师，在小学毕业的时候，自己的操行鉴定被老师无情地打了个"劣"，他也因此被拒于中学门外。

幸亏海城镇里跃出一所民办中学，使眼看着中断了求学之路的张振宣又有了一个继续念书的机会，他走进了镇中学的校门。在那里学习了两年半，恰恰赶上镇医院办卫校想从镇中学拨去点儿学生。于是，平时仍然愿和老师发生些顶撞的他，便很自然地被老师拨了出去，镇中学还未毕业，他便去了镇医院的卫校。

如果张振宣真的能在卫校完成学业，毕业后便有可能留在镇医院，或者还有机会走进县医院，他的人生也许就会是另一番模样。然而，他只有机会在那个卫校里学了两年，那所卫校便被迫宣告了解散，眼看着就要从田水沟子里爬出来的他，不得不又回到了田水沟。

好兵还是坏兵？

从农村来的孩子又回到了农村，但已经体味过城市生活的农村孩子又怎能甘愿再去做一个老老实实的农民。于是刚刚回乡干了不到一年的活儿，张振宣便去报名参了军。本来，他天生的扁平足当兵是不合格的，只因为他有两年卫校学习的经历，他才被破例接到了部队，当上了某部卫生队的卫生员。

良好的文化基础、先天的好胜性格和部队独有的育人环境，无疑给张振宣未来的发展提供了一个难得的机遇。他也看到了这个机遇，他也曾用十倍百倍的努力试图抓住这个机遇。入伍还不到一年，他便在全军大比武中，当上了师尖子分队的教练员。当时由战士担任比武尖子分队教练员的，全师只有张振宣一人，他是全师唯一一个没有军衔的军官。如果真的照此发展下去，循着入党提干的路子一直规规矩矩地走下去，人们真的难以想象，从那个军营里会走出一个怎样的张振宣。那原本就是一条十分顺畅的从士兵到将军的路。然而，正是因为他的性格，决定了他根本无法走顺这条路，走通这条路。正当上级准备着给他入党提干的时候，他竟把一个"战士委员会委员"的责任看得比入党提干还重，竟真的拿了鸡毛当令箭，在民主会上，毫不留情地把他的一位副队长批了个满身是汗、坐立不安，从此与他结下了不解之怨。而他面前的那条本已铺满鲜花的路，也从此变得荆棘丛生。

过完了批评副队长的瘾之后，副队长对他的"关照"也日益加深。先是发现他整天捧着两本《实用内科学》日夜攻读，便组织全队批他"只钻业务，不问政治"，走的是"白专道路"；后又发现他整天去看《哲学》《政治经济学》《论共产党员的修养》，便又组织全队批他"不务正业""不爱本职工作"。真是左也不是右也不是，白也不是红也不是。于是，他被从团卫

155

生队贬到了营卫生队，又从营卫生队被贬到连里去当卫生员。如此一贬再贬，贬得团首长也不得不为他悬起了一颗心，唯恐这个连连遭贬的战士，真有个一时想不开的时候，会偃乎乎地干出点儿什么傻事来，以至竟私下关照卫生队的人，只要轮到张振宣值班，一定要把装有毒品的药柜锁好，免得这小子整出个自杀的举动，给全团的脸上抹黑。

然而谁也没有想到，这个连连遭贬的战士竟在连连遭贬之后，非但不愁不哭，不怨不叫，反而整天活得乐乐呵呵，不仅把两本《实用内科学》读得有板有眼，还把一本《资本论》读得有滋有味，以至上上下下都喜欢上了这个总挨整又总不知道愁的战士，竟拉着他一边挨整一边超期服役，整整当了满五年的兵，才让他脱下了军装。直到他离开部队的那一天，他也一直没有入党。

当兵当出这样的结果，完全归咎于他的性格。他太认真了。他太固执了。他太不懂得圆滑和世故了。他太犟太倔了。他太追求自己人性的完美了……于是他就太容易遭人妒忌，太容易遭人算计，太容易吃亏了……

好官还是坏官？

俗话说"吃一堑长一智""吃亏长见识"。聪明人经过吃亏而长了智慧长了见识之后，便不再吃亏了。但张振宣吃了亏却总不见有什么智慧和见识在长，就算长出了几分智慧和见识，只要一遇到不入眼的事，那生姜改不了辣气的性格便会把那刚长出的一点儿智慧和见识摧残得毫无生气，于是该吃亏的时候照样吃亏。

1968 年从部队复员之后，公社党委本想安置张振宣去公社卫生院上班。如果当时他真的去了，今天的张振宣可能会成为一名很出色的医生、很出色的院长。但当时正赶上他所在的大队成立革委会，刚刚从"解放军这所大学校"锻炼归来的他，顿时成了大队的一个宝贝疙瘩。只是乡亲们的几句掏心窝子的话，便让他毫不费力地打消了去公社卫生院的念头，毫不犹豫地当起了大队的革委会副主任、民兵连长。

其实，他若能真的把在部队吃亏时长出的智慧和见识用到这路上来，他或许也能为自己的未来走出一个很光明的前程。然而，他的性格还是决定了他最终仍会自己去断送自己的前程。一个小官当了没多长时间，小小官场上的那些乌七八糟的东西，便折磨得他再也无法前行了。他太想把工作干好了，太想为老百姓干点儿实实在在的事情了，而且又太不惯于把自己融入世俗，融入那个人人心里都清楚的利益圈，弄得自己看什么都不顺眼，不仅和大队的头头常常顶牛，还和公社的头头常常理论。结果，在那个大队革委会副主任、民兵连长的位子上只待了两年，便再也不想待下去了，竟索性扔掉了头上的那顶小小的官帽，跑到外村的一个小基建队干苦力去了。

好工人还是坏工人？

也许正是那种天生的不甘人下的好胜的性格，使得张振宣干啥像啥，连一个瓦匠活儿都干得极抢人眼，结果，在那个小基建队没干多久，便被鞍山建工局的一个基建队招去当了临时工，不久便又被招到鞍钢小岭子铁矿当了临时工。当临时工没几天，他的善说善写的文化底子便让矿上的领导发现了，还没正儿八经地干上几天活儿，便被抽出去当了政工宣传员。

在那样的特殊历史环境下，张振宣如果真的能扳一扳自己的性格，能让自己那棵用吃亏培育的智慧之树长得茁壮一些，他或许又会为自己未来的人生铺就又一条很光明的路。他确实拥有成为国家正式职工的机会，只要把握住这个机会，随之而来的便还有入党、转干、提拔的机会。这样的机会对于每一个农民来说，都是极具诱惑力的。然而，张振宣却轻易地放弃了，远离了。原因不是机会对他没有诱惑力，而还是因为他的性格。只是因为有一个周末下班时，矿里本来答应派车送他们回家而没有派，找谁谁不拿当事，他便一气之下领着那些临时工和矿上的领导干了起来，之后便一气之下离开了那座矿山，也离开了眼看到来的那个完全可以改变他命运的机会……

他太把自己当人看了，他太把自己的那些农民兄弟当人看了，他太顾及自己的人格了……

张振宣哪张振宣，你究竟是好学生还是坏学生？是好兵还是坏兵？是好官还是坏官？是好工人还是坏工人？究竟谁能说得清？

最难忘挨饿的滋味，最难忍受别人的白眼……

回顾以往经历的坎坷与波折，张振宣总把它归咎于性格，所有的命运机遇的失落都是因为自己的性格太不好了。然而，那性格全是天生的吗？后天的生存环境对他性格的形成又起过怎样的催化作用呢？

有一件事对于张振宣是刻骨铭心的。

那是一个晚上，正在该吃晚饭的时候，张振宣放学回来经过他一位叔家的门前。他那位叔家的日子要比他家的日子好过得多，于是他在很远的路上便闻到了从那院子里飘出的玉米面的香气。他实在难以抵御那股诱人的香气，竟一边贪婪地咽着口水，一边贪婪地把眼光射向了那个院门。正在他的眼光与他那个正站在门口的婶婶的目光相碰撞的一瞬间，他看到那位婶婶就在那一瞬间将目光收了回去，在一瞬间转过身去，并在一瞬间关上了两扇院门。

从此，那一瞬间相碰撞的目光和那一瞬间关紧的院门，便在张振宣的心上留下了两道永难抚平的伤疤。

或许正是那一瞬间，让张振宣读懂了人间冷暖，读懂了自尊和自立，也读懂了人格。于是，那一瞬间也像一把火，把他原本还未成形的性格锻造成了形：自尊，自强，要面子，要志气，要办自己的事，要走自己的路，宁可皮肉受苦不让脸上受热，宁可他人负我我不可负他人，宁舍钱财不丢人格，宁为玉碎不为瓦全……

　　这便是张振宣。这便是张振宣的性格。

　　张振宣说，当初他愤然离开小岭子，不光是因为他领着临时工和领导干了架，而是因为他不堪忍受别人对他们这些临时工的白眼。这种白眼不仅在单位上班时要忍受，比如派车送工人回家的事，不就是看你们是临时工吗？如果是在籍工人，他们谁敢？而且这种白眼还来自社会各个角落，无论走到哪儿，只要看一眼你身上那套破蓝工作服，脚上那双破黄胶鞋和肩上那个臭烘烘的破兜子，人们便像躲瘟疫一样躲你远远的。而且因为是临时工，连火车、公共汽车通勤票都不卖给你。所以，每逢遭遇这样的白眼时，他便要在心里告诫自己：一定要干出一番自己的事业；自己不想给别人白眼，但自己也绝不想再看到别人的白眼。

　　他不相信自己一生都没有改变自己命运的机会。

成功的因素不仅仅是机遇和性格

　　机遇终于随着改革开放的步伐，悄悄地向张振宣走来。

　　离开小岭子铁矿后，张振宣又先后到鞍山化工总厂、鞍山九中等处做过临时工，所做的都是当瓦匠、搞基建。几年之后，又到了王石公社的基建队，并很快坐上了队长的位置。在那个位置上，他深得改革开放之利，到 1985 年时便把王石基建队发展建设成为王石建筑公司，并在海城的建筑行业中占据了一席之地。此时的张振宣也已经把自己锤炼成了房地产开发业的行家里手，只是碍于体制的束缚，才使他心中集聚的才能和抱负难以得到尽情的施展与开发。

时间和历史是公平的，只要有耐心，时间和历史便会为你提供施展才能与抱负的机会。张振宣的耐心终于为他赢来了这个机会。

1996年年初，王石镇政府开始实行产权制度改革，政府极希望张振宣能为这样一次深刻的改革开一个好头，出资买下王石建筑工程公司和王石国际房地产开发公司。

这是张振宣面临的有关自己前途命运的一次重大抉择。只要买下这两个企业，自己便拥有了一片可以自由翱翔的天空，他就可以尽情地以这片天空为纸，去尽情地抒写早已深埋在心中的理想与抱负，他怎能不珍视这样的机会？然而，只要买下这两个企业，经营的风险、失败的风险、企业倒闭的风险、人财两空的风险便也会随之而来，并会永远地伴随在你的身边，让你永远无法懒惰，无法轻松，无法有半点儿的含糊，无法有半步的退却。机会的面目本来就是如此：既是一块蛋糕，又是一条绳索。

还是张振宣的性格让张振宣抓住了这次机会。曾经品尝过刻骨铭心的挨饿滋味和屡遭别人白眼的张振宣，是不会妥协于一条绳索的威胁而放弃一块蛋糕的诱惑的。宁可被绳子勒死，也绝不被绳子吓死，这才是男人！

张振宣出资一百六十万元买下了那两个公司。那两个原属王石镇的集体所有制企业，在一夜之间变成了归张振宣自己所有的民营企业。

随后，张振宣又于1996年5月，出资八十万元买下了原属什司县镇所有的八一果园。

再随后，张振宣又以自己特有的胆魄和气度，斥资三百余万元，先后收购了毛祁水泥厂，租赁承包了海城水泥厂，收购了黑龙江北安水泥厂。

继而，张振宣与韩国忠清北道 GBI 株式会社联合成立的农事企业合资公司——海城丰壤农产品有限公司于 2000 年 1 月正式成立。

至此，一个拥有十个独资、合资企业，注册资本达一亿元的大型企业集团已具雏形。

从一个注册资金只有百余万元的房地产开发公司起步，到如今发展成为如此规模的已具雏形的企业集团，张振宣只用了六年。

这无疑是一个奇迹，是一个了不起的奇迹。

然而，张振宣能创造出这样的奇迹，仅仅是因为机遇吗？仅仅是因为性格吗？

中篇：试解水泥厂的效益之谜

张振宣在短短六年创造的奇迹，对于许多人来说都是一个谜，如能解开这个谜，无论是对众多的民营企业家，还是对众多的国有企业管理者，都是有益的。

然而，由于眼界和环境的局限，要我去完全解开这样一个谜，几乎是不可能。因为那样的一个谜底是包裹在层层叠叠的成功要素之中，充其量我们只能稍稍剥开外面的几层要素，朦朦胧胧地能窥见那一个谜底的大概也就够了。

让我们尝试着去解一下水泥厂的效益之谜。

关于水泥厂的效益神话

张振宣先后收购、租赁、承包的三家水泥厂，有这些共同的特点：产品产量低、成本高、质量差，市场没销路，均面临倒闭破产危机。在被收购、租赁、承包之后，产品质量提高、产量增加、成本降低，市场销售状况稳定，企业效益明显，规模不断扩大。

海城市毛祁水泥厂原是毛祁镇在 1993 年才创建的一家镇办集体企业。企业投产后效益就不行，承包给个人经营后，承包人缺乏管理经验和对市场的认识与把握，致使企业的产品成本居高不下，市场占有率不断下降，终于走到了"多干多赔、少干少赔、不干不赔"的尴尬境地。到被张振宣收购时，企业已停产了两年半，早已成了镇政府和承包人身上共有的大包袱，压得他们谁都喘不过气。

从事房地产开发建筑业的张振宣，以自己多年的经验和教训，以及对未来建筑市场、建材市场需求的科学预测，早就梦想着能拥有一个自己的水泥厂，也为自己在未来的竞争中多赢得一个筹码。他始终无法理解：一个个好端端的企业，为什么会经营到那般凄惨的地步？他相信，只要自己能拥有一个这样的企业，他一定会把它经营得红红火火。只可惜他没有这样的机会。

机会终于来找他了。承包毛祁水泥厂的老板不知从哪里听到张振宣有意要办水泥厂的消息，竟如同遇到了救星，急不可耐地找上门来，双方只经过两三轮的实质性接触，张振宣连那水泥厂的账都没看，便爽爽快快地以二百二十万元的价格将那个已经停产了两年半的水泥厂买了下来。这一买一卖，让买卖双方都在心里偷着乐。买者因为自己又多了一块施展才能和抱负的舞台，企业又多了一个新的经济增长点，已将自己的一个梦想化为现实而在心里偷着乐。卖者则因为终于甩掉了身上的包袱，并且没有让自己赔得太多而在心里偷着乐。买者认为自己捡到了金子而在心里偷着乐。其实卖者也以为自己捡到了金子而在心里偷着乐。买者和卖者都在心里较着劲：看看究竟谁看走了眼，谁能笑到最后。

毛祁水泥厂正式转制以后，张振宣立刻把早已学习研究多年的邯钢企业管理模式拿来，结合自己的水泥企业特点，很快摸索制定出了一套适用于水泥行业的优质、高产、低耗的管理办法，在强化企业管理的基础上，让"毛祁牌"水泥很快以优质、低价的优势占领了市场。毛祁厂在转制后的当年复产，当年赢利。

经过五年奋斗，当年以二百二十万元收购的毛祁水泥厂，企业资产已达三千六百万元。2001年4月，"毛祁牌"水泥系列产品被辽宁省建设厅确定为"辽宁省工程建设重点推广产品"；同年8月被辽宁省企业发展战略研究会评为"辽宁市场满意品牌"；同年12月被鞍山市政府评为"鞍山名牌产品"。毛祁水泥有限公司也先后于2000年1月被鞍山市政府授予"先进企业"，被辽宁省乡镇企业局授予"先进单位"等称号。

看来，当时的买卖双方较劲的结果应该是：卖者笑在了当时；而买者一直笑到了今天，并将一直笑下去。

承包海城市水泥厂也是一个神话。

海城市水泥厂始建于1975年，原为全民所有制中型企业。当年的张振宣曾有幸参加过它的建设，曾用自己的汗水为它亲手垒起过一座让人流连的厂房和一座让人仰慕的职工俱乐部。身为天之骄子的它，在计划经济年代，确曾红红火火过好一阵子。但随着市场经济的完善与进步，旧有的体制旧有的管理模式与市场经济发展不相适应的矛盾越来越突出，致使企业效益一年不如一年。1995年，为推动企业发展，国家投入二千二百零四万元对该厂回转窑生产线进行技术改造，中途因资金被挤占挪用而使工程被迫下马，并使企业最终陷入生不得、死不得的焦头烂额的境地，于1997年6月被迫停产。停产当时，企业尚存国有资产三千八百七十二万元，负债总额二千四百六十六万元。

　　有人以为租赁承包是拯救企业的灵丹妙药，于是赶紧竖起这面大旗，以期招来承租人，为企业杀出一条起死回生的血路。

　　有一位鞍山人勇敢地走进了这个企业，勇敢地挑起了这副重担。他满心希望能从那里为自己淘得一块金子。然而，当他一而再，再而三地为这个企业注入资金，已经注入得快要倾家荡产，注得自己老父亲一股火得了脑血栓，却还未见这个企业有一点儿回生气息的时候，他终于绝望了。他发现自己太像那个堂吉诃德了。

　　他想到了张振宣。他找到了张振宣。他想把自己没淘到的那块金子让给张振宣去淘，他更想让自己早点儿从那个深陷的泥潭中脱身。企业的死活原本就与他无干，给自己找一条生路那才是根本。

　　张振宣又是爽爽快快地在一份租赁承包协议书上签了字。

　　买下毛祁水泥厂后的近两年里，他几乎天天都要经过海城市水泥厂。每次看到那座厂房和那座职工俱乐部，他的心都要止不住地发疼。真是又气得慌又馋得慌。气的是那么一个好端端的企业竟被弄成那样一副不死不活的模样；馋的是自己纵有回天之术，却无施术之机。

　　如今一纸协议在手，张振宣终于又如鱼得水。他严格按照现代企业制度运营，进行了大规模的技术改造，开展了企业和产品的升级，强力推行以五项刚性指标责任制为核心的倒算成本管理模式，不到半年，企业便重新恢复了生机。随后，由张振宣先后投资两千万元，恢复和完善了回转窑技术改造工程，更使企业效益大增，企业资产已增至七千余万元。2000 年 8 月，该企业通过了 ISO900 国际质量体系认定，其生产的"唐王山牌" 325#、425#等级的矿渣硅酸盐水泥、复合硅酸盐水泥和275#砌筑水泥等系列产品，2002 年荣获辽宁省企业发展战略研究会颁发的"辽宁优质产品上榜品牌"称号，列入《中国主要建材企业及知名建材产品概览》向全国推荐。

张振宣创造了又一个关于水泥厂的神话。

在创造这一神话的同时，张振宣又创造了关于黑龙江北安水泥厂的神话。

1998年年初，已经积累了治理毛祁水泥厂经验的张振宣，得到了关于黑龙江省北安市水泥厂，因连年亏损准备进行转制出卖的讯息后，立刻前往北安调查，并决定出资三百余万元买下这个水泥厂。为经营好这个水泥厂，张振宣从毛祁厂抽调了一位"老水泥"去坐镇北安。原以为这位"老水泥"有经验，不仅有过去失败的经验，也有后来成功的经验，一定会把北安经营得很好。结果竟是经营了三年，赔了一百三十万元。2002年，张振宣派去两个年轻人，两个"小水泥"，据说，当年北安预计可赢利六十余万元。

其实，这也是一个神话。有关这个神话里所隐含的秘密将在随后的文字中揭示。

至此，许多人会问：张振宣能接连创造出这一个接一个的神话，其间到底有什么奥秘？

奥秘之一：向管理要效益。一百八十人和一千人

只要将转制前后的海城水泥厂（俗称大水泥）做一个简单对比，便会让所有的人感到惊讶。

转制前，该厂有职工一千余人，正常生产状态下，最高年产量不到七万吨。

转制后，该厂有职工一百八十人，始终保持正常生产，年产量为十二万吨。

现在的一个人，等于原来的十个人。

张振宣是如何训练出这支以一当十的队伍的呢？他自有一

套自己的管理奥秘。

一曰精兵简政。二曰定额承包。三曰奖罚分明。听起来都是老生常谈，是个毫无新意的"老三点"。其实新意并不在于他做的是什么，而在于他是怎样做的。就如练拳，有的是练给别人看的，关键是得练出个好样子；有的是练给自己用的，根本是要练出点儿真功夫。张振宣的"老三点"练的就不是装点门面的花拳绣腿，而是敲针见响的企业管理的真功夫。

所谓精兵简政，其实就是定岗定员。是实打实地有几个坑就栽几个萝卜，而绝不是有多少萝卜去挖多少坑。算来算去只有一百八十个坑，那就只能放上一百八十个萝卜，多一个也不行。

所谓定额承包，其实就是在精兵简政、定岗定员的基础上，全面实行以张振宣自己命名的"吨产品工资含量包干"联产承包责任制，即将成本、质量、产量、安全、文明生产等五项指标全部以工资形式量化分解，将责、权、利直接与车间挂钩，与每一个职工挂钩，使每一个职工都可以根据自己五项指标的执行情况计算出自己应得的工资报酬。于是如何保证质量、提高产量，如何确保安全生产、文明生产，如何节约每一度电、每一滴水，便成了与每一个职工的切身利益息息相关的大事，即使领导不提不说，自己焉能不问不管？本来该我一个人挣的钱，如何还肯让三个人五个人来分？如此一番，精兵简政也才真正有了保障。

所谓奖罚分明，其实讲的就是一个兑现，一个诚信。奖罚不明，是治军的大忌，这个道理谁都明白。关键是如何才能分得明。一个"吨产量工资含量包干"便让每个人都清楚了一个奖罚的标准，而且只要看一看自己干的活儿，便可清清楚楚地知道自己是该奖该罚，该得怎样的奖，该受怎样的罚。而且无论怎样奖罚，都不必担心和庆幸它兑现不了。正为了能真正彻底地兑现奖罚，职工月工资的百分之二十要暂时存在企业，作为奖罚调节金，该奖该罚都在年底一次兑现。而且关键是兑现。张振宣说，它关系到诚信。没了诚信，就什么都没了。

一支以一当十的队伍就是这么造就出来的。其实毫无奥秘可言，不过是一些常规常法常情常理而已。张振宣不过是把这些常规常法常情常理做得更仔细些更认真些罢了。

奥秘之二：向成本要效益。一条信息和一堆矿渣

有人说：这些年张振宣的水泥厂企业之所以在海城的建材市场站稳脚跟，牢牢占有近二分之一的水泥市场，弄得海城一家家水泥厂同行危机四伏，靠的只是价格战，全是靠价格把市场抢走的。

价格确是张振宣占领水泥市场的一个重要手段，这不仅是由市场经济的规律决定的，同时更是由企业的价格基础决定的。张振宣之所以敢打价格战，是因为他确实拥有打胜价格战的价格优势，是因为他拥有作为价格优势的成本优势。

一百八十个人创造了两倍于过去一千人的劳动生产率，这样的成本优势应该是有目共睹的。张振宣拥有的政策成本优势却是鲜为人知的。

自从收购了毛祁水泥厂，张振宣便把他的心交给了水泥。一切有关水泥的信息都成了他关注和研究的焦点，无论是技术信息还是设备信息，无论是市场信息还是生产信息，无论是管理信息还是政策信息，他都要仔细地去了解去研究，从不放过一点儿有益的信息，有益的机会。于是他从一条信息中找到了一条利用政策优惠降低产品成本的路子——利用工业废渣做原料生产环保型水泥。

根据国家规定，为提高环境保护水平，国家鼓励和提倡利用工业废渣做原料生产水泥。凡利用工业废渣做原料达到一定比例的企业，将享受相应的免税优惠。

张振宣从中看到了企业潜在的巨大经济效益和社会效益：利用工业废渣做原料，既可以极大地降低产品成本，又可以极大地改善废渣产出企业的环境条件，更可以使企业从国家的政策中获取更大的效益，真是一举三得，何乐而不为？

为此，他组织进行了大规模的技术攻关和技术改造，很快摸索出了利用废渣生产水泥的一套完整的工艺技术，在有关部门验收合格后，水泥厂被正式批准为可享受国家环境优惠政策的水泥生产企业。

2002年，海城市毛祁水泥有限公司和海城市第一水泥有限公司两家企业仅因废渣利用而获得的利税优惠就可达五百万至六百万元。

由此看来，"毛祁牌"水泥和"唐王山牌"水泥能一举占去海城水泥市场的半壁江山，便是完全可以理解的了。

奥秘之三：向观念要效益。一个"老水泥"
和两个"小水泥"

自从有了改革，"观念"便成了一种新时尚，但也成了一个老问题。所谓新时尚，是因为人们只要谈论改革则必谈观念，离开了谈观念就无法谈改革。实践更恰恰不断地验证着观念的变革对于改革成功的意义，正所谓一切成功的改革都首先来源于观念的变革。所以，每谈改革则必谈观念便自然成了一种新时尚。但谈得多了，便把这一种"新时尚"也谈成了"老问题"。因为生活中确有那么一种人，是把谈观念当成了玩时尚，讲起来慷慨激昂，满嘴新意，做起来缩手缩脚，墨守成规，结果谈来谈去，到头来还是让一个"观念"碍了事。

张振宣的那个北安水泥厂，便让一个"老水泥"的"老观念"很碍了一回事。

1999年，在收购了黑龙江北安水泥厂之后，为稳妥起见，张振宣特意选派了一位有经验的"老水泥"去管理经营这个新接手的企业。这是一个有着多年生产、管理经验的"老水泥"，是一个已经干了大半辈子水泥的"老水泥"，是一个已经把水泥生产的活路吃进肚子里的"老水泥"。然而，这也是一个固守着陈旧的经营模式和陈旧的市场观念的"老水泥"。因为只懂得如何把水泥生产出来，却不懂如何把水泥弄到市场上卖掉，结果在那儿苦心经营了三年，竟赔了一百三十万元。对此，他总结的原因是：当地建筑行业不景气，导致水泥市场滑坡；外地水泥和他们打价格战，让他们丢掉了市场份额。就是说，失败与亏损都不是主观原因而是客观原因。

这使张振宣想起了当初与那位国有水泥厂厂长的谈话。那厂长说，他的水泥厂之所以效益不好，是因为国家的一批基建项目下马，致使水泥需求量减少，才导致企业滑坡。等到国家的基建项目一上马，企业自然就好了。其实，等到大批基建项目上马的时候，那个厂仍然没有好，因为他们从未想过自己去如何寻找市场，因为他们在等待的过程中，已经错过了所有的市场机遇。

张振宣不能等，也不敢等。他心里清楚，他们的失败并不是失败在没有市场，而是失败在不懂市场。市场本来就有着它自己的运行规律，那是一个顺之者昌逆之者亡的规律，是一个需要寻找的规律，需要熟悉的规律，需要驾驭的规律。谁漠视了它的尊严，谁就会遭到它的报复。

张振宣让两个从未干过水泥的年轻人去接下了那个"老水泥"，他告诉这两个"小水泥"：要把市场看好，要了解掌握所有的建筑市场，不要放过每一个建筑工地，每一个建筑项目；要了解掌握所有的建材市场，不要放过每一个商店，不要放过每一个和自己竞争的厂家。然后，打好品牌战，打好价格战。

于是两个"小水泥"一身轻松地上了战场，按照张振宣的嘱咐，走市场，摸行情，蹚路子，建关系，狠抓品牌效应，彰显价格优势，很快便打开了局面，赢得了信誉，市场占有率逐日逐月提高，不到一年，已赢利六十余万元。

一个"老水泥"输给了两个"小水泥"，谁说观念不是效益呢？

探究这几个水泥厂的神话，确实让我们感慨良多。我们在不断地为他的超凡眼力和魄力而叹服的同时，也在不断地为他超常的才能与智慧而折服。更让人折服的还有他的那种永不安于现状，永远督促自己要把事情做得更好的精神。

下篇：试评"红王将"的命运之争

张振宣生于农民的家庭，这使他无论何时何地都对土地怀有一种特殊的感情。或许正是这种感情的驱使，使他在有能力为自己赢得一块土地的时候，毫不犹豫地买下了那一片山，买下了那个当初很有名气的八一果园。

人们猜测，他之所以买下那片山和那个果园，只是为了有朝一日能从争斗无休的商海中挣脱出来之后，能有一个清静的去处，让自己归隐山林，去过自己久已向往的"采菊东篱下，悠然见南山"的生活。所以谁都没有想到他会对治理那片山和那个果园表现出令人难以接受的执着，三年里竟反反复复地拔了三回树，栽了三回树，以致身边的人看着他年复一年地把成千上万棵的树拔了栽，栽了拔，拔了再栽，栽了再拔的这么反复折腾，眼看着上百万的让人看着都眼晕的人民币，跟着那拔树拔起的阵阵烟尘随风而逝，都以为他们一直十分敬重的这位老总脑子里是不是出了什么问题，竟有人背地管他叫起了"疯子"。

然而，今年秋天，当人们看到满山的"红王将"苹果、南果梨、韩国"黄金梨"挂满枝头的时候，当人们得知他们的"红王将"苹果在哈尔滨果菜市场上刚一露面，便卖出了每公斤六块钱的高价的时候，他们才不得不从心里为他们老总不同常人的眼力和魄力而深深地折服。

回顾一下"红王将"在"山鹰"落户的经历，同样是一件很耐人寻味的事。

果断拒绝南果梨与第一次拔树

张振宣承包的那个果园位于海城市什司县镇上英村，共占地一千六百二十亩。果园三面环山，面面朝阳，并且紧邻风景如画的上英水库，从而营造出了一个得天独厚的果园小气候。

果园建于 20 世纪 60 年代中后期，初叫八一果园，后称"上英果园"。三十多年的历史变迁，三十多年的风雨沧桑，早已使果园的昔日风光不再。到张振宣接手那片果园时，昔日的那座生机勃勃如仪态万方的少女的万株果园，竟只剩下不足四千棵的老树零零星星散落于山中，恍若一个个风烛残年的老人了。

张振宣还是把这个老人揽进了自己的怀中。他对山、对土地的感情实在太深了。正是缘于他深深的土地情结，此前不久，他在王石镇的代千村承包了六百亩土地，先后投资四百余万元，与韩国客商合资建起了一个占地五十二亩的灵芝园，一个一点一万株的韩国梨园和一个四千株的美国李子园。其中的灵芝园已经形成年产灵芝四十吨（烘干后），创汇三百六十万美元的规模，已对当地农业结构调整产生巨大影响。如今他是多么渴望能让怀中的老人在自己的精心调理下，重新焕发青春，送一个福祉给今人，留一片希望给后人。

看事总爱看得远一些的张振宣，刚刚把那片果园接到手里，便立刻决定要做两件事：一是修路修渠引水上山；二是拔树栽树，更新品种。已先后投资一千六百万元，修建了高标准水泥混凝土作业路两公里，修建了两百万公斤恒温贮藏窖一座，修建了三千立方米水库一座，修建了总容量达二千五百九十立方米的山上喷灌蓄水池九座，修建了引水明渠一公里和喷灌管道五公里，同时修建了大量休闲设施，使果园初步形成了果品生产兼旅游度假的发展格局。

在进行这些基础建设的同时，他狠下一条心，拔掉了那零零星星散落在山中的四千棵老树、杂树。他满心欢喜地打算在把那些老树、杂树拔净之后，便把满山栽上南果梨树。他要把海城的南果梨认认真真地打到全国，打到世界，打出海城的骄傲，打出海城人的自豪。

然而，他的万丈豪情在一夜间被一条坏消息冲得烟消云散。那一年，海城的南果梨树大部分受到了"梨木虱"的毁灭性打击，数万果农损失惨重。而且更有信息表明，"梨木虱"很可能成为一种不治之症。

这消息让张振宣不寒而栗，它不仅毁灭了他心中的一个梦想，而且把他原已规划好的果园改造计划全盘打乱了。他既不敢再去贸然栽种南果梨，又不能眼看着上万个挖好的树坑在诱人的阳光下空晒一年。于是，情急之中，他把"长富2号""乔娜金""北海道9号"等引进果园，栽到山上。

认真地说，当初在引种这些品种的时候，张振宣也是做过一番认真考察的，是在确认了这些品种都是当时世界苹果市场上的优良品种之后，才决定引种的。那是1997年的事。然而，就在引种一年之后的1998年，张振宣便决定拔掉这些新栽的果树，重新引栽新品种果树，从而引发了一场不小的争论。

发现"短枝富士"和第二次拔树

拔掉引栽只有一年，而且树龄刚满两年的"长富2号""乔娜金""北海道9号"等苹果树，重新引栽"短枝富士"新品种，是张振宣做出的一个坚决而痛苦的决定。此时张振宣已经让自己的目光盯上了世界的果品市场，已经比较清晰地看到了我国的苹果生产水平与先进国家的差距。他不能容忍任何一个足以导致这种差距越来越大的失误，他要缩短这个差距，他要消灭这个差距，他更想跨越这个差距。

这个差距实在太大了。仅与日本比较，人家的优新品种的比例已经占到了绝对优势，"国光"已快全部淘汰，"富士"已占到百分之五十以上。而在我国尤其是在我省，"国光""金冠"等老品种仍占据绝对的主导地位，占了百分之六十至百分之七十，良种"富士"不到百分之二十五，而在海城地区则还不到百分之十五。人家的平均产量已达到一千八百七十公斤，最高亩产量可达到三千公斤，而我国的平均亩产量则仅有三百二十公斤，我省的平均亩产量更是只有二百二十公斤。而且由于我们的果品档次太低，已经难以进入国际市场。我们总体苹果生产发展水平只相当于日本 20 世纪 60 年代至 70 年代的水平。

就"长富 2 号""乔娜金""北海道 9 号"而言，如果我们只是把它们拿来与我们自己原有的水平相比较，那无疑已是一种很大的进步与发展。然而，只要把它们拿到当今世界苹果生产先进行列去较量一番，便会发现它们原来也已经远远地落后了，落伍了。现代苹果栽培技术已开始全面走向矮化、密植化、无毒化和集约化的发展途径，而以高枝换头为主导的"长富 2 号""乔娜金""北海道 9 号"等品种已经开始走向被淘汰的边缘。

缩小差距，实现超越，只能走"人无我有，人有我优"的道路，任何一点儿的得过且过，都会酿成历史的遗憾。

于是，1998 年春天，张振宣领着全厂的一百四十多名职工，不分昼夜不失时机地拔掉了刚刚栽了一年的"长富 2 号""乔娜金""北海道 9 号"，引栽了具有很好未来发展前景的"短枝富士"。

那些树拔得全场职工心如刀割。他们一边拔树栽树，一边心如刀割般地想：咱们的老总究竟怎么了？难道他的钱是大风刮来的，糟蹋起来一点儿不心疼？

他们万万没有想到，他们刚栽下的树，一年后还要被拔掉。刚刚种到地里的钱，一年后还要被一阵风似的刮走。

张振宣遇到了"红王将"。

巧遇"红王将"与第三次拔树

连张振宣自己都没有想到，他会在一年之后再次做出拔树的决定。那是因为他根本没有想到，他会在那么一个偶然的机会遇到了"红王将"。

"红王将"苹果是日本山形县东根市果农矢获良藏从早熟富士中发现的红色芽变而培育出的富士苹果新品种。因具有色好、果形正、果味佳、成熟期短等优点，"红王将"于1993年在日本注册登记后，被认为是具有广阔发展前景的新品种而很快成为红富士的换代品种。"红王将"很快打入欧美市场，并被美国列为专利品种。

张振宣早就从资料上认识了"红王将"，他做梦都想一睹"红王将"的芳颜，做梦都想着有朝一日能让"红王将"落户他的果园。然而，在对"红王将"的信息进行了广泛收集之后，他有些灰心了，因为国内和省内根本还没有引进"红王将"的计划。

或许是命运故意要开他的玩笑，或许是命运故意要考验他的眼力和意志，命运在反复折腾了他两年之后，把那个早已成为他"梦中情人"的"红王将"领到了他的面前。

1998年的一个已经苹果飘香的日子，张振宣无意中听人讲起了盖州市有一位姓崔的老师，早在五六年前便从日本引种了"红王将"，三四年前就已经见了果，如今已进入盛果期，确实品种极佳，名不虚传。

张振宣再也按捺不住心中的喜悦与激动，立刻赶到了盖州市，找到了那位姓崔的老师，并且见到了"红王将"，吃到了"红王将"。

那位崔老师告诉他，他的几百株"红王将"是在1992年的时候，他的一位在日本读博士的学生，在他的一位在日本中央农业示范场当场长的同学父亲的帮助下，通过民间的渠道引入的。他还告诉张振宣，农业部已经申请立项引进"红王将"了。

崔老师还向张振宣详细介绍了"红王将"的十大特征：

一是物候条件适宜。一般红富士因果实生育期长（一百八十五天以上），使引栽或高接的红富士很容易受冻、受害甚至死亡。而"红王将"因果实生育期短（一百六十天），因此耐冻耐寒，最适于本地区栽种。

二是色红、个大。不用套袋、铺反光膜果实即可全面着红。平均单果重三百至五百克，最大可达七百克。

三是味美。果肉呈黄白色，甜脆多汁，酸甜适口，芳香味浓，老少皆宜。

四是果形正。高桩果多，整齐度好，大小均匀。

五是丰产。自花结果率高，不落花，不落果，四至六年，平均亩产即可达五百、一千五、两千公斤。

六是耐储藏。只要适时采收，一般窖藏可至次年4月而保持风味不变。

七是成熟期好。可较红富士提前一个月，适逢中秋与国庆，正值桃李杏已过时，晚秋果未登市之时，刚好填补水果断档。

八是营养价值高。经专家测定，该果含有十八种氨基酸，尤其是氨基酸钙的含量已超过其他任何一种水果，既是可口食品，也是天然美容保健品。

九是树势旺。其树势健壮，角度开张，枝条茂密，萌芽率高，成枝力强，抗寒力强，抗病虫害强，乔砧树三年见果，四年小产量，五至六年见丰产。

十是效益好。"红王将"苹果的售价是一般富士的二至三倍。

张振宣哪里还能坐得住，刚刚回到果园，便立刻召集全场职工，布置了第三次拔树的任务，而且要求连夜就拔。

因为他太熟悉他的职工了。他知道他们太心疼那些刚活了不到一年的树了。他知道他们眼下还不会理解他的决定。他知道这件事如果拖得时间长了，他们的消极情绪极有可能会让他的决心也动摇。眼下已无法向他们多做解释，只有先把树拔掉，绝了他们的后路也绝了自己的后路，大家才能齐心走出一条新路，走出一条充满无限希望和活力的未来之路！而这路又绝非仅属于他自己，而是属于中国的农民，属于中国的农业！

人们在他的连夜督促下开始拔树……

人们在一边暗暗地流泪，一边在狠狠地拔树……

在1999年春天，人们在拔出的树坑里栽上了"红王将"……

2002年秋天，他们的"红王将"在哈尔滨的果菜展示会上被以每公斤六元钱的价格抢购一空……

在海城的果品市场上，人们至今还无缘见到"红王将"……

百姓在期待"红王将"。市场更在期待"红王将"。

曾经忍痛含泪一次又一次拔树的人们，如今面对着"红王将"一个个红得如彩霞的面容，终于露出了一张张欣慰的笑脸。

最后的奥秘：学习，学习，再学习

山鹰集团六年的发展是一个奇迹，这个奇迹里确实隐藏着许多如何创造奇迹的奥秘。有关于奇迹创造者的命运和机遇的，有关于奇迹创造者的天赋和性格的，也有关于奇迹创造者的才能和智慧的，总之，当我们面对这个奇迹的时候，我们面前的这个奇迹创造者便充满了神秘。

然而，面对这个奇迹，张振宣却并不以为这个奇迹里隐藏着多少奥秘。是命运创造了奇迹吗？而命运给予他的公正确实太少太少。是机遇创造了奇迹吗？但同样的机遇不是已经先给过了别人吗？那就是天赋和性格？而我们中间拥有创造奇迹的天赋和性格的人实在太多太多，真正能够因此而创造过奇迹的人又实在太少太少。那就是才能和智慧了。然而才能和智慧又是怎样获取的呢？

只要你能离张振宣的日常生活近一些，你会发现除了工作之外，他的日常生活中只有两大嗜好：喝茶和看书。

张振宣离不开茶，从早上起床之后到夜晚睡觉之前，他时时刻刻都需要一杯热茶陪伴。因为他的身体里需要水，他的身体里离不开水，他的精力时时刻刻都是靠水滋润着。

张振宣还离不开书，从早上起床之后到夜晚睡觉之前，只要一放下手头的工作，他的面前便会立刻摊开一本书、一份杂志或者一张报纸。因为看书与喝茶一样，早已成为他生命的必需，他的才能和智慧时时刻刻都是靠书来培育着。

在他的家里，在他的每一处办公室里，你都可以看到摆满了书籍的书架，每个书架上都有一本本厚厚的装订认真的报刊剪贴本。只要将那些分门别类的剪贴本摊开来，你便可以不费吹灰之力地立刻编出一本一定备受人们欢迎的《读者文摘》。

我突然意识到：那个利用废渣生产水泥的奥秘一定就隐藏在那里；那个"红王将"的奥秘一定就隐藏在那里；而山鹰集团奇迹的所有奥秘一定都隐藏在那里。

至此，我们应该已经找到那把开启奥秘之门的钥匙了。

生命对"公仆"的诠释

——潘兆魁的最后人生旅程纪事

2002 年 6 月 6 日。

清晨,海城市殡仪馆的上空阴云密布。上千人的送葬队伍伫立在吊唁大厅的内外。

九届全国人大代表,全国劳动模范、优秀党务工作者,辽宁省优秀共产党员、特等劳动模范、优秀村党支部书记,鞍山市、海城市特等劳动模范,被鞍山市授予"模范村党支部书记"、被海城市授予"人民的公仆,干部的楷模"光荣称号,生前任海城市感王镇范家村党委书记的潘兆魁同志的遗体静卧于鲜花松柏丛中,遗体上覆盖的中国共产党党旗如火如炬。

哀乐声起,阴云密布的天空突然雨流如注。

范家村的乡亲们说:咱潘书记死了,老天爷都要哭哇……

雨如注,泪如注,范家村的乡亲们深深地怀念着他们的好书记潘兆魁……

"无论我在与不在,那三件事
一定得办好……"

在范家村,无论是村干部还是普通的村民,只要提起潘兆魁,他们都要情不自禁地说:咱潘书记是累死的呀……潘书记临死还惦记着咱村里的那三件事……

乡亲们清楚地记得,去年开春,潘书记的身体还是好好的,每天照样是早晨 6 点就到村委会,然后去工厂转上一圈,去地里转上一圈，一天的工作便忙开了，直忙到晚上九十点钟才回家。

到了4月间，人们发现潘书记吃饭时总说噎得慌，人们便劝他去医院看一看、查一查。但潘书记总是拖，总是说：我这体格得不了什么大病，等种完地再说吧。

其实，乡亲们心里都明白，潘书记之所以这么拖来拖去的，是因为他的心里一直惦记着三件事：

一件事是如何解决稻田的用水问题，把去年被迫改种为旱田的那一千五百亩水田重新恢复过来。

范家村在20世纪70年代曾是一个远近闻名的"猪多、肥多、粮多"的学大寨模范村，但仍是一个人均收入只有百余元的穷村。1983年12月，潘兆魁担任范家村党支部书记之后，为带领范家村百姓走出那个增产不增收的怪圈，奋战了三个冬春，打了三眼深井，修了二点五公里水渠，终于将一千五百亩低洼易涝的旱田改成了高产稳产的水田。就在旱田改水田的1984年当年，全村的人均收入便增加了四百余元。范家村也从此走上了致富之路。然而最近几年地下水位下降，河水枯竭，水田供水严重短缺，致使2000年全村的一千五百亩水稻几乎全部绝收。2001年，村民们不得不忍痛将那一千五百亩水田改种为旱田。但这一改便改成了潘书记的一块心病。那一千五百亩地哪里只是一水一旱的分别，那是关乎全村三百多户人家、一千五百多口人的切身利益的大事呀，潘书记怎能放心得下？

另一件事是如何解决村路维修的资金问题，及早把尚未修好的七条村路修完。

范家村地势低洼，过去只有土路没有柏油路。人们行走村中，晴天一身灰，雨天便无法出门。过去的范家村人只靠种地吃饭，晴天一身灰不怕，雨天出不了门也不怕。可自从村里引来外资，办起了合资企业，这样的环境就不能不变了。于是，

1994 年，村里拿出二十九万元，把村里几条主要的路都修成了柏油路。但时至今日，村里还有七条村路没有铺上柏油，一下雨一些村民还得绕着走。潘书记一直在盘算如何再筹集一些资金，把那剩下的七条村路抓紧修好。

再一件事就是如何解决自来水的加压问题，让那些住在楼上的村民早日再用上自来水。

范家人过去吃的都是井水，1992 年，镇里联合了范家村及周围的四个村共同出资打了一眼深井，办了一个自来水公司，让全村人都用上了自来水。近两年，由于又有两个村也接了自来水，供水的户数一下子增加了四百多户，范家村住在楼上的村民吃水一下子便成了问题。这个问题一天解决不了，潘书记的心里便一天也踏实不下来。

于是，潘书记的病就那么拖着，一直到 5 月 18 日，实在拖不住了，才被家里人和他身边的工作人员拖到沈阳去做了检查。

没有人相信医院能给出那样的检查结果：贲门癌！

五天以后，潘兆魁在辽宁省肿瘤医院做了手术。手术做得很好。医生说：只要安心疗养，别生气，别上火，别累着，再活十年八年没问题，医学不是一天天在发展嘛。

躺在病床上的潘兆魁此时关心的不是未来医学的发展，而是范家村未来的发展。他心里惦记的还是村里急着要办的那几件事。他在病床上躺了二十天便再也躺不住了。说什么也要出院，说什么也要回去上班。

没有人能劝得了他。老伴劝不了，孩子们劝不了，乡亲们劝不了，医生护士们也劝不了。6 月 14 日，他捂着刚刚拆完线的伤口回到了村里。

第二天，他便像往日一样，早晨 6 点便到了村委会，然后去九州公司，去海天公司，去露蝶公司转了一圈；之后又去地里转了一圈。看到以往本是绿油油的稻田地里，如今只能无可奈何地又种上了玉米，他的心里总是隐隐地痛。于是勉勉强强地吃了早饭以后，他便立刻召开了党委会和村委会会议。

此时的潘兆魁似乎已经预感到了什么，在听了村干部们关于村里这段工作情况的汇报后，他便用从未有过的深情对大家说：我知道我的情况不太好，但那三件事，旱田改水田的事，修七条村路的事和自来水的事，无论我在不在，也都要把它办好，已经向村民承诺的事，咱要办不好就对不起村民了。

接下来的两天里，潘兆魁为了落实这三件事，又跑到交通局、水利局和镇政府去求援去协商，终于使旱田改水田的问题有了解决的办法，修路的事和自来水的事也基本上有了眉目。

今年春天，从大石桥虎庄引来的水终于流进了解放河，流进了范家村重新整理好的那一千五百亩水田。

看到了乡亲们那一张张重新露出来的笑脸，已经做过了第二次手术，身体已经极度虚弱的潘兆魁，脸上终于挂上了一点儿笑。但他还是对村干部们说：水田的事还得办，得想个长远的办法。路的事和自来水的事也要抓紧办。我不在了，你们要接着办……直到生命的最后时刻，他还在念叨着这些话。

乡亲们说：咱潘书记的病就是为这些事着急上火得的。潘书记就是为这些事累死的呀……

"无论我在与不在，咱那些企业
一定得办好……"

其实，潘兆魁的心里装的何止这三件事，凡是与范家村事业有关的事，凡是与范家村百姓利益相关的事，哪一件他不存在心里？哪一件他能放心得下？尤其是他亲手创办起来的那三个公司。乡亲们说：在潘书记的心里，那三个公司的分量比他三个孩子的分量还重。

老潘的心里怎能不时时刻刻地牵挂着那三个公司？因为三个公司支撑的就是范家村的未来呀。

先说九州公司。

1991 年，潘兆魁从鞍钢福利处的朋友那儿得到了一个项目：由日本客商向中方合作者提供种子和设备，试种日本萝卜，如果试种成功，即可投资兴建萝卜腌渍加工厂，加工后的萝卜全部销往日本。当时潘兆魁的心里曾算了一笔账：种萝卜一亩地可以收入一千至两千元，按日方需求，至少需种一千亩萝卜，可增收一百万至两百万元。而腌渍萝卜的加工费又可获利一百万至两百万元。既能有效开发利用土地资源，又能使农民和集体双增收，真是一个一举多得的项目。于是，潘兆魁决定当年便开始试种日本萝卜。1991 年试种了两亩，1992 年又试种了五十亩，到了 1993 年 4 月，由范家村、鞍钢福利处和日本平成商事株式会社合资创办的中外合资股份制农事企业——海城九州食品有限公司正式成立。

范家村的村民至今还记得，1993 年试种的五十亩萝卜，因为日本人的过错晚收了几天，使萝卜长长了，长粗了，不符合标准了，日本人连一根萝卜也不收了。为了不让村民的利益受损，为了能把这个项目长期做下去，潘兆魁没有要求日方赔偿，而是自己四处奔波，多方联系，将那些萝卜卖给了开原一家正急需萝卜的罐头厂，既让村民受了益，又取信了日方的合作伙伴，从而才有了九州公司的成立和发展。

1993 年开始，不仅九州公司每年可创汇七十万美元，村里每年还可增收三十万至六十万元。种萝卜不仅富了范家村民，还富了一些贫困村村民。

英落镇松树村原是山沟里的一个贫困村，全村一千一百亩耕地过去只能种玉米，一亩地最多收入只有二百元，全部收入只有二十万元。1998 年，潘兆魁为了帮助他们脱贫致富，不仅把一百亩的萝卜种植计划给了他们，还专门派去拖拉机帮助他们翻地，派去专门技术人员对他们进行培训和指导，结果1999年的那年，松树村仅一百零七亩萝卜就收入二十八万元，使全村当年人均收入一下子净增了近五百元。

如今种萝卜的事已经成了关乎周边五六个村几百户农民切身利益的大事，眼看着又到了收土豆、收西瓜、深翻地、种萝卜的时候了，潘兆魁的心怎能放得下？和日本的第一期合同到2004年就到期了，日方还能续签合同吗？一旦日方不再续签合同，今后的九州公司又该怎样生存怎样发展呢？已经尝到了种萝卜甜头的农民，一旦种不成萝卜了，又该寻找怎样的出路呢？所有这些潘兆魁都不能不问不能不想。

再说海天公司和露蝶公司。

有了与日本人合作种萝卜的尝试，潘兆魁决心要带领范家村人转变观念，主动进取，去干出一番大事业了。于是他三次去沈阳，向一位经济学家求教求援，终于以自己的真诚打动了一位在沈阳某合资企业工作的干部，努力帮助范家村促成了与香港某公司的合资。1992年8月，由范家村投资五十二万元、沈阳某合作伙伴投资三十六万元、香港天罡国际有限公司投资八十万美元、鞍山中行贷款二百二十万美元组建的东北最大的经编类花边装饰品企业——海天装饰品有限公司正式动工兴建。1993年8月，企业正式投入生产。1994年产品开始由内销转为外销，并与台湾客商建立了较稳定的供料和销售关系。目前，企业年产各种花边装饰材料一千万米，可创产值两千八百万元，利税一百五十万元。

一花引来万花开。九州食品有限公司和海天装饰品有限公司的成功使又一位日本客商看好了范家村的投资环境，其实就是看好了潘兆魁的为人，相中了潘兆魁这个合作伙伴。1995年，由日本蝶理株式会社露香服装公司投资两千万人民币，在范家村建起了由日方投资、日方提供原料、日方自行管理、产品全部销往日本的两头在外的外商投资企业——露蝶服装公司。目前年产女式内衣一百二十万件，可创产值一亿多元。

这两家公司安排了本村和周边农村一千二百人就业，每人每年可收入六千至一万元，范家村安排了四百人就业，仅此一项全村年人均收入即可增加千余元。

老潘的心里明白，随着中国加入 WTO，市场竞争日趋激烈。范家村的地理环境本来就没有什么优势，范家村所拥有的只是范家人的真诚和热情，以及良好的社会环境和人文环境。如何发挥这样的环境优势，把这三家公司长久地留在范家村，并把它们越做越大，越做越强，才是范家村未来的长远之计。老潘哪能放心得下？

凡事预则立，不预则废。既然已经看到了日后可能出现的危机，潘兆魁也就立刻开始出击了。一回到村里，他便去了海天和露蝶，当他听说两家外商的老板都决心要让企业扎根范家村，特别是听到露蝶公司总经理山本纮一郎说准备将其在外省市设立的五家公司陆续合并到范家露蝶公司，将范家村的露蝶公司做成中国最大内衣生产厂之后，老潘的心里才得到了些许的安慰。

随后他便把目光投到了九州公司，回村后没几天，他便联系到了一个韩国客户。经过几次会谈考察，韩国客户也终于被潘兆魁的真诚所打动，爽快地签下了试种一百亩地萝卜的合同。并表示，只要这一期合同执行得好，他们便将续签扩大种植的合同。潘兆魁的心里总算踏实了许多。

之后，潘兆魁便一个村一个村，一块地一块地地去落实种植计划，指导种植技术，检查种植质量，就连远离范家村近五十公里的松树村他也不辞辛苦地赶了去。

松树村的干部和村民谁也没有想到，去年 7 月，他们与潘书记在萝卜地里的一别竟是他们与潘书记的永别。潘书记和他们在地里干了半天的活儿，走时竟连顿饭都没吃。

种萝卜的事刚安排完，他便领着村干部完成了对范家村高效农业示范区的规划，并领着村干部为示范区架设了九百米的电源线。

转眼就到了收萝卜的时候，为了让那些种萝卜的农户都能把自己的萝卜卖出一个好价钱，潘兆魁还是像往年一样从早到晚地守在九州公司的院子里，一会儿去做农户的工作，一会儿去做日本老板和韩国老板的工作，一直看到农户的萝卜一根一根，一车一车地入了库，农户一个一个高高兴兴地拿到了钱回了家，他才肯拖着疲惫的身子回家去休息一会儿。

此时，潘兆魁的病已经一天比一天重了，经常吃不下饭，还一口一口地吐着白色的黏稠物。人们都劝他再去医院看一看，但他说啥也不肯，等到萝卜刚一收完，他便立刻赶去沈阳参加了辽宁省第九次党代会。

会议一结束，他便再也挺不住了。医生告诉他：他得去做第二次手术。

在去北京做手术之前，他把村里的干部找到一起，千叮咛万嘱咐：九州公司、露蝶公司、海天公司是咱辛辛苦苦办起来的合资企业，这些企业都关系到咱范家村的未来，无论今后我在与不在，都要把这些企业办好，要对得起人家外商，更要对得起范家村的乡亲……

"无论我在与不在，都不要让村里、镇里报销医药费……"

去北京做第二次手术，使老潘更痛切地感到了自己生命和时间的有限。他不得不告诫自己，在这有限的生命和时间里，不仅要把村里的事情安排好，还要把家里的事情安排好。于是，一到了北京，他便对老伴苏玉华说：如果我死在北京，就在北京把我火化了，你们带着骨灰盒回去就行了。千万别惊动领导和乡亲们。他还再次嘱咐老伴：我看病的所有费用都不能让村里报销，也不能让镇里报销。

自从患病以后，潘兆魁跟家里人讲得最多的就是医药费的事。他多次跟老伴和孩子们说：村里要办的事太多，用钱的地方太多，得把钱用到正地方；镇里的财政挺困难，不能再给他们增加负担。看病花的一切费用都要咱家里自己负担，无论我在与不在，都不要让村里、镇里给报销医药费。他还再三关照老伴和孩子们：不能收人家的钱，谁的钱也不能收。

去年 5 月，潘兆魁要去沈阳做手术了。临走时，村主任李恒辉领着村里的几个干部去送他，无意中看到老潘的老伴苏玉华正把刚从抽屉里翻找出来的几张十元和五元的票子往口袋里放。熟知老潘家庭状况的李主任顿觉一阵心酸，赶紧让会计回村取了五千元，趁着老潘转身上车的机会，把钱悄悄塞进了潘大嫂的衣兜里。

这样的事潘大嫂是不能瞒着老潘的，一到沈阳便把这事告诉了老潘。老潘二话没说，打发孩子连夜回村，把钱还给了会计。

潘兆魁做手术出院后，感王镇党委、政府的领导十分关心他的身体康复情况，一再劝说他把村里的工作先放一放，到汤岗子疗养院去静心疗养一段。为此，镇长胡跃辉专程去疗养院为他办理了住院手续，并为他预存了疗养费。但老潘却说啥不肯去疗养，听说镇政府已经预存了疗养费，他便立即赶到汤岗子疗养院，取回那笔钱还给了镇政府。

对老潘的这些举动，老潘的老伴苏玉华真是太熟悉太理解了。和老潘结婚三十七年来，他老潘自己什么时候沾过一点儿集体的光？他老潘什么时候肯让家里去沾一点儿集体的光？

村上有一台凌志轿车，但老潘的家人出门办事、走亲访友，就从未借上过这车的光。潘大嫂出门要自己去挤小客，孩子们出门要自己去挤小客，连老潘快八十岁的老父亲老母亲出门，也照样要相扶着自己去挤小客。就是老潘在沈阳做手术住院期间，潘大嫂来来回回也都是挤了火车挤汽车，从没让那台凌志接送过一回。

村上的办公楼漏雨了，请了工人来做防水。正赶上老潘家的房子也漏雨，也要找人做防水。村主任想：潘书记家的房子就漏那么一点儿，做一做根本用不了几个钱，干脆一块儿做完算了。于是等到村委会大楼的防水一做完，便让工人去给潘书记家的防水做了。老潘知道后，立刻找来做防水的工人问清了价钱，把钱如数交给了村里。事后，那几个做防水的工人走到哪里讲到哪里：范家的潘书记实在是名不虚传。

对这些，潘大嫂却习以为常，司空见惯。自从家里装了电话以后，老潘时不时地便要跟她叨咕几句：咱家的电话费都是村上实报实销，能不打尽量不打。他不仅总这么叨咕，而且平时他往家打电话时，只要一遇到占线，便会生气地问：又什么事打电话？一打打那么长时间？结果弄得潘大嫂从不敢轻易去碰那电话，邻里之间有什么事，宁肯多跑几步路，也不去打那电话。

记得两年前，潘大嫂的舅舅和舅母从西安回来看她的老母亲，在她家里给西安打了两个长途。眼见着从老潘眼里流露出的不快与不安，潘大嫂的心里便慌慌的，便很委婉地说了舅舅舅母一句，结果惹得舅舅舅母满心满脸的不快，也弄得潘大嫂的心里很难受很上火。

潘大嫂说：老潘在沈阳，在北京住院期间，干脆就把自己的手机关了。有什么事净用孩子们的手机。老潘心里咋想的她全明白。一是怕人们都去看他；二就是怕浪费村里的电话费。他的手机话费也是村里实报实销。结果，在北京期间，她女婿小黄光手机费就花了一千多元。

对此，鞍山妇儿医院院长巴福荣深有感触，说：老潘的为人实在太好了，对自己的要求实在是太严格了。无论什么事，无论什么时候，他总是先替别人着想，却从来不为自己想。他在已经病危住院时，也要坚持让医院安排他住普通房，给他用普通药，而且无论他怎样疼痛难支，也从不在夜里叫医生、叫护士，也从不让医生、护士为他注射止痛药。凡接触老潘的人，没有不敬重他的人格的。

潘大嫂说：老潘这么做，她理解，孩子们都理解。所以，为给老潘看病，她把这些年的积蓄都拿了出来。在北京做第二次手术之前，她手上的积蓄已经差不多取光了，无奈，她拿出了最后一张一千五百元的存折。那是她的老母亲老潘的老岳母把平时他给她的零花钱攒了一千五百元，在临去世的时候交给了潘大嫂，让她分给三个孩子。因三个孩子当时没要，她便给存了起来。现在也不得不取出来给老潘看病了。

潘大嫂说：在北京做手术住院时，病房只有一张陪护床，三个孩子都挤在地上睡。出院以后，因为还要做一段观察治疗，就在北京找了一家旅馆，包了两个房间，一个三人间的每天房费是八十元，一个双人间的每天房费五十五元。孩子们都说这条件太差，想换个好点儿的。但老潘却说挺好挺好，说啥不让换。其实他的心思我明白，这样的旅馆不起眼，谁也找不着。结果真是谁也找不着。镇里的书记、镇长上北京办事，想顺便看看老潘，结果没找着。有两个乡亲上北京办事，也想顺道看看老潘，结果也没找着……

其实，潘大嫂深藏在心底的那个原因她没有讲，那就是她手里的钱实在已经太紧太紧……为给老潘看病，家里前前后后已经花去了十二万多元。

无论怎样紧，潘大嫂都始终记着老潘的话，坚决不让村里、镇里给报销一分钱。

潘大嫂在讲述这些的时候，语气十分自然、平和，如同讲述一个久远的故事。然而，听了这些故事的人们，心里也会如此自然、平和吗？

其实，只要能看到以下的数字，知道了以下的故事，人们的心里便也会自然地平和下来。

在潘兆魁去世之后，一些媒体曾报道：潘兆魁十年间少拿工资二十八万元。但经过认真核对，这个数字却并不准确。为此，范家村的会计李春生开列了一张统计表，表上列出了自1989年实行"村干部工资由镇政府按工作实绩统一核定发放标准制度"以来至2001年的十三年间，潘兆魁应领工资（基本工资和效益工资）、实领工资和少拿工资情况。表上显示：

1989年，潘兆魁应领工资18000元（基本工资3000元，效益工资15000元），实领工资4500元，少拿工资13500元。这一年，范家村的社会总收入是1194万元，财政收入是24万元，人均收入是1450元。

2001年，潘兆魁应领工资41450元（基本工资8000元，效益工资33450元），实领工资10000元，少拿工资31450元。这一年，范家村的社会总收入是3.7亿元，财政收入是220万元，人均收入是6000元。

1989年至2001年累计，潘兆魁应领工资477688元（基本工资75900元，效益工资401788元），实领工资96060元，少拿工资381628元。

这些数字除了表示十三年间潘兆魁该拿而没拿的工资总计有三十八万余元外，还说明了什么呢？说明潘兆魁十三年间所拿的工资只略高于基本工资，略高于全村的人均收入。他的收入相对于范家村村民来说只算是比上不足，比下有余。说明十三年间，范家村社会总收入增长了二十九点九倍，财政收入增长了八倍，人均收入增长了三点一倍，而潘兆魁的工资只增长了一点二倍。

其实数字有时候也并不枯燥，从这些数字中，人们怎能解读不出一个共产党员的公仆之心、公仆之情、公仆之举、公仆之行！

而且，范家村的乡亲们都会拍着胸脯说：咱潘书记每年拿的就是那些工资，绝对颜色纯正，绝不沾一点儿灰。因为乡亲们都知道他们潘书记有"二不"：一不做买卖，自己不做，也教育村干部不做。他说，一旦干部都自己做上了买卖，就得分出心来往买卖上用，就不能一个心思扑在工作上了。二不收礼，自己不收，也绝不准家里人收。他说，收礼的事有一次，就会有两次、三次，这口子一开，以后想堵都堵不住。乡亲们记得：那年潘书记家盖房子，上梁那天，潘书记天不亮就领着家人躲到城里去了。乡亲们去赶礼时，一看人家连个人影都找不着，也就只好回去了。乡亲们还都知道，潘书记领着大伙儿办了那么些企业，自己还兼着多家公司的董事长、总经理，但他却从未在那些企业、公司里领过一份工资，报销过一张条子。

有人曾问过老潘：该拿的工资为什么不拿？

老潘一听就乐了，说：要说该拿也该拿，要说不该拿也不该拿。镇上是给核了指标，但镇上是只核指标不给钱哪。要领钱还得回村里领，还不是得掏村民的腰包？这一掏不又增加了村民的负担？

这就是老潘心里的小九九。有老潘的标准立在那儿，村里的干部也都心甘情愿地按潘书记的标准拿工资，这十多年，村里仅干部工资就少支出百万元以上。这十多年，村里为村民减免的各种负担总计却有四百余万元。

难怪范家村村民每逢从新闻中听到看到各种关于农民负担问题的报道之后，会觉得那样新鲜和新奇，如同听到看到了一本新版的《天方夜谭》。

因此，也就不难理解，面对着那面如火如炬的党旗下面的那张熟悉的面容，范家村乡亲们当时的心情了……

那是能用不尽的泪水和不尽的语言尽述的吗?!

在潘兆魁走后的第九天，我们来到了老潘的家，坐在陈旧的沙发上，看着潘大嫂默默地整理着老潘生前的那些照片。那些照片都镶在一只只陈旧的镜框里。拆开镜框，才看清那些照片原来都粘在镜框里的一张张奖状上。那些奖状来自 20 世纪 70 年代末至 90 年代末，有村党总支颁发的，有乡、镇党委、政府颁发的，更有县、市、省颁发的，高高地堆在客厅的中央，如同一座高耸的山峰!

潘大嫂说：老潘走时啥也没留下，就留下这些照片和奖状。他这辈子就是照片多，奖状多。我就把照片都给他镶在奖状上了。可惜，地震时咱家的仓房倒了，把早年的那些镜框都砸坏了，碎玻璃，断木条整整推出了一土车。老潘一走，我的心一下子空了。这些天，守着这些镜框，看看这些照片，我的心情也好多了。老潘能留下这么多照片来陪我，我这一辈子就知足了……

这就是老潘留给与他相爱相知相守了三十七年的潘大嫂的全部财富!

在一些人的眼里，那些东西或许早已是一张发黄的纸，早已是一张废弃的纸，是一片早已不足挂齿的过眼云烟；但在潘大嫂的眼里，那就是财富，是老潘留给她的永远享用不尽的财富!

因为从这里她可以看到永远的二十二岁的老潘和永远的五十九岁的老潘……

"无论我在与不在，范家的精神不能丢，范家的这面旗不能倒……"

已经深知自己病情的潘兆魁，心里的牵挂实在是太多太多。而他牵挂最深的还是他离去之后的范家。

在北京做完第二次手术回到海城后，为不惊动领导和乡亲，潘兆魁便一直悄悄地住在城里的女儿家。

春节过后不久，已经病得脱了相的潘兆魁又坚持着来到北京，参加了全国九届五次人代会。老伴看他已病成那样，流着泪劝他还是别去了。他说：海城就选了我这么一个全国人大代表，我要不去，海城百万人民的心声怎么表达？我不能做对不起海城百万人民的事。他又含泪对老伴说：这恐怕是我最后一次去北京开会了，是我最后一次去行使人民代表的权利，履行人民代表的职责了，我就是爬也得爬到北京去。

会议期间，知道潘兆魁情况的辽宁代表团的领导一再劝他好好休息，但他却一直坚持参加会议，听取报告，参加审议，连为大会服务的司机、医生都为之深深感动。为会议开车的北汽集团二分公司司机王伟、王智刚等看到身体虚弱的潘兆魁坚持着和大家一样每天 6 点钟起床，随团坐一个多小时汽车前往人民大会堂开会，感动之至，特意买了一篮盛满百合、康乃馨和火鹤的鲜花，送到潘兆魁的房间，祝他身体早日康复。《中国新闻——两会特刊》以《生命为使命燃烧》为题，报道了潘兆魁带病参会的事迹，称他是来自东北农村的"硬汉代表"。

但病魔还是让他昏倒在了会场上。

领导和同志们坚决让他休息，无论如何不准他再坚持下去。

潘兆魁不得不提前五天悄悄地离开了会议，悄悄地离开了北京，悄悄地回到了城里的女儿家。不愿惊动任何人，没有惊动任何人。

"五一"之前，他强撑着已极度虚弱的身体回到了范家村。

他想到了村里的孤寡老人李丙伦。这老头儿有精神疾病，一辈子孤身一人。头几年村里给他盖了两间房，他自己做饭时曾着过两次火，村里又给维修了两回房。听说头几天做饭时又着火了，他想：该给老人想个万全之策了。于是找来干部们商量，由村里拿出三千二百元钱，把老人送进了镇里的敬老院。

他想到了村里的困难户赵丽霞孩子的学习情况。头几年她和丈夫离了婚，独自抚养孩子。看到她已无力供孩子上学，他便和村干部商量，决定由村里拿钱供孩子上学。去年8月，孩子考中学了，他又亲自为孩子找了一家好中学。他知道孩子学习很上心，成绩也很好以后，对村干部们说：一定供孩子念下去，能念到哪儿，咱村里就供到哪儿。

他当然更想到了范家的那些企业和范家的那片土地，他坚持着和平日一样，披着一身晨雾，去九州公司转了一圈，去海天公司转了一圈，去露蝶公司转了一圈，再去那一块块的地里转了一圈。

他主持召开了最后一次党委、村委会班子会，他嘱咐大家：我垮了，范家的事业不能垮。无论我在与不在，咱范家的精神不能丢，咱范家这面旗不能倒。

他最后一次接待了省委组织部的领导，他坚持向他们做了整整一小时的汇报，他十分坚定地表示：无论我在与不在，咱范家的精神不会丢，咱范家这面旗不会倒。

他终于躺在病床上再也起不来了，朦朦胧胧之中，他总是不断地对前来探视的领导和同志们说：无论我……在与不在，咱范家的……精神……不能丢，咱范家的……这面旗……不能倒……

2002年6月4日22时10分，潘兆魁走完了他五十九年的人生旅程。

潘兆魁为他深爱着的范家村的土地和范家村的乡亲已经耗尽了他的心，耗尽了他的力。他原本九十公斤魁伟的身躯，走时只剩下了四十公斤！

他走了。怀着对范家村乡亲和范家村土地的深深的眷恋和深深的牵挂走了。走得那么急促，那么匆忙；却又走得那么壮烈，那么辉煌！

他没有让自己走得无声无息；他人生旅程的哪一响足音不是一颗穿云破雾的惊雷！

他没有让自己走得两手空空；他人生旅程的哪一方足迹不是一座高山仰止的丰碑！

覆盖在潘兆魁身上的党旗如火如炬。

那是一个真正共产党人熊熊燃烧的生命与灵魂。

那火将永远温暖范家村一千五百五十八颗乡亲们的心和海城一百一十一万人民的心！

那火将永远照映每一个共产党员、每一个人民公仆的心！

老潘，放心……

村　魂
——记全国劳动模范、辽宁省优秀村 党支部书记王丙铎

人们说：山不在高，有仙则名；水不在深，有龙则灵。

人们说：王家堡村的山不高，因为有了王丙铎，那山才有了名气；王家堡村的水不深，因为有了王丙铎，那水才有了灵气。王丙铎就是那治山的仙，治水的龙；是王家堡村的山之魂，水之魂，民之魂，村之魂……

一

从海城市驱车沿河一直东行约三十五公里，跨过一座小桥，转过一处山角，一条两侧排列着路灯的宽阔平坦的柏油路突然扑向眼前，顿然一番别样的景致。

右边，路旁一条用彩色地砖铺就的人行道沿河而卧，人行道上的梧桐绿叶婆娑；路边石砌的河岸下，碧水淙淙，鱼戏蛙鸣；对岸，山脚下有凉亭与鱼塘相伴，农舍与良田相依；重重叠叠的远山上梯田层层，绿树苍苍……

左边，路旁一座座农家院落排列在人行道和梧桐树的后面；无论是旧式民居还是新式楼阁，都有情有致地掩映在绿荫之中，一座座院落清洁宁静，花木扶疏；院落背后重重叠叠的远山上也是绿树苍苍，梯田层层……

走进王家堡，恍入桃花源。

面对眼前的景象，没有人能想得到二十多年前这些山和水究竟是一副什么模样；没有人能想得到二十多年来，为治理这

些山和水，王丙铎和王家堡的父老乡亲究竟走过了怎样的历程……

1967年，在青海某县机械厂当了几年工人的王丙铎又回到了王家堡。1972年，王丙铎当上了王家堡革委会副主任、民兵连长。两年后，他又当上了王家堡党支部书记。

人们说：那时的王家堡真的是山穷、水穷、民穷、村穷，穷到边了，穷到家了。

何谓山穷？因为山上的树早砍光了，山上的草早烧光了，光得村里死了人，连副棺材板都找不到；光得连兔子在山上刨个蹶子，山下的人都能看得清清楚楚；

何谓水穷？因为这里的水只能为患不能兴利，天不下雨便酿旱灾，天一下雨便闹水患；不仅弄得河无道走，更弄得人无路行；

何谓民穷？因为这里的人们早已靠山不能吃山，靠水不能吃水，全村的年人均收入只有三十六元钱；五个生产队中有两个队倒挂，就是说社员在队里干了一年活儿，挣了三五百个工，到了年底不仅领不回一分钱，一个工还要欠队里八分钱。结果弄得几乎家家"炕上没席、窗上没玻璃"。粗略数一数，那一年村里一下子就有四十多人逃荒去了边外；粗略数一数，那一年村里说不上媳妇的光棍儿一下子就有七十多；

何谓村穷？因为山穷水穷民穷，王家堡自然便成了远近闻名的"花钱靠贷款，吃粮靠返销，生活靠救济"的穷村，穷得连一间办公的屋子都没有，穷得王丙铎接任时只接到了几枚公章；将那几枚公章让会计装进背篓背在身上，也就等于把王家堡的权力和命运装进了背篓背在了身上。

背着那个背篓，王丙铎就这样义无反顾地上路了。

那年清明节的前一天，王丙铎把村里的党员们领到村民郭尚忠的家里开了一次极具意义的支部会。

他先领着大伙儿参观了郭尚忠的家：三间用秫秸垒成的房子，可以四面进雨八面来风；房内唯一可称为装饰的东西是一块吊挂在棚顶用来遮风挡雨的塑料布；房内唯一可称得上生活用品的是一个瓦盆四只碗；而房内唯一的活气儿便是那六只大大小小的眼珠儿……

望着这个家，王丙铎欲哭无泪，党员们欲哭无泪。

王丙铎说：该想想王家堡到底该向何处去的问题了。咱领着老百姓辛辛苦苦干了这么些年，却让老百姓的日子过到了这个份儿上，咱党支部的脸往哪儿搁？咱党员们的脸往哪儿搁？咱再不干出个样来，咱就真的对不起党对不起百姓了。

就在那个会上，王丙铎提出了"河靠山，路靠边，河滩地上造平原"的规划，带领着王家堡的党员和群众从此走上了治山治水的漫长征程。整整三年，新开了四点五公里的河道，新修了四点五公里的村路，硬是用黄土压沙的办法新造了三百多亩良田，终于初步缓解了村民的吃粮问题。

人们回顾那段经历时说：那时候，王书记领着咱们是真干哪，每年都是正月初三就上工，到腊月二十九才收工，一年只有三天假。无论是开河、修路、造田，都和咱社员一样分段包活儿。

1976年，王丙铎当选为海城县劳动模范。从此，劳动模范的光荣称号便一直没有离开王丙铎，从县劳模到市劳模，从省劳模到全国劳模。

二

苦战了三个冬春，虽然村容村貌有了改观，群众生活有了改善，但并没有从根本上解决群众的温饱问题。王家堡的地虽然多了三百多亩，但人均收入却仍在四五十元间徘徊，王家堡仍然戴着一顶穷帽子。为此，王丙铎心急如焚。他多想一觉醒来便能看到乡亲们那一张张衣食饱暖的笑脸哪。

正是流行"要想富，村办企业是条路"的时候，王丙铎自然也想到了这条路。于是他开始四处找门路，寻项目，在1980年一下子就办起了五个企业。他多想让这五个企业化作一只五福捧寿的手，一下子把王家堡的父老乡亲托进幸福美满的天堂。然而，由于那五个企业先天不足，上马不到一年便纷纷落马，想挣的钱没挣到，反而赔进了二十万元。

这一上一下一挣一赔不仅火了王丙铎，更火了村里的乡亲。于是有人认定赔进的那二十万元一定全进了王丙铎的腰包。于是便有十二个村民联名写信将王丙铎告到了乡里、县里和市里。于是更有人采取了对王丙铎这个"贪官"的惩治行动：在夜深人静的时候，把他家栽的地瓜拔了；在夜深人静的时候，把死猫死狗扔进了他家的井里；在夜深人静的时候……

这一把又一把火，终于将一个硬邦邦的汉子烧成了肝炎，烧进了医院。

在夜深人静的时候，躺在病床上的王丙铎止不住热泪长流。自己的一举一动一思一念都是为了王家堡为了王家堡的乡亲哪，自己的一颗心都给了王家堡，给了王家堡的乡亲哪，可自己换来的是什么？是乡亲的抱怨和仇恨。那是多大的仇哇，那是恨你不死的仇哇！这书记还能当吗？还敢当吗？不能了，不敢了……

在夜深人静的时候，躺在病床上的王丙铎也禁不住苦苦长思：王家堡的出路究竟在哪里？光指望那点儿地，指望地里打的那点儿粮确不是长远之计。靠办企业致富，又真的不能操之过急，眼下又真的不具备条件。古人都懂得靠山吃山、靠水吃水的道理，到我们这儿为什么偏偏给忘了，偏偏不讲了呢？王家堡的出路在山上，在山上啊！

王丙铎的心终于一下子亮堂起来。当党和人民还了他一个清白之后，他二话没说，领着王家堡的党员和群众又重新上路了。

病愈之后的王丙铎刚刚回到村里，便领着党员爬起了大岗，他们带着饭盒，用了几天时间，走完了王家堡的远近沟坡大小山岗，终于绘出了一幅"高山远山森林山，近山缓坡花果园，河道两岸垂杨柳，清水下山固定走"的王家堡未来发展规划蓝图。

画一张蓝图不容易，把蓝图化作实践更不容易。植树造林，栽果树建果园，明明是造福自己造福后代的事，可乡亲们就是不肯上山，因为那时生产队刚刚解体，因为人们对党的政策还心存芥蒂。

王丙铎说：群众不上山，咱党员上山。只要党员都上了山，就不怕群众不上山。

于是王丙铎领着党员、干部先上了山，栽上了果树，建起了果园。

之后，村党支部又决定，无偿为村民提供树苗，村民每栽一棵树，村里给补助三角钱；并要求一个党员带一沟，一个党员带一坡，逐家逐户动员村民上山栽树。那一年，村里一下子植树一百二十万株，栽植果树二十五万株，开发了荒山一万二千二百亩。

王家堡的山山坡坡终于浮动起一片绿色。

王家堡未来的发展终于迎来了一个历史性的转折。

三

望着山上刚刚浮动起的绿色，王丙铎的心里并不那么轻松。因为他心里十分清楚，果树苗虽然栽了下去，但长成大树，多结果结好果却不是件容易的事，后边的学问还多得很大得很，如果不让村民掌握管理果树的技术，将来建起的果园也会荒废。为此，他未雨绸缪，在栽下果树的第二年冬天，千方百计地从沈阳农业大学请来了专家教授，利用冬闲办起了果树技术学习班。

这真是一个远见卓识之举。但谁也没有想到，这个学习班会对王家堡的未来产生怎样的影响，会对村民自己的未来产生怎样的影响。因此，当1982年冬天的学习班开学时，前来听课的村民竟稀稀拉拉不足三十人。惹得农大的教授们十分失望，讲完了一个冬天，第二年便不想再来了。

已经听课听出了门道的王丙铎一下子急了，为了留住教授留住农大，为了让村民都来听课，王丙铎同支委、村委会成员研究了三条措施：一是凡不参加学习者每人每天罚款五元；二是实行农民技术员考评制度，凡考不上农民技术员的不准承包荒山果园；三是进行对比说教，到同一座山上的两个果园去看一看、比一比，一下子就知道学和不学大不一样。结果来年冬天，学习班再开课时，课堂一下子便爆了个满。

之后，每逢有农业技术课，村民们便早早地等到了教室的外面，唯恐晚来一会儿没了座位。因为村民们已从这里获得了实实在在的效益和利益，看到了实实在在的希望与未来。

1986年开始，被王家堡村称为"绿色证书"的农民技术员考评制度正式施行，第一次便有百余名村民应考。为帮助那些不会写字的村民答卷，村里特意从村小学挑选了五十名六年级的学生给他们做秘书，祖孙共答、母子共答、兄妹共答的场景在考场上随处可见，不能不让人生出希冀与感动。

正是这一份希冀与感动，让沈阳农大在王家堡的山山岭岭间扎下了根，在王家堡一千七百个村民的心里扎下了根。

从那时起，全村陆续已有五百九十三人获得了农民技术员绿色证书。而且，王家堡村的"绿色证书"活动还波及全国，带动了全国农村"绿色证书"活动的开展。难怪王家堡的人每逢听到有人提及"绿色证书"时，便会拍着胸脯说：咱王家堡可是"绿色证书"的正宗发源地。

正是这一番苦干、苦学，终于苦出了王家堡村世代渴求的新生活。到 1986 年，王家堡村人均收入一下子便从十年前的四十元增加到了四千元，整整增加了九十九倍。

四

人均收入从四十元到四千元的变化，虽然已让王家堡村的百姓实实在在地触摸到了幸福的感觉，但却并没有让王丙铎的思考停顿下来，并没让王丙铎的脚步停顿下来。因为王丙铎在那历史的变化中感受到的不仅仅是幸福，还有危机。

随着农村改革的不断深入，随着周边乡村果园的不断繁盛，王丙铎已隐隐约约地感觉到了未来苹果市场的危机。如不及早调整品种与规模，山上的那些苹果总有一天会烂在山上。王家堡村不能不着手第三次创业。

南果梨是辽南特产，更是海城特产。王家堡的气候、环境、土壤最适宜南果梨生长，所以王家堡不能不打南果梨的牌。为此，从 1990 年起，全村便开始陆续淘汰苹果改种南果梨，经过十年，一座座南果梨园终于取代了昔日的苹果园，王家堡已理所当然地发展成为辽南地区规模最大的南果梨生产基地。

村民们说：为了这个南果梨，王丙铎又是操碎了心。

为了解决南果梨的贮藏问题，他曾四次去辽西考察，多次请来沈阳农大的教授来试验，终于搞成了适合村民分散贮藏南果梨的微型冷库，并在全村建成了一百多个这样的微型冷库，基本解决了南果梨的贮藏保鲜问题。

为了打通南果梨的销售渠道，他多次去北京考察市场，推销产品，还到北京的集市上去卖梨，终于把南果梨打进了北京的市场。

为了打出南果梨的品牌，他带领村民们严格按照绿色食品的要求进行严格的生产管理，在全村的果园实施了生物防治病虫害新技术，从根本上解决了果品的农药残留问题，终于使"王家堡牌南果梨"获得了由"中国绿色食品发展中心"颁发的"A级绿色食品证书"。

为了方便对果树的管理，彻底解决果树的引水灌溉问题，他带领村民修了五十多公里的盘山作业路，铺设了十六点五延长米的输水管线，架设了四十个贮水罐，使全村一万四千亩山地的果树全部实现了节水型的管灌和滴灌。

为了加强王家堡村和外界的联系与沟通，他带领村民投资三百五十万元，打通了与辽阳吉洞镇相连接的北盘岭通道，不仅方便了王家堡村民，更为生活贫困的吉洞百姓开出了一条日思夜盼的致富路。

为了把王家堡真正建成能够与未来国际市场接轨的无公害现代农业园区，他在经过了三年反复考察之后，决定投资一百八十万元修建秸秆液化燃气站。燃气站建成后，王家堡的村民将全部实现统一供气供暖，村民们将彻底告别靠秫秸、大柴枝烧饭烧炕的历史，王家堡的上空也将从此不再有炊烟袅袅……

2001年，王家堡村人均收入达到了七千元。

五

王家堡村二十多年的经历和变化足以震撼每个人的心。

提起王家堡的经历和变化，一位村民发出了这样一番感慨：二十多年前，一提起王丙铎我就恨，恨他不顾咱老百姓的死活，不领咱们开荒种苞米，却非要逼着咱们上山栽树，每天一干就干到半夜，连觉都不让你睡好，真是一躺到炕上就恨得直咬牙。但二十多年后的今天，我是从心里敬佩他感激他，因为人家站得就是比咱高，看得比咱远，没有他，就没有咱王家堡的今天……

其实，人们记在心里的不仅是那一番艰苦的经历，更有王丙铎和王家堡的党员干部奉献给他们的每一份真诚与心血。

人们还记得，那几年因为党支部抓了苗木生产，使家家户户都从苗木生产中获取了很大的收益，苗木生产一时间成了王家堡村民经济收入的主要来源。然而 1985 年春天，苗木市场突然间变得冷落萧条，眼见着地里的苗木转眼间就要变成一捆捆烧柴，眼见着村民们的心血与期盼转眼间就要付之东流，王丙铎心急如焚，立刻组织党员干部纷纷出去联系苗木销路，并严格纪律：一旦联系好销路，一定要先销困难户的，再销群众的，最后再销党员、干部的。结果，那年村里群众的苗木都卖了出去换成了钱，而只有王丙铎和村主任孙友祥家的苗木都瞎在了地里变成了烧柴。

人们还记得，党员张振义为帮助自己的承包户建好果园，管好果园，宁肯每天花五十元为自家的果树剪枝，自己却要跑到承包户的果园里无偿为人家的果树剪枝。

人们还记得，为给困难户刘明余家盖房子，村里不仅给他筹了盖房钱，王丙铎还领着村里的党员把盖房用的砖与瓦一块块地从山下给背到了山上……

其实这样的事是说不完的。

正是这些说不完的事把王家堡村党员与群众的心紧紧地连在了一起，从而铸就了真正属于王家堡村的精神与灵魂，从而繁衍出了同样说不完的山里人的故事。

在王家堡，无论男女老幼都知道中央有一个《公民道德建设实施纲要》，更都知道村里有一个《村规民约》。这个《村规民约》早在二十年前便已经成为王家堡人的道德行为准则，那是已经摆脱了贫穷开始走上富裕之路的王家堡人自发形成的一种道德行为约束机制，它显现了王家堡人为重新塑造自己新精神、新风貌、新人格、新形象而做出的最真诚的努力，更显现了王家堡人对新生活的渴望与珍惜。

翻开《村规民约》，不仅有尊老爱幼、尊师重教、移风易俗、邻里和睦、计划生育等方面的规约，还有村民建设、植树绿化、环境卫生、科学技术、社会治安等方面的规约，林林总总竟有六十多项内容，俨然如一部乡村法典。

但在王家堡，它就是一部法典，守法者定受褒奖，违法者必遭惩罚。

记得《村规民约》初行时，镇里一名主要领导的父亲去世后，他心存一点儿侥幸地违反规约叫来了吹鼓手，结果鼓吹了不到十分钟，便遭到村干部的制止，并按规约被罚款一千元。还有一位村干部的两个哥哥违反规约在村路上打场，也被村里毫不客气地罚了二百元。这样的事多了，违反规约的事便渐渐少了，遵守《村规民约》便渐渐成了王家堡村民的一种自觉行为。

在王家堡，随意走进一户村民的家，必是窗明几净，花香鸟语，让人根本想不起"脏"和"乱"字。因为村里每年都要组织两次卫生大检查，光那检查的内容就有二十多项，谁还敢马马虎虎？不是怕批评，是丢不起那个人。

在王家堡，没有一户村民拖欠提留统筹款的。只要村上一广播，村民都会在规定时间内把该交的款交到村里。

在王家堡，每逢下了雪，村民们都是先把村路上的雪扫净了，回来再扫自家门前的雪。

在王家堡，人人都可以告诉你，二十多年来王家堡村无一起治安刑事案件，无一人搞封建迷信活动，无一人上访。有的是互谅互爱、互帮互助、尊师敬贤、尊老爱幼、邻里团结、家庭和睦、爱党爱国、勤劳致富、遵纪守法、安乐安宁……

在王家堡，争取成为一名党员已成为广大村民最神圣的理想与追求，因为那支由一百二十名党员组成的队伍才是王家堡村真正的灵魂，能有幸成为他们中的一员，怎能不无上光荣！

在王家堡，争当先进更是每个村民的渴求与向往。就在建党八十一周年的前夕，王家堡村召开了"1999—2002年群英大会"，会上表彰了以张振义为代表的优秀党支部书记、优秀村民组长、名牌校长、名牌园长、优秀共产党员、优秀村民代表、好村民、先进科技模范户、纳税贡献大户、优秀民兵、优秀教师、柞蚕状元、苗木生产先进户、社会公德模范户、尊老爱幼好子女、优秀妇女代表、优秀团员、十星级文明户标兵、全面发展的好孩子等九十三名先进典型。真是无论男人女人，无论老人孩子，无论党员团员，无论干部群众，都有一个榜样，都有一面旗帜。望着那些榜样和旗帜，谁还能不心动，谁还能不奋起！

正由于此，1985年以来，王家堡便一直是辽宁省文明村。然而，王家堡一千七百个村民的心里都清楚，王丙铎才是他们心中永远的榜样，永远的旗帜。

他奉献给王家堡人民的是一个真正共产党人的理想与信念，是一个真正共产党人的精神与灵魂。

愿这理想与信念，精神与灵魂，为王家堡村铸就新的业绩与辉煌！

后　记

　　有时静下心来想一想，觉得人生的路真的很奇妙，或是一条原本看上去很顺畅很阳光的路，走着走着便走成了一条并不顺畅并不阳光的路；或是一条原本看上去很坎坷很暗淡的路，走着走着竟走出了一片光明。总之，这条路上实在是潜伏了太多的未知，让你在不知不觉间便改变了你行进的方向，或让你误入歧途，或引你回归正道。

　　一定有一只无形的手时时在暗中操控着我们的人生。

　　我是从未想过此生会与文学结缘，并最终会以从事文化工作为业的。这其中的原因再简单不过：我父母都不识字，我压根儿就不携带那样的遗传基因。所以，我只能将这一切归结于那只无形的手。

　　人们喜欢把那只无形的手称作"缘分"，只有它可以解释一切奇遇、巧合、离奇、诡异、神秘、荒诞、迷惘、无奈等不可言说之爱之恨之喜之悲之欢之痛之得之失之等等人生之经历人生之感怀。"缘分"就这样演化为一只可以用来慰藉人们灵魂的宝匣，抑或是一个来收集人们擦拭心灵药棉的垃圾桶。

　　我开始苦思冥想我和文学和我的那份工作的缘分。

　　是因为在纪检委工作时，闲来无聊时写了几篇小说？应该是。试想，如果没有那几篇小说，组织上怎会想到把我调去文联，并在文联一待就待到退休？可我当初写那些东西的初衷真的和我要选择的人生道路无关，不过只是为了打发一下难耐的时光以及自我抚慰一下空虚的心灵。

是因为在部队当兵，曾被鼓动着写了一阵枪杆诗、表演唱、小话剧之类的小玩意儿？应该是。因为当初纪检委执意要把我调过去的理由，就是因为他们有人不知从哪里看到了我曾经写过的那些小玩意儿。然而我知道，当初去写那些小玩意儿时真的是出于一种无奈。我被选进宣传队纯属偶然。好像是有一天训练后回到宿舍，突然想放松一下自己，便独自关起门来吼了一段"打虎上山"，竟被路过的宣传队队长听了去，二话不说，便找到连长把我借走了。但我最终没有演上杨子荣，却成了土匪窝里八大金刚里的大金刚。待到全民普及样板戏的大潮一过，剧团一夜间华丽转身成歌舞团，既不能歌又不善舞的我，便只剩下两件事：拉大幕和写节目。于是才有了那些小玩意儿。可是，当初我不硬着头皮去写那些小玩意儿，我又能干什么呢？没有当初的那些小玩意儿，当初的纪检委又怎么能找上我呢？

抑或是因为儿时的"看演戏"和"租小人书"？平心而论，如果真的要去寻根溯源，或许这便是那份"缘分"的根和源。试想，如果不是儿时的那些任性而为，如果没有小人书和"演戏"之类的启蒙式文化陶冶，我又怎能忘情地吼出那一段"打虎上山"？没有那段"打虎上山"又怎能进得了宣传队？不进宣传队又怎会有后来的那些小玩意儿？又如何会有那几篇小说？要不是那几篇小说，又怎么能许身文联，并让自己成为一名专职文艺工作者？然而又有谁能知道，儿时的那些任性而为实在是与"理想""志向"没有丝毫关系，爱"看演戏"是因为买不起票根本无法舒舒坦坦地坐在戏园子里看戏，而租小人书则完全是为了给自己攒学费，如果我不能攒够自己的学费，家里就拿不出给弟弟的学费了。

由此想来，我与文学的那点儿缘分，实在是掺杂了太多的阴错阳差的味道。

终归我与文学还是有了那点儿缘分，既是缘分，便该珍惜。于是这些年来便也不时地写了些诸如散文、报告文学之类的东西。写的都是身边的那些人和事。

真诚感谢市文广局局长王艳与副局长陈平两位挚友。正是在这两位挚友的鼓励下，我才鼓起勇气将那些东西重新整理一下，结成了两部集子，并为它取了个名字——《尚未走远》。

是的，尚未走远。

曾经的那些亲人、朋友的音容笑貌、喜怒哀乐尚未走远；

曾经的那些或曲折离奇，或惊心动魄的往事尚未走远；

曾经的那些温暖尚未走远；

当然，曾经的那些感动也尚未走远……

历史不过一瞬间。人生不过一瞬间。我们就是想走又能走出多远呢？

借此，向一直关心、爱护、帮助我的亲人、朋友送上真诚的祝福！

向生我养我的这片土地送上真诚的祝福！

2017年9月3日于相濡居